«Un thriller avvincente e ricco di colpi di scena.»
Ian Rankin

Steve Cavanagh è nato e cresciuto a Belfast e a diciotto anni si è trasferito a Dublino per studiare legge. Dopo la laurea ha iniziato a lavorare per un prestigioso studio legale dove si è occupato di numerosi casi che hanno sviluppato il suo interesse per la narrativa di genere.

Steve Cavanagh

Ultimo appello

Romanzo

Traduzione di
Federica Garlaschelli

TEA

Per informazioni sulle novità
del Gruppo editoriale Mauri Spagnol visita:
www.illibraio.it

TEA - Tascabili degli Editori Associati S.r.l., Milano
Gruppo editoriale Mauri Spagnol
www.tealibri.it

Titolo originale
The Plea

Prima edizione Thriller Best Seller febbraio 2019
Prima edizione SuperTEA marzo 2022

ULTIMO APPELLO

A Tracy

martedì 17 marzo
h 19.58

Credevo che fossero tutti morti.

Mi sbagliavo.

Il trentasettesimo piano del Lightner Building era occupato per intero dagli uffici di Harland e Sinton, uno degli studi legali più grandi di New York, specializzato in diritto societario e aperto ventiquattr'ore su ventiquattro. Di solito le luci restavano accese per tutta la notte, ma gli uomini che si erano introdotti nell'edificio avevano staccato la corrente due minuti prima, o forse di più. Mi faceva male la schiena e il sapore del sangue che mi riempiva la bocca si mescolava all'odore di acido bruciato dei bossoli che rotolavano rumorosamente sulla moquette. Una luna tonda illuminava spettrali scie di fumo che sembravano levarsi dal pavimento ed evaporare non appena le vedevo. Mi sembrava di avere l'orecchio sinistro pieno d'acqua, ma sapevo di essere solo rimasto assordato dagli spari. Nella mano destra avevo una Glock 19, l'arma in dotazione agli organi governativi, scarica; l'ultimo proiettile era conficcato nell'uomo morto ai miei piedi. Le gambe gli erano finite sopra la pancia del cadavere accanto, e solo in quel momento notai che i corpi stesi sul pavimento della sala riunioni erano in una posizione strana e sembravano protendersi gli uni verso gli altri. Non li guardai singolarmente: non avrei sopportato la vista di quelle facce pietrificate dalla morte.

Il mio respiro rapido e affannato doveva farsi strada attraverso l'adrenalina che minacciava di schiacciarmi il petto. Il vento gelido che entrava dalla finestra infranta alle mie spalle cominciava ad asciugarmi il sudore sulla nuca.

Quando vidi il mio assassino, l'orologio digitale alla parete segnava le 20.00.

Non riuscii a distinguere né il volto né il corpo: era solo un'ombra in un angolo buio della sala riunioni. Le luci verdi, bianche e dorate dei fuochi d'artificio brillavano a sprazzi sopra Times Square, entrando nella stanza con angolature strane e illuminando per un istante una piccola pistola impugnata da una mano che sembrava non appartenere ad alcun corpo. Era una Ruger LCP in una mano guantata. Sebbene non riuscissi a vedere in faccia l'assassino, l'arma mi disse parecchio. La Ruger conteneva sei proiettili da 9 mm, era abbastanza piccola da stare nel palmo di una mano e pesava meno di una bistecca. Tuttavia, pur essendo efficace, non aveva il potere d'arresto di una pistola di dimensioni normali. L'unico motivo per cui una persona avrebbe dovuto sceglierla era per non far capire di essere armata. Gran parte delle forze dell'ordine la usava come arma di riserva perché, grazie alle dimensioni ridotte, era possibile nasconderla in borsetta o infilarla nella tasca della giacca senza rischiare che qualcuno la notasse.

Mi vennero in mente tre possibilità.

Tre probabili assassini.

Nessuno dei quali si sarebbe mai lasciato convincere a gettare la pistola.

Considerando i miei ultimi due giorni in tribunale, tutt'e tre avevano una buona ragione per volermi morto. Io un'idea di chi fosse a tenermi sotto tiro me l'ero fatta, ma in quel frangente non sembrava importante.

Avevo smesso di essere un imbroglione da quattordici anni. Non ero più Eddie Flynn il truffatore, ma Eddie Flynn l'avvocato. E le capacità che avevo acquisito in strada potevano essere facilmente sfruttate anche in aula. Invece di imbrogliare direttori di sala nei casinò, allibratori, compagnie assicurative e spacciatori, esercitavo il mio mestiere contro giudici e giurie, ma non l'avevo mai fatto contro i miei clienti. Almeno fino a due giorni prima.

La canna della Ruger puntò verso il mio petto.

Quell'imbroglio mi sarebbe costato la vita.

Stranamente pervaso da una sensazione di calma, chiusi gli occhi. Non sarebbe dovuta finire in quel modo. Per qualche motivo sentivo che c'era qualcosa d'ingiusto in quell'ultimo respiro, come se fossi stato tradito. Tuttavia, lasciai che i polmoni mi si riempissero del fumo e dell'odore metallico che impregnavano ogni cosa dopo una sparatoria.

Non mi accorsi dello sparo e non vidi né il lampo né il rinculo. Sentii soltanto il proiettile squarciarmi la carne. Un colpo fatale che era diventato inevitabile nell'attimo stesso in cui avevo stretto quel patto. *Come ho fatto a ritrovarmi qui?* pensai.

Qual era il patto che mi aveva portato a beccarmi un proiettile?

Come quasi sempre succede, a scatenare una serie di eventi era stato qualcosa di piccolo. Tutto era iniziato quarantott'ore prima con uno stuzzicadenti e una moneta.

1

domenica 15 marzo
48 ore prima dello sparo

La chiave scivolò nella serratura.

Mi sentii gelare il sangue.

C'era qualcosa di strano.

La porta d'ingresso dell'edificio di quattro piani in pietra arenaria che ospitava vari uffici, tra cui il mio studio legale personale, non era diversa dalle altre che costellavano questo tratto della West 46th Street. Nella zona c'erano bar, ristoranti asiatici e di lusso, studi di commercialisti e di medici, e più ci si avvicinava a Broadway, più gli uffici diventavano di classe. Circa un mese prima la porta d'ingresso a più pannelli del mio edificio era stata dipinta di blu e, sul lato interno, era stata rivestita con una piastra d'acciaio tagliata a mano: una piccola sorpresa per chi pensasse di poter sfondare uno dei pannelli e aprire la porta dall'interno.

Era quel genere di quartiere.

Non sono un grande esperto di serrature e non me ne vado in giro con un set di grimaldelli, che non mi sono mai serviti, nemmeno nella mia precedente vita da imbroglione. A differenza di molti miei colleghi, io non prendevo di mira i newyorkesi comuni, ma quelli che meritavano di ritrovarsi con le tasche vuote. I miei bersagli preferiti erano le compagnie di assicurazione: più erano grandi e più ci provavo gusto. Per come la vedevo io, le truffe più colossali erano proprio le loro, quindi era giusto che ogni tanto qualcuno le alleggerisse un po'. Per abbindolarle, poi, non avevo nemmeno bisogno d'intrufolarmi di nascosto nei loro uffici: dovevo soltanto fare in modo di essere invitato. Me le lavoravo a parole, certo, ma conoscevo anche le mosse giuste per avvalorare quanto dicevo. Avevo passato anni a studiare i giochi di destrezza. Mio padre era un vero artista in materia, un maneggione che frequentava bar e metropolitane. Avevo imparato da lui e, con il tempo, ero arrivato ad avere un tocco leggerissimo, grazie a un tatto molto sviluppato e a una notevole capacità di percezione del peso e del movimento. «Mani leste», le chiamava mio padre. Proprio questa abilità finemente perfezionata mi disse in quel momento che qualcosa non andava.

Estrassi la chiave dalla serratura e la infilai di nuovo. Poi ancora dentro e fuori.

Il movimento era più silenzioso e fluido di quanto non ricordassi. La chiave faceva meno rumore, meno resistenza, e richiedeva meno pressione del solito. Scivolava nella serratura quasi da sola, come se la infilassi in una nuvola di panna. Controllai i denti: erano duri e affilati, come quelli di tutte le chiavi appena tagliate. Intorno alla toppa della serratura standard a doppio cilindro c'erano alcuni graffi, ma poi ricordai che al tizio che gestiva l'agenzia di viaggi nell'ufficio al piano di sotto piaceva correggere il caffè del mattino con il bourbon. Qualche volta l'avevo sentito armeggiare con le chiavi e, una mattina che l'avevo incrociato giù nell'ingresso, il suo alito mi aveva quasi steso. Un anno prima, non me ne sarei nemmeno accorto. Sarei stato sbronzo quanto lui.

Graffi a parte, era comunque innegabile che c'era stato un cambiamento drastico nello scorrimento della chiave. Se fosse stata colpa del proprietario che aveva cambiato il meccanismo della serratura, allora la mia chiave non avrebbe funzionato. Non si sentivano odori particolari dalla serratura né dalla chiave, che al tatto era asciutta, quindi non era stato spruzzato alcun lubrificante all'interno, altrimenti l'avrei sentito. La spiegazione poteva essere soltanto una: qualcuno aveva forzato la serratura dopo che io avevo lasciato l'ufficio quella mattina. Le domeniche in ufficio erano un male necessario, dal momento che ormai ci dormivo. Con quello che avevo sul conto in banca, infatti, non potevo continuare a pagare sia l'affitto del mio appartamento sia quello dell'ufficio. Mi bastava un divano letto nella stanza sul retro.

Il proprietario, proprio come me, non poteva permettersi un sistema di allarme, ma io avevo voluto comunque garantirmi un certo grado di sicurezza. La porta si apriva verso l'interno. La spinsi di un centimetro appena e notai la monetina appoggiata nell'incavo sul lato destro del telaio, quello della serratura; la porta copriva metà moneta, impedendole di cadere sul gradino. Di sera, quando uscivo a prendere da mangiare, infilavo una monetina da dieci centesimi nello spazio tra il telaio e la porta, inserendola in un buco delle stesse dimensioni che avevo aperto nel telaio con un coltellino. Se qualcuno avesse voluto introdursi nell'ufficio, sentendo la monetina cadere avrebbe capito che era un trucco e quindi avrebbe cercato di rimetterla a posto. La speranza era che, concentrandosi sul rumore e sullo scintillio della moneta che cadeva, l'intruso non avrebbe notato lo stuzzicadenti infilato esattamente venticinque centimetri sopra il primo cardine dal lato opposto della porta.

Chiunque si fosse intrufolato nel mio ufficio quel giorno, si era premurato di rimettere a posto la monetina, ma aveva trascurato lo stuzzicadenti, che era rimasto sul gradino.

Nell'edificio c'erano cinque uffici, ma solo tre erano occupati: un'agenzia di viaggi in liquidazione, un consulente finanziario che non avevo ancora mai incrociato e un losco ipnotizzatore che prediligeva le visite a domicilio. In genere lavoravano dalle nove della mattina alle cinque del pomeriggio; nel caso dell'agenzia di viaggi e dell'ipnotizzatore, dalle undici alle tre. Non era possibile che fossero venuti di domenica e nemmeno che si fossero presi la briga di risistemare la moneta. Se fossero stati i miei vicini, se la sarebbero intascata e pace.

Lasciai cadere il giornale e mi chinai per raccoglierlo. Già che mi ero abbassato, decisi di riallacciarmi le scarpe. Nessuno a sinistra. Nessuno a destra.

Nel passaggio da una scarpa all'altra, scrutai il lato opposto della strada. Ancora nulla. C'erano alcune auto in fondo alla via, alla mia sinistra, ma erano vecchi modelli d'importazione con il parabrezza appannato, perciò non erano certo lì per me. Dall'altra parte della strada, alla mia destra, una coppia stava entrando a braccetto nella Hourglass Tavern: semplicemente due appassionati di teatro che andavano a mangiare un boccone prima dello spettacolo. Da quando mi ero trasferito lì, ero stato alla taverna due volte e in entrambe le occasioni avevo ordinato i ravioli all'aragosta ed ero riuscito a sfuggire al misterioso cocktail speciale di birra e shot che cambiava a ogni giro della grande clessidra sulla parete dietro il bancone. L'astinenza era ancora un problema da affrontare giorno per giorno.

Recuperai il giornale dai gradini, richiusi la porta d'ingresso e mi strinsi il bavero intorno al collo per ripararmi dal freddo invernale che non accennava a diminuire, quindi cominciai a camminare. Mi ero fatto parecchi nemici nei miei trascorsi da artista della truffa, e ancora di più durante la carriera di avvocato. In quel momento mi sembrava saggio optare per la prudenza. Feci il giro completo di tre isolati utilizzando tutte le tecniche di controsorveglianza che conoscevo: imboccare vicoli a caso, svoltare di corsa per poi rallentare non appena girato l'angolo, guardarmi le spalle tramite i finestrini delle auto e i pannelli di plexiglas con le pubblicità alle fermate degli autobus, bloccarmi di colpo e fare dietrofront. In breve cominciai a sentirmi piuttosto stupido: non mi stava seguendo nessuno. Immaginai che forse l'ipnotizzatore aveva avuto fortuna e si era portato un cliente nel mio studio, oppure il consulente finanziario era finalmente venuto a svuotare la cassetta della posta straripante, o a distruggere le sue pratiche.

Quando il mio edificio fu di nuovo nel mio campo visivo, però, non mi sentii più tanto stupido. Il mio ufficio era al terzo piano. I primi due erano al buio.

Dalla mia finestra trapelava una luce, che non era quella della lampada da tavolo. Il fascio era piccolo e tenue, e si muoveva.

Una torcia.

Mi vennero i brividi e feci un lungo sospiro che disegnò una nuvola nell'aria. Pensai che una persona normale avrebbe chiamato la polizia, ma io ero stato cresciuto diversamente. Quando ti guadagni da vivere imbrogliando gli altri, i poliziotti non rientrano nei tuoi processi mentali. Quel genere di situazioni lo risolvevo in autonomia, e in quel momento dovevo vedere chi si era introdotto nel mio ufficio. Nel portabagagli della Mustang avevo un cric, ma non avrebbe avuto senso tornare al parcheggio per prenderlo, perché non mi andava di portarmelo dietro in pubblico. Non essendo un amante delle pistole, non ne avevo nessuna, ma usavo senza problemi alcuni marchingegni per la difesa abitativa.

Aprii silenziosamente la porta d'ingresso, presi la monetina prima che cadesse e mi tolsi le scarpe nell'atrio per fare meno rumore possibile, quindi mi spostai verso la colonna di cassette postali sulla parete.

In quella con la targhetta EDDIE FLYNN – AVVOCATO c'erano tutti i rinforzi di cui avevo bisogno.

2

Presi una piccola chiave dal mazzo e posai cautamente tutte le altre sopra le cassette della posta prima di aprire il nuovo lucchetto che avevo messo. Sotto una pila di spesse buste marroni e volantini pubblicitari c'era una coppia di tirapugni. Da adolescente, come tanti altri ragazzini cattolici poveri di New York, tiravo di boxe per la mia parrocchia. Avrebbe dovuto servire a inculcarmi disciplina e lealtà sportiva, ma mio padre aveva insistito perché mi allenassi per tutt'altra ragione. Per come la vedeva lui, sapendo che con un pugno avrei potuto stendere un tizio grosso il doppio di me, non si sarebbe preoccupato troppo degli sbagli da novellino che avrei commesso al momento di mettermi in proprio come artista della truffa. Non dovevo far altro che impegnarmi con gli allenamenti in palestra, lavorare d'astuzia con i miei maneggi e badare che mia madre non scoprisse nulla.

L'atrio era buio e silenzioso, fatta eccezione per lo strano gemito delle condutture del riscaldamento. Valutai le opzioni: le vecchie scale scricchiolavano un sacco, certo, ma decisi che sarebbero state comunque meno rumorose dell'ascensore di epoca preistorica. Avanzai con passo leggero, mantenendomi rasente alla parete piastrellata. In questo modo potevo salire tenendo d'occhio i piani superiori ed evitando gli scricchiolii peggiori delle vecchie tavole di legno, che quasi urlavano se si caricava il peso al centro. I tirapugni erano gelidi al tocco, ma avevano un che di rassicurante. Arrivato quasi in cima alla terza rampa di scale, cominciai a sentire delle voci. Sussurri ovattati.

Sulla porta spalancata del mio ufficio c'era un uomo che dava le spalle al corridoio. Dentro l'ufficio ne intravidi almeno un altro che curiosava con una torcia nel primo cassetto del mio schedario. Il tizio sulla porta aveva un filo traslucido che dall'orecchio s'infilava nella giacca di pelle: un auricolare. Indossava un paio di jeans e stivali dalla suola spessa. Forze dell'ordine, ma di certo non sbirri. Gli auricolari non sono una dotazione standard per il dipartimento di polizia di New York, e quasi nessun poliziotto sgancerebbe cento dollari per il privilegio di apparire supertecnologico o fico. Il budget dell'FBI, invece, le spese di un auricolare per ogni agente le copriva eccome, ma i federali avrebbero piazzato un uomo nell'atrio e non si sarebbero preoccupati di rimettere la monetina nel telaio. *Ma allora, se non sono poliziotti e nemmeno federali, chi sono?* Il fatto che avessero dei dispositivi di comunicazione m'innervosiva: significava che erano organizzati. Non erano drogati che volevano fare soldi facili.

Salii gli ultimi gradini strisciando, attento a tenere la pancia bene a terra. Sentivo bisbigliare ma senza riuscire a distinguere le parole. L'uomo che stava ficcando il naso nello schedario non parlava. In ufficio c'era qualcun altro che stava discutendo e che io non vedevo. Le parole si fecero più chiare a mano a mano che mi avvicinavo.

« Trovato qualcosa? » disse una voce.

L'uomo davanti allo schedario chiuse il primo cassetto e aprì il secondo. « Nulla di rilevante per il bersaglio », rispose mentre selezionava un fascicolo, lo apriva e cominciava a leggere aiutandosi con la torcia.

Bersaglio.

Quella parola m'investì come un'onda d'urto e mi riempì le vene di adrenalina bollente. I muscoli del collo s'irrigidirono e il respiro accelerò.

Non mi avevano visto.

Avevo due possibilità. Una era filarmela, prendere l'auto, guidare come un forsennato per tutta la notte e poi chiamare gli sbirri dallo Stato più vicino. L'altra era filarmela, lasciar perdere l'auto, saltare sul primo taxi, farmi portare a casa del giudice Harry Ford nell'Upper East Side e, una volta al sicuro sul suo divano, fare una soffiata alla polizia.

Entrambe le possibilità erano valide, intelligenti e comportavano un rischio minimo.

Ma entrambe non erano da me.

Mi alzai senza fare rumore, ruotai il collo, alzai il pugno destro e mi lanciai a tutta velocità verso la porta.

3

L'uomo sulla porta cominciò a voltarsi proprio mentre io iniziavo a correre. Sulle prime il rumore improvviso di passi pesanti lo spaventò. Nel vedermi, si stupì e boccheggiò sonoramente, poi sgranò gli occhi mentre il suo istinto di sopravvivenza entrava in azione ancor prima delle tecniche apprese durante l'addestramento. Dopo un primo momento d'incredulità, reagì. Non aveva ancora avuto il tempo di gridare, ma lo vidi sforzarsi di tenere a freno il panico mentre con la mano destra cercava a tastoni la pistola che portava al fianco.

Fu troppo lento.

Non volevo ucciderlo. Una volta mi era stato detto che non era professionale uccidere qualcuno senza sapere nemmeno bene chi fosse. In circostanze normali, se l'avessi colpito in faccia o in testa, ci sarebbe stato il cinquanta per cento delle possibilità che il pugno si rivelasse letale perché la forza del tirapugni gli avrebbe spaccato la testa provocando una grave emorragia, oppure perché il malcapitato si sarebbe rotto il cranio non appena avesse toccato terra privo di sensi. La rincorsa che avevo preso avrebbe facilmente aggiunto un'altra ventina di chili alla forza d'impatto del mio pugno. A quella velocità, le possibilità di causare un danno mortale erano maggiori e, se l'avessi colpito in testa, l'avrei quasi certamente spedito all'altro mondo.

Invece dovevo soltanto metterlo fuori gioco.

L'uomo usava la destra.

Così, all'ultimo momento abbassai il pugno e aggiustai la mira.

Il colpo gli penetrò fin nelle ossa sotto il bicipite destro, e le dita della mano destra gli si aprirono per poi rilassarsi subito dopo. Era come recidere un cavo elettrico: ridurre in poltiglia un grosso muscolo in quel modo garantiva che il braccio sarebbe stato inerte e inservibile per ore. Grazie allo slancio che avevo preso, quando l'uomo riuscì a emettere il primo grido io ero già andato oltre.

Il suo complice lasciò cadere i fascicoli che stava leggendo e mi puntò contro la torcia. Lui era mancino, e intercettai il suo colpo. L'altro chilo di ottone di Cleveland che avevo infilato sul mio pugno sinistro prese in pieno la torcia, aprendola in due. La lampadina esplose e la luce si spense con una pioggia di scintille, illuminando per un attimo la faccia dell'uomo. Lo vidi spalancare la bocca e sbarrare gli occhi in un'espressione sconvolta. Tuttavia, non si trattava di shock: con il pugno di ferro dovevo avergli colpito anche la mano e, nella luce fioca dei lampioni, osservai l'uomo mentre cadeva in ginocchio, tenendosi le dita rotte.

«Eddie, basta!» gridò una voce dal buio.

La lampada sulla mia scrivania si accese.

«Ferrar, Weinstein, fermi», disse l'uomo seduto alla scrivania. L'avevo conosciuto circa sei mesi prima. Lo avevo salvato in un momento in cui entrambi ce l'eravamo vista con la mafia russa. L'agente speciale Bill Kennedy dell'FBI. Il suo ordine era rivolto agli uomini che avevo aggredito, che ormai erano in ginocchio. Quello della torcia stava digrignando i denti tanto era il dolore alle dita rotte. L'altro si rotolava sul pavimento, tenendosi il braccio mentre la pistola era ancora al sicuro nella fondina.

Kennedy era l'ultima persona che mi aspettavo di trovare nel mio ufficio. Si appoggiò allo schienale della mia poltrona e mise le gambe sulla scrivania incrociando i piedi. Guardò i suoi agenti, poi guardò me come se avessi rotto qualcosa di suo. I pantaloni blu del suo abito si sollevarono il necessario per scoprire le calze di seta nera e l'arma di riserva assicurata alla sua caviglia sinistra: una Ruger LCP.

4

«Che razza di storia è questa?» chiesi.

«Calmati. Hai appena aggredito due agenti federali. Cristo, Eddie, quelli sono i miei uomini.»

L'agente che prima teneva la torcia si alzò lentamente con l'indice che puntava con un'angolazione innaturale. Digrignando i denti, fece schioccare il dito per rimetterlo a posto. Non gli avevo rotto niente, ma soltanto slogato un dito. Il suo collega sembrava messo molto peggio: era pallido e sudava. Entrambi si diressero verso il divano, che si trovava dal lato opposto della stanza rispetto agli schedari.

«Se la caveranno», dissi. «Forse dovranno pulirsi il culo con l'altra mano per un po', ma sopravvivranno. Non posso dire lo stesso di te, a meno che non mi spieghi perché ti sei intrufolato nel mio ufficio. Ah, a proposito, quando si ha a che fare con un intruso è autodifesa, non aggressione. Credevo ve l'avessero insegnato a Quantico. Ce l'hai un mandato?» Mi tolsi i tirapugni e li lasciai cadere su una pila di documenti.

Togliendo i piedi dalla mia scrivania, Kennedy ne prese uno e se l'infilò su una mano, sentendone il peso letale sulle nocche. Poi lo sfilò e lo lanciò sulla montagna di fogli. «Dei tirapugni, Eddie?»

«Fermacarte», replicai. «Dov'è il tuo mandato?»

Prima di rispondere, si grattò il dorso della mano. Quel gesto mi disse ciò che avevo bisogno di sapere: Kennedy era un tipo molto ansioso e sfogava l'irrequietezza sul proprio corpo. Dalla pelle gonfia e arrossata intorno ai pollici capii che si era tormentato le cuticole con i denti e con le unghie. Non si era rasato e sembrava bisognoso di una doccia, di una seduta dal barbiere e di una bella dormita. La camicia solitamente bianchissima era cadente, come le borse sotto gli occhi, mentre la pelle del viso da quarantenne si era assottigliata. Tra il collo e il colletto ballavano un paio di centimetri, perciò ne dedussi che doveva aver perso parecchio peso.

Quando avevo conosciuto Kennedy, stavo rappresentando il capo della mafia russa Olek Volchek. Il processo era finito in un disastro totale e il russo aveva rapito mia figlia Amy, di appena dieci anni, minacciando di ucciderla. Nei cinque mesi trascorsi da allora mi ero sforzato di dimenticare quelle ore disperate, ma senza riuscirci. Ricordavo tutto: l'agonia al pensiero che qualcuno potesse fare del male a Amy e porre fine alla sua giovane vita, e che sarebbe stata tutta colpa mia. Solo a pensarci mi sudavano le mani.

Kennedy ci aveva quasi lasciato la pelle, ma ero riuscito a portarlo da un dottore prima che fosse troppo tardi. Le ferite erano guarite bene e lui mi aveva persino aiutato a sistemare le cose quando il polverone del caso Volchek si era placato. Quasi tutto quello che avevo fatto in quei due giorni era estremamente illegale, ma Kennedy l'aveva insabbiato. In realtà, però, era ancora all'oscuro di molte cose, che io speravo non avrebbe mai scoperto.

Ripresosi dalla sparatoria, mi aveva invitato a una festa di Capodanno a casa sua, insieme alla mia famiglia. Mia moglie Christine non era voluta venire; ormai, tra noi, andava male da un po'. Mi aveva sbattuto fuori di casa un anno e mezzo prima, meritatamente, perché passavo più tempo nei bar, nei tribunali notturni e nelle celle piene di ubriaconi che non a casa. Poi però mi ero ripulito e le cose erano migliorate, almeno fino al caso Volchek.

Christine pensava che avessi messo Amy in pericolo, che nostra figlia fosse stata rapita a causa mia, e aveva ragione. Nelle ultime settimane, però, la sua rabbia aveva cominciato a sbollire. Mi aveva lasciato vedere Amy più spesso, e il mercoledì precedente, quando l'avevo riaccompagnata a casa, mi aveva invitato a entrare. Avevamo bevuto una bottiglia di vino e persino riso un po'. Ovviamente, io avevo rovinato tutto quando, sulla porta, avevo provato a baciarla prima di andarmene. Lei si era scansata e mi aveva appoggiato una mano sul petto: era troppo presto. Mentre guidavo per tornare in ufficio, avevo pensato che un giorno si sarebbe sistemato tutto e avrei riavuto le mie donne. Pensavo a loro ogni giorno, in ogni momento.

Mi ero presentato alla festa di Kennedy da solo, avevo bevuto Dr Pepper, mangiato carne di maiale e manzo sotto sale e me n'ero andato presto. Gli avvocati difensori in genere non vanno d'accordo con le forze dell'ordine, figuriamoci gli imbroglioni. Kennedy, però, mi piaceva. Pur essendo ansioso e testardo, era un agente onesto e coscienzioso con un buon curriculum, e aveva messo tutto a rischio per me.

Vidi quell'etica imperturbabile nel suo sguardo mentre se ne stava seduto alla mia scrivania, sulla mia poltrona, a rimuginare sulla domanda che gli avevo fatto. Alla fine decisi di rispondermi da solo. «Non ce l'hai un mandato, vero?»

«Per ora posso dire soltanto che questa festicciola è stata organizzata per il tuo bene.»

Guardandomi intorno, notai in un angolo quattro valigie di metallo dall'aria pesante insieme a quello che sembrava un impianto audio. «Ho interrotto le prove della band?» chiesi.

«Ti stavamo facendo un favore: abbiamo setacciato il tuo ufficio in cerca di cimici.»

«Davvero? In futuro non farmi nessun favore senza chiedere prima. Però sono curioso: ne avete trovate?»

«No, sei pulito», rispose alzandosi e stiracchiandosi la schiena. «Vai sempre in giro con dei fermacarte in tasca?»

«Ogni tanto gli articoli di cancelleria tornano utili. Perché non mi hai telefonato per dirmi che stavi venendo?»

«Non ho avuto tempo. Mi dispiace.»

«Come sarebbe a dire che non hai avuto tempo? Ho sentito il tuo compare laggiù che parlava di 'bersaglio'. Voglio sapere qual è il vero motivo per cui siete qui.»

Prima che Kennedy potesse rispondere, sentii dei passi. La porta sul retro dell'ufficio si aprì, e un ometto sulla cinquantina, con la barba grigia e occhiali dalla montatura nera, entrò nella stanza. Indossava un soprabito nero che gli arrivava alle caviglie, camicia azzurra e pantaloni scuri. I capelli erano ricci, brizzolati e pettinati all'indietro, su un viso magro e abbronzato. «Protezione», disse rispondendo alla mia domanda, con le mani in tasca e un'aria sicura, autoritaria. Superò Kennedy con indifferenza e appoggiò le chiappe sulla mia scrivania, poi mi sorrise. «Signor Flynn, mi chiamo Lester Dell e non sono dell'FBI. Lavoro per un'altra agenzia. I federali sono qui perché fanno parte di una task force congiunta guidata da me. Abbiamo un incarico per lei.»

«Bene, ma lei chi è? Un agente della DEA? Dell'ATF? L'antennista?»

«Oh, io lavoro per un'agenzia che ufficialmente non svolge operazioni in territorio statunitense. Ecco perché tutto il personale è gestito dall'FBI e dal dipartimento del Tesoro. Per quanto riguarda gli Esteri, sono qui in veste di consulente», disse. Mentre sorrideva, sulla pelle scura sotto la barba si disegnavano profonde rughe che salivano verso gli occhi assottigliandosi sempre di più. Sembravano piuttosto innaturali quei solchi sul suo viso, come se non fosse abituato a sorridere. Aveva un accento un po' strano, dovuto alla pronuncia estremamente precisa e nitida. Non avevo bisogno di chiedergli per chi lavorasse: il sorriso rivelava tutto. Lui però me lo disse comunque. «In via ufficiosa, signor Flynn, questa è la mia operazione. E mi sembra di capire che lei abbia già capito per chi lavoro, perciò ha ragione: lavoro per la CIA.»

Annuii e guardai Kennedy, che mi osservava con attenzione, valutando accuratamente le mie reazioni.

«Il tempo stringe, quindi mi perdonerà se sarò breve e andrò dritto al sodo», proseguì l'ometto. «Siamo qui per prendere alcune precauzioni e assicurarci che nessuno, all'infuori dei presenti, ascolti questa conversazione. Ho una proposta da farle. Anzi, ho un caso per lei.»

«Non lavoro per il governo», dissi. «Tanto più se il governo in questione si è intrufolato nel mio ufficio.»

«Ah sì? Credevo che avrebbe accolto di buon grado un lavoro retribuito. Ho visto il divano letto sul retro, e anche vestiti, tv, spazzolino da denti e una pila di libri. In realtà, non ho bisogno di avanzare ipotesi: so tutto di lei. Ogni minimo dettaglio. È al verde. Vive nel suo ufficio. Per la precisione ha milleduecento dollari sul suo conto corrente, mentre è sotto di trentamila con il conto dell'ufficio. E il lavoro scarseggia.»

Scoccai un'occhiata a Kennedy. Lui incrociò le braccia e fece un cenno in direzione di Dell per dirmi che avrei fatto bene ad ascoltare.

«Signor Flynn, le spiego qual è la situazione. Ho passato cinque anni a indagare su un gruppo di persone molto pericolose e, a essere sincero, ne sono uscito a mani vuote. Non ho trovato nulla. Almeno fino a ieri, quando tutte le mie preghiere sono state esaudite. È saltato fuori che un amico di quelle persone pericolose è stato arrestato per aver fatto qualcosa di *molto* brutto, quindi sarà processato e condannato. È un caso semplicissimo. La mia speranza è di convincerlo a fare un patto con me, in virtù del quale lui uscirà di prigione ancora giovane e io potrò arrestare i suoi amici. Il problema è che i suoi avvocati non sono propriamente d'accordo, perciò voglio che sia lei a occuparsi del caso. Voglio che lei lo rappresenti e che lo convinca a fare un accordo. Non è solo nell'interesse di quest'uomo, ma anche del suo, avvocato.» Poi, controllando l'orologio, aggiunse: «Ha quarantott'ore per farsi ingaggiare dal suo nuovo cliente e costringerlo a dichiararsi colpevole. A quel punto, noi gli proporremo l'accordo. Se accetterà, il governo federale farà due cose per lei».

Estrasse dal soprabito una fiaschetta, la aprì e riempì la tazza da caffè vuota che era appoggiata sulla mia scrivania. Senza chiedermi se ne volessi, me la allungò. Lui bevve un piccolo sorso dalla fiaschetta e proseguì. «Innanzitutto, le daremo centomila dollari. In contanti. Esentasse. Niente male per una mattinata di lavoro, no? E poi, cosa più importante, lei farà questo lavoro per me e io non spedirò sua moglie in una prigione federale per il resto dei suoi giorni.»

5

Appoggiato alla scrivania del mio ufficio, Dell bevve un altro sorso dalla sua fiaschetta. Dal canto mio, ignorai la tazza che mi aveva offerto, qualunque fosse il liquore che aveva versato. Lui sorrise di nuovo in quel suo modo innaturale e io lasciai che le sue parole andassero a segno.

Lei farà questo lavoro per me e io non spedirò sua moglie in una prigione federale per il resto dei suoi giorni.

Kennedy si era irrigidito. Sapeva che fine avevano fatto le ultime persone che avevano minacciato la mia famiglia, e sembrava sorpreso quanto me. «Dell, spiegagli che in questa situazione noi siamo i buoni», disse.

«Sto parlando io, Bill», ribatté Dell senza smettere di guardarmi con quel sorriso falso.

Forse uno dei due si aspettava una scenata, ma io non diedi loro quella soddisfazione e mi limitai ad appoggiarmi allo schienale della sedia solitamente riservata ai clienti. Unii le mani. «Dell, quello che dice è molto interessante, ma mia moglie è una persona onesta come poche. Non attraversa nemmeno la strada fuori dalle strisce. E lei pensa di avere qualcosa su Christine? Bene, lo usi pure e ci vedremo in tribunale. Anzi, Christine non avrà nemmeno bisogno del mio aiuto. È un avvocato di gran lunga migliore di me, per questo lavora da Harland e Sinton, mentre io... be', lavoro qui. Perciò grazie dell'offerta, la proposta economica è allettante, ma visto che è accompagnata da una minaccia ho perso ogni interesse. Non sono il tipo che si spaventa facilmente, Dell. Può andarsene, per quel che mi riguarda, e si ricordi di rimettere a posto la monetina quando esce.»

Il sorriso falso diventò vero e Dell assunse un aspetto diverso. Affascinante. Nonostante quello che aveva detto e l'impressione che mi aveva dato, quell'uomo emanava un calore inaspettato. Scambiò un'occhiata con Kennedy, poi si chinò e prese un fascicolo verde da una cartellina. «Lei crede che sua moglie sia al sicuro perché lavora per Harland e Sinton? Il bello è che si trova in questa situazione proprio *a causa* del suo lavoro per Harland e Sinton.»

«Come?»

«Le faccio vedere una cosa», disse allungandomi il fascicolo. «Anzi, lo tenga pure. Io ne ho una copia, e anche il procuratore federale. Con i documenti che ci sono lì dentro, possiamo avanzare contro sua moglie trentotto diverse accuse per associazione a delinquere, per un totale di centoquindici anni di carcere. Dia un'occhiata lei stesso.»

Il fascicolo era composto di tre pagine, nessuna delle quali mi era molto chiara. La prima sembrava un accordo per l'acquisto di azioni per conto di una società che non avevo mai sentito nominare. Nel documento c'era la firma di Christine in qualità di testimone dell'accordo accanto a quella del cliente, l'acquirente delle azioni.

«Non capisco», dissi.

«Lasci che le spieghi tutto in parole semplici. Sua moglie ha firmato questo documento il suo primo giorno di lavoro presso lo studio legale Harland e Sinton. Tutti gli avvocati dello studio ricevono lo stesso trattamento il primo giorno di lavoro. Si sa com'è quando arrivi in un nuovo ufficio: passi la metà del tempo a sforzarti di ricordare i nomi di tutti i colleghi, a prendere confidenza con la postazione e con i fascicoli, a cercare di memorizzare tutte le nuove password che ti hanno appena affibbiato. Verso le quattro e mezzo del primo giorno di lavoro da Harland e Sinton, uno dei soci ti convoca nel suo ufficio: ha appena completato un accordo di trasferimento di azioni per un cliente, tutte le procedure di controllo necessarie sono già state effettuate, ma lui ha una riunione urgente con un cliente che è appena arrivato. Così ti chiede di firmare il documento come testimone al posto suo. Non devi fare altro che mettere una firma su un pezzo di carta e scrivere il tuo nome accanto a quello del cliente.

Fine. Succede di continuo. Anzi, a tutti i duecentoventitré avvocati che lavorano lì è successa la stessa identica cosa il loro primo giorno di lavoro. Ma non si faccia illusioni, avvocato Flynn. Firmando questo documento, sua moglie ha inconsapevolmente partecipato a una delle più grandi frodi finanziarie della storia americana. »

« Harland e Sinton? Frode finanziaria? No, lei si sbaglia di grosso. È uno studio storico, tra i più rispettati della città. Non è possibile che faccia qualcosa d'illegale. Perché dovrebbe? Ha così tanti soldi che non sa nemmeno cosa farci. »

« Oh, sì, certo, di soldi ne ha in abbondanza. Soldi sporchi, però. »

« Ha le prove? »

« Alcune, sì, per esempio i documenti che ha appena letto. Non abbiamo tutto, non ancora. È qui che entra in gioco lei. Vede, lo studio legale Harland aveva avuto i suoi alti e bassi finanziari nel corso degli anni, ma tutto è cambiato nel 1995 con l'arrivo di Gerry Sinton e la nascita del nuovo studio Harland e Sinton. La lista dei clienti è via via diminuita a meno di cinquanta e le attività si sono concentrate su titoli, imposte, obbligazioni, gestioni patrimoniali e proprietà immobiliari. I profitti sono schizzati alle stelle. Prima che arrivasse Sinton, lo studio era pulito, e ancora oggi gode di un'ottima reputazione: la cornice perfetta per la sua piccola operazione. »

« Quale operazione? »

Dell fece una pausa, guardò la tazza che non avevo toccato e si rivolse a Kennedy: « Bill, portaci del caffè, per favore ».

Kennedy andò nel retro e cercò di riportare in vita a suon di pugni la mia vecchia macchina del caffè.

« Quella di Harland e Sinton è un'attività di copertura. Certo, la professione un po' la esercitano, ma in realtà gestiscono la più grande operazione di riciclaggio di denaro mai condotta sul territorio statunitense. Lo studio agisce per conto di società che esistono solo sulla carta. Spinge i suoi clienti ad acquistare azioni di queste società, facendo ottenere loro una rendita garantita di circa il venti per cento sull'investimento. Senza esserne consapevoli, quei clienti forniscono denaro pulito, mentre quello sporco passa attraverso i conti delle società fittizie e viene ripulito attraverso i libri contabili, sui quali figura come pagamento agli investitori. Il denaro sporco proviene da cartelli della droga, terroristi e chi più ne ha più ne metta. E sua moglie ha controfirmato un documento che la coinvolge in questa frode.»

«Impossibile.»

Osservai di nuovo i documenti. Se quello che aveva detto Dell era vero, Christine era nei guai fino al collo. Il fatto che lei non ne sapesse nulla non contava un accidente. Sottoscrivere un accordo del genere in qualunque modo senza prima eseguire le necessarie procedure di controllo è una responsabilità oggettiva. Gestire la transazione equivale a una condanna assicurata, a prescindere dalle intenzioni.

«Lei come fa a sapere tutte queste cose?» chiesi.

«Perché ho parlato con un tizio che faceva passare alcune operazioni attraverso le banche e mi ha spiegato come funziona il meccanismo. Voleva far saltare tutto.»

«Allora perché ha bisogno di me?»

«Vuole la verità? Perché questo tizio è morto. Gerry Sinton, il capo di sua moglie, l'ha fatto ammazzare.»

6

Kennedy si bloccò di colpo con le tazze di caffè caldo in mano. Sulla stanza calò il silenzio. Chiusi gli occhi e mi sfregai la fronte. Avevo la sensazione che un torrente di piombo mi si stesse ingrossando nelle tempie.

In che razza di storia si era cacciata Christine?

Lei era l'unica donna che avessi amato veramente. Ci eravamo sposati con una cerimonia intima. I miei genitori erano morti e, fatta eccezione per il giudice Harry Ford e il mio socio Jack Halloran, conoscevo soltanto truffatori, prostitute o mafiosi, che erano pur sempre miei amici. Quel giorno nella chiesa di Freeman Avenue si era riunito un insolito gruppo di fedeli. Dal lato di Christine c'era la New York bene, l'élite di Manhattan: proprietari di giornali, chef famosi, milionari del settore immobiliare, avvocati, modelle ed esponenti dell'alta società, qualunque cosa quest'espressione significhi. Dal mio lato c'erano il giudice nonché mio mentore Harry Ford, un avvocato corrotto nonché mio socio Jack Halloran, un'ex prostituta alta uno e ottanta di nome Boo, quattro uomini d'onore con le loro incredibili mogli e il loro capo Jimmy «Cappello» Fellini, una coppia di miei vecchi compagni d'intrallazzi, e per finire la mia ex padrona di casa, la signora Wachowski, che se non altro compensava l'immagine poco rassicurante degli altri invitati. Si erano comportati tutti bene. Soltanto la signora Wachowski mi aveva deluso perché dopo troppi cocktail era caduta nella tazza del water e la madre di Christine aveva dovuto tirarla fuori a forza.

Ma non importava. Io avevo occhi soltanto per Christine. Eravamo felici.

Le cose, però, erano cambiate.

Tra i miei orari folli in tribunale, il caso Berkley e il mio attaccamento alla bottiglia, Christine aveva smesso di amarmi. L'avevo capito dai suoi occhi, era stanca. Stanca di me. Io invece, anche se avevo smarrito la retta via, non ho mai perso l'amore per mia moglie. Il mercoledì precedente, la sera, le avevo ricordato della signora Wachowski caduta nel water e Christine era scoppiata a ridere, tanto che il vino le era schizzato fuori dal naso. E anche se sulla porta mi aveva rifiutato, sapevo che c'era una piccola possibilità di tornare insieme un giorno. Nel gesto delicato con cui mi aveva messo la mano sul petto avevo avvertito una tenerezza che mi dava speranza.

Soffiando sulle tazze di caffè, Kennedy avanzò e me ne porse una. Si mise di fianco a Dell e aspettò che bevessi un sorso. Scottava troppo. Appoggiai la tazza sulla scrivania, presi una penna e me la rigirai tra le dita per pensare meglio. «Chi era l'informatore?» domandai.

Reprimendo una smorfia, Dell si alzò dalla mia scrivania, fece il giro e si lasciò cadere con un sospiro sulla mia poltrona, mentre Kennedy gli porgeva l'altro caffè. «Grazie, Bill», disse versandosi nella tazza fumante un altro goccio di qualunque cosa ci fosse nella sua fiaschetta. «Dopo l'11 settembre, la CIA ha cominciato a mirare al cuore del terrorismo globale: i soldi. Negli ultimi quindici anni ho lavorato a Grand Cayman, che è il canale di passaggio del denaro sporco. Sulla nostra lista dei sorvegliati c'era un tizio di nome Faruk, che prendeva ordini direttamente da Gerry Sinton. Abbiamo scoperto che, oltre a essere un funzionario di banca corrotto e a riciclare denaro, questo Faruk smerciava foto di minorenni su Internet. È stato beccato ad aprile dello scorso anno grazie a una task force intercontinentale della polizia. Faruk è stato stanato attraverso una rete di pedofili e, quando i poliziotti locali l'hanno preso, hanno trovato immagini illegali sul suo computer. A Grand Cayman si finisce in guai seri per una cosa del genere, ma con ogni probabilità Faruk sarebbe stato ammazzato non appena avesse messo piede in prigione. Lo studio faceva affidamento su intermediari come lui per i trasferimenti di denaro e, se lui fosse diventato un informatore, avrebbe potuto rovinare tutti. Così ho deciso di fare quattro chiacchiere con lui alla stazione di polizia di George Town, per trasformarlo in una risorsa. Lo studio l'aveva liquidato alcune settimane prima, perché Sinton aveva escogitato un metodo nuovo per trasferire e ripulire il denaro. Quindi Faruk era preoccupato per la propria pelle. Ci aveva promesso di stanare la più grande operazione di riciclaggio al mondo e ci aveva persino fornito delle prove. Alcuni documenti erano uguali all'accordo di acquisto di azioni che ha già visto, mentre altri erano vecchi estratti conto, per darci un assaggio di quello che avrebbe potuto offrirci se gli avessimo fornito una nuova identità e una vita altrove. Ci stava consegnando Harland e Sinton.»

Il caffè era amaro: macchinetta vecchia e niente filtri. Mi sforzai di concentrarmi sull'uomo seduto davanti a me e lo osservai in cerca di qualche indizio. Sembrava rilassato, stabiliva il contatto visivo e lo interrompeva con naturalezza, i suoi gesti erano spontanei, non dava enfasi alle parole e non si nascondeva la bocca con le dita.

«Eravamo pronti a negoziare, quindi abbiamo lasciato la centrale della polizia locale in convoglio. Faruk, però, non è mai arrivato all'ambasciata. Non so chi abbia condotto l'attacco, ma chiunque sia stato si è servito di tattiche militari: ha eliminato il veicolo in testa con un lanciarazzi e ha bloccato la strada alle sue spalle. In una delle auto c'era la mia capo analista. È morta. Ricordo soltanto le sue grida mentre bruciava viva. Non sono riuscito ad aiutarla. Faruk è stato catturato vivo: lo studio aveva bisogno di sapere cosa aveva spifferato alla polizia.» Abbassò lo sguardo sulla scrivania, continuando a fissarla. «Ha vuotato il sacco. Non avrebbe potuto resistere. Abbiamo rinvenuto il suo corpo abbandonato sopra il muro dell'ambasciata. L'avevano bruciato completamente con l'acido, dalla testa ai piedi. Nessuna ferita letale, nessun segno di traumi. Deve essere morto d'infarto o di dolore per le ustioni da acido. Provi a immaginarlo: il tuo corpo che soffre talmente tanto da morire. Il caso ha avuto lo stesso destino di Faruk. Tutte le prove documentali che avevamo in mano riconducevano agli avvocati che avevano sottoscritto gli accordi come testimoni; nulla rimandava ai soci titolari dello studio. Gerry Sinton ha scaricato tutti i suoi intermediari e ha cominciato a ripulire il denaro in qualche altro modo. Siamo rimasti con un pugno di mosche in mano. Abbiamo una sola possibilità di prendere Harland e Sinton, e ci è piovuta dal cielo proprio ieri. Riteniamo di aver trovato una nuova risorsa. Il suo nuovo cliente.»

«Non mi ha ancora detto di chi si tratta. Perché dovrebbe voler fare un patto?»

«Lo farà. È soltanto un ragazzo spaventato. Certo, a modo suo è potente, ma non può accettare la prospettiva di una condanna all'ergastolo. È in possesso di informazioni sullo studio... informazioni chiave. Le basti sapere questo, per il momento. Flynn, lo porti dalla nostra parte. Io stesso mi occuperò dell'accordo.»

«Cos'ha fatto questo ragazzo?»

«Quindici ore fa ha ucciso la sua fidanzata a colpi di pistola. Abbiamo l'arma, i testimoni che lo collocano sulla scena del crimine e i rapporti della scientifica. Pacchetto completo. Lei deve convincerlo a licenziare i suoi attuali avvocati, farsi ingaggiare come suo difensore e costringerlo a fare un accordo con me.»

«Verrei radiato dall'albo. Ho un enorme conflitto di interessi. Non posso convincere un cliente a stringere un accordo che andrà a vantaggio di mia moglie.»

Dell finse di non avermi sentito. «Vogliamo che patteggi la pena prima dell'udienza preliminare. Deve essere citato in giudizio entro ventiquattr'ore dall'arresto. È stato arrestato per omicidio stamattina, è stato interrogato e accusato, e stasera sarà trasferito al centro di custodia. Dev'essere citato entro domani a mezzogiorno. È questo il tempo che ha a disposizione: quindici ore per togliere di mezzo gli avvocati e soffiargli il cliente. Se riesce a farsi ingaggiare, è probabile che il giudice fissi l'udienza preliminare per il giorno successivo. Voglio che l'imputato si dichiari colpevole prima dell'udienza, quando la pressione sarà ancora alta e il procuratore distrettuale sarà disposto a negoziare. In questo lasso di tempo, il nostro uomo sarà più vulnerabile. E poi non ci servirebbe a niente ottenere soltanto le prove per inchiodare i soci: vogliamo i soldi dello studio. Pensi a Bernie Madoff. È la più grande frode finanziaria che sia mai stata scoperta, ma è passata alla storia come un fiasco delle autorità perché non sono stati recuperati i soldi. Noi vogliamo tutt'e due le cose e, per averle, dobbiamo muoverci in fretta, prima che questi soldi spariscano. Se lei fa ciò che le chiediamo, sarà nostra premura che Christine ne esca senza conseguenze.»

Scossi la testa.

«Sarò schietto con te, Eddie», disse Dell passando a un tono più diretto. «È così che lavoriamo alla CIA: ottenuta una risorsa, facciamo in modo di averla sotto il nostro controllo e la sfruttiamo. Il tuo nuovo cliente è quella risorsa e dobbiamo averlo sotto controllo per poterlo utilizzare. Tu sarai pagato profumatamente. Dopo quella faccenda di Chambers Street, sappiamo che sei bravo a gestire la pressione. Possiamo sempre toccare i tuoi nervi scoperti, se necessario, Eddie La Mosca.»

Era la mafia a chiamarmi Eddie La Mosca, in particolare il mio vecchio amico Jimmy «Cappello». Da ragazzini, dopo gli allenamenti di boxe, prendevamo palla e mazze e giocavamo a stickball. Non potevo competere con le battute di Jimmy – era uno di quelli che faceva tiri da ben tre tombini – però ero veloce con le mani e non mancavo mai una palla. Lui mi aveva dato il soprannome di Eddie La Mosca e me l'ero portato dietro anche dopo il mio ingresso nel mondo degli imbroglioni.

Pensai a Christine e a Amy. Giuramento professionale o no, non avrei mai permesso a qualcuno o a qualcosa di mettere in pericolo la mia famiglia. E da quello che mi aveva detto Dell, il cliente era colpevole. Aiutare un uomo colpevole a sputare il rospo e a fare un accordo per salvare mia moglie non mi sembrava poi una cosa così terribile.

«Devo dirlo a Christine. Ha il diritto di sapere.»

Dell scosse la testa. «Non le dirai proprio niente. Meno sa

e meglio è. Se andasse nel panico e si lasciasse sfuggire qualcosa con uno dei soci? Lei sarebbe una donna morta e tutta l'operazione andrebbe in fumo. Non dirle niente, Flynn. Le comprerai un biglietto d'uscita da tutto questo: sarà sufficiente. »

Il ragionamento filava. Non avevo idea di come avrebbe reagito Christine e non sapevo nemmeno se mi avrebbe creduto.

Guardai Dell. « Chi è il cliente? »

« È il tuo bersaglio. Fatti ingaggiare e convincilo a confessare l'omicidio in cambio di un patto con noi. Lui otterrà una riduzione della pena, lo studio finirà a gambe all'aria, noi avremo i soldi e tu riavrai la tua Christine. » Dell lanciò uno sguardo a Kennedy. « Devo sgranchirmi le gambe », aggiunse e, quando si alzò dalla scrivania, notai che zoppicava leggermente. Si massaggiò la coscia e smise di zoppicare. « Non sono uscito senza cicatrici dall'attacco a Faruk, avvocato Flynn. Voglio quello studio. Loro si sono presi il mio testimone e la mia analista. Io mi prenderò loro. » Andò nel retro e lo sentii chiudere la porta del bagno.

Kennedy si protese in avanti in modo che Dell non potesse sentirci. « L'analista che è morta nell'attacco... si chiamava Sophie. Era la protetta di Dell, oltre che la sua compagna. Ho sentito dire che erano una coppia molto unita. Amore vero. L'ha presa sul personale. Sii gentile con lui », disse.

« Sta minacciando mia moglie. »

« Sta facendo il suo lavoro. Non vuole fare del male alla tua famiglia: ti sta offrendo una via d'uscita dalla prigione per Christine. Sai che non ha alcuna importanza se lei voleva davvero riciclare denaro o se è stato soltanto un errore innocente. Sta di fatto che ha firmato senza eseguire i controlli in prima persona, non importa se i soci le hanno mentito. È indifendibile. Dell le offre la possibilità di cavarsela. »

« Non mi avete ancora detto chi è il cliente e come può far crollare lo studio. »

« Quest'uomo è la chiave di tutto, Eddie. O, almeno, lui possiede la chiave di tutto. Al momento ci sembra preferibile che tu non sappia troppo sulle informazioni di cui dispone. Ti basti sapere che è l'unico che può condurci al denaro. Ci aspettano un paio di giorni impegnativi. So che te la cavi bene – ed è per questo che siamo qui – ma non possiamo correre il rischio che tu ti lasci sfuggire qualcosa, anche solo per sbaglio. Se il cliente dovesse pensare che lo stai usando contro lo studio, potrebbe cucirsi la bocca. Convincilo che hai un ottimo affare da offrirgli. Lui dovrà soltanto parlare con qualche tuo contatto. A quel punto, subentriamo noi.»

Sentii Dell che tornava. «D'accordo, come ci organizziamo?» dissi.

Kennedy si rilassò visibilmente, e anche i due agenti che avevo attaccato.

Dell increspò le labbra e annuì: nei suoi occhi parve accendersi una luce. «Possiamo aiutarti bloccando l'avvocato del tuo uomo prima che arrivi in tribunale domani. Ti faremo guadagnare tempo. Dopo, sarai solo.»

«E i suoi attuali avvocati non saranno mica...»

«Harland e Sinton. Puoi scommetterci.»

PARTE PRIMA

LA PREPARAZIONE

7

lunedì 16 marzo
36 ore prima dello sparo

Una volta mio padre mi disse che nell'arte dell'imbroglio ci sono due modalità operative di base: imbrogli brevi e imbrogli lunghi. Quelli brevi in genere si svolgono per strada o in un bar e, per essere portati a termine, richiedono tra i cinque secondi e i cinque minuti, con un basso rapporto rischio-guadagno. Per gli imbrogli lunghi, invece, ci vuole tempo. Spesso, per compierne uno di questo tipo, servono sei mesi o addirittura un anno. Bisogna elaborare un piano dettagliato, fare ricognizioni, prepararsi e avere molte risorse: il rischio è elevato ma, in compenso, si ha la possibilità di fare un colpo grosso.

Tuttavia, ce ne è anche un terzo tipo: l'imbroglio proiettile. Si tratta di un imbroglio lungo condensato in un tempo breve, che può essere compreso tra un paio di giorni e una settimana. È il metodo operativo più rischioso in assoluto, dove la velocità è l'elemento fondamentale. C'è poco tempo per provare, per pianificare e per prepararsi. Ci si trova inevitabilmente ad andare a istinto per la maggior parte del tempo. Nessuno sceglie d'imbarcarsi in un imbroglio proiettile, a meno che non gli cada dal cielo qualcosa d'incredibile, di troppo allettante e irresistibile per lasciarselo sfuggire: per esempio, un ricco amante del gioco d'azzardo che si ferma in città solo per una settimana, oppure un quadro dal valore inestimabile che viene spostato senza preavviso dal luogo in cui è custodito per un restauro di emergenza. Cose così. Affari rapidi, complessi, pericolosi.

Ho sentito dire che lo chiamano imbroglio proiettile perché, per metterlo in atto, ci vuole un secondo, lo stesso tempo che serve per premere un grilletto. In realtà il nome è dovuto al fatto che, se il piano fallisce, l'imbroglione può aspettarsi una pallottola.

La mattina prima del giorno di San Patrizio, alle otto e un quarto, cominciai il primo imbroglio proiettile della mia carriera. Come quasi tutti gli imbrogli migliori, era stato costruito per gradi. All'inizio era prevista una serie di mosse e gesti semplici: gli strumenti dei truffatori per prendere all'amo il loro bersaglio, farlo preoccupare e sudare, per poi sbucare dal nulla con un biglietto d'oro che contiene la risposta a tutti i suoi problemi.

Quella mattina, entrando nell'area di custodia al piano interrato del tribunale distrettuale di Manhattan, avevo una banconota da venti dollari nascosta nella mano destra. L'avevo piegata con cura in modo che mi stesse comodamente nel palmo. I miei passi riecheggiarono sui pavimenti lucidi di linoleum mentre superavo le sbarre che mi separavano dai detenuti in attesa di comparire in aula. Individuai il mio bersaglio con la coda dell'occhio. Era seduto lontano da tutti gli altri, in un angolo, la testa china e le mani sulla faccia. Guardai dritto negli occhi l'agente di sorveglianza che reggeva tranquillo il fucile tra le braccia. Aveva la chiave della cella in cui era rinchiuso il mio bersaglio insieme ad altre trenta persone che aspettavano di comparire davanti al giudice.

La maggior parte degli uomini che si trovavano lì dentro quella mattina ci erano finiti per droga, alcol, problemi di salute mentale, povertà o perché membri di qualche gang, e certamente qualcuno anche per una combinazione di tutte quelle cose. Il mio bersaglio era diverso. Molto diverso. Lì dentro era il più giovane, e di parecchio. Sembrava abbastanza in salute, ma un po' troppo magro, tanto che la tuta arancione gli penzolava addosso. Vedendogli le calze bianche di spugna, capii che dovevano avergli già rubato le scarpe. Le guardie toglievano sempre ai detenuti le scarpe con i lacci, per evitare che tentassero d'impiccarsi o di strangolare qualcuno. Al posto delle Nike o delle Converse, ricevevano scarpe da ginnastica di gomma nera. Il mio bersaglio però era scalzo, perciò qualcuno in cella si era preso le scarpe che indossava al momento dell'arresto, visto che nessuno avrebbe avuto interesse a rubare scarpe da ginnastica da detenuto. I capelli ricci e spettinati color caramello, insieme agli occhiali con la montatura di ferro, lo facevano apparire leggermente ridicolo, un po' troppo sfigato per poterlo definire trendy, ma dubitavo che qualcuno gliel'avesse mai detto.

Basta essere miliardari e, d'un tratto, tutti diventano educatissimi.

Neil, l'agente di sorveglianza conosciuto come l'addetto alla fossa, mi sentì arrivare e spostò il fucile tra le braccia. Per un avvocato difensore la cella di custodia era un'opportunità pubblicitaria. I detenuti facevano caso a chi usciva su cauzione, otteneva un processo in tempi rapidi o veniva scagionato, e a chi invece no. Le persone che si trovano rinchiuse in quella cella hanno parecchio tempo a disposizione per parlare. Neil era addetto alla fossa da vent'anni. Il mio vecchio socio si era occupato del suo divorzio e gli aveva fatto uno sconto a condizione che lui ci facesse pubblicità con i frequentatori regolari della cella.

Porca miseria, come ha fatto quello stronzo a uscire su cauzione?

Eddie Flynn, ecco come ha fatto.

Il rumore che proveniva dalla cella era una cacofonia assordante di imprecazioni, grida e canti di ubriaconi. Con la solita confusione, nessuno avrebbe notato che parlavo con Neil. L'avevo avvertito alcune ore prima e avevamo pianificato un piccolo siparietto per quando fossi arrivato quella mattina, qualcosa che avrebbe attirato l'attenzione del bersaglio.

Mi fermai davanti a Neil e gli feci l'occhiolino. Lui inserì un proiettile nel fucile calibro dodici. L'inconfondibile schiocco seguito dal rumore del carrello è in grado di paralizzare chiunque. Anche se stavo dando la schiena alla cella, sentii lo sguardo di ciascun detenuto puntare verso di noi. Allungai la mano destra per stringere quella dell'agente. Mi girai verso sinistra in modo che il bersaglio potesse vedere la mossa e aprii le dita a sufficienza da far vedere al miliardario i soldi che passavano da una mano all'altra. Neil accentuò volutamente il gesto, così che tutti lo vedessero bene mentre s'infilava la banconota nel taschino. Mi aprì la cella, una pratica severamente vietata, e io entrai nella vasca degli squali. Non mi restava altro da fare che gettare l'esca.

Popo, un mio cliente tossicomane, mi salutò piegando la testa con un'espressione imbronciata. Originario di Los Angeles, Popo era una spia di professione, trasferitosi a New York quando a Fresno la situazione si era fatta troppo pericolosa per lui. Aveva un aspetto niente male, per uno nelle sue condizioni. I jeans erano strappati su un fianco e la canottiera bianca aveva una moltitudine di macchie di cibo. Puzzava di merda vecchia e sigarette. Il busto emaciato era ricoperto da uno spesso strato lucido di sudore: la sudorazione era uno dei primi segni dell'astinenza da eroina. Popo indossava scarpe da ginnastica senza lacci, di quelle da due soldi per essere certo che le guardie non gliele togliessero e che nessuno gliele rubasse. Il suo vero nome, quello che dava sempre agli sbirri, era Dale Barnes, ma le sue soffiate erano così frequenti che si era guadagnato il soprannome di Popo, che stava per «polizia»: in California, dove pattugliavano le strade in bicicletta uno di fianco all'altro, gli agenti avevano la scritta PO di *police officer* stampata sul retro delle magliette e, visti da dietro, formavano quindi la parola POPO. Per una spia che doveva fare affari, quel nome non era proprio il massimo.

«Dov'eri finito, avvocato?» disse Popo con le labbra screpolate e sanguinanti. Aveva un tono leggermente incazzato, proprio come avevamo concordato.

«A comprarti la colazione», risposi porgendogli un sacchetto che avevo nascosto sotto un fascicolo. Mi sedetti sulla panca a sinistra di Popo. Era il detenuto più vicino al bersaglio, che era poco più in là alla sua destra, all'estremità opposta della panca. Quella mattina Neil, dopo la nostra chiacchierata, mi aveva fatto parlare al telefono con Popo e io gli avevo chiesto di entrare in confidenza con il bianco un po' sfigato. Popo aprì il sacchetto con le dita tremanti e cominciò a divorare un hamburger. Lo lasciai fare. Lui offrì l'altro hamburger che c'era nel sacchetto all'uomo alla sua destra, che rifiutò. In quel momento pensai che erano un'accoppiata stramba. Entrambi ventiduenni, erano nati nella stessa città e vivevano nella stessa città, ed entrambi si stavano congelando le chiappe sulla stessa panca dentro una cella, quando invece avrebbero potuto tranquillamente provenire da pianeti diversi: uno dal pianeta Ricchezza, l'altro dal pianeta Povertà.

Il mio bersaglio si chiamava David Child, proprietario di Reeler, il social network che aveva registrato la crescita più rapida di tutta la storia. A tre anni dal lancio, David Child era diventato miliardario e Facebook sembrava ormai MySpace. Quasi non passava mese senza che qualche storia su Reeler o su David conquistasse le prime pagine dei giornali. In quel momento, vedendo David seduto con il mento contro il petto e i capelli madidi di sudore, faticai a riconoscerlo. Da vicino non mi sembrava il tipo da lasciarsi coinvolgere in qualcosa di disonesto. Aveva l'aria di un ragazzo perbene. Del resto, però, molte persone perbene sono anche capaci di uccidere. Quel ragazzo era un genio, ma non riuscivo a immaginare come potesse essere collegato a Harland e Sinton. Era un cliente dello studio, certo, ma cos'altro li legava? Kennedy aveva detto che quel ragazzo era l'unico che poteva condurli al denaro. Non capivo ancora. Guardai David e Popo seduti sulla stessa panca. Il crimine azzerava davvero ogni differenza.

«Allora, Eddie, stavolta quanto?» disse Popo.

Risucchiai l'aria tra i denti in un verso che non tutti i clienti volevano sentire. «Be', qui non abbiamo la regola delle tre condanne, ma considerando che sei vicino alla quarantatreesima, direi mezz'ora, tre quarti d'ora al massimo, e avrò convinto il procuratore a far cadere le accuse. Poi sarai libero.»

Mentre dicevo a un delinquente incallito e tossicomane

che l'avrei fatto uscire nel giro di un'ora, sentii uno scroscio di risate sommesse. David si girò e mi fissò. Io evitai intenzionalmente il contatto visivo e continuai a guardare il mio cliente come se niente fosse.

«Visto, amico, Eddie è l'uomo giusto», disse Popo, girandosi verso David e dandogli un pugno amichevole sulla spalla. «Sarà meglio per te che rispetti i tempi, Eddie. Ho degli impegni», aggiunse.

«Faccio del mio meglio, ma per i miracoli non sono ancora attrezzato. Dovresti essere fuori prima delle dieci e mezzo, ma non ti prometto niente.»

Popo sorrise. La verità era che si faceva arrestare una domenica sì e una no. Era il nostro accordo. Si era fatto beccare un paio di mesi prima per un furto e si prospettavano guai seri per lui. La sua unica possibilità era collaborare con la polizia e, grazie al mio aiuto, aveva stretto un patto. Se sei un informatore stipendiato, puoi scegliere di essere retribuito in uno di questi due modi: sessantatré dollari e sessanta centesimi a settimana, oppure lo Stato paga un rappresentante legale di tua scelta per un massimo di centocinquanta dollari l'ora. L'obiettivo di questo sistema che prevedeva il pagamento di una parcella a un avvocato privato, in sostituzione delle normali alternative proposte da enti di beneficenza oppure finanziate in parte dallo Stato, era quello di sgravare i difensori d'ufficio e le altre forme di patrocinio gratuito ormai oberate e di evitare conflitti d'interesse per i difensori d'ufficio. Non capitava di rado, infatti, che il difensore d'ufficio rappresentasse contemporaneamente sia la spia che la persona sulla quale aveva spifferato. Pur essendo una buona idea in teoria, nella pratica quasi tutti si accontentavano d'intascare i sessantatré dollari e sessanta centesimi.

Non Popo.

A condizione che lui si facesse arrestare per possesso di stupefacenti a domeniche alterne, io potevo fatturare sei ore per farlo uscire il giorno successivo. Lui aveva sempre la mente così annebbiata dalla droga che in qualche modo dimenticava di essere un informatore stipendiato della polizia, e quindi il lunedì mi presentavo in tribunale per sistemare le cose a centocinquanta bigliettoni l'ora. Non si può essere una talpa in un giro di spacciatori senza avere con sé un po' di merce, quindi far cadere le accuse era una passeggiata. Tuttavia, di norma mi prendevo il mio tempo per far rilasciare Popo. Con il suo aiuto, fatturavo al dipartimento di Giustizia circa millecinquecento dollari al mese, ne allungavo cinquanta al sergente assegnato al centro di custodia e altri cinquecento a Popo, che a sua volta pagava il pizzo allo spacciatore di zona in modo da non essere fatto fuori per le sue soffiate. Uno che si chiamava Popo aveva bisogno di tutto l'aiuto possibile per sopravvivere in strada. Il pusher gli forniva i nomi dei suoi galoppini più lenti a smerciare in modo che loro venissero beccati e lui potesse assumere talenti nuovi e meno costosi. Dopotutto, chiunque non fosse in grado di vendere in un giorno duemila dollari di roba all'angolo di una via di New York non meritava nemmeno di essere in attività. Mi sembrava un ottimo affare per tutti: tutti venivano pagati, le statistiche sulla criminalità miglioravano e i difensori d'ufficio ci guadagnavano un po' di tempo libero. Nessuno si faceva del male e la città pagava il conto.

Un giro più che discreto.

«Stai tranquillo. Ho parlato con il procuratore, è una mia amica. Chiamerà il tuo caso per primo, così puoi uscire in fretta», dissi a Popo dandogli una pacca sulla schiena sudata. Mi alzai e diedi un ultimo consiglio al mio cliente. «Vedi di essere pronto tra dieci minuti. Non dire niente e lascia parlare me. D'accordo?»

Lui annuì. Soddisfatto, mi voltai per andarmene. Avevo immaginato che sarei arrivato alla porta della cella prima che David mi chiamasse, ma non avevo ancora fatto tre passi che sentii la sua voce.

«Mi scusi, avvocato, ha un attimo?»

Io mi fermai senza girarmi. «Il difensore d'ufficio sarà in tribunale più tardi. Non fornisco assistenza legale gratuita e non faccio volontariato, amico», dissi.

«No... no... eh... non ha capito. Io ho già un avvocato... È solo che...»

Mi voltai per metà e lo interruppi. «Allora non ha bisogno di me.»

«No, aspetti, la prego, si fermi. Ho soltanto bisogno di chiederle una cosa, per favore», disse, intrecciando le dita prima di mettersele sotto il mento. In silenzio mimò più volte con la bocca le parole «per favore». Voleva assolutamente parlare con me, ma senza alzarsi. La paura di allontanarsi dalla panca, attirando l'attenzione dei suoi compagni di cella, era più forte della disperazione.

«Si rilassi. Va bene. Mi dica un po', per caso ci conosciamo?»

Lui parve farsi piccolo piccolo, stringendosi le braccia intorno al corpo. L'ultima cosa che desiderava era essere riconosciuto. «Non credo che ci siamo mai incontrati», rispose.

«Cosa posso fare per lei?» dissi avvicinandomi a lui.

«Il mio avvocato, ecco, ieri sera mi ha detto che sarebbe venuto stamattina, ma non si è presentato. Sono preoccupato. Io ho... io non sono abituato a...»

«Non è mai stato arrestato prima. Capisco. Chi è il suo avvocato?»

«Gerry Sinton.»

«Di Harland e Sinton?»

«Sì. Sembra sorpreso.»

«Be', un po'. Mia moglie esercita come avvocato per Harland e Sinton. Pensavo si occupassero soltanto di diritto societario.»

«Io e Gerry ci conosciamo da parecchio. Mi fido di lui. L'ha visto stamattina?» chiese. Aveva la gola così irritata che a tratti gli mancava la voce. Neil mi aveva detto che David aveva pianto per tutta la notte, finché Popo non era riuscito a tranquillizzarlo. Mossa saggia: chi è rinchiuso in una cella fiuta odore di debolezza a un chilometro di distanza.

«No, non mi sembra di aver visto Gerry stamattina, ma sono sicuro che arriverà presto.»

Notai che aveva mani piccole e lisce. Tremavano, scosse

dalla stessa paura che minacciava di sopraffarlo. La mascella si muoveva come un martello pneumatico, gli occhi erano rossi e sbarrati. Mentre mi voltavo per andarmene, lui mi afferrò il polso.

«Ehilà! Giù le mani!» tuonò Neil, la guardia.

Il bersaglio mi lasciò andare e fece una smorfia. «Aspetti, per favore. Non potrebbe scoprire se Gerry è arrivato? Io non posso chiamarlo e a quest'ora lui avrebbe dovuto essere già qui. La pagherò per il suo tempo. Magari potrebbe telefonare a sua moglie per sentire se l'ha visto?»

Popo non aveva un conto corrente, né soldi o beni all'infuori dei vestiti che indossava. Kennedy mi aveva detto che il patrimonio netto di David ammontava a 1,9 miliardi di dollari; possedeva uno yacht, un parco auto, tre case e una squadra di basket. In quel momento, però, David e Popo non erano poi così diversi l'uno dall'altro. Entrambi avevano bisogno della loro ancora di salvezza: l'eroina per Popo, un avvocato per il mio bersaglio. Quella necessità annullava ogni differenza tra loro, come solo la morte o la malattia sono in grado di fare.

«Mia moglie Christine lavora per Ben Harland. Non so quanto spesso le capiti di vedere Gerry Sinton, ma le telefonerò comunque.»

Mentre fingevo di chiamare Christine con il cellulare, controllai l'orologio. Prima di arrivare in tribunale, quando ero riuscito a svignarmela da Dell e dai federali, avevo provato a chiamarla una decina di volte e non aveva risposto. A essere sincero, non sapevo cosa le avrei detto se avesse risposto. Immaginavo che le avrei raccomandato di stare a casa, ma ero convinto che non mi avrebbe dato ascolto, a meno che non le avessi raccontato tutto. Decisi allora che probabilmente Dell aveva ragione: più cose sapeva e più era in pericolo.

«Non mi preoccuperei. Probabilmente è imbottigliato nel traffico. Sono sicuro che verrà. A quel punto, riferirà il proprio nome all'impiegata e si registrerà come avvocato titolare del caso, prenderà i fascicoli e si metterà in contatto con il procuratore. Guardi, chiederò a Neil di chiamare l'impiegata perché controlli. »

« Grazie », rispose il bersaglio prima di chiudere gli occhi con la speranza di scoprire, una volta riaperti, che avevo trovato il suo salvatore.

Chiusi il telefono. « Mia moglie ha il cellulare spento. Deve essere in riunione », dissi.

Chiamai Neil alle sbarre e gli chiesi di telefonare a Denise, l'impiegata, per verificare se Gerry Sinton fosse arrivato in tribunale. Mentre la guardia faceva come gli avevo detto, feci un sorriso rassicurante a David. Probabilmente Neil stava chiamando il suo allibratore, ma di sicuro non Denise. Non ce n'era bisogno. In quel momento ero abbastanza certo di sapere con esattezza dove si trovava Gerry Sinton e, se tutto fosse andato secondo i piani, non aveva nessuna speranza di arrivare a breve in tribunale.

8

Circa un'ora prima del mio arrivo nelle celle, Gerry Sinton si sarebbe trovato bloccato nel traffico su Avenue of the Americas al volante di una Rolls-Royce Silver Shadow del 1968. Dell mi aveva detto che Sinton amava guidare e che possedeva una collezione di auto da far impallidire Jay Leno. Come la maggior parte degli avvocati di successo, aveva avuto un autista, ma l'aveva licenziato sei mesi prima, quando si era comprato la Rolls-Royce.

Mentre guidava, l'auto davanti a lui, un vecchio pick-up Ford, avrebbe cominciato a sbandare. Gerry avrebbe visto la coppia a bordo che litigava e probabilmente avrebbe suonato il clacson un paio di volte per poi tentare di sorpassarlo. L'uomo alla guida, Arthur Podolske, non gliel'avrebbe permesso. Sulla cinquantina, asmatico e con una stazza da centosettanta chili, Arthur era uno dei piloti più provetti con cui avessi mai lavorato, in grado di fermare un bestione su quattro ruote in un batter d'occhio. Arthur avrebbe continuato a cambiare corsia per bloccare la manovra di sorpasso di Gerry e poi avrebbe pestato il piede sul freno proprio nell'attimo in cui il semaforo fosse diventato rosso. Gerry non avrebbe avuto la minima possibilità di fermarsi. La sua auto classica non avrebbe potuto in nessun modo evitare di sbattere contro il retro del vecchio pick-up.

Con ogni probabilità Gerry sarebbe sceso dall'auto coprendo Arthur di insulti, ma non sarebbe andata avanti per molto. Non appena la portiera del conducente del pick-up si fosse aperta, Arthur avrebbe portato il suo imponente culo in strada e avrebbe cominciato a simulare un attacco cardiaco. In confronto alla moglie Eileen, Arthur sembrava un atleta. Immaginavo che Eileen avrebbe avuto una crisi isterica, come suo solito, e che avrebbe agitato le enormi braccia in direzione di Gerry, poi nel giro di pochi secondi avrebbe regnato il panico. Il grosso rischio era che Gerry chiamasse in ufficio per mandare un altro avvocato in tribunale a occuparsi del suo cliente. L'avevo previsto. Fortunatamente una pattuglia della polizia avrebbe assistito all'incidente e, mentre un agente avrebbe chiamato i soccorsi via radio, l'altro avrebbe trascinato Gerry fuori dalla sua Rolls-Royce, gli avrebbe sbattuto la faccia sul cofano e l'avrebbe ammanettato e spinto sul sedile posteriore dell'autopattuglia con l'intenzione di occuparsi di lui dopo l'arrivo dei soccorsi. Tutto questo prima che Gerry avesse il tempo di chiamare per chiedere aiuto.

Organizzare la messinscena non era stato affatto facile, ma potevo contare sull'aiuto di quel genere di persone in grado di far sì che una volante seguisse un avvocato e lo trattenesse senza nemmeno dargli il tempo di fare una telefonata dal cellulare, persone in grado di fare praticamente qualunque cosa ritenessero necessaria.

Le possibilità che Gerry riuscisse ad arrivare in tribunale quella mattina erano pari a zero.

«Il suo cliente parla molto bene di lei», disse David indicando Popo.

«Io gliel'ho detto, il mio Eddie è il migliore», rispose Popo. Batteva i denti, segno che la crisi di astinenza stava per esplodere in tutta la sua forza.

Fissai David, come se fosse la prima volta che lo guardavo davvero. Aveva la faccia rigata di lacrime e i capelli appiccicati alla fronte. «Ehi, ma io la conosco. È...»

«Non qui», m'interruppe David. I suoi occhi sfrecciarono da una parte all'altra, e lui si afferrò le ginocchia in modo che le mani smettessero di tremare. I piedi però continuavano a saltellargli e, avvertendo il mio sguardo, David li fece scivolare sotto la panca.

Non avevo previsto che si sarebbe ritrovato senza scarpe. A volte bisogna improvvisare. Alcuni degli imbrogli migliori e più convincenti riescono perché l'imbroglione vede l'opportunità di farsi passare per un uomo onesto. Conquistare la fiducia del bersaglio è lo scoglio più grosso e, quando si presentano opportunità di consolidare il rapporto con lui, non bisogna lasciarsele sfuggire. Questi piccoli stratagemmi, noi del giro li chiamavamo «indoramenti» o «zuccherini». Opportunità del genere vanno colte al volo, indipendentemente dalle probabilità di successo. Il fatto che David fosse rimasto senza scarpe era la mia occasione d'oro per dimostrargli che ero una persona perbene.

«Ehi, che fine hanno fatto le sue scarpe?» dissi.

Lui chinò la testa e si massaggiò la nuca. Stava facendo rimbalzare nervosamente i piedi e si torceva le mani. Mi guardò e poi diede un'occhiata al centro della cella. Vidi un omone nero che se ne stava in piedi in mezzo alla stanza come se fosse il padrone. Pur trovandosi in una cella affollata e zeppa di uomini pericolosi, aveva parecchio spazio intorno a sé. Quel tizio doveva essere in cima alla catena alimentare. E indossava un paio di Nike nuove, rosse e senza lacci. Gli andavano così piccole che i talloni gli spuntavano fuori, toccando terra.

Ignorando le mani imploranti di David, che mi stava sussurrando «la prego, lasci perdere», andai verso il centro della cella e porsi la mano al bestione. Era alto quasi due metri, pesava forse cinquanta chili più di me e ogni grammo del suo corpo sembrava fatto di muscoli allo stato puro. Il tatuaggio di un'aquila nera dispiegava le ali sul suo petto largo, e notai un luccichio dorato tra le sue gengive.

L'omone si limitò a fissarmi.

«Sono Eddie Flynn», dissi tenendo la mano tesa.

Nulla.

«Non ho potuto fare a meno di notare che lei indossa le scarpe del mio cliente. Mi sembra che non siano della sua misura. Le vorrei indietro.»

Lui aveva gli occhi infuocati e mi accorsi che gli altri detenuti nella cella si scambiavano gomitate, pronti a veder scoppiare un casino. Sulla cella calò un silenzio pesante. Sentivo la puzza di sudore dell'uomo davanti a me. Continuai a tenere la mano allungata, senza distogliere lo sguardo dalla sua faccia.

Invece di stringermi la mano, il gigante tese di scatto il braccio destro e mi afferrò per la cravatta. Voleva darmi uno strattone per provare a strangolarmi o soltanto per minacciarmi, ma non gli diedi l'opportunità di fare nessuna delle due cose. Gli strinsi la mano destra e me la bloccai sul petto, poi alzai il braccio sinistro verso l'alto, portandomi dietro il gomito del bestione. Gli tenni il polso fermo in basso, e il suo gomito si spostò a ore dieci con un sonoro schiocco della spalla. Osservai la rabbia sul suo volto trasformarsi in incredulità, sostituita poi da un'espressione di agonia pura e bruciante. Le braccia non erano fatte per piegarsi in quel modo.

«Se alzo il braccio di qualche altro centimetro, la spalla ti schizzerà fuori per sempre. C'è parecchia cartilagine, lì, che si sgretolerà e si spezzerà. Perderai i sensi e, quando ti sveglierai, penserai che sarebbe stato meglio essere morto. Potresti essere così gentile da toglierti le scarpe? O preferisci ricevere un assegno d'invalidità il primo di ogni mese?»

Lui annuì e io lo lasciai andare. Il braccio sarebbe stato inservibile per alcune ore, visto che gli avevo ridotto in poltiglia i nervi e le fibre dei muscoli. Capii che stava pensando di aggredirmi.

Sorrisi.

Lui si tolse le scarpe.

Trascorrere l'infanzia nella palestra di boxe più squallida della città aveva i suoi vantaggi, persino nell'esercizio della professione legale.

Lanciai le scarpe al mio bersaglio, che rimase a bocca aperta. Fu Neil a interrompere quel silenzio sbalordito. «Sai, dovrei proprio farmi prescrivere degli occhiali nuovi», disse togliendoseli e sollevandoli verso la luce. «Tocca a te, Eddie, e subito dopo al tuo amichetto. Ho chiamato Denise: l'avvocato Sinton non si è visto.»

«Grazie, Neil», risposi.

Vidi David restare senza fiato nel sentire che Gerry Sinton non era arrivato in tribunale. Il respiro cominciò a diventargli affannoso. Boccheggiava per riempirsi i polmoni di quell'aria stantia, ansimando rumorosamente e arricciando le labbra. Gocce di sudore gli cadevano dalla punta del naso e si mescolavano con le lacrime che avevano ripreso a scorrere. «Può aiutarmi, per favore? Non so cosa sia successo a Gerry. Dovrebbe essere qui, ma guardi, non riuscirò comunque a essere rilasciato su cauzione. Lui mi ha detto che non ho speranze. È solo che io... non posso andare in aula da solo. Può rappresentarmi, per favore? Soltanto per stavolta. La prego, glielo chiedo per favore.»

L'obiettivo di tutto ciò che avevo organizzato, pianificato e fatto quella mattina era sentirmi rivolgere quella supplica. Quando arrivò, non dissi nulla, perché sapevo che se avessi risposto di sì mi sarei trovato a un punto di non ritorno. Passai di nuovo mentalmente in rassegna tutte le possibilità. Nelle ultime dieci ore avevo pensato a poco altro. La situazione, però, era sempre la stessa. Non avevo altra scelta né via d'uscita.

L'unica alternativa che avevo era quella di ritrovarmi in una cella come quella e non per far visita a un cliente, ma a mia moglie.

«Okay», dissi.

Lui espirò lentamente e sorrise.

La sensazione che provai io fu simile a un peso che, schiantatosi sulle mie spalle, cominciava a schiacciarmi. Mi avvicinai, tenendo la voce bassa. «Togliamoci il pensiero delle formalità. Lei è David Child, il fondatore di Reeler?»

«Sì», rispose.

«Che cos'è Reeler?» chiese Popo.

«È come Twitter o Facebook.»

«Cos'è Twitter?» chiese ancora Popo.

Lo ignorai e mi concentrai su David. «Se devo rappresentarla, avrò bisogno di sapere tutto sul suo caso. Prima non mi sembrava educato chiedere, ma adesso è meglio che io sappia. Di cosa è accusato?»

Lui si asciugò la faccia e si sfregò le mani grondanti sulla camicia. Quando mi rispose, sembrava non riuscisse a credere a quello che stava dicendo. Era come se l'atto in sé di pronunciare quelle parole gli stesse facendo prendere nuovamente coscienza di ciò che era accaduto. Proprio come succede a chi, scordatosi di essersi fatto male, tenta di camminare su un ginocchio infortunato, scontrandosi dolorosamente e odiosamente con la realtà. Alla fine riuscì a sputare il rospo. «Omicidio», disse. «L'accusa è quella di omicidio di primo grado. Ma le giuro che non l'ho uccisa io.»

9

David si nascose il viso tra le mani. Dovevo saperne di più, ma in quel momento era inutile fargli altre pressioni.

«Va bene, si calmi. Prima devo occuparmi di Popo. Mi ci vorranno dieci minuti. Chiederò al giudice di tenere il suo caso in attesa per un po', in modo che io e lei potremo parlare in privato. Magari questo darà a Gerry il tempo di arrivare.»

Mentre parlavo, David continuava a coprirsi gli occhi con le mani.

Lasciai la cella senza smettere di guardarlo finché non fui uscito dalla porta di sicurezza che conduceva ai piani superiori del tribunale. Mentre aspettavo l'ascensore, presi il mio nuovo cellulare dalla tasca della giacca, scrissi un messaggio e lo inviai.

È fatta. Tieni Gerry alla larga per almeno un'altra ora.

Quando l'ascensore arrivò, avevo già ricevuto la risposta.

Hai 40 minuti al massimo.

Il mio orologio segnava le nove e un quarto. Non avevo abbastanza tempo.

Per fortuna l'ascensore era vuoto. Premetti il tasto per il quinto piano. Le porte si richiusero e l'ascensore cominciò a salire con una lentezza straziante. Soltanto il giorno prima, sembrava che la mia vita stesse tornando in carreggiata. Avevo aperto il mio studio privato da tre mesi e, nelle ultime due settimane, il lavoro aveva iniziato a ingranare e io mi sentivo di nuovo me stesso. Ero tornato in sella: avevo clienti, scadenze, uno scoperto bancario e un'auto di seconda mano. Una realtà lontana anni luce da quella del mio vecchio studio, eppure migliore, onesta.

Un anno e mezzo prima, avevo lasciato la professione legale dopo che uno dei miei casi si era concluso in modo drammatico. Una persona si era fatta male a causa mia, e non perché avessi imbrogliato qualcuno o fatto qualcosa d'illegale, ma solo perché avevo fatto il mio lavoro. E avevo perso tutto: mia moglie, mia figlia, la mia vita. Dopo un discreto tentativo di ammazzarmi con l'alcol, ero entrato in una clinica di recupero, mi ero ripulito ed ero riuscito a crearmi una nuova prospettiva. Per me era finita lì. Avevo deciso di abbandonare la pratica legale: basta clienti, basta trucchetti in aula. Avevo chiuso. Poi, cinque mesi prima, ero stato costretto a rappresentare il capo della mafia russa. Ero riuscito a salvare la pelle e avevo finito per riprendere a esercitare.

Ed eccomi lì, non solo sul punto di farmi coinvolgere nel caso di omicidio più sensazionale della storia dopo quello di O.J. Simpson, ma anche costretto a imbrogliare il mio cliente per salvare mia moglie da una condanna all'ergastolo. Fregare il cliente per salvare Christine non mi creava troppi problemi.

Il mio nuovo assistito era il quarantacinquesimo uomo più ricco d'America.

E, da quel che mi era stato detto, era colpevole alla grande. Per un attimo pensai a Dell. Stava soffrendo per la perdita di una persona, quello era chiaro. Un genere di dolore che può provocare due reazioni diverse: o vuoi salvare gli altri dal tuo stesso dolore, oppure vuoi che tutti soffrano quanto te. Non riuscivo a capire dove si collocasse Dell in quell'equazione, non ancora. Per lui l'arresto di David era un'opportunità. Immaginavo che una dichiarazione di colpevolezza potesse bastare a soddisfare la coscienza di Dell. A quel punto avrebbe potuto servirsi di David per arrivare allo studio e quindi a Ben Harland e a Gerry Sinton, le persone che voleva veder soffrire. L'obiettivo di Dell era privare quei due di ogni cosa: vita, affari, reputazione e soldi.

Soldi.

Alla fine era una questione di soldi.

La stima era di otto miliardi di dollari derivanti da operazioni illegali: così mi aveva detto Kennedy appena prima che me ne andassi quella mattina. Dovevo consegnare un'ammissione di colpevolezza da parte di David, in modo che Dell potesse offrirgli una riduzione della pena in cambio dei soci e dei soldi. Se non gli avessi scucito quella dichiarazione, avrebbero sbattuto dentro Christine per tutta la vita. Tornato nel mio ufficio, non avevo avuto remore riguardo a quel piano. Vedendo quel ragazzo, però, cominciavo a domandarmi come potesse essere in grado di premere il grilletto per uccidere la sua fidanzata. Sembrava uno che, senza aiuto, non avrebbe saputo nemmeno premere un interruttore per accendere la luce. Un brutto presentimento s'insinuò in un angolo della mia mente, ma mi sforzai di ignorarlo.

L'ascensore rallentò con un rumore metallico, per poi aprirsi al quinto piano del tribunale di Central Street.

Quaranta minuti per farmi affidare la rappresentanza legale completa del bersaglio.

Poi altre ventiquattr'ore per convincerlo a patteggiare.

Entrai in un grande atrio affollato dal consueto miscuglio di persone che aspettavano di comparire davanti a un giudice. Appoggiato a un pilastro nell'angolo, avevo la miglior visuale possibile della folla. C'erano alcuni avvocati in attesa, e quelli che riconobbi non lavoravano per Harland e Sinton, visto che nessuno dei legali presenti nell'atrio indossava qualcosa che fosse anche solo lontanamente costoso. Harland e Sinton si vantavano di avere i migliori avvocati che i soldi potessero comprare, e tutti avevano a disposizione duemila dollari al mese da spendere in abbigliamento. Alle donne piaceva Alexander McQueen, mentre gli uomini preferivano Armani. La maggior parte dei miei abiti era in lavanderia. Il mio ufficio era un po' umido, quindi dovevo farli lavare spesso per eliminare l'odore. L'abito che indossavo quella mattina mi era costato trecento dollari ed era il migliore del mio guardaroba.

Mentre stavo per lasciare il mio angolino per dirigermi verso l'aula, lo vidi.

Non era Gerry Sinton. E nemmeno uno degli avvocati di Harland e Sinton.

Sembrava ispanico, indossava un cappotto nero di lana sopra un pullover grigio, pantaloni scuri e scarpe nere. Era seduto su una panchina a destra della scala centrale, a una decina di metri da me. L'indice sinistro si muoveva rapido sullo schermo del suo smartphone. Non erano pochi gli utenti del tribunale che facevano lo stesso: rannicchiati negli angoli e sulle panchine, sorseggiavano caffè da bicchieroni di plastica e controllavano l'evoluzione delle loro vite virtuali. L'uomo che avevo visto, però, era diverso. Sebbene stesse muovendo il dito sullo schermo, non lo stava affatto guardando. Lo smartphone era il giornale del ventunesimo secolo per chi doveva tenere d'occhio qualcuno.

Quel tizio stava osservando con molta attenzione i presenti nell'atrio e posò lo sguardo su di me senza soffermarsi. Bevve un sorso di caffè da un bicchiere da asporto, guardandosi intorno. Quando fece per bere un altro sorso, notai che aveva un tatuaggio sul collo, ma ero troppo lontano per capire cosa raffigurasse. Di certo, non era un federale. Esaminai la folla per provare a capire chi stesse osservando, ma non mi saltò all'occhio nessuno.

D'istinto rivolsi di nuovo la mia attenzione verso l'uomo che beveva il caffè.

Mi stava fissando.

Da piccolo, una volta, mio padre mi aveva portato sul trenino monorotaia Wild Asia allo zoo del Bronx. Mentre attraversavamo la Valle delle Tigri, una tigre siberiana si era fermata di colpo per fissare il mio vagone. Guardava proprio me, senza ringhiare né scoprire i denti. Mi aveva soltanto fissato. Anche se ero un bambino di dieci anni, quegli occhi feroci mi avevano fatto capire chiaramente che la bestia di quasi duecento chili che avevo davanti avrebbe voluto sbranarmi.

Ecco, quell'uomo mi dava esattamente la stessa sensazione.

Buttò il contenitore del caffè nel bidone e se ne andò per le scale. Immaginai allora che non stesse cercando me, ma che si fosse accorto semplicemente che l'avevo notato. Forse se n'era andato per quello. Soltanto quando cominciai ad avvicinarmi all'aula, mi resi conto che stavo ansimando.

E che mi tremavano le mani.

Chiunque fosse quell'uomo, non volevo rivederlo mai più.

10

Cinque minuti dopo, sedendomi al tavolo della difesa, ebbi il mio primo momento di pausa. Il giudice Knox entrò svogliatamente in aula, prese posto, tossì ed espose subito i suoi programmi per la giornata.

«Buongiorno, signore e signori. Un'informazione di servizio per gli avvocati: oggi pomeriggio mi aspetta una partita di golf, quindi dovrò essere fuori di qui al più tardi all'una e mezzo. Se il vostro caso non verrà affrontato prima di allora, sappiate che il vostro cliente sarà automaticamente rimandato in custodia fino al prossimo turno. Cominciamo con il primo caso.»

Al giudice John Knox non fregava un bel niente della giustizia. A lui piacevano solo il golf, il whisky e le impiegate carine. Il suo passatempo preferito era minacciare gli avvocati che comparivano in aula. Le sue guance e il naso erano di colore rosa per via del Glenfiddich, della pressione alta e di un temperamento stizzoso. Era bassino e soffriva di una grave forma della sindrome dell'uomo basso. Knox veniva in aula per qualche ora e sbrigava in fretta alcuni casi, poi si alzava e tutti gli altri venivano rispediti in cella senza che le richieste di libertà provvisoria venissero esaminate. In passato, era incorso in sanzioni giudiziarie ed erano stati presentati un mucchio di appelli contro le sue sentenze, ma lui se ne fregava altamente.

L'aula sembrava piuttosto vuota. Non dovevano esserci più di cinque o sei avvocati, che rappresentavano altrettanti clienti. Giù, nelle celle, rimanevano quindi una ventina di persone in attesa del difensore d'ufficio. Avevo già concordato che il caso di Popo venisse chiamato per primo, seguito da quello di David Child. Avevo telefonato a Denise, l'impiegata, quella mattina stessa, dicendole che avevo bisogno di sbrigarmi presto e che l'avrei considerato un favore personale. Lei mi era venuta incontro. Godevo di una buona reputazione tra il personale.

L'agente di sorveglianza portò in aula Popo che, con i polsi e le caviglie ammanettati, si trascinò fino al suo posto alla mia sinistra. A circa cinque metri da me, vidi lo schieramento di detenuti in attesa che il loro caso venisse chiamato. David Child era il primo della fila e si guardava intorno come se si trovasse in una stanza delle torture. Aveva gli occhi sbarrati e, persino da quella distanza, sentivo le sue catene che tintinnavano, scosse dai suoi tremiti.

Julie Lopez, il pubblico ministero, alta forse quanto il giudice Knox, ovvero poco più di un metro e cinquanta, aveva impilati davanti a sé una trentina di fascicoli azzurri, o forse di più, distribuiti su due file di uguali dimensioni. Proprio come i suoi fascicoli, Julie sembrava sempre superorganizzata: capelli raccolti all'indietro e tenuti fermi con una penna, trucco discreto, tailleur scuro di sartoria professionale e impeccabile. Prese il primo fascicolo dalla pila di sinistra e cominciò la sua giornata.

«Vostro onore, il primo caso è Dale 'Popo' Barnes. Il difensore dell'imputato è l'avvocato Flynn. Il pubblico ministero ritira tutte le accuse, vostro onore.»

Knox non capitava spesso in quell'aula, quindi il caso di Popo non gli era familiare. All'inizio non disse nulla al pubblico ministero e, stringendo gli occhi, sfogliò rapidamente le pagine del fascicolo. Mentre leggeva, gli comparve in faccia un'espressione palesemente schifata nei confronti miei e del mio cliente. «Avvocato Lopez, ho sentito bene? Il pubblico ministero ritira tutte le accuse?»

«Sì, vostro onore», rispose Julie.

«Ma il ragazzo aveva addosso una quantità di droga sufficiente a convalidare un'accusa per spaccio, figuriamoci per semplice possesso di stupefacenti.»

«Sì, vostro onore.»

«Allora perché ritirare le accuse?»

In aggiunta ai suoi problemi, il giudice Knox era anche parecchio stupido. Julie mi guardò e si strinse nelle spalle. Io ricambiai il suo sguardo e scossi la testa. Per alcuni istanti, ci limitammo a guardarci a vicenda, ignorando il giudice. Stavamo decidendo cosa fare. Non sarebbe stata una grande idea dichiarare davanti a tutti che Popo era un informatore storico della polizia e che godeva dell'immunità giudiziaria per una vasta gamma di reati legati alla droga. Pensavo che il nome Popo avrebbe spiegato tutto, ma con Knox evidentemente non funzionava.

La maggior parte dei giudici avrebbe mangiato la foglia e capito che quell'uomo era un canarino del dipartimento di polizia, invece Knox non accennava a recepire il messaggio, nonostante il sorriso imbarazzato che gli rivolgeva Julie.

« C'è qualcosa che mi manca? » disse Knox.

Almeno una cinquantina di punti di quoziente intellettivo, pensai, ma lo tenni per me. D'un tratto il mio cervello ricominciò a funzionare a pieno regime e vidi l'occasione di giocarmi il secondo zuccherino della mattinata.

« Vostro onore, potremmo conferire con lei a porte chiuse? Si tratta di una faccenda delicata. Inoltre le sarei molto grato se mi desse l'opportunità di discutere in privato del prossimo caso sulla sua lista. Si tratta di un certo signor Child. » Mentre pronunciavo il suo nome, guardai il mio bersaglio dritto negli occhi per poi girarmi ancora verso il giudice. L'aula si sarebbe riempita di giornalisti soltanto più tardi e, se anche in quel momento ce ne fosse stato qualcuno che seguiva la nera nelle ultime file, non si sarebbe certo aspettato di vedere David Child in tribunale, quindi il suo nome non gli avrebbe detto niente, e in più avrebbe potuto vederlo soltanto se fosse stato seduto nelle prime file, e lì di giornalisti non ce n'erano.

Knox lo riconobbe all'istante, ma scelse saggiamente di non destare l'interesse di eventuali giornalisti presenti in aula. Un lieve cenno del capo era tutto ciò di cui avevamo bisogno. Knox si alzò e l'impiegata disse: « In piedi ». Io e Julie seguimmo Knox oltre la porta sul retro dell'aula e lungo un piccolo corridoio, poi superammo le stanze riservate a quell'aula ed entrammo nel suo ufficio privato, che era anche il suo piccolo regno. Il tribunale stabiliva alcune regole riguardo alle stanze a disposizione dei giudici, ma non riguardo agli uffici personali, quindi Knox approfittava di quella lacuna. Mentre lui si metteva comodo sulla sua poltrona e si sistemava la toga, ebbi il tempo di guardarmi intorno. La stanzetta era dipinta dello stesso color panna che sembrava farla da padrone sulle pareti di qualsiasi ufficio. C'erano foto di Knox insieme a famosi giocatori di golf e persino un set di mazze contro la parete in fondo. Nessuna foto di famiglia. La moquette emanava un odore familiare eppure difficile da definire: un misto di miele, candeggina e whisky di malto.

«Allora, prima Popo, dopodiché darete un senso alla mia giornata raccontandomi tutto su Child», disse Knox senza riuscire a soffocare un ghigno.

Io e Julie restammo in piedi accanto a due poltrone di pelle dall'aria comoda che erano posizionate davanti alla scrivania di Knox. Nell'ufficio di un giudice non ci si sedeva mai se prima non si veniva invitati a farlo. Per quanto ne sapevo, Knox non aveva mai chiesto a nessuno di sedersi. Era quel genere di stronzo.

Julie cercò di tenere il fascicolo azzurro su Popo in equilibrio sopra lo schienale della poltrona, in modo da poterlo aprire e leggere i suoi appunti. Per Popo io non avevo né fascicoli né appunti, solo alcuni vecchi documenti che mi portavo dietro soltanto per fare scena. Di solito non creavo un fascicolo cartaceo per Popo, perché altrimenti qualcuno avrebbe potuto verificare i conti e scoprire che il numero di ore per cui lavoravo non si avvicinava neanche lontanamente a quelle che poi fatturavo. Niente fascicolo, né verifica contabile. Se il fisco avesse fatto domande, avrei detto di aver archiviato il fascicolo nel posto sbagliato e loro mi avrebbero concesso il beneficio del dubbio. Se invece fosse stato il dipartimento di polizia a volerlo vedere, l'avrei mandato al diavolo: era il fascicolo del mio cliente, quindi era protetto dal segreto professionale.

Decisi d'intervenire per mettere in buona luce David con un approccio amichevole, mentre Julie leggeva i suoi appunti.

«Signor giudice, il mio cliente Popo è un informatore della polizia. Il lavoro prevede che porti con sé stupefacenti e che ne faccia uso. L'ufficio del procuratore distrettuale ne è al corrente e chiude un occhio, per il bene comune. Il mio cliente ha fornito informazioni che hanno portato a una serie di buoni arresti.»

Il collo di Knox diventò dello stesso colore del naso. Era imbarazzato per aver quasi preso una cantonata con un informatore della polizia durante un'udienza pubblica. Io gli avevo lanciato una cima di salvataggio, un modo per apparire scaltro e salvarsi la faccia. «Avvocato Flynn, volevo soltanto controllare con il pubblico ministero che le informazioni fornite dal suo cliente giustificassero il ritiro di tutte le accuse», disse.

«Abbiamo un accordo continuativo con Popo. Gli è stata concessa l'immunità», disse Julie.

«Bene, prima di parlare di Child, siamo tutti d'accordo sul rilascio di Popo?» chiesi.

«Di chi? Ah, il drogato, certo. Mi parli del nostro miliardario, invece. Ho dato un'occhiata al fascicolo. Ha un avvocato?»

«Naturalmente sì», risposi.

«Qual è la posizione della pubblica accusa in merito al rilascio su cauzione?» chiese Knox, spostando rapidamente l'attenzione su Julie.

«Siamo contrari», rispose lei.

«Nettamente contrari?» domandò Knox.

«Sì, vostro onore. La pubblica accusa ritiene che la corte non potrebbe garantire che Child si presenterà al processo, nemmeno fissando le condizioni più severe possibili per la concessione della libertà provvisoria.»

Il giudice si chinò in avanti sulla sedia e mise le dita a cono sotto il mento. La punta della lingua gli fece capolino dalle labbra e poi in bocca con un sonoro risucchio. Quel gesto improvviso mi fece pensare a un rettile. Knox finse di riflettere sulle parole del pubblico ministero. «Quali termini sarebbe disposto ad accettare il suo cliente per essere rilasciato su cauzione, avvocato Flynn?»

Era un tentativo di aggirare l'udienza per la cauzione. Se gli avessi detto quali termini avrebbe accettato il mio cliente, Knox gli avrebbe concesso la libertà provvisoria, sì, ma imponendo condizioni aggiuntive. Una volta ottenuta la mia risposta, Knox avrebbe sondato il terreno con Julie per scoprire cosa avrebbe preteso se lui avesse voluto concedere a Child il rilascio su cauzione. Così facendo, Knox avrebbe portato sia la difesa che la pubblica accusa ad accettare un accordo sulla libertà provvisoria in modo da evitare l'udienza. Entrambe le parti sarebbero state insoddisfatte, ma né io né Julie avremmo contestato la decisione poiché avremmo temuto di perdere il poco terreno guadagnato. Knox poteva anche essere tardo di comprendonio, ma qualche trucchetto giudiziario l'aveva imparato.

«Temo che dovrò chiedere indicazioni al mio cliente per i termini del rilascio su cauzione», dissi.

«Bene», rispose Knox. «Ha dieci minuti.»

Controllai l'orologio e calcolai di avere ancora circa quattordici minuti prima che Gerry Sinton si precipitasse in tribunale, ponendo fine a tutto prima ancora che cominciasse.

11

Conoscevo già la storia. Me l'ero fatta raccontare per filo e per segno circa nove ore prima da Dell. Tuttavia, volevo sentirla dal cliente. Esistevano sempre versioni diverse per ogni storia. Siamo tutti piccoli pianeti a sé stanti e, invariabilmente, vediamo le cose soltanto dalla nostra prospettiva, che comprende i nostri preconcetti, vizi, doti e percezioni limitate. Non esistono due persone che vedano la stessa cosa. Se pensiamo, poi, che ognuno descriverebbe in modo diverso una stessa circostanza a seconda di chi sia il suo interlocutore, avremo un'idea di quanto poco attendibili possano essere le versioni che ci vengono date degli avvenimenti. Una persona racconterà la stessa storia in maniera differente se starà parlando con un uomo o una donna, con un docente universitario o un tassista, con un poliziotto o un avvocato. Modifichiamo inconsciamente le nostre parole e il linguaggio del corpo per ottenere empatia e comprensione da chi ci ascolta. Il guaio è che, per farsi un'opinione di quanto è successo nella realtà, è necessario avere il quadro completo. E questo senza considerare, per esempio, se quella che stiamo ascoltando è la verità o no.

Esistono tecniche semplici per farsi raccontare i dati grezzi ed evitare tutto il contorno.

Per far parlare David Child, usai la più semplice di quelle tecniche. Eravamo seduti in una sala consultazione grigia e angusta, separati da un tavolo di mogano scuro segnato da varie cicatrici lasciate da graffette, tagliacarte e penne, tutti strumenti usati per incidere i nomi dei criminali del passato sulla sua carne.

Mi ero appena seduto. Non avevo detto nulla a Child della mia chiacchierata con il giudice Knox. «Allora, cos'è successo?» chiesi.

«Cos'ha detto il giudice?»

Appoggiandomi allo schienale senza rispondere, mi misi le mani sulle cosce. Era importante che non incrociassi le braccia e che mantenessi una postura ben disposta per rimanere in modalità «ricezione», almeno dal punto di vista del subconscio di Child.

«Cos'ha detto?» insisté.

Piegai la testa a destra.

«Avvocato Flynn?»

Trascorsero alcuni secondi in silenzio. Child guardò per terra. È piuttosto difficile restare zitti quando qualcuno sta pazientemente aspettando che tu cominci a parlare. Child alzò la testa di scatto e mi guardò negli occhi con un'espressione implorante. Io inarcai un sopracciglio. «Cos'è successo, David?» ripetei.

Lui annuì più volte, poi alzò le mani in segno di resa.

Non gli avevo chiesto perché era stato arrestato o perché era stato accusato di omicidio, e nemmeno quali prove avessero gli sbirri su di lui. Gli avevo fatto la domanda più ampia e aperta possibile allo scopo di ottenere più informazioni.

«Cristo», disse Child passandosi le mani tra i capelli. «Io la amavo. Non avevo mai conosciuto nessuna come Clara. Era perfetta. Davvero perfetta. Perché diavolo sia finita con un coglione come me non lo saprò mai. Che Dio mi perdoni, ma in questo momento vorrei non averla mai conosciuta. Sarebbe ancora viva.»

Scoppiò a piangere. Le lacrime scorrevano libere e gli occhi gonfi non lasciavano dubbi sul fatto che avesse pianto parecchio nelle ultime ore. Eppure si piegò comunque in avanti, con la schiena scossa da respiri affannosi. Nonostante tutta la ricchezza e il potere che gli si attribuivano, in quel preciso istante, con il moccolo al naso e lacrime salate a rigargli la faccia, sembrava solo un povero disgraziato.

Io non dissi nulla.

Non gli misi un braccio intorno alle spalle. Non dissi niente per confortarlo o rassicurarlo. Rimasi tranquillo e zitto.

Se avessi mostrato comprensione, non gli avrei fatto nessun favore. Avrei passato gli otto minuti che mi rimanevano a guardarlo piangere e soffiarsi il naso. Il modo più rapido per far smettere qualcuno di piangere e farlo cominciare a parlare è rimanere zitti. La gente si imbarazza quando dà libero sfogo a un'ondata di emozioni del genere davanti a uno sconosciuto.

Child si asciugò la faccia con la manica della tuta. «Mi dispiace, mi dispiace», disse.

Non risposi.

Ancora sette minuti.

«Cos'è successo, David?» chiesi ancora.

Lui ruotò il collo, espirò un po' per regolarizzare il respiro e poi mi diede la risposta che volevo. «È morta per colpa mia.» Parlò senza guardarmi, tenendo gli occhi bassi, fissi sul tavolo. Le parole gli uscirono in tono piatto, come se mi avesse appena comunicato il suo indirizzo o la sua data di nascita. Non era una confessione fatta con trasporto, ma una semplice affermazione.

Gli avvocati in genere non si chiedono se un cliente stia dicendo o meno la verità, altrimenti impazzirebbero. Si fa il proprio dovere e ci si fida del sistema, quindi il colpevole si dichiara colpevole, l'innocente lotta per la sua causa e infine la giuria decide. Se, come conseguenza del processo, emerge anche la verità, bene, altrimenti essa non è lo scopo del processo. Lo scopo è il verdetto. La verità non trova spazio in giudizio, perché non interessa a nessuno scoprirla, men che meno agli avvocati e al giudice.

Tuttavia, nella mia precedente carriera, prima di diventare avvocato, la verità era sempre il mio obiettivo. Per gli imbroglioni presentare la verità assoluta al proprio bersaglio è tutto: non la verità reale, naturalmente, ma una versione della verità che sia adatta all'imbroglio. Una storia, una balla, o qualunque cosa fosse, che doveva avere l'aspetto, la consistenza e il sapore della verità, così che il bersaglio potesse credervi ciecamente.

Di norma, grazie alla mia esperienza, riuscivo a subodorare una bugia a un chilometro di distanza. Avevo immaginato che Child fosse un ottimo bugiardo, uno che avrei dovuto studiare a lungo prima d'individuare i suoi tic nervosi. L'avevo sottovalutato: era un miscuglio di nervi, shock e senso di colpa, perciò mi era quasi impossibile capirlo. Dovevo affidarmi all'istinto.

La mia prima impressione era che quel ragazzo non fosse un assassino, ma mi era già capitato di sbagliarmi.

Sei minuti.

12

Nella sala consultazione riecheggiò il fragore metallico delle porte a sbarre che si richiudevano nel corridoio adiacente. Il fatto che la pesante porta del nostro séparé fosse ben chiusa non bastava a tenere fuori grida, canti e preghiere.

Child si asciugò la faccia, tirò su con il naso e si raddrizzò. « Sapevo che sarebbe successo qualcosa di brutto prima di lasciare l'appartamento. Ho controllato le email sul telefono e avevo diciassette nuovi messaggi. Un numero dispari. Non mi piacciono i numeri dispari, quindi ho capito che sarebbe successo qualcosa di brutto e che sarebbe stata colpa mia. So che sembra assurdo, ma è sempre stato così, ecco. Il dottore mi ha diagnosticato... »

« Non abbiamo molto tempo, David. Potremo occuparci dei dettagli in un secondo momento. Adesso mi dia solo le informazioni essenziali su quello che è successo con la sua ragazza. »

« Ho lasciato Clara nel mio appartamento, si era trasferita da me proprio quel giorno. Stavo andando al lavoro e mi sono fermato al semaforo a un paio di isolati da casa. In azienda facciamo una riunione ogni venerdì sera alle otto e mezzo, per controllare i numeri della settimana, sistemare il piano di marketing e discutere le varie idee. Il semaforo è diventato verde e io ho superato la linea bianca. Avevo fatto forse cinque metri quando un coglione mi è venuto addosso. È passato con il rosso e ha preso in pieno la mia Bugatti. Ho sentito che puzzava di alcol appena è sceso dalla macchina. Mi ha minacciato, poi è arrivata la polizia e... mi ha chiesto cosa fosse successo. Io ho spiegato tutto e l'agente mi ha detto che l'altro conducente aveva visto una pistola sul tappetino della mia macchina. Io ho risposto che si sbagliava, ma poi l'agente è andato alla mia auto. Glielo giuro, avvocato Flynn, non avevo mai visto quella pistola prima di allora. Io non possiedo pistole. L'agente mi ha chiesto il porto d'armi e io non ce l'avevo. Gli ho detto che la pistola non era mia e lui mi ha arrestato. Immaginavo che mi sarei beccato una multa o qualcosa del genere. Siamo rimasti alla centrale di polizia soltanto per qualche ora. Mi hanno portato via i vestiti, poi mi hanno prelevato dei campioni dalla faccia, dalle braccia e dalle mani con un tampone e mi hanno preso le impronte digitali. Credevo fosse ordinaria amministrazione. Ho chiamato Gerry Sinton e lui è venuto in centrale. Più tardi, quella sera, mi hanno detto che Clara era morta. Le avevano sparato. Il suo corpo era stato rinvenuto nel mio appartamento... io... io...» Mentre il panico gli soffocava le parole, notai che i suoi occhi cominciavano a riempirsi di lacrime. «L'ho lasciata nel mio appartamento verso le otto. L'ho salutata con un bacio. Quando sono uscito di casa, era viva. Lo giuro.»

«Quindi è stato interrogato. Gerry era con lei. Ha detto alla polizia le stesse cose che ha detto a me?»

«Sì, ho detto la verità. Non avevo niente da nascondere.»

Se mentiva, era uno dei migliori bugiardi al mondo.

«Perché prima mi ha detto che Clara è morta per colpa sua?»

«Per quel maledetto numero dispari. Lo sapevo. Qualcuno dev'essere entrato in casa mia per cercarmi, per derubarmi... e ha trovato lei. Non l'ho uccisa io. Non ho nessuna pistola. Io non ho fatto niente... io... non... non avrei potuto.»

Iniziò ad ansimare. Sbarrò gli occhi. Le mani gli tremavano in maniera incontrollata, diventò pallido come un cencio e un attimo dopo la testa si abbassò di colpo e vomitò sulla scrivania. Riuscii a prenderlo prima che cadesse dalla sedia, lo feci sdraiare sul fianco e, con un calcio, aprii la porta della sala per chiamare aiuto.

Tra un respiro tremante e l'altro, si sforzò di parlare. «Gerry... Gerry... mi ha... detto... niente libertà provvisoria... niente libertà provvisoria... niente giornali... niente rilascio su cauzione... rischio di fuga.»

«Si calmi. Stia zitto e respiri.»

Una guardia entrò di corsa nella stanza, s'inginocchiò accanto a Child e mi guardò. David stava per collassare.

La guardia era un agente giovane con occhi grandi e benevoli, uscì e tornò poco dopo con una maschera e una piccola bombola d'ossigeno portatile. Insieme mettemmo seduto David con la schiena contro il muro. Lui prese un paio di respiri disperati dall'inalatore, poi la guardia gli infilò la maschera d'ossigeno sulla faccia. Restammo lì con lui per alcuni minuti, lasciando che si riprendesse. Dopo un po', i respiri divennero più profondi e lenti.

Abbassatosi la maschera sul petto, David riprese a parlare: «Gerry mi ha detto che non ho nessuna speranza di ottenere il rilascio su cauzione».

Quella era la mia occasione. Mi alzai, aprii il mio fascicolo, ci appoggiai sopra un documento di quattro pagine e lo piazzai sulle ginocchia di David.

«Cos'è?»

«Un mandato di rappresentanza legale. Lei mette una firma qui e io divento il suo avvocato. Le farò ottenere la libertà provvisoria e farò in modo che questa faccenda non finisca sui giornali. Deve soltanto firmare», dissi porgendogli la mia penna.

«Ma Gerry ha detto che non mi concederanno mai la libertà provvisoria. Ho quattro aerei privati. Sono a rischio di fuga. E se qualcuno dovesse presentare una richiesta per il rilascio su cauzione, la stampa... ecco... si scatenerà», rispose mentre la paura minacciava di serrargli il petto.

«Lei firmi e basta. Non sopravvivrebbe nemmeno un giorno in prigione. Io posso farla uscire, ma devo farlo legalmente. Firmi qui e mi prenderò cura di lei, David.»

La penna gli tremava in mano, mentre scribacchiava frettolosamente la sua firma. Mi ripresi penna e documento e li porsi alla guardia accanto a lui.

«Visto che la mano del signor Child non è molto ferma, me lo sottoscriva come testimone.»

La guardia osservò il foglio come se fosse antrace e alzò una mano.

«Guardi, è solo per proteggere me», dissi.

«Avanti, firma», intervenne Neil, che si era fermato sulla porta. Era venuto per assicurarsi che andasse tutto bene.

Guardai il cartellino con il nome della guardia: Darryl White. Riuscii a fargli firmare e datare il documento. «Il dottore è nei paraggi?» chiesi.

«Sta visitando uno degli habitué», rispose Neil.

«Puoi fargli dare un'occhiata veloce al mio ragazzo? E magari anche una pastiglietta per calmarlo?»

«Sicuro. Vieni, figliolo. Sei in buone mani adesso», disse Neil.

Insieme sollevammo David da terra. Darryl, che era più basso di me, avrebbe potuto alzarlo con una mano sola. David non pesava più di una cinquantina di chili. Gli si sentivano le ossa appuntite sui gomiti, e la muscolatura era quasi inesistente, come se fosse tenuto insieme soltanto da tendini e colla.

Seduto in infermeria, la testa appoggiata all'indietro e gli occhi spalancati come se volesse che inalassero aria per portargliela ai polmoni, David parlò. Un sussurro, che io non capii.

«Tranquillo. Il dottore sarà qui tra un attimo», dissi.

Dopo aver preso una gran boccata d'aria dalla maschera d'ossigeno, David se la spostò di lato e disse: «Posso chiamarti Eddie?»

«Certo», risposi.

«Okay. Ho firmato il tuo contratto. Questo significa che sei il mio avvocato, giusto?»

Annuii.

«Per favore, Eddie, aiutami. Non ho ucciso Clara. Aiutami, ti prego.»

Ed eccola lì, la supplica. Un'invocazione d'aiuto da parte di un ragazzo terrorizzato.

Il mio cellulare vibrò.
Un altro messaggio di Dell.
Gerry Sinton è appena entrato nell'aula 12.

13

Un difensore d'ufficio, una donna, si era preso cinque minuti di tempo per risolvere un caso veloce con il pubblico ministero, Julie Lopez, nell'aula 12. Il giudice Knox passò rapidamente in rassegna i fascicoli dei casi sulla sua scrivania, mentre gli avvocati davanti a lui trovavano in fretta un accordo per togliersi di torno un processo.

All'inizio non notai Gerry Sinton. Non l'avevo mai visto in carne e ossa. La sera prima, Dell mi aveva mostrato una sua foto, ma non era molto recente e comunque non lasciava trasparire l'aura di potere che circondava quell'uomo come un'inebriante nuvola di dopobarba da cinquecento dollari. L'abito gessato blu fatto su misura fasciava perfettamente il suo fisico slanciato ed elegante. Aveva riccioli neri striati di grigio su una testa grossa e calda, con occhiali grandi ma alla moda poggiati sulla punta del naso. Era abbronzato, con qualche ruga, ma non si sarebbe detto che andava per i sessanta. In qualche modo, i soldi riescono sempre a fermare il processo d'invecchiamento. Stava parlando con l'impiegata, inginocchiato davanti alla sua postazione, mentre controllava gli elenchi per essere sicuro di non essersi perso la comparsa del suo cliente davanti al giudice. L'impiegata gli spiegò che la questione era già stata menzionata, ma non ancora definita. Lui si protese in avanti e lesse il nome dell'avvocato che l'impiegata aveva scritto accanto a quello di David Child. Lei si guardò intorno, mi vide, disse qualcosa a Gerry e mi indicò in quel modo che soltanto le impiegate sanno usare: *ecco il signor Flynn, è lui il difensore incaricato, vai a vedertela con lui, amico, e lasciami fuori da questa storia.*

Gerry sollevò il testone, si tolse bruscamente gli occhiali e mi guardò come se fosse pronto a mordere una lastra di vetro. Non mostrò i denti: era semplicemente la sua persona a trasmettere un che di minaccioso. Si rimise gli occhiali e cominciò a camminare.

Io incrociai le braccia, spostai il peso su un fianco e lo osservai venire verso di me. Il collo gli diventava sempre più rosso a mano a mano che si avvicinava e, arrivato davanti a me, una grossa vena gli spuntava dal colletto inamidato. Mi sovrastava di mezzo metro e mi venne vicinissimo, quasi come un playmaker che blocca il canestro. Estrasse dalla valigetta di pelle invecchiata un grosso fascicolo e se l'infilò sotto il braccio. L'enorme pietra nera dell'anello che portava al mignolo rifletté le luci sul soffitto, accecandomi per un secondo. Probabilmente quell'anello costava più della mia prima casa.

Si tolse di nuovo gli occhiali. E fu allora che lo vidi.

Non è facile uccidere qualcuno. Gli omicidi avvengono perlopiù quando l'assassino è ubriaco, drogato o entrambe le cose. Oppure quando una lite sfugge di mano, o quando c'è un grave disturbo emotivo. La maggior parte delle persone non riuscirebbe nemmeno a prendere in considerazione l'idea di commettere un omicidio, ma alcuni soggetti sono semplicemente immuni alle inibizioni psicologiche che ci impediscono di uccidere. Non provano empatia. Io non avevo bisogno di conoscere la storia di Gerry Sinton per scorgere l'assassino che si portava dentro. A volte lo si capisce e basta. L'uomo davanti a me non era in grado di provare nessun sentimento per un altro essere vivente. Esisteva soltanto lui e nient'altro.

«Sei tu Eddie Flynn?» Nella sua voce profonda si celava ancora un lieve accento del quartiere sud di Baltimora.

«Esatto», risposi.

«Basta stronzate. Quanto vuoi?»

«Scusa?»

Mi prese per il gomito e mi portò in un angolo dell'aula. Parlò lentamente, a bassa voce. «Dunque, qualche tuo amico ti fa una soffiata e scopri che un personaggio famoso è in stato di fermo, quindi vieni qui e cerchi di sottrarmi il pesce grosso. Lo capisco, ma questo è il *mio* pesce. Non puoi averlo e io non ho tempo da perdere in questa storia. Quanto vuoi per levarti di torno? Dieci? Quindici? Che ne dici di ventimila? »

« No, grazie. »

La sua espressione non cambiò. Un odio gelido, nascosto dietro un volto impassibile. Immaginavo che avesse avuto quella stessa espressione nel dare l'ordine di eliminare Faruk, l'informatore. « Ti sei accaparrato illegalmente il mio assistito. Posso farti sospendere e radiare dall'albo. Subito. Oppure puoi intascarti ventimila bigliettoni e toglierti dai piedi. »

Non mi mossi.

Più mi osservava, più la sua rabbia sbolliva. Probabilmente vedeva soltanto un avvocatucolo che spulciava le liste dei criminali per non restare indietro con l'affitto. « Prendi i soldi e sparisci. Questa è una faccenda troppo grande per te. »

« Io invece credo che sia tu a non essere all'altezza, amico. Qui non siamo a una riunione del consiglio di amministrazione. Siamo in una corte penale. Sei in casa mia, adesso. Se fossi in te, batterei quelle scarpette di rubino e penserei all'Upper East Side. »

Non ci fu nessuna reazione evidente da parte sua. Soltanto un lieve tremore nella voce tradì una leggera irritazione. « Ho in mano un mandato di rappresentanza inoppugnabile per questo caso, Flynn. Sai come lavorano i pezzi grossi. È un mio cliente. »

« Io ho il mandato più recente. Firmato da David Child questa mattina. »

Lui si protese. Non era abituato a discutere con avvocati da quattro soldi come me. « La mia offerta di ventimila dollari rimane valida per i prossimi sessanta secondi. »

Io feci spallucce.

« Ti conviene accettare. Altrimenti, succederanno cose brutte. »

Sentii le mie mani stringersi a pugno e la mia voce che si alzava. « Smettila. Non mi spaventi. »

« Tu non sai con chi hai a che fare... »

La voce del giudice fece voltare Sinton di scatto. « Ehi, questo è un tribunale. Se avete un problema, parlatene fuori. Io sto leggendo », intervenne Knox.

« Vostro onore, l'avvocato Flynn ha commesso un illecito avvicinando illegalmente il mio assistito. Vorrei parlare della questione a porte chiuse », disse Sinton.

« E lei chi sarebbe? Non l'ho mai vista in questo tribunale », ribatté il giudice Knox.

« Mi chiamo Gerry Sinton, vostro onore. Rappresento il signor Child. L'avvocato Flynn ha cercato di... »

« Gerry Sinton? Di Harland e Sinton? »

« Sì, vostro onore. Vorrei... »

Ma il giudice Knox non gli lasciò il tempo di finire. « Conoscevo il signor Harland senior. Quando esercitavo la professione legale, s'intende. Sarebbe molto orgoglioso se potesse vedere lo studio ora », disse sfoderando un raro sorriso. « Sa cosa le dico? Sto finendo di formulare una sentenza e non mi ci vorrà molto. Lei e l'avvocato Flynn potete cominciare ad andare nel mio ufficio, io vi raggiungerò tra cinque minuti. Vi accompagnerà l'impiegata. »

Prima di seguirla, Sinton mi lanciò un'occhiata soddisfatta. Era convinto che il vecchio amico dello studio, il giudice Knox, si sarebbe schierato dalla sua parte, ma io non potevo permettere che accadesse. Se mi avessero sollevato dal caso, per Christine sarebbe stata la fine.

Attraversai il corridoio centrale dell'aula, diretto verso l'uscita che portava all'ufficio di Knox, facendo respiri profondi per poi trattenere il fiato ed espirare lentamente. Se non mi fosse venuto in mente qualcosa di buono nei successivi cinque minuti, l'inattaccabile procura conferita a Harland e Sinton mi avrebbe tagliato fuori dai giochi per sempre.

14

L'impiegata accompagnò me e Gerry Sinton lungo un anonimo corridoio fino all'ufficio di Knox. Ci fece entrare e se ne andò. Con un sospiro frustrato e stanco, Gerry si sedette su una delle eleganti poltrone sistemate davanti alla scrivania del giudice. C'eravamo soltanto io e lui nella stanza. Sinton non disse una sola parola, si limitò a sedersi e mi ignorò. Non era mai comparso davanti al giudice Knox, quindi non sapeva che accomodandosi su quella poltrona senza permesso gli avrebbe probabilmente provocato un aneurisma.

Decidendo la mia prima mossa, tenni la bocca chiusa.

Dopo cinque minuti, sentii il giudice Knox percorrere il corridoio borbottando. Mi versai un bicchiere d'acqua dal boccione e rimasi in piedi in fondo alla stanza. Quando la porta si aprì, Gerry si alzò e si sedette in contemporanea con Knox. Notai lo sguardo del giudice, che inarcò le sopracciglia e si morse il labbro inferiore.

« Signori, non mi piace che gli avvocati si mettano a discutere nella mia aula. Non è decoroso. Se volete discutere, potete farlo quando chiamo il vostro caso. Ora, quale sarebbe il problema? L'avvocato Flynn figura sul mio ruolo delle cause come difensore incaricato per il signor David Child. Cosa c'è che non va, avvocato Sinton? »

Gerry tirò fuori dalla valigetta un voluminoso accordo che posò con riverenza sotto gli occhi del giudice, poi si raddrizzò meglio sulla poltrona e si abbottonò la giacca. Quando si rivolse al giudice il suo tono cambiò, diventando più delicato e cordiale. « Vostro onore, questo è un mandato di rappresentanza legale firmato dal signor Child nel 2013. Autorizza il mio studio, e il mio studio soltanto, a rappresentarlo in qualunque circostanza legale. Se David Child desidera avvalersi di un altro avvocato, deve darci trenta giorni di preavviso. Se sceglie di non rispettare questo preavviso, il contratto ci accorda il diritto di trattenere qualunque fascicolo e documento creato nel corso del rapporto. In sostanza, questa clausola ci garantisce il diritto esclusivo a rappresentare il signor Child. Prima della firma del contratto, la clausola è stata espressamente letta a Child, che ha ricevuto consulenza legale indipendente riguardo alle sue implicazioni. Qualunque mandato firmato oggi da David Child non è valido. L'avvocato Flynn ha violato una relazione preesistente tra avvocato e assistito, accaparrandosi illegalmente il mio cliente. Perciò ho intenzione di convocare una riunione di emergenza dell'ordine degli avvocati per questo pomeriggio, per richiedere la sospensione del signor Flynn in attesa di provvedimenti disciplinari.» Sinton si appoggiò allo schienale, accavallò le gambe lunghe e massicce e si posò delicatamente le mani sulle cosce. Il suo modo di parlare era ricercato, preciso. La voce profonda mi faceva pensare al rumore di sassi che cadono dentro un cappello foderato di velluto: era intensa, pura, con una sfumatura roca. Non restava più nulla del gelido carnefice.

Il giudice Knox diede una rapida scorsa alle sezioni di suo interesse, poi lasciò cadere il documento sulla scrivania, si sfregò il mento e mi guardò. Io ero appoggiato contro la sua libreria in fondo alla stanza e mi raddrizzai appena prima che mi rivolgesse la parola. «Cos'ha da dire al riguardo, avvocato Flynn? Ha letto questo documento?»

«No», risposi.

Knox aspettò che proseguissi, ma io restai in silenzio. «Desidera leggerlo? Il signor Sinton sta formulando accuse piuttosto gravi.»

Vuotai il bicchiere di plastica e lo lanciai nel cestino. «L'avvocato Sinton non c'era quando il caso di David Child è stato chiamato. Io sì. Ho parlato con il signor Child, che mi ha praticamente supplicato di aiutarlo. Ha firmato un mandato di rappresentanza legale in presenza di uno dei nostri agenti di sorveglianza. Cosa sarebbe successo se Child fosse dovuto comparire in aula senza l'avvocato Sinton? A mio avviso, questa è inefficienza del rappresentante legale. Per rappresentare il proprio cliente è necessario essere presenti.»

Il giudice lanciò un'occhiata a Sinton. I ritardatari non gli piacevano. Chi arrivava in ritardo nella sua aula, perdeva. Lineare.

«Se l'avvocato Sinton insiste sulla sua posizione, potrei convincere il mio cliente a inoltrare un reclamo alla commissione disciplinare per il ritardo dell'avvocato Sinton. Il mio mandato di rappresentanza è quello più rilevante, poiché fa riferimento ad accuse specifiche ed è stato firmato, con la sottoscrizione di un testimone, proprio oggi. Io credo che l'avvocato Sinton non riesca ad accettare di aver ricevuto il benservito», dissi appoggiando le mani sullo schienale della poltrona accanto a quella di Sinton.

«Vostro onore», replicò Sinton, chinandosi in avanti e scuotendo la testa.

«Il suo fondoschiena, avvocato Sinton», disse il giudice Knox.

«Prego?» chiese l'altro con un tono un po' troppo stupito e indignato, che non gli avrebbe certo giovato.

«Non la sento, avvocato Sinton», disse il giudice.

«Ho detto...» attaccò Gerry ad alta voce.

«Non mi riferivo al suo tono di voce, ma al suo fondoschiena. Queste stanze sono un'estensione della mia aula, signor Sinton, e nessun avvocato mi ha mai rivolto la parola se non in piedi. Lei è il primo a parlarmi mentre se ne sta comodamente seduto sulla mia poltrona. E, a proposito, chi le ha dato il permesso di sedersi? Nessuno si siede senza il mio permesso. Se avesse un minimo di esperienza in questo tribunale, l'avrebbe saputo.»

La fronte di Sinton si tese. Sapeva che quando l'avevo visto sedersi non avevo detto niente, lasciando che facesse imbestialire il giudice. E lo sapeva anche Knox, perché vidi un sorrisino solleticare quei due lumaconi che erano le sue labbra.

Con un sorriso impassibile, Gerry si alzò e si rassettò giacca e cravatta. A quel punto smise di recitare la parte della persona affabile e ridiventò lo squalo che era. « Vostro onore, il rappresentante legittimo dell'imputato sono io. Ero con lui alla centrale di polizia quando è stato interrogato. Sono stato io il primo a occuparmi del caso. Se appoggerà l'argomentazione dell'avvocato Flynn, appoggerà anche il suo atto illegale. »

Ecco la grande argomentazione di Gerry. Probabilmente sperava di non doverla tirare fuori perché il giudice gli avrebbe fatto un favore, ma Knox non era tipo da fare favori, e minacciarlo non avrebbe funzionato. Bisognava lavorarselo in maniera più sottile. Mi guardò.

« Vostro onore, quella dell'avvocato Sinton è un'argomentazione di natura giuridica », dissi. « Credo abbia ragione nel dire che qui si tratta di interpretare la legge. Qualunque sarà la sua decisione, vostro onore, probabilmente verrà presentato un ricorso. Ho detto abbastanza. La lascerò riflettere. »

Il giudice Knox si sfregò le mani, appoggiò i gomiti sulla scrivania e fissò il vuoto. Sebbene avesse un certo buon senso e fosse severo al punto giusto per essere un giudice penale, non capiva un tubo di questioni giuridiche. Nelle rare occasioni in cui si era visto costretto a prendere una decisione basata sulle leggi, era stato pesantemente criticato dai giudici della corte d'appello. Il suo disprezzo per gli imputati che comparivano in aula non era affatto un segreto, e lui se ne fregava se una corte superiore lo criticava perché era troppo duro o perché non riconosceva i loro diritti. Tuttavia, farsi dire da un giudice della corte d'appello che non aveva capito una legge era troppo per Knox, e voleva evitarlo. Si teneva ben alla larga da quel genere di situazioni ed era disposto a tutto pur di non prendere una decisione.

Così gli offrii una via d'uscita. « Prima che decida, però, vostro onore, vorrei scusarmi per le spiacevoli circostanze che si sono create nella sua aula. Mi dispiace che l'avvocato Sinton abbia sentito la necessità di portare la questione davanti a lei. Avremmo dovuto essere in grado di risolverla tra noi.»

Per poco non vidi la lampadina accendersi nella testa di Knox. «Avvocato Flynn, mi permetta di dirle quanto trovi sgradevole che si sia arrivati a questo punto. Il fatto che due avvocati esperti come voi si siano messi a litigare per un cliente depone a sfavore di entrambi. Vi darò quindi l'opportunità di risolvere la cosa in autonomia. Signori, ho il potere di assegnare il caso al difensore d'ufficio. Credo che potrebbe essere la strada migliore da seguire. Adesso uscirete entrambi dal mio ufficio per un paio di minuti. Se, una volta tornati qui, non avrete raggiunto un accordo su come procedere, David Child si vedrà assegnato un nuovo difensore d'ufficio e voi due potrete farvi causa a vicenda in qualche altro cazzo di tribunale.»

«Vostro on...» provò a dire Gerry.

«Non una parola di più, avvocato Sinton. Uscite di qui e risolvetela tra voi.» E con ciò, il giudice Knox se ne lavò le mani, sorridendo tra sé.

15

Nel corridoio riecheggiavano il rumore dei nostri passi che facevano avanti e indietro e il ticchettio dell'anello al mignolo di Gerry Sinton che sbatteva a intervalli contro le pareti.

« È sempre così? » mi chiese l'avvocato.

« Quasi sempre. Ascoltami, Knox non vuole prendere una decisione contro la quale qualcuno potrebbe presentare ricorso. Il difensore d'ufficio non può rifiutare di prendere in carico un caso. E noi non possiamo appellarci contro una decisione del genere. Il giudice non vuole nessuna di queste vie. Perché non lasci fare a me? Child è in buone mani. Ho parecchia esperienza. Posso offrirgli la migliore rappresentanza possibile. »

Gerry incrociò le braccia. « Di che genere di risorse disponi? Io ho duecento avvocati e una squadra di esperti che può lavorare ventiquattr'ore su ventiquattro. Tu su quanto personale di supporto puoi fare affidamento? »

« Hai davanti a te tutto il personale di supporto, l'addetto alla stenotipia e perfino alle pulizie. »

« Stai commettendo un errore, Flynn. »

« Non ne sarei così certo. Io conosco i giudici e so come manovrarli. Tu potrai anche mettere dieci avvocati a lavorare sul caso, ma questo non impedirà al procuratore distrettuale di farti il culo perché non hai la più pallida idea di cosa stai facendo. Certo, avere parecchio personale torna sempre utile in un processo per omicidio... »

« Tu non sai minimamente con chi hai a che fare. Prendi i soldi che ti ho offerto e basta. »

Mi ricordai che Sinton aveva bisogno di quel caso tanto quanto me. Se David Child era davvero in grado di danneggiare il suo studio come sperava Dell, allora lui doveva rappresentarlo a ogni costo, così avrebbe potuto tenerlo sotto controllo e assicurarsi che non concordasse di consegnare i suoi avvocati ai federali in cambio di una riduzione della pena.

«Non voglio soldi. Voglio il caso», dissi. «Sarà un processo enorme, che attirerà i giornalisti come il miele le api. Potrebbe dare una svolta alla mia carriera. È il mio caso e non ho intenzione di rinunciare. Non ho niente da perdere e, visto che non possiamo rappresentarlo entrambi, tanto vale dire a Knox di chiamare il difensore d'ufficio.» Feci tre passi e appoggiai la mano sulla maniglia della porta dell'ufficio di Knox.

Sinton mi bloccò. «Aspetta, aspetta. Questo è interessante. Hai detto che non possiamo rappresentarlo entrambi. Perché no? Io ho le risorse e tu hai l'esperienza. Potresti avere il ruolo di consulente speciale o consigliere. Insomma, chiamalo un po' come ti pare. Noi saremo in prima linea.»

«Non ci penso nemmeno», risposi girando la maniglia.

«Un momento! Potresti fare il secondo difensore. In questo...»

«È stato un piacere conoscerti», dissi aprendo leggermente la porta del giudice Knox.

«Aspetta!» disse Sinton a denti stretti. «Okay, primo difensore. Ma siamo una squadra.»

«Come vuoi», risposi mentre entravo nell'ufficio di Knox.

Il giudice era impegnato a giocare ad Angry Birds sul cellulare mentre una tazza di caffè si raffreddava davanti a lui.

«Vostro onore, siamo giunti a un compromesso. Lo studio Harland e Sinton sarà il mio secondo difensore per questo caso.»

Il giudice annuì, ma senza staccare gli occhi dal telefono. «Mi fa piacere sentirlo, signori. Udienza per la cauzione tra cinque minuti. Aspettate fuori il pubblico ministero.»

Gerry Sinton aveva abboccato. Christine si trovava in quel casino per colpa sua e di Ben Harland, quindi non volevo perderli d'occhio. Forse sarei riuscito a trovare qualcosa in grado di soddisfare Dell, che bastasse a tirare Christine fuori dai guai e che non mi costringesse a convincere David Child a farsi condannare. Avevo la mia occasione. Ero piuttosto certo che fosse la cosa giusta: non potevo far sbattere Child in prigione senza nemmeno tentare qualcos'altro, senza provare a percorrere una strada diversa per fare in modo che Christine ne uscisse pulita.

Gerry Sinton appoggiò la schiena alla parete pallida del corridoio e respirò lentamente. Aveva di nuovo il suo cliente.

Avevo comprato un'opportunità per Christine.

E probabilmente avevo anche firmato la mia condanna a morte.

16

Il pubblico ministero Julie Lopez percorse il corridoio, guardò me e Sinton, e bussò alla porta del giudice Knox. Entrò nell'ufficio e noi la seguimmo.

«Torniamo agli atti con il caso 'lo Stato contro Child'. Avvocato Lopez, negli ultimi minuti la squadra di difesa si è allargata. Spero che non abbia obiezioni al riguardo», disse il giudice Knox.

«Nessuna obiezione», rispose Julie osservando Gerry Sinton.

«Giusto per sapere, avvocato Flynn, il suo cliente acconsente allo svolgimento di questa udienza in sua assenza?» chiese il giudice.

«Sì, vostro onore. Non vedo il motivo per trascinarlo in aula davanti alla stampa. Va bene procedere qui, in privato.»

«D'accordo. Quali sono i termini concordati per il rilascio su cauzione, avvocato?»

«L'imputato dovrà risiedere...» iniziò Lopez.

«Soltanto un attimo, vostro onore», la interruppe Sinton. «Non abbiamo presentato richiesta di rilascio su cauzione. In questo momento il mio cliente preferisce non farlo. Si tratta di un caso che attirerà l'attenzione della stampa, e il mio cliente è...»

«Vostro onore, l'avvocato titolare sono io», dissi. «Ignori il secondo difensore. La nostra richiesta è già stata registrata dalla corte e stiamo seguendo le istruzioni ricevute da Child, che desidera chiedere il rilascio su cauzione. Condizioni di residenza accettate. Ce ne sono altre?»

«Fatta eccezione per le date in cui dovrà comparire in tribunale, sarà tenuto a presentarsi alla centrale di polizia più vicina ogni giorno entro l'una. Consegnerà il suo passaporto.

E poi niente alcol né medicinali che non siano prescritti da un medico. Inoltre, l'imputato sarà sottoposto periodicamente a esami tossicologici senza preavviso», disse Lopez.

«Vostro onore, l'imputato...»

«D'accordo», dissi prima che Sinton potesse fare altri danni.

«La cauzione è fissata a dieci milioni di dollari», dichiarò Knox. «L'udienza preliminare si terrà domani alle...»

«Vostro onore, siamo pronti a procedere con l'udienza preliminare già oggi pomeriggio», disse Lopez.

«Gli atti sono già stati consegnati?» chiese il giudice.

Lopez mi porse una grossa busta gialla. «In questo preciso momento.»

Sfregandosi il mento, il giudice Knox pensò che la sua partita a golf sarebbe saltata. «Qual è la vostra posizione riguardo all'udienza preliminare? Se questo caso sarà una calamita per la stampa, immagino che rinuncerete all'udienza.»

Per la maggior parte dei reati più gravi, come quello di omicidio, l'udienza preliminare non veniva fissata. Lo scopo dell'udienza era quello di stabilire se la pubblica accusa disponeva di prove sufficienti a trattenere l'imputato con un certo capo d'imputazione e di sottoporre il caso a un gran giurì. L'accusa non doveva dimostrare la colpevolezza dell'imputato, ma soltanto di avere in mano qualcosa di fondato sotto forma di indizi di colpevolezza. In genere, se c'erano elementi sufficienti a giustificare un arresto e un'accusa, allora c'erano anche prove più che sufficienti per saltare a piè pari l'udienza preliminare.

«Qual è la vostra decisione?» chiese di nuovo il giudice Knox.

Non mi era difficile immaginare cosa contenesse il fascicolo dell'accusa. La sera prima, Dell mi aveva spiegato quali erano le prove in possesso della polizia. Un'udienza preliminare sarebbe stata una perdita di tempo. Le prove a carico di David Child bastavano e avanzavano.

«Non abbiamo intenzione di rinunciare all'udienza preliminare», dissi. Dimenticando le prove e basandomi soltanto sulle parole di David, gli credevo. Lui stava crollando e io non ero pronto a lasciarglielo fare, non ancora. Dovevo vedere le prove con i miei occhi, parlargli di nuovo. Volevo tenere in gioco più opzioni.

Il telefono sulla scrivania del giudice Knox cominciò a suonare. «Molto bene. Il caso è aggiornato alle quattro», disse prima di rispondere alla chiamata. Non eravamo nemmeno arrivati alla porta che il giudice mi fermò. «Aspetti, avvocato Flynn.»

Io, Lopez e Sinton ci voltammo.

Il giudice aveva un'aria sconvolta. Era sbiancato e vidi del sudore formarsi sul suo labbro superiore. Stava ascoltando il suo interlocutore al telefono, spostando rapidamente lo sguardo mentre elaborava le informazioni. Alla fine scosse la testa. «È qui con me, glielo riferirò. Vogliamo un'indagine approfondita. È vergognoso. Mi tenga informato, Wilson», disse. «Cazzo!» gridò buttando giù il ricevitore. «Signori, sarà meglio che scendiate subito nelle celle. Il vostro cliente è stato accoltellato.»

17

Pigiare come un forsennato il pulsante dell'ascensore che portava alle celle non servì a farlo muovere più in fretta. In un angolo, Sinton si copriva la bocca con una mano e teneva la testa china, assorto nei suoi pensieri. Non aveva detto una parola da quando Knox ci aveva riferito la notizia.

«Forza», dissi sferrando un pugno al pulsante.

Chiusi gli occhi e appoggiai la fronte contro il freddo rivestimento di alluminio sopra i comandi dell'ascensore. In silenzio pregai che David fosse ancora vivo. In quel momento mi resi conto che aveva cominciato a importarmi di lui. Il suo mondo e le sue convinzioni si sgretolavano, e lui mi era sembrato indifeso. E per cosa poi? Non era un assassino. È facile individuare le persone che da sobrie sarebbero in grado di premere il grilletto contro un loro caro. Sarebbero evidenti certe tendenze sociopatiche come narcisismo, crudeltà, isolamento sociale e un passato segnato dalla violenza.

Child non aveva un'indole malvagia né mancanza di empatia e, anche se il suo mondo stava crollando, lui non provava rabbia, ma soltanto paura.

Non era possibile che quel ragazzo avesse ucciso la sua fidanzata.

Strizzai gli occhi e mi sforzai di ricordare tutto quello che sapevo su David. Non si poteva diventare ricchi come lui senza fare del male agli altri. E chi raggiunge certe posizioni non si sporca le mani: se vuole far ammazzare qualcuno, può sempre pagare un sicario che si occupi della faccenda.

Mi sarebbe piaciuto poter vedere David fuori dalla cella, osservarlo senza la tuta arancione da detenuto che lo faceva piombare in quel gelido panico. Così, avrei potuto avere la certezza, però in quel momento avevo solo il mio istinto a dirmi che era innocente.

E adesso qualcuno l'aveva accoltellato.

L'ascensore rallentò e le porte si aprirono con uno scampanellio. Avevo sentito il tumulto proveniente dalle celle molto prima di arrivare al piano interrato. I detenuti erano impazziti. Odore di sangue nell'aria. Le guardie urlavano contro i prigionieri, che rispondevano scuotendo le sbarre, sputando e strepitando a loro volta. Puntavano il dito contro le guardie, come per accusarle, poi si levò un coro: «As-sas-si-ni, as-sas-si-ni». Una guardia srotolò una manichetta antincendio dalla parete in fondo e stava per aprirla quando sentii che il medico mi chiamava dagli uffici. Superai di corsa le celle, con Sinton al trotto dietro di me, fino a un piccolo corridoio che conduceva alla sala di pronto soccorso.

Rallentando, scivolai e cercai di fare presa con i piedi sul pavimento finché non riuscii a recuperare l'equilibrio appoggiando una mano alla parete. Le luci sul soffitto si riflettevano sul pavimento bagnato. Qua e là, su porte e pareti, si vedevano ancora tracce di sangue fresco. Gettandomi un'occhiata alle spalle, notai che la scia lasciata dallo straccio con cui era stato appena pulito il pavimento arrivava fino alle celle. Nella sala di pronto soccorso doveva esserci stato un gran trambusto e il cestino era stracolmo di bende e garze inzuppate di sangue. Anche il medico aveva macchie rosse sulla spalla della camicia e si vedevano altre chiazze sul lettino nell'angolo che, pur essendo stato asciugato, doveva ancora essere pulito per bene.

«Cos'è successo?» domandò Gerry.

«Chi è lui?» mi chiese il medico.

«Tutto okay. È con me. Come sta il nostro ragazzo? Se la caverà?»

«Era ancora vivo quando l'ambulanza l'ha portato via. I segni vitali non lasciavano ben sperare, però, e ha perso parecchio sangue.»

«Cristo, cos'è successo?» chiesi.

«Non lo so. È scattato l'allarme e ho visto un paio di guardie che lo trascinavano fuori dalla cella. Era in un lago di sangue. Aveva tagli profondi sulle braccia e si era preso una bella coltellata all'addome. Quella cazzo di ferita non la smetteva più di pompare sangue. Chiunque sia stato a colpirlo, ha spinto la lama verso l'alto nel tentativo di sbudellarlo e poi gli ha fatto uno sfregio in faccia.»

«Dove lo sta portando l'ambulanza?» chiese Sinton.

«Al pronto soccorso del Downtown Hospital», rispose il medico.

«Resta qui un attimo», dissi, mentre Sinton stava già correndo verso la porta. Voleva vedere David da solo, così da potermi scaricare. La tentazione di seguirlo era forte, ma prima dovevo sapere cos'era successo. E avevo tempo. Con ogni probabilità David sarebbe stato portato dritto in sala operatoria. Sinton avrebbe dovuto aspettare a lungo prima di poter vedere il suo cliente. Se il gorilla che aveva rubato le scarpe a David aveva deciso di pareggiare i conti, allora era tutta colpa mia. Pregai che non fosse così.

Il trambusto si era attenuato e ormai soltanto una manciata di detenuti stava litigando ancora con le guardie. Diedi un'occhiata alla sala pausa: il pavimento non era stato pulito, così vidi una scia d'impronte insanguinate che conduceva a un tavolo. Neil, la guardia che mi aveva aiutato ad avvicinare David quella mattina, era seduto con le mani sulla testa, la faccia a pochi centimetri da una tazza di caffè fumante. Sangue sulle manette. Accanto a lui era seduto un poliziotto con un blocco aperto sul tavolo e una penna in mano.

«Neil, stai bene?» chiesi.

Lui alzò subito la testa sforzandosi invano di sorridere, tossì, si pulì la bocca e si appoggiò allo schienale della sedia. «Non dovresti andartene in giro qui senza una scorta.»

«Non ho bisogno di una scorta. Queste celle le conosco bene come te. Il dottore mi ha detto che sei stato tu a portare fuori il ragazzo. Devo sapere cos'è successo.»

«Quest'uomo è un avvocato?» chiese l'agente indicandomi con la penna.

«Sì, è Eddie Flynn. È l'avvocato del ragazzo. Siediti, Eddie», disse Neil. «Senti, non c'è molto da dire. Passato l'attacco di panico, il medico ha detto che Child poteva tornare in custodia. Era in cella da due, tre minuti, quando ho sentito delle grida, ma niente di strano. Poi ho visto il messicano, quello tutto tatuato che non voleva saperne di mettere la maglietta, che va da Child e gli dice qualcosa. Stava per aggredirlo, ma il tuo cliente si è parato davanti a Child ed è stato colpito in pieno. Ho impiegato dieci, massimo dodici secondi a entrare e mettere fuori combattimento quel tizio, ma ormai era troppo tardi. Il messicano doveva essersi infilato una lama su per il culo. Soltanto così può aver superato una perquisizione. Abbiamo isolato Popo, abbiamo sgomberato uno spazio e ci siamo occupati di lui. Non siamo riusciti a stabilizzarlo, quindi l'abbiamo portato nella sala di pronto soccorso. Cazzo, è stato proprio un bel gesto quello di salvare Child.»

«Non capisco...»

«Popo! Non sai niente? Il messicano stava cercando di far incazzare Child. Un attimo dopo, salta fuori che questo messicano ha un coltello e sta andando verso di lui. All'ultimo, Popo si è messo in mezzo e si è beccato la coltellata. Un ragazzo coraggioso. Forse stupido, però coraggioso.»

«Cristo, Popo! Non l'avrebbe mai fatto se non gli avessi detto di tenere d'occhio David.»

«Se la caverà. Popo è un osso duro. E lo abbiamo soccorso abbastanza in fretta.»

Mi crollò addosso un altro peso. Vertigini. Nausea. Mortificazione per aver messo Popo in pericolo. «Dov'è Child adesso?» chiesi.

«Gli è venuto un altro attacco di panico. L'abbiamo messo nella cella di sicurezza al piano di sopra. Ho piazzato un agente sulla porta, ma non può stare lì tutto il giorno. Quella guardia mi serve.»

Avrei voluto alzare le mani e ringraziare il cielo che la libertà di Christine fosse ancora possibile, ma non potevo. Popo, il drogato, la spia, il ladro, l'eroe più improbabile di tutta la città, aveva appena salvato la vita a un miliardario a scapito della propria. Mi sentivo le palpebre pesanti, ci passai sopra le dita e mi massaggiai le tempie. Popo doveva averlo fatto per me. Aveva visto arrivare il colpo ed era intervenuto, forse in virtù di una lealtà nei miei confronti che di certo non meritavo, così aveva impedito un omicidio. O forse non stavo rendendo giustizia a Popo. Certo, era un tossico e un criminale, ma c'era altro in lui: forse l'aveva fatto solo perché era la cosa giusta da fare.

«Se hai notizie di Popo, avvisami subito.» Mi girai e mi diressi verso l'uscita.

L'incidente, oltre a ridurre il numero di guardie, le aveva anche innervosite. Non ci sarebbero state altre visite. La priorità era quella di riportare la calma nelle celle e ripescare i detenuti che dovevano presentarsi in aula o all'ufficio cauzioni e quelli che dovevano tornare in custodia. Il fatto che le cose a quel punto sarebbero andate a rilento mi concedeva un po' di tempo.

Mi domandai quanto avrebbe impiegato Gerry Sinton a rendersi conto che c'era stato un malinteso e che al pronto soccorso non c'era Child, ma Popo. Gli diedi mezz'ora al massimo. «Grazie, Neil. Probabilmente oggi hai salvato la vita a Popo.»

«In quel ragazzo è rimasto ben poco che le droghe non si siano già divorate. Non era in forma quand'è arrivato, ma è un lottatore.»

Il pensiero che mi balenò in testa non voleva saperne di aspettare. «Quanto tempo è stato in cella il messicano prima di fare la sua mossa?»

«Ah, penso che fosse dentro da mezz'ora, forse un po' di più. È arrivato subito dopo che hai portato David nella sala consultazione.»

Annuii e me ne andai, lasciando che Neil rilasciasse la sua dichiarazione al poliziotto. Chiamai l'ascensore e, mentre aspettavo, osservai la guardia dietro il bancone della sicurezza. Stava pulendo una lavagna su cui era scritto: GIORNI SENZA INCIDENTI DI RILIEVO. La guardia cancellò il numero 87 che c'era sotto la scritta, tolse il tappo a un pennarello e tracciò sulla lavagna un grosso zero.

Era ora di mettersi in contatto con Dell.

Dirgli che avevo ottenuto il cliente.

E che il nostro accordo era saltato.

18

Mentre mi dirigevo verso l'uscita e attraversavo la strada davanti al tribunale, mi accertai che nessuno mi stesse tenendo d'occhio. C'era un SUV fermo fuori da Jack's, una lavanderia aperta ventiquattr'ore su ventiquattro. Diedi un paio di dollari a un giornalaio e presi una copia del *New York Times* e del *Wall Street Journal.* Controllai di nuovo la strada. Non mi seguiva nessuno.

La portiera posteriore destra del SUV si aprì.

« Come sta andando? » chiese Dell mentre salivo di fianco a lui, lasciando cadere sul sedile in pelle i miei fascicoli coperti dai giornali.

« Qualcuno ha tentato di uccidere David », dissi dopo aver chiuso la portiera. « Un messicano ha provato ad accoltellarlo in cella, ma il mio cliente Popo è intervenuto e ora potrebbe non farcela. Child però sta bene. Dopotutto questo potrebbe aiutarci e, credimi, avremo bisogno di tutto l'aiuto possibile. Gerry Sinton è riuscito a farsi nominare secondo difensore. »

Dopo aver fatto segno all'autista di immettersi nel traffico, Dell continuò a scrutare le auto e i pedoni dietro di noi per controllare che nessuno ci stesse pedinando. L'uomo alla guida aveva i capelli rasati e mi accorsi che aveva le dita della mano sinistra fasciate. Quando ci fermammo a un semaforo, si voltò per fulminarmi con lo sguardo.

« Hai già conosciuto l'agente Weinstein », disse Dell.

« Come va la mano? » chiesi.

Il tizio mi sorrise, mi mostrò il dito medio e si rigirò.

Il suo capo continuò a controllare che non avessimo nessuno alle costole per un altro isolato, poi mi guardò. « Secondo difensore? Come hai potuto permetterlo? » Notai una leggera animosità nella sua voce.

« I tuoi uomini avrebbero dovuto trattenerlo sul luogo dell'incidente. È arrivato troppo presto. »

« Sinton è sorvegliato dalla squadra di sicurezza dello studio. Harland e Sinton hanno alle loro dipendenze sei ex marine. Ufficialmente tengono d'occhio gli avvocati e i documenti, ma in realtà crediamo che siano dei sicari e facciano da cani da guardia ai soldi. A capo della squadra c'è un uomo di nome Gill. È un ex marine anche lui, oltre che ex agente di polizia, scaltro e spietato. Stamattina è intervenuta la sicurezza dello studio. Immagino che uno di loro abbia chiamato Gill. Forse qualcuno gli doveva dei favori, perché gli agenti che avevano fermato Sinton hanno ricevuto una chiamata via radio e subito dopo hanno rilasciato Gerry. L'agente sul posto mi ha detto di aver ricevuto l'ordine di lasciarlo andare dal suo tenente. Se avesse trattenuto Sinton più a lungo, qualcuno avrebbe capito che c'era sotto qualcosa. Dov'è Sinton adesso? »

« Sta andando al pronto soccorso. Credevamo entrambi che fosse stato Child a beccarsi la coltellata. Nel giro di mezz'ora, Sinton capirà che invece è ancora in tribunale. »

« Sei sicuro che il messicano volesse colpire proprio Child? »

« È quello che mi hanno detto. A quanto pare, lo studio ha cercato di farlo fuori. »

Dell recuperò una foto in bianco e nero da una busta gialla che teneva sulle gambe. Badò di non aprire troppo la cartellina per impedirmi di sbirciarne il contenuto, ma quel poco che vidi mi disse che si trattava di un grosso plico di documenti su Harland e Sinton. La foto era un primo piano di un uomo più o meno della mia età, forse un po' più verso i quaranta, con il fisico muscoloso e i capelli color castano chiaro. Con una mascella come la sua avrebbe potuto spezzare una mazza da baseball. Non era lo stesso uomo con il cappotto nero e il maglione grigio che mi aveva fissato nell'atrio fuori dall'aula dodici.

« Questo è Gill. Tieni gli occhi bene aperti, è pericoloso.

Lo studio è pronto a uccidere pur di proteggere la sua attività, e Gill è il braccio armato. Credo sia stato lui a organizzare il tentato omicidio nella cella di custodia. Devi togliere di mezzo Sinton. Non puoi fare pressione su Child se Sinton ti sta con il fiato sul collo. Come pensi di sbarazzarti di lui? »

« Per il momento, Sinton resta. Ne avrò bisogno. A dire il vero, Dell, non sono convinto che Child sia colpevole. Dev'esserci un'altra strada, solo che non ho ancora capito quale. »

« Oh, e così sarebbe innocente? E da cosa l'avresti dedotto? »

« Lo so e basta. Non è nella natura di quel ragazzo. Lo sento. »

« Perché non provi a spiegarlo a tua moglie dopo che si sarà beccata ottantacinque anni per riciclaggio e associazione a delinquere? Non farti fregare da quel ragazzo. Se adesso naviga nell'oro, è perché è stato spietato, non dimenticartelo. »

« Aspetta un attimo. Voi volete soltanto le informazioni, no? Conti, banche, contratti, prove che riconducano a Ben Harland e Gerry Sinton. So benissimo cosa vi serve per portarli in tribunale, ma Child non vi darà nulla di tutto ciò. Perché dovrebbe immischiarsi in un giro di riciclaggio con tutti i soldi che ha? Non ne ha bisogno. Non è coinvolto e non è il tipo. È all'oscuro di tutto, Dell. È un bersaglio e basta. Soltanto una vittima, proprio come gli altri idioti ricchi sfondati che danno un mucchio di soldi a Harland e Sinton. Posso procurarti le prove che ti servono, ma devo farlo a modo mio. »

« Ti sei proprio fatto infinocchiare da quel ragazzo, Eddie. Credevo sapessi cosa stavi facendo e che avessimo un accordo: le prove, i soldi e la testimonianza in cambio della libertà di tua moglie. Non mi pare una richiesta esagerata. »

« Prima di conoscere Child mi stava bene, ma ora so che è soltanto un ragazzo che sta per crollare. Amo mia moglie, ma non sacrificherò una vita umana per lei. Non se c'è un'altra strada. Vi procurerò quello di cui avete bisogno e voi lascerete in pace Christine, ma devo sapere qual è il legame tra

Child e lo studio e che cos'ha in mano sui soci. Devi dirmelo.» Gli restituii la foto e lui la rimise con cura nella cartellina, che lanciò sul sedile tra noi.

Sospirò e si chinò in avanti. Passandosi le mani sulla faccia, borbottò qualcosa e poi parlò in maniera chiara. «Avevamo un accordo. Avevamo un piano. Non mi piacciono le persone che non mantengono la parola, Eddie, e non mi piace farmi dire cosa devo fare da un poco di buono che per campare ha sempre fregato gli altri. Non mi piace per niente.» Si raddrizzò. Appoggiando la testa al sedile, s'infilò le dita sotto gli occhiali e si sfregò gli occhi, come se stesse lottando per non cedere al sonno che gli era stato negato da quando Child era stato arrestato ventiquattr'ore prima. Notai che la palpebra sinistra gli tremava e sentii l'odore del sudore che gli imperlava la fronte. Le rughe intorno agli occhi si erano approfondite. «Ci atterremo al piano originario. Le prove contro Child sono più che sufficienti a farlo condannare per l'omicidio della sua fidanzata. E sai perché? Perché l'ha uccisa, Eddie. Dirai a Child che hai una via d'uscita da offrirgli, che puoi salvargli la vita e procurargli un accordo. Abbiamo bisogno che Child vuoti il sacco sullo studio. Cinque anni sono una passeggiata. Sarebbe proprio da metterci la firma, per un omicidio di primo grado. Se rifiuta, si beccherà l'ergastolo.»

«No. Se non mi dici cosa sa David sullo studio, me ne vado.»

«È troppo rischioso. Dobbiamo fare a modo mio. Child ha un problema e tu gli offrirai la soluzione. È l'unica strada per convincerlo a sputare il rospo.»

«Io posso farlo parlare», insistei.

Dell mi scrutò, soppesando le sue opzioni e domandandosi se fossi davvero all'altezza. Controllai lo specchietto retrovisore. L'auto più vicina al SUV era a dieci metri buoni di distanza e stimai che stessimo viaggiando a circa trenta chilometri orari. Sapevo quale sarebbe stata la risposta di Dell e anche quale sarebbe stata la mia mossa successiva.

«No», disse.

«Allora abbiamo chiuso», risposi allungando il braccio tra i sedili anteriori per tirare il freno a mano. Quando le ruote si bloccarono, il veicolo s'inclinò bruscamente in avanti, tanto che la testa dell'autista si abbassò di scatto mentre la cintura di sicurezza gli teneva fermo il corpo.

Io mi ero già messo con la spalla destra contro il sedile davanti, pronto ad assorbire la botta. Dell finì con la faccia contro il sedile del conducente, i fascicoli scivolarono a terra e l'auto dietro di noi strombazzò, riuscendo a frenare in tempo prima di tamponarci.

Raccolsi i miei fascicoli e i giornali, aprii la portiera e dissi: «Io sono fuori. Da adesso siete soli».

Al volante, Weinstein aveva già cominciato a inveire, dandomi del pazzo.

Una mano sulla mia spalla. Mi ero aspettato una presa decisa, che mi avrebbe trascinato di nuovo a bordo del veicolo, ma non fu così. Quella mano rassegnata era un'ultima supplichevole richiesta di aiuto. «E va bene», disse Dell.

Chiusi la portiera e fissai dritto davanti a me, con i fascicoli appoggiati sulle gambe e senza guardare Dell negli occhi, in attesa di essere ragguagliato. I clacson dei veicoli dietro di noi cessarono e il SUV ripartì lentamente.

«Non azzardarti a rifarlo», disse Weinstein.

Con un sospiro, Dell scoprì le sue carte. «David Child non è al corrente di nulla d'illegale. Anzi, quello che sa è assolutamente legale. Il più grosso rischio in un'operazione di riciclaggio sono gli anelli della catena. Ecco, David Child ha offerto allo studio la soluzione per eliminare quel rischio. Invece di far passare i soldi attraverso parecchie mani, ora basta premere un pulsante per farli passare attraverso vari conti.»

«Di cosa stai parlando?»

«Child ha progettato un sistema di sicurezza digitale per Harland e Sinton. Sui conti dei clienti dello studio circolano ingenti somme di denaro, quindi serve un sistema di sicurezza inviolabile per proteggersi dagli hacker. David ha elaborato un algoritmo che si basa sugli stessi principi di Reeler: una combinazione di sequenze casuali e mirate. In sostanza, ha installato da Harland e Sinton un sistema di sicurezza informatica che è del tutto legale ma che, se usato in modo diverso, diventa il metodo migliore e più sicuro mai progettato per riciclare denaro.»

«Ma non è stato progettato per questo scopo, giusto?»

«Esatto. Poniamo che il sistema installato da David rilevi una minaccia di attacco da parte di un hacker. Se è abbastanza grave, il programma spedisce nell'etere tutti i soldi provenienti dalle attività dello studio e dai conti dei clienti. Milioni e milioni di dollari che in genere sono depositati in centinaia di conti cominciano a spostarsi. L'algoritmo suddivide i soldi in somme più piccole, inferiori ai diecimila dollari, e le fa passare attraverso centinaia di conti tramite un percorso digitale non prestabilito, allo scopo di proteggerle dall'hacker. Una volta sparito, il denaro non può essere rintracciato, ma settantadue ore dopo torna in un unico conto superprotetto. Naturalmente, prima di arrivarci, è stato completamente ripulito. Lo studio può testare il sistema tutte le volte che vuole, per assicurarsi che funzioni. Dal momento che i soldi vengono suddivisi in somme inferiori ai diecimila dollari, non ci sono obblighi di segnalazione e le somme possono spostarsi senza che siano necessari controlli di *due diligence* e antiriciclaggio. Ecco in cosa consiste il riciclaggio di denaro: è come comprare un passaporto per ogni dollaro. Ci sono tre fasi essenziali del riciclaggio: introduzione, stratificazione e integrazione. La finta operazione di acquisto di azioni introduce i soldi nel sistema, poi, quando lo studio attiva l'algoritmo, lo spostamento del denaro da conto pulito a conto pulito aggiunge strati di provenienza, e settantadue ore dopo tutti i soldi, sporchi e puliti, finiscono in un unico conto.»

Non potevo non provare ammirazione per la genialità di quel sistema. Lo studio poteva maneggiare milioni di dollari premendo semplicemente un tasto. Fingendo di testare il sistema di sicurezza, azionava l'algoritmo di David, e i soldi, dopo essersi spostati in maniera casuale, ne uscivano completamente ripuliti. Perfetto. «Quindi, visto che il sistema di sicurezza è legale, non si può ottenere un mandato e, dal momento che i soldi si spostano, non è possibile rintracciarli. Immagino che l'algoritmo riconduca ai soci, giusto?» chiesi.

Dell scosse la testa, soffocando una risata. «Sì, riteniamo che i soci vengano pagati in questo modo: quando i soldi arrivano sul conto superprotetto, ne fanno sparire un po'. Il conto finale verso cui vengono convogliati tutti i soldi è sempre a nome di Ben Harland. Questo è appurato, ma non sappiamo né il numero di conto né la banca. Lo studio ha migliaia di conti inattivi presso varie banche. I soldi finiscono in un conto diverso ogni volta che l'algoritmo raggiunge la fine del ciclo. Ci vorrebbe un esercito di tecnici per rintracciarne anche solo una piccola percentuale e, per riuscirci, dovremmo conoscere l'orario preciso in cui i soldi arriveranno sul conto. E invece non sappiamo nemmeno verso quale banca sono diretti. Quando l'algoritmo finisce di girare, invia ai soci un'email con le informazioni sul nuovo conto. A quel punto, il denaro è pulito e i soci possono farci la cresta, prendendosi la loro percentuale prima di pagare gli investitori. Pensiamo che ripuliscano il denaro più di una volta all'anno, e la nostra migliore ipotesi è che ogni volta i soci intaschino circa cinque milioni. Qui, però, l'importante è recuperare i soldi. Pensaci: tutte le più grosse frodi finanziarie smascherate negli ultimi anni hanno una cosa in comune e cioè che i soldi non sono mai stati recuperati. Noi invece, con l'algoritmo, possiamo arrivare anche a quelli.»

Riflettei sulle parole di Dell. «Ieri mi hai detto che, secondo Faruk, lo studio si stava sbarazzando dei suoi intermediari. Questo significa che ora l'operazione è interamente digitale?»

«In pratica sì. È più sicuro. Abbiamo immaginato che, se non avevano più bisogno di intermediari, c'erano buone probabilità che fossero passati al digitale. Proprio quando lo studio cominciava a dare il benservito ai suoi prestaconto, Child diventava cliente e iniziava a progettare il sistema di sicurezza, così abbiamo indagato. I nostri tecnici non hanno impiegato molto a capire come funziona, ma è davvero complicato seguirne le tracce. Ecco perché ci serve Child. Tutta la nostra squadra di tecnici a Langley può monitorare circa cento conti, ma ne esistono migliaia. Abbiamo scoperto che i soldi spariscono da quei conti per poi tornare settantadue ore dopo. Il nostro metodo di sorveglianza non è del tutto legale e ci serve qualcuno da piazzare sul banco dei testimoni, ossia Child. I nostri tecnici ritengono che Gerry abbia attivato l'algoritmo ieri e che, in questo preciso momento, i soldi stiano vagando nell'etere.»

«Ecco perché volete che Child faccia un accordo in fretta. Dovete accedere al sistema per collegare il denaro sporco ai soci, ma dovete anche essere pronti ad aspettare nella banca giusta per mettere le mani sui soldi dopo l'ultimo ciclo di lavaggio.»

«Proprio così. Il fatto che Sinton abbia avviato l'algoritmo dopo l'arresto di Child mi rende nervoso. Immagino che lui e Harland siano pronti a intascare i soldi ripuliti quando arriveranno sul conto, per poi sparire dalla circolazione. Però vorrebbero evitarlo. Facendo fuori David prima che spiattelli tutto, non saranno costretti a scappare. Visto che siamo stati fortunati, dobbiamo approfittarne. Se riusciamo a seguire il percorso attraverso il quale viene ripulito il denaro, possiamo recuperare tutto e sbattere Harland e Sinton in galera. Hanno ammazzato un membro della mia squadra, Eddie, e io voglio inchiodarli. L'ho sentita gridare il mio nome mentre bruciava dentro quell'auto. Ne ho bisogno.»

«La tua analista, Sophie. Kennedy me ne ha parlato. Mi ha detto che stavate insieme. Mi dispiace per la tua perdita.»

Ero sincero, eppure Dell mi scrutò in cerca di segni di ipocrisia. «Grazie», disse soddisfatto. «Era troppo giovane. Avrei dovuto esserci io in quel convoglio. So di pretendere tanto, ma non è cattiveria. Voglio soltanto lo studio.»

«Quindi cosa ti serve di preciso da David Child?»

«Ha scritto lui l'algoritmo. Deve per forza avere un modo di seguire gli spostamenti del denaro e di scoprire dove andrà a finire. Deve poter monitorare il denaro mentre l'algoritmo lo sposta. Io voglio conoscere il percorso dei soldi dal primo dollaro depositato presso lo studio fino al pagamento finale ai soci. Child potrà dirci dove verranno convogliati e come faranno ad arrivare nelle tasche di Harland e Sinton. Così avremo sia le prove necessarie per incriminare Gerry Sinton e Ben Harland, sia la certezza di recuperare tutti i soldi dello studio.»

Lasciai che le sue parole andassero a segno ed esaminai il racconto di Dell in cerca d'incongruenze. Ne trovai soltanto una. «Poniamo che ti creda, visto che mi sembra di aver fatto un passo verso la verità. Se avete scoperto che Child è in grado di manipolare l'algoritmo e in cambio volete offrirgli un patto, io a che diavolo vi servo? Perché non andate voi da lui a proporgli l'accordo? Perché coinvolgere me?»

«Era esattamente il piano che avevamo in mente subito dopo essere riusciti ad avere sotto tiro il sistema informatico di David. Poi, però, i nostri amici del Bureau ci hanno consegnato la valutazione psicologica del ragazzo. Ha un passato di problemi con l'autorità: è stato un hacker per molti anni e non solo non ha fiducia nel governo, ma lo detesta. È ai limiti del paranoico e soffre di disturbi dell'adattamento. Se lo avvicinassimo direttamente, non si fiderebbe di noi. Ma soprattutto: non possiamo arrivare legalmente a lui senza che il suo avvocato lo venga a sapere. In più, c'è quel piccolo dettaglio della sua ragazza morta. Non possiamo fare un accordo con David senza che abbia un avvocato. Ci serve che Child abbia un alleato, qualcuno di cui fidarsi, e dobbiamo separarlo dallo studio. La scelta più logica era far entrare in campo un nuovo avvocato, che sarebbe stato comprensivo oltre che motivato a convincere Child a dichiararsi colpevole e a stringere un patto con noi. Tu sei sul nostro radar da quando tua moglie ha accettato il lavoro presso lo studio. Sappiamo tutto su quegli avvocati. Così, quando si è presentata l'opportunità, abbiamo pensato di coglierla. Tu sei perfetto per questo compito.»

Ecco la procedura standard della CIA: usare le persone e manipolarne la vita per soddisfare le proprie esigenze. Io stesso avevo fatto quello stesso gioco.

«Non sono così perfetto. Non convincerò Child a rilasciare una confessione falsa.»

«So che sei piuttosto bravo a capire le persone, ma non si può mai essere sicuri, Eddie. David Child è molto intelligente e tutte le prove dicono che è un assassino. Vuoi lasciare un omicida a piede libero? Io ho visto le fotografie. So cos'ha fatto a quella ragazza. Per quanto voglia incastrare lo studio, non posso permettere che un individuo del genere la passi liscia.»

Un dolore freddo e sordo mi infiammò la mano destra. Una vecchia ferita. Fui travolto da un'ondata di brutti ricordi. «Dell, se credessi che è colpevole, ti aiuterei a inchiodarlo, ma devo fidarmi del mio istinto. Ti procurerò le tue prove in un altro modo. Quando le avrò ottenute, tu farai sì che Christine ottenga un accordo di immunità», dissi.

Lui si sfregò il mento e rispose: «Come farai a ottenerle?»

«Lascia che me ne occupi io.»

Accostammo a meno di un chilometro dal tribunale.

«Puoi continuare a piedi. Stai attento. Ti avevo già detto che questi uomini sono pericolosi. Ora sai fino a che punto. Fai un favore a te stesso e scegli la via più semplice: procurati la mia dichiarazione di colpevolezza e io mi assicurerò che a Christine non succeda niente. Ma non commettere lo sbaglio di pensare che non farò incriminare Christine, se ti metterai contro di me. Domani sera, a una certa ora, i soldi dello studio finiranno in un conto di sicurezza, tutti quanti. Mi servono quelle informazioni prima di allora per poter intervenire. Se a quell'ora non avremo il percorso stabilito dall'algoritmo, sarà troppo tardi. Sinton potrà intascarsi i soldi e sparire, se ne sente l'esigenza», disse Dell.

Mi infilai i fascicoli del caso sotto il braccio, aprii la portiera e scesi. Lui prese il suo cellulare e si concentrò sul display. Chiusi la portiera e il SUV si allontanò rapidamente.

Mia moglie o il mio cliente? Ventinove ore all'arrivo dei soldi. Ventinove ore per tirare fuori dai guai Christine. *Solo se scegliessi di piantare in asso Child.*

La sera prima mi era sembrata una decisione semplice.

Eppure a quel punto non riuscivo a scrollarmi di dosso la sensazione di essere dalla parte sbagliata: David aveva bisogno di qualcuno che lo difendesse, non che lo aiutasse a finire in prigione.

Poco tempo prima, avevo rappresentato un uomo che ero certo fosse colpevole. Ero andato sino in fondo e l'avevo fatto assolvere, ma da allora me n'ero pentito ogni giorno. Avevo perso troppe cose percorrendo quella strada.

Non potevo più permettere che un uomo colpevole rimanesse a piede libero, così come non potevo spedire in prigione un innocente. Il sistema che consentiva a un imputato d'ingaggiare un principe del foro per farsi scagionare era lo stesso che contrapponeva pubblici ministeri di lunga esperienza con risorse illimitate a difensori d'ufficio che non potevano comprare ai loro clienti nemmeno un biglietto dell'autobus che li portasse in tribunale.

Il sistema era sbagliato perché permetteva ai giocatori di stabilire le regole. Io ero un giocatore e, qualunque altra cosa avessi fatto, qualunque maneggio avessi architettato per mandare avanti il mio studio, non avrei permesso al sistema di non funzionare per i motivi sbagliati.

Non sapevo come, ma dovevo fare in modo che Christine e David se la cavassero entrambi, e in quel preciso momento tutte le opzioni che esaminavo mentalmente mi dicevano che, se avessi tentato di salvarli tutti e due, avrei finito con ogni probabilità per perderne almeno uno. Dovevo conquistarmi la fiducia di David. Dovevo fare un accordo.

Mi spuntò sulle labbra un mezzo sorriso mentre mi domandavo se Dell, guardando la copertina della busta gialla, si sarebbe accorto che ne avevo sostituito il contenuto con la mia copia del *New York Times*. Mi servivano soltanto pochi minuti con i documenti rubati.

A mezzo isolato di distanza, vidi un ufficio della FedEx.

19

33 ore prima dello sparo

L'ufficio della FedEx aveva ben sei fotocopiatrici tra le più tecnologiche in circolazione. Distribuii equamente le pagine del fascicolo in tre macchine, non più di cinquanta per ciascuna. Premetti i pulsanti di avvio e poi, con una sinfonia di ronzii e vibrazioni in sottofondo, rimasi ad aspettare la mia copia del fascicolo.

Raccolsi i fogli dalle macchine, pagai alla cassa e me ne andai.

Chiamai il diretto di Dell, il numero di emergenza.

Il SUV arrivò nel giro di un minuto.

Stavolta fui io ad aprire la portiera del lato passeggero per porgergli i documenti. «Scusa, questo deve essere finito in mezzo ai miei fascicoli.»

Lo spasmo alla palpebra.

Senza dire una parola, Dell afferrò i documenti originali, chiuse la portiera e si allontanò a tutta velocità nel traffico di New York, diretto verso il Chrysler Building.

Le mie fotocopie erano in mezzo ai vecchi fascicoli di Popo che mi ero portato dietro quel giorno. Non potevo leggerle subito. Dovevo tornare in tribunale per assicurarmi che la richiesta di rilascio su cauzione di Child venisse presa in carico, consentendogli di uscire quando si fossero calmate le acque nel centro di custodia. Avrei dovuto leggere il fascicolo più tardi, non appena avessi avuto il tempo di sedermi e ragionare.

Impossessandomi di quei documenti avevo oltrepassato un limite. Dell non poteva essere sicuro che avessi preso il fascicolo di proposito, ma avrebbe dato per scontato che fosse così. Dovevo andarci più cauto con lui. Aveva in mano il destino di Christine. E questo non lo sopportavo.

Dovevo trovare un modo per sbilanciare a mio favore l'equilibrio di potere, e sapevo che la chiave per riuscirci era un ventiduenne che si stava pisciando sotto in preda al panico in una cella, incapace di respirare e di pensare, men che meno di aiutare qualcun altro.

Fermai un taxi, dissi all'autista di portarmi in tribunale, aprii il fascicolo dell'accusa che mi aveva dato Lopez nell'ufficio di Knox e cominciai a leggere. Conoscevo già i fatti principali. La vittima, la fidanzata di David, era stata uccisa a colpi di pistola e il cadavere era stato rinvenuto nell'appartamento del mio cliente. Quello che non sapevo era come avesse intenzione di affrontare il caso la pubblica accusa, quali prove specifiche avesse a disposizione contro Child e quali moventi avrebbe addotto al giudice.

Non era un fascicolo voluminoso: rapporti preliminari della scientifica, dichiarazioni dei testimoni, fotografie della scena del crimine e file di registro informatici. Dopo aver finito di leggere, cominciai a dubitare dell'idea che mi ero fatto di David Child. Le prove sembravano pulite e dimostravano, oltre ogni ragionevole dubbio, che David aveva sparato alla sua fidanzata Clara Reece, uccidendola. Pensai agli occhi del ragazzo, al suo panico. Era stato come vederlo cadere in un abisso.

Facevo fatica a immaginare il movente che la pubblica accusa avrebbe addotto per l'omicidio. Le prove non solo indicavano chiaramente che David aveva ucciso la sua fidanzata, ma escludevano anche la possibilità che potesse essere stato qualcun altro.

Chiesi al tassista di accostare a un isolato dal tribunale. Avevo bisogno di camminare un po' per schiarirmi le idee.

20

Iniziò a piovigginare, così mi strinsi il bavero intorno al collo e infilai i fascicoli sotto il cappotto perché non si bagnassero. Il marciapiede brulicava di pendolari, gente che andava per negozi o che faceva jogging, venditori, artisti di strada e persone che strillavano al cellulare. Io percepivo tutto in modo attutito. Non vidi nemmeno le colonne di pietra della facciata del tribunale né i taxi gialli allineati all'esterno, con gli autisti che si sporgevano dai finestrini e litigavano per stabilire a chi spettasse il primo posto della fila. Non feci caso a nulla di tutto ciò, eppure ero consapevole di ogni cosa, anche se al livello più essenziale possibile. Con la testa ero ancora dentro il fascicolo dell'accusa.

Nel documento si parlava di due DVD che non erano ancora stati consegnati alla difesa, ma c'erano le dichiarazioni degli investigatori che li avevano visionati e che volevano far registrare le loro osservazioni a fini probatori. Il primo DVD, in base a quanto dichiarato dall'agente di polizia, proveniva da una telecamera stradale collocata in Central Park West che aveva registrato l'incidente. Un conducente ubriaco era passato con il rosso e aveva fatto un frontale con la Bugatti di David. Arrivata sul posto, la polizia aveva visto l'arma da fuoco sul tappetino del lato passeggero dell'auto. Child aveva affermato che la pistola non era sua. Il poliziotto, Phil Jones, aveva detto di aver sentito che l'arma emanava un certo odore, come se avesse sparato da poco. Child non aveva il porto d'armi, così l'avevano arrestato e messo in cella. Dopodiché avevano collegato il suo indirizzo alle segnalazioni di un cadavere rinvenuto in un appartamento: il suo. Capii che, nelle loro dichiarazioni, gli agenti lasciavano intendere che, se quel conducente ubriaco non avesse centrato l'auto di

Child, lui avrebbe potuto farla franca e riuscire a sbarazzarsi dell'arma del delitto.

E invece il destino si era assicurato che venisse preso.

Poiché il suo status di miliardario era relativamente recente, Child aveva acquistato un appartamento a Central Park Eleven, l'edificio più costoso di tutti gli Stati Uniti. In realtà si trovava su Central Park West, ma avevano comunque deciso di battezzarlo Central Park Eleven. L'appartamento di Child era più grande di un campo da basket e aveva un ampio balcone panoramico con la migliore vista sul parco di tutta Manhattan. Il vicino di casa, un regista di Hollywood di nome Gershbaum, cominciava la sua dichiarazione spiegando di essere il proprietario di un appartamento al venticinquesimo piano, adiacente a quello di Child, e spiegando che a quell'altezza, nella torre sopra il blocco principale, c'erano soltanto due appartamenti per ogni piano. Aveva detto che quel giorno era a casa a guardare le riprese di un film che stava girando, quando gli era sembrato di sentire degli spari. All'inizio non era sicuro. Pensava che potesse essere stato il motore di un'auto giù in strada, così era uscito sul balcone e si era sporto dalla ringhiera per controllare. A quel punto aveva visto la finestra dell'appartamento accanto che andava in frantumi e si era spaventato così tanto che per poco non era volato giù dal balcone. Aveva chiamato la sicurezza dell'edificio dalla sua camera blindata ed era rimasto in attesa. Dopo quattro minuti, gli uomini della sicurezza erano fuori dalla sua porta. Gershbaum aveva riferito alla guardia quello che aveva visto, mostrando i vetri sul balcone. La guardia che era entrata per prima nell'appartamento di David aveva trovato il corpo di Clara in cucina.

Non dovevo sforzarmi di ricordare la descrizione fatta dalla guardia di ciò che si era trovata davanti. La foto del cadavere si era già impressa a fuoco nella mia mente. Clara aveva i capelli biondi, tagliati in un caschetto corto, ma nella foto il biondo era sparito, rimpiazzato da un ammasso di tessuto sanguinolento. Era vestita in maniera semplice, con una maglietta bianca e un paio di jeans blu scuro, ed era scalza. Il corpo era riverso a faccia in giù in cucina, la testa leggermente girata verso destra, le braccia lungo i fianchi. È raro che qualcuno venga colpito da un proiettile mentre si trova a faccia in giù sul pavimento. E poi la maggior parte delle vittime di armi da fuoco non muore subito, ma quando viene spinta a terra dalla forza cinetica del proiettile allunga le braccia d'istinto per attutire la caduta. Clara non l'aveva fatto. L'unica spiegazione logica poteva essere che, quando il suo corpo era finito sulle piastrelle bianche e lustre della cucina, Clara fosse già morta.

Il medico legale aveva dichiarato che la vittima era stata raggiunta da numerosi colpi d'arma da fuoco, tutti mirati alla testa. Aveva due fori d'ingresso al centro della schiena, a tredici millimetri di distanza l'uno dall'altro. Tutti gli altri colpi erano stati sparati alla nuca. Dalla posizione del corpo, sempre che non fosse stato spostato post mortem, la mia teoria era che i colpi alla testa fossero arrivati per primi, poi Clara era caduta. Due spari alla spina dorsale per assicurarsi che fosse morta, quindi l'assassino le aveva scaricato l'arma contro la nuca. Il medico legale non era stato in grado di determinare con precisione il numero di spari alla testa, dal momento che del cranio era rimasto ben poco. Una dichiarazione della scientifica confermava che, sotto il viso della ragazza, le piastrelle erano rotte e nel cemento era rimasta conficcata quella che ormai era una palla di proiettili deformati.

Secondo l'interpretazione della scena data dall'agente della scientifica, l'assassino aveva sparato due volte alla schiena della ragazza, poi aveva svuotato il caricatore mirando alla nuca, quindi aveva ricaricato.

Il secondo caricatore era stato svuotato contro quanto rimaneva del cranio della ragazza.

Un raptus omicida. Questo faceva pensare a un sospettato che conosceva bene la vittima, e immaginavo che l'ufficio del procuratore avrebbe presentato questa circostanza come movente. Tra le altre fotografie scattate sulla scena del crimine ce n'era anche una di Clara presa dal suo account Reeler. Era insieme a un'altra ragazza all'incirca della sua stessa età, ma non altrettanto carina. Sedute sugli sgabelli di un bar, mostravano il tatuaggio uguale che si erano appena fatte: una margherita viola sul polso destro. Davano la schiena al bancone, su cui erano appoggiati un paio di drink. Sembrava che Clara stesse ridacchiando. Con la pelle chiara e luminosa e uno sguardo esuberante, era bella in modo naturale.

Per un momento pensai alla ragazza alla quale avevo vergognosamente voltato le spalle anni prima, quando avevo fatto rilasciare il suo aggressore.

Avvertii un calore sempre più intenso allo stomaco e un prurito alle mani, che sentii improvvisamente pesanti. Era una sensazione che provavo ogni tanto, quando mi veniva voglia di fare del male a qualcuno. Per Clara potevo soltanto assicurarmi che il suo assassino non avesse mai più l'occasione di rifare la stessa cosa. Vedendo lo stesso tatuaggio sul suo polso girato e privo di vita nelle foto della scena del crimine, pensai che un po' della sua anima fosse rimasta lì, a guardare, a piangere per quella vita interrotta e a giudicare. Di nuovo il mio pensiero corse a David Child. Era davvero in grado di mentire così bene? *Abbastanza da fregare me, che beccherei chiunque non la racconti giusta?* Non lo ritenevo capace di farlo, ma le prove contro di lui diventavano sempre più schiaccianti a mano a mano che leggevo.

Chi abitava a Central Park Eleven riceveva, oltre alla chiave del proprio appartamento, anche una chiave elettronica, che serviva per usare gli ascensori dell'edificio e per disattivare l'allarme fornito come dotazione standard in ciascun appartamento. Grazie alla chiave di Child, la sicurezza dell'edificio aveva registrato tutte le sue entrate e uscite, con una precisione al minuto. Alle 19.46 era entrato nel suo appartamento insieme a Clara e, diciassette minuti dopo, come rilevato dalla chiave, Child stava usando l'ascensore per lasciare l'edificio, da solo. Era stato l'ultimo a uscire dall'appartamento. Quattro minuti più tardi, le guardie di sicurezza erano a casa di Gershbaum e poco dopo scoprivano il corpo di Clara nell'appartamento vuoto di David Child. Lo stesso appartamento che lui aveva lasciato pochi minuti prima.

Un poliziotto aveva visionato le riprese della telecamera di sicurezza dell'edificio e aveva visto Child che entrava e usciva dall'appartamento. Indossava una felpa larga e verde con il cappuccio, pantaloni sportivi grigi con il cavallo basso e un paio di Nike rosse. Controllai la descrizione di Child dal primo DVD, quello che conteneva il filmato dell'incidente. Indossava gli stessi vestiti.

Il rapporto preliminare della scientifica rivelava che le mani e gli indumenti di Child erano coperti di residui di polvere da sparo e non era un caso di trasferimento secondario, come se avesse urtato qualcuno che aveva appena sparato o fosse stato in un poligono di tiro. Sembrava proprio che si fosse buttato in una vasca di polvere da sparo. Le concentrazioni rinvenute sulle mani, sui vestiti e sulla faccia erano compatibili con l'ipotesi che avesse sparato diversi colpi con una pistola.

Durante l'interrogatorio, Child aveva detto di non aver mai visto l'arma mostratagli dall'agente, il quale sosteneva di averla rinvenuta sul tappetino della sua Bugatti. Aveva dichiarato di non possedere una pistola e di non aver mai sparato un colpo in vita sua.

I bossoli trovati nell'appartamento sarebbero stati esaminati dalla balistica e i risultati sarebbero stati pronti a breve. Tuttavia, dato il calibro simile e i risultati preliminari, sembrava proprio che la pistola nell'auto di Child fosse l'arma del delitto.

La pistola era una Ruger LCP.

21

Raggiunsi il piano delle celle di sicurezza attraverso le scale sul retro del tribunale, cui si accedeva tramite la porta antincendio con l'allarme difettoso. Quella sezione era riservata ai detenuti più pericolosi e a quelli più vulnerabili. Dietro la porta d'ingresso a sbarre, due guardie presidiavano una fila di monitor di sicurezza. Conoscevo di vista una delle due e le dissi che ero lì per Child. In quell'area non era scattata la procedura di emergenza e, dopo avermi perquisito e aver esaminato accuratamente i miei fascicoli per assicurarsi che non volessi allungare qualcosa al detenuto, la guardia mi lasciò entrare.

Il corridoio faceva una curva a gomito e, in fondo, oltre la fila di celle sulla parete destra, una sola guardia era seduta fuori dalla cella di sicurezza. Con il suo metro e sessanta, era basso per essere un agente di custodia, e il manganello che gli penzolava dalla cintura sembrava più grande di lui.

« Qualcuno ha chiesto di vedere il mio cliente? » domandai.

« Il dottore è venuto a vedere come stava, ma è andato via dieci minuti fa. Vuole entrare? » disse la guardia.

« Certo. »

« Lei è il suo avvocato? »

« Be', di certo non sono sua madre. Ovvio che sono il suo avvocato. Può aprire la cella? Lei non dovrebbe tenerlo d'occhio? »

« È un soggetto a rischio, quindi vado a controllarlo ogni nove minuti. Vuole vedere la mia tabella? »

Probabilmente aveva già spuntato le caselline delle ispezioni, quindi sarebbe stato inutile verificare. La porta della cella si aprì con un cigolio metallico e, dentro, Child era steso sul sottile materasso di gomma che avrebbe dovuto essere un letto. Anche da sdraiato, si teneva la testa fra le mani, forse temendo che, se non l'avesse fatto, il turbine in cui si trovava avrebbe vorticato ancora più velocemente.

«Sono riuscito a farti concedere la libertà provvisoria, ma a certe condizioni. Dovrai...»

«È vivo?» chiese Child.

L'idea che mi ero fatto di lui diventò ancor più positiva. Quando hai una tuta arancione addosso e un'accusa di omicidio sulla testa, è davvero facile dimenticarsi dei problemi degli altri.

«Voleva proteggermi», disse David mettendosi a sedere sul letto.

In realtà il letto era un foglio di acciaio appeso a una coppia di supporti imbullonati alla parete di destra. Un water di acciaio occupava il centro della scena, mentre sul lato sinistro c'era una panca, sempre di acciaio. Il pavimento era una gettata di cemento che sembrava ancora bagnato, e potevo sentire attraverso i piedi l'umidità che impregnava la cella del suo odore.

«Perché l'ha fatto?»

«Avevo chiesto a Popo di tenerti d'occhio. Ma immagino che ci sia qualcosa di più: non sarebbe intervenuto per bloccare l'aggressore se non gliene fosse fregato niente.»

La guardia chiuse a chiave la porta della cella.

«Quand'ero ragazzino non ho mai avuto amici», disse David. «I bulli non mi davano pace. Poi ho fatto il mio primo milione e all'improvviso sono diventato famoso. Forse... non lo so, credi che quel ragazzo volesse dei soldi?»

«Non penso che si fosse davvero reso conto di chi aveva davanti.»

«Sì, però, insomma, sono stato sulla copertina del *Time*. Non può non avermi riconosciuto.»

«Be', non credo che Popo sia abbonato al *Time*. Non sa leggere e io di sicuro non gli ho detto chi eri. I social media non sono il tuo pane quotidiano quando sei un senzatetto squattrinato in cerca della tua prossima dose. Se avesse saputo che eri miliardario, puoi scommetterci che ti avrebbe chiesto dei soldi. Immagino abbia intuito che te la passi bene perché sei bianco, pulito e indossavi scarpe costose, ma non si sarebbe piazzato davanti a un coltello soltanto perché sei un bianco con i soldi.»

Lui si massaggiò la fronte. «Cosa succede adesso?»

«C'è stato uno sviluppo. Gerry Sinton si è presentato e ha alzato un polverone, convincendo il giudice ad assegnarlo al caso come secondo difensore. Se vuoi liquidarlo, dovrai andare in tribunale. Le clausole del mandato di rappresentanza che hai firmato con Harland e Sinton sono rigide e danno allo studio il diritto di prelazione su qualunque tipo di materiale relativo al rapporto tra avvocato e cliente. Puoi scegliere di ignorare Sinton, però succederebbe un casino. Non per te, ma per me. Sinton mi riempirebbe d'ingiunzioni e cercherebbe di farmi radiare dall'albo per avergli soffiato un cliente. Il mio consiglio è di lasciarlo fare, almeno per un po'.»

«Va bene. Cominciavo a sentirmi in colpa per averlo scaricato.»

Fuori dalla cella, la guardia continuava a fare palloncini con la gomma da masticare. Mi avvicinai a David e mi sedetti accanto a lui. «Prima di procedere, c'è una cosa che devi sapere. Gerry non voleva richiedere il rilascio su cauzione. Te l'aveva detto anche ieri sera alla centrale di polizia, giusto?»

David annuì. «Ha detto che la stampa si sarebbe scatenata. Il prezzo delle azioni della mia azienda avrebbe toccato il fondo e, visto che possiedo alcuni aerei, ci sarebbe comunque stato un rischio di fuga troppo elevato perché mi concedessero la libertà provvisoria. Ha detto che era inutile farne richiesta: troppi svantaggi.»

Per qualche ragione, in quel momento, mi resi improvvisamente conto che quella mattina non mi ero rasato. La barba di un giorno mi prudeva sul mento. Mi schiarii la gola e guardai David negli occhi mentre gli dicevo la verità. «Anche uno studente di giurisprudenza al primo anno avrebbe potuto dirti che avresti ottenuto la libertà provvisoria senza problemi e che il giudice ha il potere di concederla a porte chiuse, senza che nessuno lo venga a sapere. Inoltre, puoi possedere tutti gli aerei privati che vuoi, basta che consegni alla corte il tuo passaporto, che piazzi una grossa garanzia sul tavolo e, con una fedina immacolata come la tua, nessuno ti negherebbe mai il rilascio su cauzione. So che Gerry ha poca esperienza in fatto di procedimenti penali, per non dire nulla, ma non credo che sia tanto stupido. Credo invece che volesse farti rimanere in custodia.»

«Perché?»

«Perché potessero ucciderti.»

22

Child sostenne il mio sguardo per mezzo secondo, poi sul suo viso le emozioni più disparate si avvicendarono come diapositive. All'inizio sorrise, quindi tornò serio e mi guardò con le sopracciglia aggrottate come per capire se lo stessi prendendo per il culo. Strizzò gli occhi, agitato. Non voleva credere a quello che gli avevo detto. È tipico della natura umana ignorare ciò che fa più paura e aggrapparsi a ogni possibilità di speranza, anche quando si tratta di un'illusione.

« Non ha senso. »

« Certo che ce l'ha. Non ha senso restare dentro e non richiedere la libertà provvisoria. Gerry non si aspettava che tu ricevessi assistenza legale da qualcun altro. Se la mia ipotesi è vera, forse immaginava che a quest'ora fossi già all'obitorio con il coltello del messicano piantato nel cuore. »

« No, non è vero », replicò David.

« Il messicano è entrato nella tua cella quando eri in infermeria, dopo che avevi avuto l'attacco di panico nella sala consultazione. Appena ti hanno riportato in cella, ha fatto la sua mossa. David, tu non fai parte di una gang. Non eri nessuno lì dentro e non credo proprio che tu abbia fatto qualcosa per provocare quel tizio. Si è nascosto addosso quel coltello per una ragione soltanto: doveva ucciderti, David. E a mandarlo è stato Gerry Sinton. »

Il ragazzo si alzò e cominciò a camminare per la stanza, rimuginando sulle mie parole. Io rimasi zitto e lo lasciai riflettere.

Un pensiero lo fece fermare.

« Senti, adesso il mio avvocato sei tu, okay? Licenzierò Gerry, se ti fa stare meglio. Credo sia più intelligente affidarmi a un penalista esperto come te, ma non venire a muovere accuse assurde perché così mi spaventi.»

«E fai bene a spaventarti. Dodici ore fa una task force federale è venuta a dirmi che avrebbero sbattuto mia moglie in prigione se non li avessi aiutati. Mi hanno chiesto di avvicinarti per fare in modo che m'ingaggiassi come tuo difensore per questo caso. Volevano che ti spingessi a patteggiare: loro ti fanno ottenere una riduzione della pena per aver ucciso la tua ragazza, e tu testimoni contro i tuoi legali, Harland e Sinton, e la loro operazione di riciclaggio. E pensa che io ero anche pronto a farlo, ma poi ti ho conosciuto e ho scoperto due cose: non credo che tu abbia ucciso la tua fidanzata e sono convinto che non sai nulla dell'operazione di riciclaggio di Harland e Sinton. Se ne fossi stato al corrente, ti saresti trovato in mano un'ottima carta da giocarti e non avresti voluto Gerry Sinton vicino a te, di sicuro non mentre la polizia t'interrogava.»

Le gambe parvero cedergli e lui si abbassò un po', lasciandosi poi cadere sul freddo pavimento di cemento.

«Se non hai ucciso la tua ragazza, sembra proprio che qualcuno ti abbia incastrato. E non è stato lo studio. Harland e Sinton vogliono toglierti di mezzo perché potresti patteggiare e denunciarli in cambio di una riduzione della pena. Per questo non volevano che uscissi su cauzione. Ti volevano dentro, dove un accidentale atto di violenza, senza il minimo legame con loro, avrebbe posto fine alla tua vita. I morti non testimoniano.»

David scosse la testa e il suo respiro accelerò di nuovo. Iniziò a passarsi ritmicamente le mani sulle ginocchia, mentre dondolava avanti e indietro per non ripiombare nel panico.

«La morte della tua ragazza potrebbe essere una coincidenza, ma io non me la bevo. Senti, non ho ancora chiaro tutto il quadro, ma so che sei innocente e troppo ricco e famoso per farti coinvolgere in un giro di riciclaggio.»

«Riciclaggio? Qui stiamo parlando di Harland e Sinton,

uno degli studi più rispettabili di New York. È impossibile che... »

« Aspetta a dirlo. Nemmeno io ci credevo all'inizio, ma adesso sono convinto che è vero. Se fosse stata tutta una montagna di stronzate e i federali avessero preso una cantonata, allora perché un delinquente a caso avrebbe scelto di beccarsi un ergastolo facendo fuori un ragazzo bianco di cinquanta chili che non aveva mai visto in vita sua? Aggredirti non gli farà guadagnare nessuno status in carcere. Certo, in cella i tipi come te possono essere malmenati o peggio, ma non c'è motivo di ucciderti, visto che non sei una minaccia. Non conti nulla per loro. La mia teoria è che Harland e Sinton abbiano pagato qualcuno. Ti vogliono morto. »

« No, questo è assurdo, è da fuori di testa. No. Impossibile. Voglio dire, io non ho la minima idea se lo studio faccia qualcosa d'illegale o no. »

« Esatto. Credo che, su questo, tu sia in buona fede. Eppure se non sapessi davvero un tubo, non saresti un bersaglio né per i federali né per lo studio. E invece lo sei. Mi è stato detto che il tuo sistema di sicurezza digitale, l'algoritmo che nasconde i soldi quando rileva un attacco informatico, viene utilizzato dallo studio per riciclare denaro... milioni di dollari. Fingendo di testare il sistema, in realtà lo studio ripulisce il denaro. I federali vogliono il tuo algoritmo per poter collegare i soldi ai soci. Se glielo dai, possiamo fare un accordo. »

« Cosa? Il mio algoritmo non è progettato per riciclare soldi! È un sistema di sicurezza. »

« Lo so, ma immagino che i soci ti abbiano chiesto di elaborarlo in modo tale che, una volta rilevata una minaccia, i soldi comincino a spostarsi. Ho ragione? »

Lui annuì.

« I federali vogliono i soldi e i soci, e il tuo algoritmo è la chiave. Ottenuto l'accesso all'algoritmo, l'FBI avrà l'intero percorso del denaro, dalle transazioni iniziali fino ai conti puliti. Subito dopo il tuo arresto, lo studio ha attivato l'algoritmo. La mia teoria è che, quando i soldi arriveranno sul conto finale, i soci taglieranno la corda. L'FBI vuole essere presente all'arrivo dei soldi. Se tu ti dichiarerai colpevole e consegnerai loro l'algoritmo, ci andranno piano con te e lasceranno libera mia moglie. Ma credo che questo sia un altro accordo.»

«Io non l'ho uccisa. Non mi dichiarerò colpevole.»

«Non permetterò che tu finisca dentro per un omicidio che non hai commesso. Faremo un nuovo patto. Io venderò loro l'algoritmo – a caro prezzo – e loro dovranno lasciare liberi sia te che Christine.» Fu soltanto quando allungai la mano che mi accorsi che stavo tremando.

David mi fissò, spaventato quanto me, poi indietreggiò fino a sbattere la testa contro il muro. «Non posso.»

«Devi. Io sono la tua unica possibilità di uscirne intero.»

«No, intendo dire che non posso aiutarti. I federali non hanno capito niente. L'algoritmo si trova su un sistema interno separato dello studio. Io non posso accedervi.» Intrecciando le dita, alzò le mani, se le lasciò ricadere sulla testa e le strinse dietro la nuca, poi cominciò a roteare i gomiti e ad agitare le braccia. Sembrava che stesse cercando di farsi uscire un'idea dalla testa, usando le braccia come mantice. «Oh, Cristo, vorrei che tutto questo non stesse succedendo», disse, poi si zittì e rimase immobile, assorto nei suoi pensieri. Il suo corpo poi si rianimò, come se avesse fatto respirare quell'idea. «Eddie, ma se anche fossi in grado di seguire le tracce dell'algoritmo, perché dovrei fidarmi di te?»

Bella domanda. Pensai di propinargli una storiella convincente, ma poi lasciai stare e gli dissi la verità. «Al posto tuo, io non so se mi fiderei di qualcuno. Purtroppo, però, tu non hai scelta. Lo studio ti considera una minaccia e ti vuole morto. Se possiamo dare ai federali quello di cui hanno bisogno per incastrare lo studio, tu avrai una possibilità di cavartela e io avrò qualcosa da usare come merce di scambio per te e per mia moglie. A quel punto, ti aiuterò a scoprire chi ha ucciso Clara. Non credo che sia stato un furto finito male, dato che dal tuo appartamento non manca niente. Hai avuto tempo per pensare. Se mi dici che sei innocente, te la sarai pur fatta un'idea su chi vorrebbe incastrarti.»

«Ci sono diverse persone a cui non piaccio. Persone che mi hanno aiutato a far nascere Reeler e che ho liquidato. Una volta erano tutti amici, ma credo che nessuno di loro sarebbe in grado di uccidere. Tranne una persona.»

«Chi?»

«Bernard Langhiemer.»

«Chi diavolo è Bernard Langhiemer?»

«Un concorrente. Uno che una volta mi ha detto che mi avrebbe annientato. Posso dirti tutto quello che vuoi su di lui.»

«Ne parleremo quando ti avremo fatto uscire di qui. Nel frattempo, ti proteggerò quando ti faranno uscire di prigione.»

«Come?»

«Ho un amico. Lavora per un mio vecchio compagno di boxe. È un tipo un po' strano, ma si assicurerà che non ti succeda niente. Lo chiamano Lizard. Be', a essere precisi, è lui a chiamare Lizard se stesso.»

«Lizard?»

«Te l'ho detto, è un po' strano, ma mi fido ciecamente di lui. E mi servono i contatti dei tuoi familiari, devo chiamare qualcuno che venga a portare i soldi della cauzione.»

«Non ho familiari, non proprio. Puoi chiamare Holly. Lei organizzerà il trasferimento di soldi.»

«Chi è Holly?»

«Holly Shepard. È una vecchia amica, nonché mia assistente personale.»

«Può anche portarti dei vestiti?»

«Certo.»

David sapeva a memoria il numero di cellulare di Holly, e io lo annotai nel fascicolo. Faceva su e giù per la stanza, borbottando tra sé. Pensai alle prove contro di lui, a ciò che mi aveva detto Dell. Per un momento mi venne il dubbio che David mi stesse abbindolando.

«Sei in grado di rintracciare i soldi?» gli chiesi.

Lui si fermò, sfregandosi le mani. «Non ne sono sicuro,

ma posso provare. Credi che mi assolveranno se riesco a darglieli? »

La guardia bussò alla porta della cella con il manganello. La finestrella si aprì e i suoi occhi spenti fecero capolino dall'altra parte. « È arrivata una telefonata dall'ufficio. Lei si chiama Flynn, giusto? »

« Sì, Eddie Flynn. »

« C'è qui sua moglie che vuole vederla », disse.

23

Arrivato in cima alle scale, non vidi nulla di diverso dal solito nell'atrio centrale: agenti di sicurezza ovunque, alcune squadre concentrate sui metal detector all'ingresso e rinforzi sparpagliati qua e là, sempre vigili. Il pavimento nero in gomma dura scanalata era pensato per ambienti ad alto livello di calpestamento. Lungo le pareti, file di panche in legno di pino erano imbullonate a terra tramite barre d'acciaio, e di fronte ai distributori automatici di caffè c'erano alcune aree d'attesa. Quel giorno ci sarebbe stata una fila costante d'imputati chiamati a comparire in aula per la lettura formale delle accuse, dal mattino fino a circa l'una di notte, quando il tribunale avrebbe chiuso. In genere, questo significava che dalle porte sarebbe passata una fiumana di familiari, fidanzate, garanti per le cauzioni, poliziotti, avvocati, spacciatori, giornalisti, papponi, agenti di sorveglianza e impiegati del tribunale.

Holly, l'assistente personale di David, rispose al telefono.

«Holly, sono Eddie Flynn. La chiamo per conto del mio cliente, David Child. Ho bisogno del suo aiuto per...»

«Come sta David? Non vogliono farmelo vedere e lo studio non mi dice niente. Gerry è lì? Perché non mi ha richiamata? David riuscirà a ottenere la libertà provvisoria?» Parlava così veloce che non riuscivo a starle dietro, eppure non era nel panico e nemmeno agitata. Sembrava soltanto una di quelle persone superorganizzate che non riescono a spiegarsi come mai tutti gli altri non raggiungano il loro stesso livello di efficienza. Anche se non era facile capirlo, immaginavo che non dovesse essere molto più grande di David. Sui venticinque, trent'anni al massimo.

«Un momento, rallenti. Io sono il secondo difensore insieme a Harland e Sinton, e sono specializzato in procedimenti penali. Mi sembra di capire che sa già dell'arresto di David. Posso dirle che è stato accusato di un reato molto grave. Devo chiederle di presentarsi all'ufficio cauzioni e di organizzare un trasferimento di fondi per coprire l'importo della cauzione. Può farlo?»

«Oh, santo cielo! David sta bene? Non sopporta gli spazi chiusi. Darà di matto... ha con sé le sue medicine?»

«Holly, David sta bene. Sto badando io a lui. Ora, quello che deve fare...»

Le comunicai l'indirizzo del tribunale, i dettagli bancari dell'ufficio fondi e il numero del caso, e le chiesi di portare dei vestiti per David. Lei annotò tutto e disse che si sarebbe messa subito in moto. Conclusa la telefonata, chiamai Lizard sul cellulare e mi accordai perché venisse a prendere David dopo il versamento della cauzione. Era un ex marine, nonché sicario e interrogatore itinerante al servizio del mio vecchio amico Jimmy «Cappello». Lizard era uno dei suoi uomini e mi aveva aiutato con la mafia russa. Sapeva il fatto suo, quando si trattava di sicurezza.

Scendendo le scale, individuai Christine. Era seduta su una panca vicino al muro sul lato est, sotto un cartello con scritto NO ARMI DA FUOCO. NO FOTO. Aveva con sé una borsa di pelle che sembrava nuova, costosa. I capelli castani raccolti all'indietro in una coda di cavallo, indossava un tailleur nero fresco di bucato con la gonna fino al ginocchio. Seduta con le gambe accavallate, dondolava ritmicamente il piede sinistro, rischiando di far cadere la scarpa di pelle lucida con il tacco alto. Sembrava ansiosa. Il tempo era stato bello negli ultimi giorni e, con i caloriferi pompati al massimo a beneficio delle guardie sulla porta, nell'atrio si moriva di caldo. Con dita lunghe e aggraziate, Christine si faceva aria al collo, dove la camicia color crema aperta sul davanti lasciava intravedere la pelle chiara.

Prima che potessi arrivare in fondo alle scale, lei mi vide, prese la borsa e mi venne incontro a passo di marcia. I tacchi alti facevano riecheggiare ticchettii cupi contro le pareti. I suoi passi erano decisi e rapidi, e l'andatura così feroce che la coda di cavallo le oscillava dietro la testa.

Notai che aveva un'espressione confusa, e il fatto che poco prima stesse picchiettando per terra con la scarpa mi confermò che era preoccupata. Aspettò in fondo alle scale.

La pelle intorno agli occhi azzurri era tesa, e le guance arrossate sembravano volersi mettere in mostra, risaltando sulla monocromia di tailleur e tacchi.

Non importava quante volte mi fossi svegliato al suo fianco o mi fossi voltato a osservarla mentre guardava la televisione sul divano, o ancora quante volte avessi sentito il suo profumo in bagno al mattino: mi bastava vederla per sentire le farfalle nello stomaco, pervaso da una sensazione di calore scatenata dalla consapevolezza di aver trovato l'unica donna del pianeta con cui volessi stare. Negli ultimi tempi, quella sensazione era subito seguita da un'ondata di disprezzo verso me stesso: avevo perso la cosa migliore che mi fosse mai capitata e potevo dare la colpa soltanto a me. Continuavo ad aggrapparmi all'ultima minuscola speranza che la separazione potesse non essere definitiva. Il pensiero che, se avessi mandato tutto a puttane, Christine potesse restare rinchiusa per ventitré ore al giorno in una cella mi diede una scarica di adrenalina.

Senza darmi il tempo di arrivare in fondo alle scale, Christine cominciò a parlare. Voleva risposte. «L'assistente di Gerry Sinton mi ha appena trascinata fuori da una riunione a causa tua. Credevo che mi avrebbero licenziata. Mi ha detto che stai sabotando l'attività dello studio e che ti sei accaparrato illegalmente uno dei suoi clienti più importanti. Le ho risposto che non era possibile, che non l'avresti mai fatto. Mi hanno mandata qui a parlare con te. Cosa sta succedendo, Eddie?»

«Calmati. Lascia che ti spieghi. Hai ragione, in effetti rappresento David Child.»

Lei strizzò gli occhi. Christine era un avvocato intelligentissimo e la sua esperienza in fatto di processi superava di gran lunga quella cui io avrei mai potuto aspirare. Ci eravamo conosciuti alla facoltà di giurisprudenza; lei era una delle studentesse migliori, e io uno di quelli che se la cavavano per il rotto della cuffia. Una mattina avevamo preso lo stesso taxi per andare a lezione ed ero rimasto incantato da lei. A differenza delle altre ragazze, tutte puritane che pensavano soltanto alla carriera, Christine dimostrava un che di ribelle. Aveva trascorso un'infanzia ricca e privilegiata come la maggior parte delle altre ragazze della classe, ma questo non l'aveva condizionata. Anziché passare il tempo a studiare e organizzare l'invio del curriculum, andava al bar o faceva volontariato in un ricovero per senzatetto. Per sua fortuna, era abbastanza intelligente da riuscire a eccellere sforzandosi poco o per nulla. Non avevo mai conosciuto nessuna come lei prima di allora.

« Perché lo stai facendo? Non lo sai che così mi metti in una posizione terribile? »

« Sai che non farei mai niente per danneggiare la tua carriera. È difficile da spiegare. »

« Come diavolo ti salta in mente di accaparrarti uno dei clienti del mio studio? Non sei specializzato in diritto societario. Non sapresti distinguere un libro di legge da un catalogo dei grandi magazzini. »

« Ti sembrerà assurdo, ma lo sto facendo per te. »

Lei roteò gli occhi e mi voltò le spalle. La vidi massaggiarsi le tempie e scuotere piano la testa. Mi avvicinai e fermai la mano a mezz'aria, senza riuscire a posargliela sulla spalla. Lei se ne accorse. « Non farlo. So che ci tieni alla mia carriera. È per questo che non capisco. Questa storia non ha niente a che vedere con me. E sono così arrabbiata con l'assistente di Gerry Sinton... mi ha parlato come se fossi una merda. Cristo, Eddie, potrebbero licenziarmi. »

La mano mi ricadde lungo il fianco.

Restammo lì per un momento. Io non dissi nulla e lasciai che quel silenzio imbarazzato riempisse lo spazio tra noi.

Lei mi guardò. « Cosa stai combinando con questo cliente? Dimmi la verità. »

« Non possiamo parlarne qui. Senti, non si tratta di noi

due. C'è una cosa che devo dirti, ma questo non è né il momento né il luogo adatto. Posso passare più tardi a spiegarti tutto. Non ti sto prendendo in giro, te lo giuro. Voglio che le cose tornino a essere come prima, meglio di prima. Posso farcela. Ci sto provando. Fidati, lo sto facendo per te, per noi.»

Christine mi squadrò, cercando di capire se le stessi rifilando una valanga di cazzate. Per lei ero un libro aperto e capii che si era convinta della mia sincerità. «Amy ti vuole bene e io so che anche tu gliene vuoi. A volte... a volte penso che potrebbe esserci una possibilità per noi...» Lo sguardo dolce nei suoi occhi azzurri svanì quando aggiunse: «Poi fai cose come questa».

«Christine...»

«No, Eddie. Hai fatto incazzare uno dei miei capi. Non so proprio che diavolo hai in mente, ma questo non può ripercuotersi su di me. Vuoi fare in modo che le cose migliorino? Bene. Risolvi questa storia. Di' al cliente che è stato uno sbaglio e rispediscilo da Gerry Sinton.»

«Non è così semplice. Facciamo una passeggiata», risposi indicando l'ingresso.

Lei si mise la borsa in spalla e si diresse verso la porta. Lasciai che mi precedesse e restai a fissare le porte d'ingresso a vetri del tribunale. Grazie alle luci sul soffitto riuscivo a vedere il riflesso di Christine. Mentre camminavo, tenni lo sguardo puntato sul centro esatto della parete di vetro, potenziando la mia visione periferica.

Fu allora che li vidi.

24

Erano in due.

Il primo uomo mi aveva seguito giù dalle scale. Era ben piazzato, sulla quarantina o poco più, camicia a scacchi, piumino verde e baffetti castani come i capelli.

Quando avevo raggiunto Christine, lui si era fermato dietro di me a controllare il cellulare. Anche mentre parlavamo, avevo avvertito la presenza di quell'armadio alle mie spalle. Indossava pantaloni scuri con la piega centrale ben stirata e scarponcini da lavoro: un segno inequivocabile. Chiunque abbia nel guardaroba dei pantaloni neri eleganti ha senz'altro anche un paio di scarpe dignitose, e non si sognerebbe mai di presentarsi in tribunale con degli scarponcini da lavoro.

L'uomo continuava ad avvicinarsi a passi lenti, il telefono collegato a un auricolare.

In realtà, lui non mi preoccupava particolarmente. Assomigliava molto al tizio della foto che Dell mi aveva mostrato: Gill, il capo della sicurezza di Harland e Sinton. Tuttavia, non avevo ancora potuto guardarlo bene in faccia, quindi non ne ero sicuro.

Il secondo uomo, seduto sulla panca alla mia destra, era tutta un'altra storia. Aveva le braccia conserte e accanto a sé, sulla panca, un quotidiano aperto. Indossava un lungo cappotto nero slacciato e sembrava rilassato: gambe allungate, piedi accavallati l'uno sull'altro, testa all'indietro e occhi chiusi. Anche lui portava un auricolare, ma non riuscivo a vedere a cosa fosse connesso. Avvertii un forte odore di sigarette stantie che si faceva più intenso a mano a mano che mi avvicinavo a lui, poi lo riconobbi come l'uomo che avevo visto nell'atrio quella mattina, con indosso lo stesso soprabito. Si era tolto il maglione grigio, per modificare leggermente il suo aspetto, e indossava una camicia color panna. Il tatuaggio sul collo, però, lo tradì. Era proprio il tizio che avevo visto quella mattina con lo smartphone. Quello che mi fissava. Osservandolo più da vicino, mi accorsi che aveva un neo sulla guancia destra e che era molto abbronzato, ragion per cui i capelli neri apparivano ancora più scuri. Le labbra erano talmente sottili e tese che sembravano inesistenti e la bocca pareva più che altro una ferita aperta. Il mio sesto senso non era d'accordo, ma pensai che potesse trattarsi soltanto di un investigatore al servizio di Dell e dei federali, anche se in realtà non aveva nulla a che vedere con nessun tipo di agente federale con il quale avessi mai avuto a che fare.

Davanti a me, Christine stava andando a grandi passi verso l'uscita, facendo ondeggiare le braccia.

Mi fermai davanti all'uomo con il soprabito nero. Puzzava. Macchie di nicotina sull'indice. Doveva fumarsi come minimo un paio di pacchetti al giorno. Appoggiai i miei fascicoli per terra, mi inginocchiai e mi allacciai una scarpa. Sarò stato forse a un metro di distanza da lui. Tossii, imprecai. Lui non alzò nemmeno lo sguardo. Ero così vicino che chiunque altro al posto suo avrebbe aperto gli occhi, alzato la testa e controllato che accidenti stessi facendo. Lui invece non si mosse. Scrutai meglio il tatuaggio che aveva sul collo. L'immagine disegnata a inchiostro sulla sua pelle mi era familiare ma, pur avendola vista tante volte, continuavo a trovarla strana: un uomo, o forse il fantasma di un uomo, con il corpo fluido fatto da curve che accentuavano la testa ovale, le mani premute sulle orecchie e la bocca aperta. Era *L'urlo*, il quadro di Munch.

L'uomo non mi guardò e io ne fui felice. Non volevo vedere di nuovo quegli occhi neri. Al solo pensiero mi si azzerava la salivazione.

Mentre mi sistemavo i lacci, mi accorsi che il tizio con il piumino verde veniva verso di me. Prima di superarmi, staccò l'auricolare, avvolse il cavo e se l'infilò nella tasca destra del giubbotto. Il telefono invece lo mise nella tasca sinistra. Dal suo riflesso, vidi che mi stava guardando. Accelerò il passo a mano a mano che si avvicinava: voleva passarmi di fianco e tirare dritto.

Mi alzai in fretta spostandomi verso destra e piazzandomi proprio sulla sua traiettoria. Con la spalla destra lo urtai appena sotto il braccio sinistro. Lui inciampò e io lo afferrai per sorreggerlo ed evitare che cadesse. Lui sgranò gli occhi e mi guardò con un'espressione di stupore e imbarazzo allo stato puro.

« Oh, santo cielo, amico, scusami. Questi cavolo di lacci. Tutto bene? » dissi.

« Nessun problema », borbottò lui uscendo dalla porta senza fermarsi. Era proprio Gill, il capo della sicurezza dello studio.

L'uomo con il soprabito nero e il tatuaggio non alzò la testa nemmeno quando mi scontrai con Gill a una manciata di metri da lui.

Seguii Gill all'esterno e vidi Christine che, appoggiata a una colonna, batteva il tacco sulla pietra, un braccio di traverso sul petto, gli occhi rivolti verso il traffico.

Gill la superò, scendendo i gradini quasi di corsa.

Mi infilai il suo cellulare nella tasca del cappotto e raggiunsi Christine.

25

«So di che si tratta», disse Christine con un cenno del capo.

Continuava a non guardarmi. Il vento soffiava più forte di prima, sollevandole i risvolti della giacca. Lei si strinse le braccia intorno al corpo, sbatté le palpebre per via del freddo e tenne la bocca serrata per non battere i denti. Doveva essersi arrabbiata così tanto con l'assistente personale di Sinton che era corsa fuori dall'ufficio senza nemmeno prendere il cappotto. Gli occhi le si velarono di lacrime, e io mi domandai se fosse per il vento che soffiava da est attraverso i canyon eretti dall'uomo di Manhattan, oppure per la vita che un tempo ci apparteneva e che ora avevamo perduto. Vederla, sentirne il profumo, ascoltarne la voce e sapere che in quel preciso istante non stavamo insieme era una sofferenza immane.

In quel momento sentii un forte impulso a fare qualsiasi tipo di pressioni su David pur di salvarla. Mi opposi: erano una falsa speranza e un pensiero sleale. Con le mosse giuste, avrei potuto salvarli entrambi.

Non c'era rabbia nella voce di Christine, che parlò piano. «Non è da te, ma in fondo credo che tu sia geloso, Eddie. Pensi che adesso che ho una carriera possa non volerti più, o forse che non abbia bisogno di te. Non devi viverla così.»

«Non si tratta di noi. Sta succedendo qualcosa di brutto nel tuo studio. Non posso spiegartelo qui. Fammi un favore: non tornare al lavoro. Prendi Amy e sparite per un paio di giorni.»

«Non essere ridicolo. Stiamo parlando di Harland e Sinton.»

Non c'è posto peggiore per avere questa conversazione. Non sapevo chi ci fosse lì intorno con le antenne dritte, quindi non potevo rischiare di aggiungere altro. Quando Christine si girò di scatto verso di me, vidi il suo sguardo riempirsi di delusione. Qualunque progresso avessimo fatto nelle ultime settimane, lei pensava che lo stessi buttando all'aria con quello stupido comportamento.

« Ti sto chiedendo di fidarti di me. Ti spiegherò tutto stasera. »

« No, non lo farai. Questa storia finisce qui, subito. Rimanda il cliente da Gerry Sinton e poi ne parleremo », disse.

« Non posso. Credimi, questo... » La voce mi morì in gola quando Christine infilò la mano in borsa e tirò fuori un anello. La sua fede nuziale. Io la indossavo ogni giorno, non la toglievo mai. Lei aveva smesso di portarla già da molto tempo.

« Dopo che te ne sei andato, l'altra sera, me l'ero rimessa. Soltanto per pochi minuti. Volevo vedere che effetto faceva. »

Io non dissi nulla e mi sforzai soltanto di non abbracciarla.

« È stata una bella sensazione, sai? Come i primi tempi del nostro matrimonio. Avevo smesso d'indossarla perché mi ricorda tutti i brutti periodi che abbiamo passato. Ora posso metterla e pensare che in futuro potrebbe esserci in serbo qualcosa, qualcosa di buono per noi e per Amy. L'ho messa in borsa e da allora me la porto sempre dietro. Non voglio doverla chiudere di nuovo in un cassetto, Eddie. Restituisci il cliente allo studio, ti prego. Fallo per noi », disse staccandosi dalla colonna e dirigendosi verso la strada.

La chiamai, ma lei mi ignorò e allungò la mano per fermare un taxi, andandosene sul primo che arrivò.

Una suoneria digitale.

Controllai il mio telefono, ma non c'erano messaggi, SMS o email.

Mentre mi spostavo, scrutai la folla in cerca di volti familiari, diedi la schiena alla strada e, facendo attenzione, controllai il telefono che avevo preso dalla tasca di Gill. Era un prepagato, un Nokia economico, niente GPS, niente tracce.

C'era un nuovo SMS.

Premetti su APRI MESSAGGIO.

Siamo fuori.

Non c'era il nome del mittente, soltanto un numero di cellulare. Si trattava però del secondo messaggio di una conversazione. L'altro era stato inviato tre minuti prima.

Una sola frase. Tre parole sufficienti a scatenarmi un brivido lungo la schiena che mi si conficcò alla base della nuca come un blocco di ghiaccio. Strinsi il telefono così forte che per poco non ruppi lo schermo.

Uccidete la moglie.

26

Il taxi di Christine era sparito nel traffico. L'uomo con il piumino verde sembrava essersi volatilizzato. Tornai di corsa in tribunale, sgomitando tra la gente in fila ai controlli di sicurezza per scoprire che la panca era vuota. L'uomo con il soprabito nero se n'era andato.

Con le dita tremanti, composi il numero di Christine dal telefono che mi aveva dato Dell. Se avessi usato il mio, non avrebbe risposto.

Il telefono squillò. Nessuna risposta. Lo lasciai suonare.

Mi misi a camminare avanti e indietro.

Due squilli. Corsi verso una fila di telefoni a pagamento nel corridoio accanto all'ufficio informazioni.

Forza, Christine, rispondi a quel cazzo di telefono.

Tre squilli. Con il sangue che mi affluiva alla faccia, ebbi la sensazione che il petto mi si stesse gonfiando, tirando la camicia, eppure mi mancava il fiato. Cominciai a boccheggiare come se stessi affogando e sferrai un pugno contro il muro.

Segreteria telefonica.

Riagganciai e chiamai di nuovo.

«Christine White», rispose lei. Non mi aveva detto di essere tornata al suo cognome da nubile.

«Sono io. Non riattaccare. Sei in pericolo. Dove ti trovi?»

«Cosa? Eddie?» Christine percepì l'urgenza e il tono acuto della mia voce, mentre io spingevo fuori le parole tra un respiro ansimante e l'altro.

«Dove ti trovi?»

«Sono su un taxi in Centre Street. Cosa c'è che non va? Si tratta di Amy?» La paura cominciò a farle tremare la voce. Parlava in fretta e sapeva che ero serio.

«No, si tratta di te. Di' al tassista di cambiare corsia, come se stesse per svoltare a destra su Walker Street. Poi chiedigli di controllare se qualche macchina vi sta seguendo. Subito.»

«Mi stai spaventando. Se questo è una specie di...»

«Fallo!»

«Va bene», si arrese, dando indicazioni al tassista.

Non riuscii a capire bene cosa rispose lui, ma Christine gli ripeté con decisione quello che doveva fare.

«Ti hanno minacciato di morte? Ho il diritto di saperlo! E perché cavolo non me l'hai detto cinque minuti fa?» disse poi a me.

«Christine, non fare domande. Non adesso. Ti spiegherò più tardi. Avete cambiato corsia?»

«Sì, ci siamo spostati su quella esterna. Di preciso cos'è che dovrei... aspetta.»

Il tassista borbottò qualcosa e Christine rispose.

Non capii. Poi sentii la voce del tassista: «Berlina blu, tre auto dietro di noi».

«Digli di rientrare sulla corsia di prima, come se avessi cambiato idea e stessi tornando in ufficio», dissi.

Lei riferì. «Cosa sta succedendo?» mi chiese.

«La berlina vi ha seguiti?»

Il rumore delle gomme sull'asfalto in sottofondo, un clacson in lontananza. Di nuovo il tassista: «Eccola, signora. Ci stanno seguendo».

«Oh, santo cielo! Che storia è questa? Cos'hai combinato?»

«Ti spiegherò dopo. Sei in pericolo. Gli uomini a bordo di quell'auto hanno intenzione di farti del male, hai capito? Adesso fa' esattamente quello che ti dico.»

Stava piangendo. Il tassista cercò di calmarla. «Io chiamo la polizia», disse con la voce che trasudava paura.

«No, non:..»

La linea cadde.

27

La richiamai, ma scattò subito la segreteria. La chiamai di nuovo. Nulla.

Mi girava la testa. Che diavolo potevo fare? Era troppo lontana perché potessi raggiungerla in tempo. Chiamai un'altra volta.

« Eddie, ho la polizia sull'altra linea. Adesso accostiamo e aspettiamo una volante. »

« No! Non accostate. Se il taxi si ferma, sei morta. Mi hai sentito? Di' al tassista di continuare a guidare. Dove siete di preciso? »

« Su Walker Street... » La sentii parlare con il tassista. « Vuole che aspetti la polizia. »

« Mettimi in vivavoce. »

Sentii la radio e il tassista che stava parlando.

« Ehi, tu, se accosti, gli uomini nella berlina scenderanno e vi faranno secchi prima ancora che arrivino i poliziotti. Vuoi morire? Non credo. Perciò fai esattamente quello che ti dico. »

« Oh, Cristo, d'accordo, cosa devo fare? » rispose il tassista.

« Come ti chiami? »

« Ahmed. »

« Bene, Ahmed, dovresti arrivare all'incrocio con Baxter Street. Una volta lì, svolta a sinistra e parti a tavoletta. »

« Manca poco. »

« Resta in linea », dissi. Non sapevo nemmeno se mia moglie mi avesse sentito. Non parlò. « Fai dei respiri profondi, Christine, ci siete quasi. Potete farcela. Parlami, Christine. Dimmi dove siete. »

« Stiamo passando davanti al supermercato. C'è coda. Ci stiamo fermando. »

I suoi vestiti frusciarono e immaginai che si stesse voltando per controllarsi le spalle.

«Guarda avanti, tesoro. Non voglio che s'innervosiscano e ti aggrediscano in mezzo al traffico.»

«Aspetta...» Un tonfo sordo. «Sono proprio dietro di noi. Il semaforo è ancora rosso. Oh, cielo...»

«Mantieni la calma», dissi.

«Stanno scendendo dalla macchina!» gridò Christine.

«Stai giù!» urlai.

Sentii il rombo del motore e poi Ahmed: «Quegli uomini sono armati!»

«Ci stiamo muovendo. Ci stiamo muovendo, grazie al cielo», disse Christine.

«Resta giù! Sei pronto, Ahmed?»

«Oh, merda, un momento. Baxter Street è a senso unico, non posso svoltare.»

«È proprio per questo che svolterai. Premi sull'acceleratore e suona il clacson senza smettere. È l'unica occasione che hai.»

Sentii i giri del motore rimbombare sul tettuccio. Christine gemette. Non potevo fare altro che ascoltare i suoi respiri pesanti e bagnati di lacrime, e pregare. Mentre il taxi accelerava e frenava, il motore ruggiva seguito da uno stridore di gomme e dallo strombazzare del clacson. Ahmed stava zigzagando in mezzo al traffico in arrivo dalla direzione opposta.

«Non hanno girato», disse Ahmed.

Rumore di vetri infranti e metallo tranciato. Le grida di Christine. Un botto assordante. Il clacson smise di strombazzare e produsse una nota lunga e lenta.

28

Il cellulare mi restò in mano, muto. Controllai che non ci fossero telefonate e fissai la schermata iniziale, supplicando di sentirlo suonare. Chiamai Christine. Nessuna risposta.

Chiamai di nuovo e partì la segreteria. Riagganciai. Provai altre due volte a vuoto.

Come se stessi emergendo da acque profonde, il rumore del sangue che mi martellava nelle vene fu sostituito dai suoni dell'atrio del tribunale. Mi ero completamente isolato nel momento in cui ero andato nel panico. Adesso sentivo i bip sommessi del metal detector, le suole di gomma che squittivano sulla gomma dura del pavimento, il trillo degli ascensori, la pompa elettrica che alimentava la macchina del caffè in fondo all'atrio, il chiacchiericcio nervoso dei testimoni e le risate false dei loro avvocati, tutto soffocato di tanto in tanto da interferenze criptiche e non intelligibili che avrebbero dovuto essere annunci trasmessi dall'interfono.

Il cellulare mi fissava, chiuso in uno stoico mutismo. Superai i telefoni e scrutai l'atrio in tutta la sua lunghezza. Ancora nessuna traccia dell'uomo con il soprabito nero né di Gill. Incrociai le gambe e mi appoggiai al muro con la spalla sinistra mentre controllavo di nuovo il telefono. Nulla. Lo sollevai un po' in modo che, se qualcuno mi stava guardando, avrebbe pensato che stessi leggendo i messaggi, e intanto lasciai che la mia visione periferica facesse il suo lavoro. Non vidi nulla di particolare, ma questo non significava che non ci fosse nessuno nei paraggi a tenermi d'occhio.

Sentii la chiamata arrivare ancora prima che il telefono suonasse. « Christine? »

Stava correndo. Ansimava. Riusciva a malapena a parlare.

Ce la stava mettendo tutta. « Tutto okay. Non li vedo. Il tassista sta bene. Cosa devo fare? »

« Sei ancora in Baxter Street? »

« Sì. »

« Torna di corsa da dove sei venuta e supera il punto dell'incidente. Attraversa la strada e salta sul primo taxi. Non guardarti indietro. Corri e basta. »

Scalpiccio ovattato. Respiro ansimante. « Ho attraversato la strada. C'è un taxi fermo. »

« Smetti di correre. Mettiti le scarpe e sali a bordo. Cercheranno d'intercettarti. Arriveranno su Baxter Street in direzione Canal Street, svolteranno a sinistra e verranno verso di te da Hester Street, ma non riusciranno a imboccare Baxter Street a causa dell'incidente. Sali sul taxi e di' all'autista di andare verso il ponte di Manhattan. »

Nulla.

La portiera di un'auto che si apriva. Christine che saliva e dava indicazioni al tassista. « Sono a bordo. Ci stiamo muovendo. »

Lasciai cadere la testa contro il muro freddo. Che sollievo permettere al mio organismo di rilassarsi. Lasciai che Christine riprendesse fiato.

Quando l'ebbe fatto, mi urlò contro. « Volevi che il tassista andasse a schiantarsi! »

« Sì, sapevo che non vi avrebbero seguiti. Immaginavo che avrebbero fatto il giro per intercettarvi su Hester Street. Adesso non possono farlo. Il vostro incidente ha creato un ingorgo in Baxter Street. Ahmed sta bene? »

« Sì, credo di sì. Siamo finiti contro un altro taxi. Andavamo abbastanza piano. Sono tutti interi, ma le auto sono da buttare. Gli faranno del male? »

« No. Ormai ci sono troppi testimoni. Siamo a New York. Ci saranno già una ventina di persone sul luogo dell'incidente. »

Controllai il telefono che avevo rubato a Gill e scoprii che si era bloccato. Mi chiedeva di immettere un codice di quattro cifre. L'infilai in tasca, feci un sospiro e chiusi gli occhi.

Christine mi aveva detto che non c'era traccia della berlina. Ce l'aveva fatta.

«Devo recuperare Amy», disse mia moglie prima di scoppiare in lacrime.

«Ascoltami. Chiama tua sorella e dille di andare subito a prendere Amy a scuola e di trovare un motel a Red Hook, vicino all'autostrada.»

«Devo chiamare in ufficio e dire che oggi non tornerò.»

«No, non puoi. Stammi a sentire. Ti sembrerà assurdo...»

29

Le raccontai tutto. Le dissi dell'accordo per l'acquisto di azioni che recava la sua firma. Lei ricordava vagamente di aver sostituito Ben Harland e che lui le aveva detto di avere un'emergenza familiare – o qualcosa riguardo alla figlia – chiedendole di sottoscrivere l'accordo come testimone. All'epoca aveva pensato che non fosse nulla di che. Le dissi di Dell e della task force. Le raccontai i fatti essenziali sullo studio, sulla sua storia e sui suoi bilanci, e alla fine arrivai a David. Non le dissi delle prove contro di lui, non era necessario, ma solo che lo credevo innocente. Era abbastanza.

Quando ebbi finito, la sentii deglutire per ricacciare indietro le lacrime mentre ansimava per il nervosismo. Sussurrò nel microfono per fare in modo che il tassista non la sentisse.

«Oggi un uomo mi ha seguito in tribunale», aggiunsi. «Si chiama Gill. È il capo della sicurezza dello studio. Gli ho fregato il telefono e sopra ci ho trovato un SMS in cui gli veniva ordinato di ucciderti. I tuoi capi se la stanno facendo sotto e non vogliono che io rappresenti Child. Credo che abbiano capito che, se ti uccidessero, non sarei in grado di portare avanti il caso. Un modo geniale per liberarsi della concorrenza.»

Lei fece un altro sospiro, che per via della tensione fu accompagnato da un sibilo tremante. «Sarebbero disposti a uccidermi per farti abbandonare un caso?»

«Quel ragazzo è in grado di danneggiarli. Loro vogliono averlo in pugno per assicurarsi che non si accordi con la polizia per incastrare lo studio in cambio di una riduzione della pena.»

«Cos'ha in mano sullo studio?»

«Uno degli intermediari che gestivano i trasferimenti di denaro per lo studio, Faruk, è stato preso dalla polizia alle isole Cayman. Lo studio si stava sbarazzando del personale che ripuliva il denaro perché aveva trovato un modo più sicuro per farlo. Harland e Sinton hanno ucciso l'intermediario prima che potesse testimoniare. Una task force federale ha scoperto che lo studio sta usando il sistema di sicurezza anti-hackeraggio progettato da David Child per ripulire il denaro. Devono soltanto premere un tasto per far sparire milioni di dollari, che cominciano a vorticare attraverso migliaia di conti presso centinaia di banche, prima di tornare tutti, ormai ripuliti, su un conto sicuro.»

«È tutta colpa mia. Mi aveva detto che i controlli di *due diligence* erano già stati completati», disse Christine.

«Non sto incolpando te. Insomma, il tuo capo, una leggenda ambulante, ti piazza davanti un documento e ti dice che è tutto lecito. Chiunque accetterebbe senza fiatare, non è colpa tua. La colpa è di Ben Harland e Gerry Sinton. Dobbiamo solo affrontare la faccenda.»

«Cos'ho combinato? Mi dispiace. Andrò all'FBI. Testimonierò.»

«No, lascia che me ne occupi io. Tu stai tranquilla con Amy e dammi il tempo di capire come muovermi. Credo che ci sia un modo di recuperare le informazioni che servono a Dell. David dice che potrebbe riuscire a seguire la traccia dell'algoritmo che fa spostare i soldi. Non so. Se non ci riesce, dovrò inventarmi qualcosa di diverso.»

«Se secondo te è innocente, non puoi permettere che si dichiari colpevole. Non per me. Promettimi che non lo farai, Eddie.»

«Te lo prometto. Ho bisogno di tempo per pensare.»

«Mi si sta scaricando la batteria.»

«Senti, non puoi tornare al lavoro. Sì, Harland e Sinton penseranno che sai qualcosa, ma ormai non conta più nulla. Hanno già dato l'ordine di eliminarti.»

«E tu cosa farai?»

Abbassai la testa e mi studiai le scarpe, come se stessi facendo levitare quel pensiero dal pavimento. «Aiuterò David in qualunque modo possibile. Cercherò di dargli una mano a recuperare quello che vuole Dell, poi farò un accordo con i federali per la tua immunità e per la sua.»

«Ma stiamo parlando di omicidio. Non possono lasciarlo a piede libero, se pensano che abbia ucciso la sua fidanzata.»

Mi sfregai il mento. «Forse una soluzione c'è, ma adesso la mia priorità sei tu.»

«Non posso permettere che un innocente finisca in prigione per colpa mia. Tu potresti convivere con una cosa del genere?»

In quel momento non avevo una risposta, ma sapevo che avrei potuto trovarmi nella situazione di dover fare quella scelta. Mio padre era un allibratore e un imbroglione, ma non aveva mai rubato a un uomo onesto, né abbindolato nessuno che non se la fosse cercata e nemmeno accettato una scommessa da chi non poteva permettersi di perdere. Quando mio padre mi aveva insegnato tutti i trucchi del mestiere, mi aveva anche detto di non usarli per nuocere «ai pesci piccoli», come li chiamava lui.

Perché, figlio mio, i pesci piccoli siamo noi.

Ero stato un imbroglione e mi ero servito dei trucchi che mi aveva insegnato mio padre, mantenendo il suo codice di condotta per colpire compagnie assicurative, spacciatori e tutti i farabutti più spregevoli che riuscivo a trovare. E avevo sempre dormito il sonno dei giusti. Soltanto quando ero diventato avvocato avevo cominciato a soffrire d'insonnia. Il confine non era mai chiaro e il mio tentativo d'ignorare la cosa mi era costato parecchio. Avevo giurato di non farlo mai più. Anche il fatto di fregare il fondo avvocati della città insieme a Popo era utile a me per mandare avanti la baracca e a lui, spia professionista, per non essere ammazzato. La città poteva permetterselo. Noi non potevamo permetterci di non farlo.

«Se lo studio è disposto a uccidere me, cos'è disposto a fare a te?» disse Christine.

«Io sono in grado di guardarmi le spalle. Lo sai.»

«Porterò Amy al sicuro e ti chiamerò da un motel. Devo andare, prima che la batteria si scarichi del tutto. Stai attento, Eddie», disse e riagganciò.

Il cellulare che mi aveva dato Dell vibrò. Un suo messaggio.

Fascicolo prove sul caso Child pronto per il ritiro presso l'ufficio del procuratore.

Ero piuttosto certo che si trattasse soltanto di altri elementi a sostegno delle prove già raccolte contro David, e Dell voleva che li vedessi il prima possibile. Non voleva che lottassi per lui, ma solo che lo credessi colpevole. Qualunque cosa contenesse quel fascicolo, potevano essere soltanto brutte notizie.

Di base in una causa per un reato grave, la pubblica accusa può fare due tentativi. Se durante un'udienza preliminare non riesce a dimostrare davanti a un giudice che ci sono abbastanza indizi di colpevolezza per il capo d'imputazione, può sempre portare il caso davanti al gran giurì: trenta cittadini comuni incaricati di stabilire se esistono prove a sufficienza per incriminare l'imputato e, per farlo, ascoltano soltanto l'accusa e non la difesa. Perciò, novantanove volte su cento, il pubblico ministero ottiene l'incriminazione.

«Lascia che mi preoccupi io del gran giurì. Una battaglia alla volta. Adesso dobbiamo cominciare ad attaccare la tesi dell'accusa. Se David è innocente come sostiene, vorrà lottare fin da subito», dissi.

«Eddie ha ragione», confermò David. «A un certo punto i giornalisti si butteranno su questo caso come avvoltoi, e voglio che sappiano che mi sto battendo su ogni livello possibile.»

«Certo», commentò Sinton. «È solo che, devo dirtelo, David, le prove contro di te sono convincenti.»

«Non discutiamo di questo, Gerry. Fai gioco di squadra», dissi.

Un brusco cenno del capo fu tutto ciò che ottenni da Sinton. David sorrise di nuovo e mi porse la mano. Quando lasciò la presa, aveva nel palmo il biglietto che gli avevo allungato durante la stretta. Se l'infilò nella tasca dei pantaloni. Gli avevo scritto le istruzioni per incontrarsi con Lizard.

Se Child aveva tenuto fede all'accordo, doveva aver detto a Sinton che sarebbe andato in un hotel, ma poi avrebbe cambiato direzione, sarebbe sceso da un taxi sulla 5th Street e sarebbe salito a bordo di un furgone azzurro guidato da Lizard. Io li avrei raggiunti più tardi a casa di Holly.

«L'udienza preliminare comincia alle quattro. Ci rivediamo qui alle tre», dissi a David, restando a guardarlo mentre, insieme a Holly, usciva dal tribunale e saliva su un taxi.

Anche Gerry Sinton restò a guardare. «Non sei venuto all'ospedale, Flynn.»

«Ho scoperto dello scambio di persona solo dopo che te

n'eri andato. Altrimenti te l'avrei detto. Mi dispiace. Non avevo il tuo numero di cellulare.»

Lui indietreggiò, squadrandomi dalla testa ai piedi. «Dovremmo stare dalla stessa parte. Vogliamo entrambi il meglio per David, giusto?»

Annuii e mi chiesi cosa gli avesse raccontato David quando si erano visti pochi minuti prima. In ogni caso, eravamo ancora entrambi suoi difensori.

«Non voglio vederti all'udienza preliminare», disse Sinton. «Credo che dovresti riconsiderare la mia offerta. Non sai con chi hai a che fare. L'ultima persona che mi si è messa contro è rimasta piuttosto scottata.»

Pensai subito al cadavere bruciato dall'acido di Faruk.

«Forse dovresti chiamare tua moglie. Ascoltare qualche suo consiglio e levarti dai piedi finché sei in tempo.» La sua guancia fu percorsa da un tremito. Quando riprese a parlare, con una dose non indifferente di soddisfazione, capii che Gerry Sinton non aveva bisogno di giustificare le proprie azioni a se stesso, e non si trattava semplicemente del fatto che non gli importava d'infrangere la legge e far del male agli altri. Gli piaceva quello che faceva. Gli piaceva minacciarmi, rubare grosse somme di denaro e togliere la vita a chi gli metteva i bastoni tra le ruote. «Io torno in ufficio. Sono sicuro che più tardi non ti rivedrò, quindi da' a tua moglie un messaggio da parte mia. Dille che non può mettere le corse in taxi in nota spese.»

Come la maggior parte degli uomini robusti, Sinton aveva una mascella importante. Un centimetro prima dell'orecchio c'era l'articolazione temporo-mandibolare. Un pugno improvviso proprio in quel punto avrebbe frantumato come vetro anche la mascella più robusta. Era quello che stavo pensando, quando una Mercedes nera accostò al marciapiede e si portò via Sinton senza che nessuno dei due aggiungesse una parola.

L'unico modo per eliminare la minaccia che incombeva su David e Christine era far respingere le tesi dell'accusa contro David. La possibilità di una condanna metteva il mio cliente sotto pressione, e il mio coinvolgimento con lui metteva a rischio la sua vita e quella di mia moglie. Se le prove contro David fossero state respinte, lui non si sarebbe più sentito obbligato a denunciare lo studio. La maggior parte dei verdetti o dei patteggiamenti veniva decisa prima dell'udienza preliminare. Per questo Gerry voleva evitarla ed eliminare così l'incentivo a stringere un accordo.

Mentre superavo i controlli, misi in una busta il telefono che avevo rubato a Gill e lo lasciai al banco della sicurezza. Uscendo dall'edificio, inviai un SMS a Lester Dell e gli dissi di andare a recuperarlo. Fuori dal tribunale, la strada brulicava di gente. Mezzogiorno a Manhattan. Mi persi in mezzo a una gran folla che andava di fretta.

31

Presi una tazza di caffè in una tavola calda e mi sedetti in un posto in fondo, vicino alla finestra. Sarebbe stato difficile seguirmi a piedi, considerando tutte le deviazioni che avevo fatto. Nonostante ciò, controllavo la finestra a ogni manciata di minuti per assicurarmi di non avere occhi puntati addosso. Un cielo color cemento incombeva sugli edifici, minacciando pioggia. Il caffè era forte e bollente.

Chiamai Dell dal telefono che mi avevano dato i federali. Non disse nemmeno pronto. « Ho visto Gerry Sinton far salire il tuo cliente su un taxi neanche venti minuti fa. Credevo che avessimo un accordo e che fosse tutto chiaro: tu mi procuri una dichiarazione di colpevolezza, l'algoritmo e la testimonianza di Child contro lo studio, e noi facciamo cadere le accuse contro tua moglie. »

« Te l'ho detto, vi procurerò quel che volete, ma senza mettere un cappio intorno alla testa di David. Hai recuperato il telefono? »

« Sì. Dove l'hai preso? »

« L'ho rubato a Gill. Lì dentro c'è un messaggio che gli ordina di uccidere mia moglie. »

« Cristo, sta bene? Dove si trova? »

« È al sicuro, almeno per il momento. Il telefono può avvicinarvi a Sinton: immagino che sia stato lui a inviare il messaggio. C'è un'accusa di tentato omicidio, proprio lì dentro. »

« Il mio tecnico si metterà subito al lavoro. Questo è interessante. Lo studio vuole tagliarti fuori dal caso con ogni mezzo possibile. Ci siamo quasi. Però non devi commettere errori: non m'interessa inchiodare Sinton per tentato omicidio. Per quello possono prenderselo i federali. Io ho il compito di colpire i clienti dello studio, i signori della droga, i trafficanti d'armi, i terroristi. Per farlo ho bisogno di rintracciare il denaro.»

«Farò tutto quello che serve, ma in cambio voglio Christine e David.»

Dell sospirò. «Hai mai perso davvero qualcuno?» mi chiese.

Pensai ai miei genitori. Erano morti piuttosto giovani, sicuramente prima del tempo.

«È come un buco, Eddie. Non si può sostituire quello che non c'è più, ma si può cercare di riempire quel buco con qualcos'altro, qualcosa di nuovo. Si può tentare di sistemare le cose. Lo studio mi ha portato via Sophie e io ho bisogno di sistemare le cose. Posso farlo. Pensa all'altra vittima, però. Clara Reece è stata trovata nell'appartamento di David con due caricatori di munizioni conficcati in testa. Se lo faccio scagionare dall'accusa di omicidio per ottenere quello che voglio, non farò altro che scavare un altro buco. Non imboccherò quella strada, non posso. E non dovresti farlo nemmeno tu. Hai ricevuto il mio messaggio di prima: il procuratore distrettuale è in possesso di ulteriori prove per l'udienza preliminare. Leggile e poi vienimi ancora a dire che David Child è innocente.»

Capivo che gioco stava facendo Dell, lo conoscevo bene. È un gioco di cui il sistema giudiziario americano si serve ogni giorno, perché a volte semplicemente non importa se si è davvero innocenti: l'unica mossa saggia è dichiararsi colpevoli e fare un accordo per ottenere una riduzione della pena. «Tu vuoi che io legga le nuove prove e che dica a David che, innocente o no, sarà comunque condannato e che non ha altra scelta se non dichiararsi colpevole e negoziare un accordo per farsi qualche anno di galera in meno.»

«Bingo», disse Dell.

Capitava in continuazione. Anch'io l'avevo fatto. Le persone innocenti spesso non vogliono correre il rischio di perdere e beccarsi quindici o vent'anni quando potrebbero patteggiare ed essere fuori dopo due. È matematica, non giustizia, ma è la realtà.

«Darò un'occhiata, ma non sono sicuro di poter convincere David», dissi. «Avrò bisogno che l'esperto di balistica venga a deporre durante l'udienza preliminare a proposito dei residui di polvere da sparo. Ci sarà d'aiuto.»

«E in che modo? In questa fase le relazioni degli specialisti non vengono semplicemente consegnate? Insomma, non vedo che utilità possa avere.»

Aveva ragione. Durante un'udienza preliminare non si chiedeva ai periti di deporre sotto giuramento, a meno che non ci fosse un motivo più che valido. Le loro relazioni venivano semplicemente messe sotto gli occhi del giudice senza essere sottoposte a esame incrociato.

«È per Child. Per convincerlo. Una delle prove più schiaccianti sono i residui di polvere da sparo trovati sulla sua pelle e sui suoi indumenti. Limitarsi a consegnare il rapporto non avrà nessun effetto concreto su di lui. D'altra parte, se l'esperto testimonia e io non ho in mano un fico secco per screditare la sua deposizione, la posizione di Child peggiorerà ancora di più e lui si sentirà sotto pressione.»

«Capisco. Chiamerò il procuratore. Quel ragazzo deve capire che fare un accordo è la sua unica possibilità. E anche tu. Mangia qualcosa, sarà una lunga giornata. Ho sentito dire che i pancake ai mirtilli che fanno lì non sono niente male.»

Prima che potessi replicare, Dell chiuse la telefonata. Nessun'auto parcheggiata in strada, nessuno che assomigliasse a Dell sul marciapiede. *Cazzo, è davvero bravo*. Mi rassegnai all'idea che gli agenti della CIA li vedi soltanto se vogliono essere visti. La cameriera mi domandò se desiderassi altro e io ordinai pancake ai mirtilli.

Facevo affidamento sul fatto che Dell avrebbe convinto il procuratore a chiamare l'esperto di balistica. Non potevo sperare di vincere l'udienza preliminare senza avere almeno l'opportunità di controinterrogare il perito. In quel momento, però, non mi veniva in mente un solo argomento da sottoporgli. Ma l'avrei trovato. Se David era innocente, prima o poi avrei scovato l'arma di cui avevo bisogno per dimostrarlo.

Mentre aspettavo la mia ordinazione, aprii la copia del fa-

L'immagine sullo schermo cambiò e apparve l'home page di Google. Digitai BERNARD LANGHIEMER e avviai la ricerca.

Inizialmente ottenni una valanga di risultati per un altro tizio con un nome leggermente diverso. Selezionai l'opzione per cercare esattamente il nome che volevo e i risultati diventarono seimila, tutti in tedesco. Per restringere la ricerca, oltre a BERNARD LANGHIEMER scrissi anche DAVID CHILD, poi premetti INVIO.

Il primo risultato era un articolo da un blog di tecnologia in cui comparivano entrambi i nomi. Il pezzo trattava delle società basate su Internet, focalizzandosi sul perché determinati social media decollassero mentre altri facevano semplicemente un buco nell'acqua. Personalmente, non m'interessavo di quella roba e non ero iscritto a nessun social network, ma sapevo come funzionava. Una breve sezione dell'articolo parlava di una piattaforma social chiamata Wave e la confrontava con Reeler. Stando all'articolo, Wave era frutto dell'ingegno di Bernard Langhiemer ed era stata lanciata due settimane dopo Reeler, ma nel giro di un anno aveva chiuso i battenti. Secondo l'autore, Reeler era più intuitivo e meno sofisticato di Wave, e in più era arrivato per primo. Tutto ciò aveva contribuito al fallimento del progetto di Langhiemer. Diedi una scorsa ad altre cinque-sei pagine, ma erano tutte in tedesco e facevano riferimento ad antichi alberi genealogici.

In rete non c'erano informazioni riguardo a eventuali screzi tra Langhiemer e David, e nulla di quello che avevo trovato indicava che Langhiemer potesse essere una minaccia per qualcuno. Probabilmente David aveva la coda di paglia se pensava che quell'uomo l'avesse incastrato. A me sembrava un tipo abbastanza normale.

Mi presi un momento per accedere alla mia email. Nulla di urgente. Uscii dall'account, raccolsi i miei fascicoli, pagai il conto e andai verso l'uscita.

Sentendo suonare il mio telefono privato, sperai che fosse Christine. Il display mi disse che il numero era sconosciuto.

«Pronto.»

«Le dispiacerebbe spiegarmi cosa sta facendo?» disse la voce dall'altro capo del telefono. Uomo, poco più di trent'anni, forse un leggero accento del Midwest.

«Chi parla?»

«Bernard Langhiemer.»

32

Mi guardai intorno. Nella tavola calda nessuno stava badando a me. Decisi che la strada era più sicura, così uscii e tornai verso il centro città.

« Come si è procurato questo numero? » chiesi.

« Allora è vero che sta indagando su di me », rispose lui a denti stretti, sputando fuori le parole.

« Non ho detto questo. »

« Oh, sì. Non cerchi di farmi fesso, signor Flynn. So che ha cercato il mio nome. Perché? »

Non capivo come avesse fatto a rintracciarmi tanto in fretta dopo una sola ricerca tramite il computer di un caffè, poi ricordai di aver controllato le email. Forse era così che mi aveva trovato. Sarebbe stato inutile cercare d'infinocchiare quell'uomo, quindi tagliai corto e andai dritto al sodo. « Voglio incontrarla », dissi.

In sottofondo sentii una voce femminile che gridava contro Langhiemer: « Riattacca. Niente chiamate! »

Sentii qualcosa che grattava sul microfono e poi una voce maschile ovattata. Langhiemer aveva coperto il telefono con la mano per dire qualcosa che non voleva farmi sentire. Forse la donna era la sua fidanzata, ma le parole che aveva scelto erano così strane che mi rimasero impresse. Quando Langhiemer parlò di nuovo, la sua voce era nitida e trasudava la stessa identica rabbia di prima. « Per discutere di cosa, scusi? Della somma di denaro ridicola sul conto del suo studio? Del suo scoperto? Magari della sua passione per i romanzi gialli in edizione economica o della sua abitudine di fare colazione al Ted's Diner? Posso continuare, se vuole... »

« Lei è veloce, signor Langhiemer. Molto veloce. Se solo fosse stato più veloce a lanciare Wave, a quest'ora sarebbe stato ricco. Peccato che David Child l'abbia battuta sul tempo.»

«Capisco, quindi si tratta di David. Mi farò vivo», disse e interruppe la chiamata.

Incredulo, rimasi a fissare il telefono. Bernard Langhiemer era appena diventato molto interessante.

Carmel, la sorella maggiore di Christine, era andata a prendere Amy a scuola e aveva raggiunto Christine in un bed and breakfast appena fuori dall'autostrada a Red Hook. Amy era scossa. Non parlava e non voleva saperne di staccarsi da Christine. Sette mesi prima, era stata rapita dalla mafia russa e, anche se non aveva riportato ferite fisiche, il danno era fatto. Si stava riprendendo, anche se lentamente, e quella nuova situazione era troppo per lei. Al telefono, Christine piangeva. Dovetti resistere all'impulso di precipitarmi da loro e abbracciarle. Dovevo fare in modo che lasciassero subito New York, a qualunque costo, per andare in un posto sicuro, lontano, dove nessuno le avrebbe cercate.

«Eddie, ho paura», disse Christine.

«Risolverò tutto. Mi assicurerò che non vi succeda niente. Vi voglio bene.»

Lei sospirò, poi l'emozione le arrochì la voce. «Io... fai attenzione che nessuno ti faccia del male», disse prima di chiudere la conversazione.

Salii sul marciapiede in Foley Square e mi diressi verso l'ufficio del procuratore distrettuale al numero uno di Hogan Place. I controlli di sicurezza nell'edificio erano rigidi, quindi non avrei corso alcun pericolo finché fossi rimasto lì.

Salii in ascensore fino alla reception dell'ufficio del procuratore. Dietro il bancone c'era un signore anziano di nome Herb Goldman, che nel corso degli anni aveva visto avvicendarsi una decina di procuratori distrettuali. I suoi capelli color grigio acciaio incorniciavano una faccia che recava i segni dell'età, quasi equivalente a quella dell'edificio.

«Sei venuto a costituirti, Eddie?» chiese Herb.

« Mi costituisco, Herb. Sono colpevole di essere un avvocato difensore. Posso rimanere qui ad aspettare di essere bendato prima che arrivi il plotone di esecuzione? »

« Puoi sederti sul divano macchiato laggiù, mentre io cerco quel pezzo d'idiota che ha accettato di vederti. Con chi vuoi parlare? »

« Julie Lopez. »

Herb alzò leggermente lo sguardo mentre prendeva il telefono e chiamava un numero interno. « È qui », disse. Riappoggiando il ricevitore, mi invitò ad accomodarmi e disse che sarei stato ricevuto a breve.

Era quasi l'una e mezzo. Mancavano due ore e mezzo all'inizio dell'udienza preliminare.

Ebbi a malapena il tempo di sedermi prima che il procuratore distrettuale in persona, Michael Zader, aprisse la porta con un calcio e dicesse: « Flynn, da questa parte ». Poi si voltò per tornare a passo di marcia nell'ufficio cavernoso.

Herb ridacchiò e, assicuratosi che Zader fosse sparito oltre la porta, giunse le mani, fece una specie di sibilo e finse di colpirmi con una spada laser. Erano sempre stati in molti a sfottere il procuratore distrettuale per via del suo cognome, che faceva pensare a Darth Vader di *Guerre stellari*. Adesso però nessuno lo faceva più davanti a lui, nemmeno Herb.

L'ufficio esterno ospitava cinquanta tra i migliori viceprocuratori distrettuali della città. Era un open space, senza divisori tra le scrivanie, e i viceprocuratori sedevano a gruppi di quattro, l'uno di fronte all'altro. Zader incoraggiava il proprio staff a discutere dei casi in ufficio, a provare le arringhe di apertura e di chiusura davanti agli altri, a offrire valutazioni e critiche da cui ciascuno poteva trarre insegnamento e migliorare. Zader aveva reso obbligatorie due ore alla settimana di formazione per l'esercizio della professione forense, e spendeva circa il cinque per cento del suo budget per i tutor. Il risultato era che il numero delle condanne aveva cominciato a salire. Era un vero studioso delle aule di tribunale e aveva scalato i vertici con una velocità impressionante, facendo mangiare la polvere a tutti i viceprocuratori. Dopo che Zader aveva vinto il suo primo processo per omicidio, disintegrando l'avversario, i suoi colleghi avevano smesso di lasciargli gadget di *Guerre stellari* nei cassetti.

Passammo davanti alla scrivania di Miriam Sullivan, che occupava un ufficio d'angolo, al momento vuoto, di fianco a quello di Zader. Sulla sua porta a vetri, il cartello diceva: VICEPROCURATORE DISTRETTUALE SENIOR. Aveva corso contro Zader alle ultime elezioni, perdendo per un soffio. Di solito il candidato sconfitto si ritira dal gioco dell'accusa, ma non Miriam. Mi era giunta voce che Zader l'aveva convinta a restare, dicendole che l'avrebbe nominata quando avesse lasciato la carica di lì a quattro anni, visto che stava già pianificando la sua campagna per diventare governatore.

Lo seguii nel suo ufficio e mi chiusi la porta alle spalle. Zader sembrava un modello un po' invecchiato. Era meno grasso della maggior parte dei culturisti di professione e, anche se non poteva vantare la loro stessa massa muscolare, aveva un fisico ben scolpito. Con le maniche arrotolate, il primo bottone slacciato sotto una cravatta azzurra e capelli scuri e lucenti, sembrava pronto a posare per un catalogo.

«Si accomodi», disse versandosi del succo d'arancia dalla bottiglia che teneva in un piccolo frigorifero accanto alla scrivania. *Niente bourbon in questo ufficio.* Non mi offrì nulla.

Si sedette e sfogliò un fascicolo che aveva davanti. Su una parete c'era un grosso televisore e gli scaffali dietro Zader erano zeppi di libri sull'esposizione dei casi in tribunale, DVD didattici sull'esercizio della professione forense e statuti rilegati in pelle. Di fronte a lui un portatile, un computer fisso e nessuna foto: Zader era sposato con il lavoro.

Senza staccare gli occhi dalle pagine, disse: «Allora, chi è il suo contatto nel mondo della giustizia?»

Non risposi.

«Deve aver unto parecchie ruote o allungato parecchie bustarelle per accaparrarsi un cliente come David Child. Mi stavo solo domandando come fosse arrivato ad avere conoscenze così altolocate. Con l'estorsione, forse?»

Sospirai.

«Sono soltanto curioso di sapere come un avvocato che gioca al ribasso come lei sia riuscito a mettere le mani su un pesce grosso come Child.» Soltanto allora alzò la testa quel tanto che bastava per guardarmi.

«È un'informazione riservata e lei lo sa bene. Credevo che il viceprocuratore per questo caso fosse Julie. Perché sto parlando con lei?»

L'angolo della sua bocca si contrasse in quello che avrebbe dovuto essere un sorriso. Zader sollevò il bicchiere e bevve un lungo sorso, finendo il succo e lasciando cumuli di polpa d'arancia attaccati su un lato. «Le offrirei un drink, ma non ho vodka da aggiungere al succo d'arancia.»

Zader era uno stratega. Sempre. Era risaputo che avevo lasciato la professione per un anno e che mi ero attaccato pesantemente alla bottiglia, ma nessuno aveva ritenuto opportuno tirare in ballo la questione quando ero tornato alcuni mesi prima. Era una faccenda personale e la maggior parte degli avvocati, anche i pubblici ministeri, non mi portavano nessun rancore. *Cazzo, un sacco di avvocati finiscono tutti i giorni agli alcolisti anonimi.* No, Zader non ce l'aveva con me perché ero stato un ubriacone: non gli piacevo soltanto perché ero un avvocato difensore che sapeva il fatto suo. Per quanto lo riguardava, ero un rifiuto umano.

«Non bevo più così tanto. E comunque è un po' presto per me. Sono venuto per ritirare il fascicolo con le prove del caso Child, non per uno scambio d'insulti. Senza offesa.»

«Ci mancherebbe. Come sta sua moglie? Ho saputo che lavora per un vero studio legale. Buon per lei. Almeno c'è qualcuno in famiglia che porta a casa uno stipendio come si deve. Oh, un attimo, adesso siete separati. Mi scusi, me n'ero dimenticato.»

Strinsi il bracciolo di legno sempre più forte, tanto da farlo scricchiolare leggermente. Non ne avevo bisogno. Ero già troppo vicino al limite senza che Zader giocasse al tiro al bersaglio con me nel tentativo di farmi incazzare. Non risposi, limitandomi a piegare la testa e sorridere.

Un ghigno guizzò per un attimo sul volto di Zader per

poi sparire con altrettanta rapidità. Chiuse il fascicolo e si appoggiò allo schienale. « Ho le sue prove proprio qui, e oggi mi è stato recapitato in ufficio anche dell'altro. »

« Un mazzo di fiori dal suo fidanzato? »

Lui annuì come raccogliendo la sfida. Non m'importava se avesse davvero un fidanzato, ma Zader era proprio il genere di bigottone omofobo che avrebbe preso una battuta così infantile come un grave insulto.

In cima a una montagna di fogli poggiati su una scrivania dietro di lui c'era una spessa busta marrone. La prese e tirò fuori il contenuto per poi lanciarsi la busta alle spalle. « Questa è la bozza di un accordo per il patteggiamento della pena di David Child », disse agitando il documento davanti a sé.

Io non reagii.

« Per essere più precisi, Flynn, si tratta di un accordo proposto dai federali. Il suo cliente ammette di aver sparato a sangue freddo alla sua fidanzata ventinovenne e si becca solo cinque anni a condizione di garantire alle forze federali la sua totale collaborazione. »

« Io non ho visto nessun accordo », dissi.

« Lo so », rispose Zader. « E non lo vedrà. » Piegò i fogli in due, li strappò, li piegò un'altra volta, li strappò di nuovo e infine lasciò ricadere i pezzi di carta sulla scrivania di mogano mentre vi appoggiava le mani.

« Distruggere un documento federale è reato », dissi. « È una cosa che insegnano a giurisprudenza, ma immagino che lei fosse troppo impegnato a fare addominali in palestra. »

« Diventa un documento federale ufficiale soltanto quando viene firmato. Noi non abbiamo intenzione di offrire nessun accordo. L'ho fatta venire qui per dirglielo personalmente. Non so chi siano le sue conoscenze o quelle del suo cliente, ma il mio ufficio ha ricevuto parecchie pressioni dall'alto perché questo accordo venisse firmato. Ho appena letto il fascicolo su questo omicidio, e raramente mi è capitato di vedere un caso tanto semplice. Il suo cliente ha scritto COLPEVOLE in fronte e io non mi farò comprare. Dovesse anche costarmi la carriera, non permetterò che questo caso si chiuda con un patteggiamento.»

«Non è il suo caso. Il viceprocuratore incaricato è Lopez.»

«Le cose cambiano, Eddie. Lopez adesso è il mio secondo. Mi occuperò personalmente di questo caso. Non m'importa quanto sia ricco il suo cliente, né quanti federali tenterà di manovrare. Lo sbatterò personalmente in prigione a vita per aver ucciso quella ragazza.»

«Lui sostiene di essere innocente e, a dire il vero, sto cominciando a credergli. Questo caso dev'essere davvero incerto se lei è dovuto salire a bordo per stabilizzare la nave.»

«Tutti sostengono di essere innocenti. Legga il fascicolo e vedrà che quel ragazzo è colpevole.»

«A me sembra un bluff. C'è sempre spazio per un accordo. Lei trova che cinque anni siano pochi, ma se il ragazzo volesse dichiararsi colpevole in cambio di dieci anni, allora accetterebbe al volo.»

«Eddie, qui non c'è speranza di vincere. Se il suo cliente fosse disposto a farsi vent'anni, ci farei un pensiero. Per come la vedo io, la sua condanna è già scritta nelle stelle.»

«Cosa intende?»

«L'hanno decretata gli dei. Ci pensi. Mentre il ragazzo taglia la corda, un'auto gli va a sbattere contro. Poi la storia dell'agente che l'ha arrestato... se questo non è un colpo di fortuna.»

«L'agente Jones?»

«Proprio lui. È in servizio da quindici anni, ma non è particolarmente sveglio. Non è mai riuscito a superare l'esame per diventare sergente. Quest'anno decide di mollare tutto e si trova un lavoro per un'agenzia di sicurezza privata che fornisce protezione agli ingegneri che lavorano per una compagnia petrolifera in Iraq. Ma il suo ultimo giorno al dipartimento di polizia becca il ragazzo e fa il più grosso arresto della sua carriera, anche se non lo sapeva quando l'ha fermato.»

«Io non credo al destino», dissi.

«Io sì», replicò Zader. «E oggi pomeriggio segnerò il destino del suo cliente.»

«Chi ha intenzione di chiamare per primo? L'agente incaricato delle indagini?»

Una lampadina si accese nel suo sguardo. «Come primo testimone chiamerò l'esperto di balistica. Potrei semplicemente consegnare il suo rapporto, ma voglio che il giudice ascolti la sua deposizione perché è inutile stare qui a girarci intorno. Confuterò tutte le sue argomentazioni con un solo testimone.» Parlando si sfiorava delicatamente il mento con le dita.

Un segnale.

Mi aveva appena mentito. Ero sicuro che Dell, qualunque tipo di contatto avesse avuto con il procuratore distrettuale, era riuscito a convincerlo a chiamare l'esperto di balistica, ma per motivi diversi da quelli che mi aveva appena rifilato Zader. Essere procuratore non ha nulla a che vedere con i risultati, bensì con l'immagine che ci si costruisce grazie a quei risultati. Certo, Zader aveva migliorato i numeri, ma chiunque poteva ritoccarli. Lui era abbastanza intelligente da sapere che, se voleva finire sui telegiornali nazionali, aveva bisogno di un omicidio di alto livello. Il caso Child era il suo sogno che diventava realtà. Se avesse aperto l'udienza preliminare sbattendo in faccia alla stampa di tutto il mondo la prova incontrovertibile di un perito, sarebbe stato pronto a presentarsi come governatore di Stato. Invece di consegnare un rapporto a un giudice, avrebbe messo in piedi uno spettacolo per le telecamere.

«Mi farò servire la testa del suo cliente su un piatto d'argento, e voglio che lui lo sappia», concluse.

Qualcuno bussò alla porta. Miriam Sullivan entrò nell'ufficio di Zader con in mano un abito da uomo avvolto in una busta di plastica trasparente. Appena ritirato dalla lavanderia, soltanto per le telecamere. Lei indossava un tailleur e, a differenza dell'ultima volta che l'avevo vista, portava i capelli corti.

Appoggiò l'abito su una sedia davanti al televisore e uscì senza dire una parola.

«Se non le dispiace, ho una conferenza stampa tra venti minuti», disse Zader.

Presi la copia del fascicolo che mi stava porgendo e, una volta uscito, chiusi la porta del suo ufficio. Mi fermai davanti all'ufficio aperto di Miriam. «Adesso vai a ritirargli gli abiti in lavanderia?» dissi.

Lei scosse la testa e si tolse gli occhiali massaggiandosi il solco arrossato sulla sommità del naso. Miriam, quarant'anni, era una professionista del foro attraente ma letale, che in aula mostrava un distacco e un sangue freddo tali da assicurarsi un vantaggio sulla maggior parte dei suoi avversari. «Lascia stare, Eddie.»

«Non sono qui per gongolare, Miriam. In quell'ufficio dovresti esserci tu a fare il procuratore distrettuale. Sei più brava di lui. E non dovresti certo permettergli di trattarti così. È vomitevole.»

«Non hai mai affrontato Zader in aula, vero?»

«A dire la verità, no.»

«Stacci attento. Avrebbe potuto licenziarmi e invece non l'ha fatto: ha voluto che restassi, così da potermi umiliare per essermi candidata contro di lui alla carica di procuratore distrettuale. È vendicativo, calcolatore e imbroglione. Ora che ci penso, un po' ti assomiglia.»

«Sono lusingato.»

«Non ce n'è bisogno», rispose lei prima di chinarsi in avanti e sussurrare: «Sto accettando di essere trattata come una merda perché sto registrando tutto, con tanto di annotazioni, fotografie e filmati. Sto costruendo un caso di discriminazione sessuale di portata mondiale».

«Ti serve un avvocato?»

«Perché, ne conosci uno bravo?»

Sollevò il telefono davanti allo scontrino della lavanderia, scattò una foto e mi strizzò l'occhio. «Stai in guardia. Zader non è uno che gioca secondo le regole. Ha perso soltanto un paio di cause in tutta la sua carriera, ed è stato anni fa, quando non aveva ancora imparato bene i trucchi del mestiere. Io mi sto preparando per il giorno in cui si stancherà del suo giocattolo. Sta cercando di farmi crollare, ma io non cederò. Starò qui ad aspettare e, quando deciderà che sarà più facile licenziarmi, avrò abbastanza prove da ottenere un ottimo indennizzo, sempre che non sporga denuncia per molestie. Vedi, penso che l'unico modo di sconfiggerlo sia lasciargli credere di aver vinto. Buona fortuna, Eddie. E vedi di fargli il culo oggi pomeriggio.»

«Puoi contarci», dissi.

Il tempo di fare un cenno di saluto con la mano a Herb alla reception e mi ero già pentito della bugia che avevo detto a Miriam: la verità era che non avevo nessuna speranza di vincere.

33

Dell rispose alla mia chiamata al terzo squillo. Ero di nuovo su un taxi giallo, diretto verso casa di Holly, ma avevo chiesto al tassista di fare il giro più lungo per assicurarmi che nessuno mi stesse seguendo.

« Per il procuratore distrettuale il patteggiamento è fuori discussione. Non mi ha nemmeno fatto leggere quel maledetto accordo. Prima che tu possa dire qualunque cosa, no, non credo che stia bluffando per fare in modo che Child sconti qualche anno in più. Perché dovrebbe? Zader è ambizioso ed è un figlio di puttana, e questo caso finirà sulle prime pagine dei giornali di tutto il mondo. È quello di cui ha bisogno per fare la sua scalata e vuole che tutto si svolga davanti alle telecamere. »

Silenzio.

« Ci sei? » chiesi.

« Ci sono. Non preoccuparti di Zader. A lui ho già pensato io. Tu procurami soltanto la mia dichiarazione di colpevolezza. »

« Non posso, non c'è tempo. L'udienza preliminare è tra due ore. Quando sarà cominciata, il procuratore distrettuale non accetterà nessun patteggiamento. E con gli occhi della stampa puntati addosso, se il procuratore acconsentirà a patteggiare, darà l'impressione di essere clemente con i miliardari e di andarci giù pesante con i poveri disgraziati. Per Zader, Child deve essere di esempio. »

« Sei stupido o cosa, Flynn? Ti ho detto che me ne sono già occupato io. Chiamami quando avrai una dichiarazione di colpevolezza. Cinque anni per omicidio a condizione di consegnarci i soci e i soldi. »

Riagganciò.

L'appartamento di Holly si trovava in un edificio lussuoso appena dietro Central Park Eleven, dove viveva Child ed era avvenuto l'omicidio. Sfogliai il fascicolo dell'accusa che mi aveva dato Zader e lo richiusi venti minuti dopo. Eravamo a tre isolati da casa di Holly.

Avevo letto il rapporto della scientifica scritto dall'esperto di balistica, il dottor Henry Porter, e avevo ricontrollato ogni singolo documento del fascicolo: rapporti sulla scena del crimine, dichiarazioni dei testimoni, fotografie della vittima e tabulati informatici. Tutte le prove sembravano pulite.

E tutte dimostravano, oltre ogni ragionevole dubbio, che David Child era un assassino.

34

C'era una dichiarazione del conducente del pick-up Ford, un certo John Woodrow, che era andato a sbattere contro Child all'incrocio: aveva visto la pistola sul tappetino del lato passeggero, si era allontanato e aveva chiamato la polizia. Poi c'era una dichiarazione dell'agente della scientifica, Rudy Noble, insieme alla sua interpretazione della scena del crimine. Secondo lui, la vittima era stata raggiunta da due colpi di arma da fuoco alla schiena che l'avevano paralizzata. Era caduta con la faccia a terra. Il proiettile che aveva rotto il vetro della finestra e allertato Gershbaum, il vicino, era stato probabilmente sparato contro la vittima mentre cadeva. L'ipotesi della scientifica era che il proiettile l'avesse trapassata da parte a parte, avesse infranto la finestra, volando oltre il balcone, e fosse sparito nell'immensità del cielo per non essere mai più recuperato. Considerate le estese lesioni al capo e i danni al pavimento proprio sotto la testa della vittima, l'agente Noble affermava che il resto del caricatore le era stato sparato contro il cranio e che l'assassino aveva inserito un secondo caricatore e l'aveva svuotato tutto, anche se in realtà, non essendoci più né ossa né carne sulla testa della ragazza, la maggior parte dei proiettili si erano conficcati nel pavimento. Visto il rapporto tra il sospettato e la vittima e la modalità dell'uccisione, Rudy Noble esponeva la teoria secondo cui l'accanimento era tipico di un reato commesso da un coniuge o da un compagno che aveva perso il controllo: in questo caso David Child. Al rapporto di Noble era annessa una piantina in scala dell'appartamento. Una figurina disegnata con mano tremante rappresentava il corpo della vittima, rinvenuto in cucina.

Il detective della omicidi Andy Morgan aveva rilasciato

numerose dichiarazioni, la maggior parte delle quali era volta a stabilire la catena di custodia da quando aveva ottenuto copia delle immagini riprese dalle telecamere a circuito chiuso da Central Park Eleven e di quelle della telecamera stradale dal dipartimento dei Trasporti. La dichiarazione principale del detective riguardava la scoperta che Child, residente all'indirizzo in cui era stato rinvenuto il corpo di Clara Reece, era rimasto coinvolto in un incidente stradale pochi minuti dopo il ritrovamento del cadavere da parte delle guardie di sicurezza dell'edificio.

Il detective proseguiva dicendo di aver ordinato di eseguire il test per i residui di polvere da sparo su Child e sui suoi indumenti, e di averlo affidato a uno specialista indipendente per escludere la possibilità che i campioni prelevati potessero essere contaminati. Lo specialista scelto da Morgan si rivelò interessante.

Il dottor Henry Porter era stato dipendente del dipartimento di Scienze forensi, ma ormai lavorava come perito indipendente. Era praticamente indistruttibile sul banco dei testimoni, un tipo davvero tosto. Nessuno era mai riuscito a screditare una sua deposizione. Tra gli avvocati difensori aveva fama di essere un perito invincibile. Così, quando i poliziotti avevano subodorato che c'era in ballo un omicidio di alto profilo che sarebbe finito sicuramente sulle prime pagine dei giornali, avevano consultato il procuratore distrettuale e fatto intervenire il dottor Porter, teoricamente indipendente, perché supportasse la loro tesi.

Il rapporto di Porter confermava la massiccia presenza e l'elevata concentrazione di residui di polvere da sparo sulla faccia, sulle mani, sulle braccia e sul petto di Child. Quando qualcuno preme un grilletto, la piccola esplosione che si origina dal contatto tra il percussore e l'innesco crea una nuvoletta di gas intorno all'arma e al proiettile. Questa nuvoletta contiene minuscole particelle, simili a schegge, alcune delle quali si fondono l'una con l'altra a causa del calore: sono questi i residui di polvere da sparo. Una parte di questo materiale può essere ritrovata sulla vittima, sull'arma oppure su chi ha fatto fuoco. Gli esperti cercano piombo, bario e antimonio, oppure combinazioni bruciate di tutti questi elementi che derivano dall'esplosione, o in alternativa frammenti provenienti dalla cartuccia o a volte dall'arma stessa. La quantità di residui rinvenuti, a detta di Porter, sarebbe stata sufficiente a indicare che Child aveva scaricato più volte un'arma da fuoco. Le appendici allegate al rapporto contenevano i grafici con le concentrazioni di materiale ritrovato su ciascun campione. Quelli prelevati dalla pelle e dagli indumenti di David erano quasi identici, ma i risultati del campione prelevato dalla pistola erano leggermente diversi: i residui di polvere da sparo non erano molto concentrati. Non è difficile capire perché, se si considera che il materiale si disperde in larga parte dalla pistola stessa. Tuttavia, c'erano anche altre differenze. Sulla pistola erano stati trovati depositi di piombo, uno degli indicatori principali, che però non comparivano sui risultati dei campioni prelevati da David. Inoltre, parte del materiale diverso dal residuo di polvere da sparo rinvenuto nei campioni di David non corrispondeva ai risultati della pistola. Di nuovo, nulla di rilevante. Il problema principale era che, se David stava dicendo la verità, allora non avrebbe dovuto avere addosso nessun residuo.

Il dottor Porter suggeriva anche che le grosse particelle di gomma e nylon bruciati trovate su David potevano significare che l'imputato indossava dei guanti. C'era qualcosa in quella teoria che non mi quadrava. Era come se la pubblica accusa avesse chiesto a Porter di includere questo elemento nelle sue conclusioni, così da poter spiegare l'assenza di impronte digitali sulla pistola ritrovata nell'auto di David.

Ricordai che il detective Morgan aveva chiesto almeno sei volte al ragazzo se avesse mai posseduto una pistola, se avesse mai sparato oppure se si fosse trovato vicino a qualcuno che stava sparando. David aveva dichiarato di non aver mai avuto una pistola, di non averne mai presa una in mano né tantomeno di essere stato vicino a qualcuno che stava sparando. L'esame sui residui di polvere da sparo smentiva quella dichiarazione.

Le risposte date da David durante l'interrogatorio e il rapporto dell'agente Morgan praticamente lo inchiodavano. Se si aggiungevano le riprese della sicurezza in cui Child entrava nell'appartamento e ne usciva poco prima che Gershbaum chiamasse la sicurezza, be', questa sarebbe stata la fine.

Pensai al rapporto del dottor Porter. Le sottili differenze nei risultati del test tra i residui di polvere da sparo rinvenuti su David e quelli trovati sulla pistola mi incuriosivano. Spesso la chiave per dare una svolta a un caso si celava nei piccoli dettagli, nelle incongruenze più impercettibili. Dovevo soltanto capire.

scicolo di Dell e cominciai a sfogliarla. Il primo gruppo di documenti era composto da accordi di trasferimento di azioni, tutti sottoscritti da associati di Harland e Sinton in qualità di testimoni. Ne contai più di quaranta, compreso quello controfirmato da Christine.

Poi c'era un elenco di società scritto a macchina: trenta per pagina, per un totale di diciotto pagine. Nessuno di quei nomi mi suonava familiare. L'elenco era in ordine alfabetico, e tornai indietro per controllare come si chiamava la società che compariva sull'accordo di Christine. Quelle erano le informazioni che avevano ottenuto da Faruk. Probabilmente la squadra di Dell a Langley stava monitorando quei conti societari ed era stato così che avevano capito come funzionava il nuovo sistema di riciclaggio.

Gli unici altri documenti erano le fotografie della squadra di sicurezza di Harland e Sinton. Mi soffermai sulla foto di Gill che avevo visto prima.

Oltre a quella, c'erano altre quattro foto. La squadra di sicurezza dello studio. Scatti di gruppo di cinque uomini. Due indossavano abito nero, camicia bianca e cravatta scura, con il tipico taglio di capelli pratico degli uomini d'affari. Gli altri due erano in abiti civili: jeans e camicia.

Non c'era nessuna foto del tizio con il soprabito nero né dell'uomo con il tatuaggio sul collo.

Per alcuni minuti la mia chiamata fu trasferita di qua e di là, ma poi finalmente riuscii a parlare con un'infermiera del pronto soccorso del Downtown Hospital. Popo era uscito dalla sala operatoria, ma versava ancora in condizioni critiche. Quando arrivarono i pancake mi era passato l'appetito, ma ne mangiai comunque un boccone. Su una cosa Lester Dell aveva ragione: erano ottimi.

Restai lì seduto per un po' a riflettere su tutta la faccenda. In un angolo della tavola calda c'erano due computer su cui lampeggiava la scritta: INSERIRE MONETA. Portandomi dietro il mio caffè, mi diressi verso un computer e infilai un paio di dollari in monetine nella fessura accanto alle mie ginocchia.

35

Lizard aprì la porta dell'appartamento di Holly e mi piantò una Beretta in faccia.

«Cristo, se non stai attento ucciderai qualcuno un giorno o l'altro», dissi.

«Lizard vive nella speranza», rispose lui.

Abbassata la pistola, mi porse la mano libera. La sua presa era come una pressa pneumatica. Dall'ultima volta che l'avevo visto, si era fatto un nuovo tatuaggio. Una coda di serpente color verde bottiglia gli spuntava dal collo della maglietta nera e continuava fino alla mascella. Lizard era un appassionato di rettili e parlava sempre di sé in terza persona. Nessuno sapeva il motivo né aveva le palle per chiederglielo. Sempre ben rasato, capelli scuri tagliati corti e zero grasso corporeo in un fisico scolpito dagli allenamenti in palestra, Lizard trasudava serietà. Era un ex militare e aveva prestato servizio in Afghanistan e in Iraq. Quando era tornato a casa, la sua guerra era continuata, con la differenza che per combatterla riceveva fior di quattrini da Jimmy «Cappello».

«Problemi a seminare quelli che vi stavano seguendo?» chiesi.

«No. Il taxi ha imboccato un vicolo, David e Holly sono scesi senza farsi vedere, hanno svoltato nel vicolo successivo e sono saliti sul mio furgone. Il taxi è rimasto fermo, bloccando sia la visuale che gli inseguitori. Ce ne siamo andati senza avere nessuno alle costole.»

Mentre io entravo, lui uscì dall'appartamento per controllare il corridoio. Non appena varcai la soglia, fui travolto da un forte odore chimico. Holly, inginocchiata sul pavimento di legno, sfregava furiosamente una macchia ostinata. Un bottiglione da sette litri di candeggina era appoggiato sul bancone della cucina e, accanto a una vecchia poltrona malconcia di pelle marrone, c'era un secchio.

Quando Holly alzò la testa, notai che aveva la faccia arrossata dallo sforzo che stava facendo con la spazzola. « È fissato con la pulizia », disse mostrandomi i palmi. Immaginavo che la convivenza con il suo nuovo ospite sarebbe stata piuttosto difficile.

Anche se quel posto doveva costare una piccola fortuna di affitto, non era molto grande. Un cucinotto sulla destra, un televisore, un divano e una poltrona di pelle sulla sinistra. In soggiorno c'erano un tavolo quadrato e compatto e quattro sedie. Due porte conducevano rispettivamente al bagno e all'unica camera da letto.

Al tavolo, Child picchiava i polpastrelli sui tasti del suo portatile. Non aveva nemmeno registrato la mia presenza. Avvicinandomi, notai alcuni sacchetti per terra, tutti dello stesso negozio di abbigliamento sportivo. Erano pieni di vestiti nuovi.

Stavo per salutarlo, ma poi mi fermai e feci un passo indietro. Presi un sacchetto e guardai David.

Indossava una felpa verde con il cappuccio due volte più grande della sua taglia, pantaloni sportivi grigi che gli penzolavano flosci sulle gambe magrissime e un paio di Nike rosse. Nei sacchetti c'erano vestiti identici: felpe verdi, pantaloni grigi e altre due paia di Nike rosse.

Guardai Holly, che in risposta alzò gli occhi al cielo.

Erano esattamente gli stessi vestiti descritti dal poliziotto nella sua dichiarazione sulle riprese della telecamera di sicurezza dell'edificio in cui viveva David; gli stessi che David indossava quando il conducente ubriaco era andato a sbattere contro la sua auto; gli stessi che indossava in quel momento mentre era seduto al tavolo.

« Sono in grado di prendere decisioni d'affari in un lampo, ma posso impiegare un'ora a scegliere la marca dei cereali per la colazione. Quando si tratta di cose quotidiane, non mi piace dover... scegliere », spiegò David continuando a tenere lo sguardo fisso sul monitor del computer. « Questi vestiti mi piacciono. Me ne compro un po', così poi la mattina è più facile. Non devo scegliere. Devo solo mettermi i vestiti nell'ordine giusto.»

Annuii senza capire quale potesse essere l'ordine giusto.

Dal portatile di David giunse un trillo, poi un altro. I cinguettii dei messaggi di avviso si moltiplicarono, e lui cominciò a picchiettare i polpastrelli sui tasti e a muovere le dita sul touchpad. «Ho impostato un avviso email per il mio nome. A quanto pare sono rovinato», disse. Si alzò, prese il telecomando della tv, la accese e cercò la CNN. Apparve una sua foto, scattata sul tappeto rosso di un'anonima cerimonia di premiazione. La scritta nella parte bassa dello schermo diceva: DAVID CHILD, FONDATORE E AMMINISTRATORE DELEGATO DI REELER, ACCUSATO DI OMICIDIO DI PRIMO GRADO.

Quando sullo schermo comparve l'indicatore del volume e si spostò verso l'alto, la voce del conduttore cominciò a rimbombare nella stanza. «... il procuratore distrettuale Michael Zader ha dichiarato che David Elliot Child è stato arrestato e accusato di omicidio di primo grado. La vittima è stata ufficialmente identificata come la ventinovenne Clara Reece. Fonti della CNN ritengono che Clara Reece fosse la fidanzata del ventiduenne David Child, il miliardario fondatore del popolare social network Reeler. Al momento non sono state divulgate altre informazioni, ma noi della CNN vi aggiorneremo non appena avremo ulteriori dettagli. Speriamo di avere il rapporto del nostro analista economico e di mercato entro un'ora, così da scoprire come stanno reagendo le Borse alla notizia. Come potrete immaginare, questo non gioverà a Reeler. Passiamo adesso a un'altra notizia: la polizia portuale di New York ha recuperato il cadavere di un uomo non identificato dall'East River. Pare che abbia all'incirca settant'anni...»

David spense la tv e portò il braccio indietro, pronto a scagliare il telecomando contro il muro.

Si fermò, si tenne una mano sulla fronte per un momento e poi appoggiò il telecomando sul divano. Tornato al tavolo, si sforzò di concentrarsi sul monitor del computer mentre il suo mondo e la sua attività andavano in frantumi. Holly, in piedi dietro di lui, gli posò una mano sulla spalla. Lui non sussultò né se la scrollò di dosso, ma si limitò ad annuire, poi lei lo lasciò e tornò in cucina. Ero stato avvertito di non avvicinarmi troppo a David quando l'avevo incontrato la prima volta. Dell mi aveva detto che il ragazzo non sopportava di essere toccato.

Non valeva lo stesso per Holly. Ebbi l'impressione che fossero più intimi di quanto non mi fossi reso conto all'inizio.

« Quando eri in cella, ti ho chiesto chi, secondo te, poteva volerti incastrare e tu hai fatto un nome: Bernard Langhiemer. Parlami di lui. »

« È il diavolo. Langhiemer è probabilmente l'unico genio a essere famoso nel mondo della tecnologia ma quasi sconosciuto al di fuori », disse David, alzando gli occhi dal computer. « A quattordici anni ha violato il sistema informatico dei servizi segreti cinesi. Ha inviato a ogni agente segreto della Cina una cartolina elettronica di auguri di Natale. Non è mai stato denunciato e i cinesi hanno insabbiato tutto. Non volevano affrontare l'imbarazzo di ammettere che un ragazzino aveva bucato il loro sistema standosene comodamente nella sua cameretta. La CIA, l'FBI e persino i servizi segreti hanno cercato di reclutarlo, ma lui ha detto di no a tutti ed è andato a lavorare a Wall Street. Lì la velocità degli scambi d'informazioni è essenziale. E lui ha praticamente rivoluzionato i sistemi informatici. »

« E tu come fai a conoscerlo? »

Il sorriso triste che aveva sulle labbra sparì. « Dopo un mesetto dalla nascita di Reeler, Langhiemer ha lanciato sul mercato una sua piattaforma social: Wave. Se devo essere sincero, non aveva niente da invidiare a Reeler, anzi forse era un pochino meglio, ma noi abbiamo fatto il botto, mentre Wave ha chiuso i battenti. Ho sentito dire che Langhiemer ci ha rimesso una barca di soldi e ha dato la colpa a me. Fallita Wave, dopo alcune settimane ha cercato di comprare Reeler. Sulle prime si è nascosto dietro un gruppo di finanziatori, poi è uscito allo scoperto. Io ho rifiutato tutte le offerte. Quando ho smesso di rispondere alle telefonate, Langhiemer si è presentato a casa mia. L'ho fatto entrare perché ero curioso di conoscerlo. Era una leggenda. Un ragazzo sulla trentina, barba da hipster, abito Armani attillato, si è presentato alla mia porta con del cibo da asporto cinese e una valigetta. Abbiamo parlato un po' delle nostre conoscenze comuni nel settore, di chi ci piaceva, di chi non potevamo vedere. A lui non andava a genio nessuno. Io non ho mangiato, lui nemmeno. Poi si è alzato, ha lasciato la valigetta sul tavolo e ha detto che si aspettava una risposta entro ventiquattr'ore.»

«Quanti soldi c'erano nella valigetta?» chiesi.

«Non c'erano soldi, ma un contratto di associazione. In cambio della vendita di Reeler, mi avrebbe fatto entrare nella sua attività. Se avessi firmato, mi sarei ritrovato proprietario di una sostanziosa fetta del mondo digitale. E sarei diventato più ricco di quanto non sia ora. Io, però, volevo un'azienda tutta mia. Non sono bravo nel gioco di squadra. Sono andato su tutte le furie. Langhiemer pensa di poter comprare chiunque. Così ho aspettato che la sua auto si fermasse sotto casa mia e ho lanciato il contratto giù dal balcone. Ricordo che lui mi ha guardato, ma era troppo lontano, quindi non riuscivo a vederlo in faccia. Mentre i fogli gli cadevano tutt'intorno come coriandoli, mi ha mandato un messaggio su Reeler. Diceva: 'Ti distruggerò'.»

Allontanai la sedia dal tavolo e incrociai le braccia. «E tu credi che questo ragazzo ti abbia incastrato?»

«Ha i soldi per farlo, e il potere. E l'ha già fatto in passato: inviava immagini illegali di bambini ai computer di blogger di alto profilo che postavano articoli critici nei confronti di Wave o che organizzavano campagne d'informazione sul lato più deplorevole delle sue operazioni. Lui è riuscito a farla franca, mentre i blogger sono finiti in prigione. Alcuni invece erano stati trollati così pesantemente su Twitter e su Reeler che si sono suicidati. Gli unici risultati che troverai in rete su Langhiemer sono quelli che lui vuole far apparire. So di aver ferito parecchie persone nella mia scalata e non ne vado orgoglioso, ma sono state tutte pagate. Langhiemer è l'unico che mi odi al punto da poter fare una cosa come questa.»

Spiegai a David della mia ricerca su Internet e della chiamata che avevo ricevuto da Langhiemer pochi minuti dopo.

«L'articolo probabilmente era un fake postato da lui per tenere d'occhio chiunque facesse ricerche sul suo conto. Immagino che l'articolo stesso abbia installato un virus di tracciamento grazie al quale Langhiemer ha potuto hackerare il computer. Quando hai controllato le email, ti ha identificato ed è riuscito ad accedere alla tua storia bancaria e a tutto il resto. Ti conviene cambiare la password del tuo account e dei conti bancari.»

«Credi che accetterà d'incontrarmi?»

«Non lo so. So soltanto che faresti meglio a stare attento. A proposito, ho lavorato anch'io alla scrittura di un codice di tracciamento. Credo di aver trovato un modo di seguire l'algoritmo.» Staccò una chiavetta USB dal portatile. «Questo programma può seguire il percorso di ogni singolo centesimo dello studio alla stessa velocità con cui l'algoritmo sposta il denaro. Può persino dirci in quale conto confluiranno tutti i soldi quando il ciclo sarà concluso. C'è solo un problema: non possiamo usarlo.»

36

«Sta lavorando a quella roba da quando siamo arrivati», disse Lizard.

Mi voltai e osservai quell'uomo grande e grosso che controllava le finestre.

Holly si alzò, asciugandosi il sudore dalla fronte, e mi offrì un caffè.

Accettai.

«Perché non possiamo usarlo?» chiesi.

David storse le labbra e appoggiò la chiavetta sul tavolo, poi abbassò la testa e mi guardò da sopra la montatura degli occhiali firmati. «Quando mi hai rifilato quelle balle per farti ingaggiare, volevi che mi dichiarassi colpevole così avresti ottenuto un accordo per tua moglie, giusto?»

Da quando era uscito di prigione, pensava con più lucidità. Nella sua voce non c'era traccia di panico; sembrava tranquillo e sicuro di sé. In effetti stavo aspettando che sganciasse quella bomba, pretendendo di discutere dei metodi tutt'altro che etici che avevo usato per diventare il suo avvocato. David non era minimamente incazzato, non sbraitò né mostrò disprezzo nei miei confronti. La sua domanda era neutra e l'aveva semplicemente messa sul tavolo, nuda e cruda, così come aveva fatto con la chiavetta: ecco qui.

«Ho vuotato il sacco appena ho capito che eri innocente. Non ero costretto a dirti niente, David. Anzi, stento ancora a credere di averlo fatto. Non è da me essere tanto sincero con la gente.» Spostai il peso da un piede all'altro, sentendomi improvvisamente a disagio. Tirai fuori una sedia da sotto il tavolo e mi sedetti. La chiavetta era a pochi centimetri dalla mia mano. «Sono stato onesto al cento per cento con te.

Non dimenticare che, se sei qui e non all'obitorio, è solo grazie a me e a Popo.»

Lui annuì, posando lo sguardo sulla chiavetta. Si toccò l'imbottitura delle cuffie che aveva appese al collo e si sfregò le dita. Di fianco al suo computer c'era un pacco di salviettine disinfettanti. Ne tirò fuori un paio e si pulì con cura le mani. «Non so se posso fidarmi di te», disse.

«Forse no, ma non sono io quello che sta cercando di farti secco.»

Un sospiro profondo e un cenno di diniego con la testa. «Però mi hai mentito», ribatté.

«Sì e, se non l'avessi fatto, adesso saresti morto. Voglio che mia moglie esca pulita da questa storia, ma è appena stata aggredita, e ora sono più preoccupato che resti viva. La stanno prendendo di mira perché non vogliono che io ti rappresenti, perché vogliono essere loro a controllare la situazione e ad assicurarsi che tu non testimoni per l'accusa contro di loro in cambio di una condanna a pochi anni.»

«Santo cielo, tua moglie sta bene?»

«Sì. Per il momento.»

Mi apparve davanti una grossa tazza bianca di caffè fumante, la miscela nera come la pece.

«Panna o zucchero?» chiese Holly.

«Niente, grazie», risposi.

Guardò David, che scosse la testa. Si conoscevano così bene che lei non doveva nemmeno chiedergli se volesse qualcosa. Si capivano senza bisogno di parlare.

Il caffè era buono, forte, con una dose di caffeina sufficiente a svegliare un plotone di marine. David si riempì di nuovo il bicchiere da una lattina di qualche bevanda energetica. Quel liquido di un vivace colore azzurro aveva un aspetto quasi tossico e, quando entrò in contatto con il ghiaccio sul fondo del bicchiere, sfrigolò come in un esperimento scientifico. L'odore dolciastro si sentiva a chilometri di distanza.

David vuotò metà bicchiere, schioccò le labbra e si protese in avanti. «Io... ecco, sono un po' in difficoltà», disse. La voce rivelava che l'atteggiamento con cui mi aveva accolto era soltanto di facciata. « Non so di chi posso fidarmi. Ho bisogno di aiuto. Quello che sto dicendo è che vorrei fidarmi di te, ma non posso. Come faccio a sapere che non mi stai soltanto usando per salvare tua moglie? »

Riflettei per un momento e sospirai. Non mi venne in mente niente di meglio da dirgli se non la pura e semplice verità. « Un paio d'anni fa mi è successa una cosa », attaccai.

David incrociò le braccia e inclinò la testa, circospetto ma curioso.

« Rappresentavo un uomo accusato di aver tentato di rapire una ragazzina, Hanna Tublowski. L'ho fatto assolvere. Prima che la giuria lo giudicasse 'non colpevole', ho capito che in realtà il mio cliente aveva davvero cercato di sequestrare quella ragazzina. Mentre controinterrogavo la vittima, ho visto la faccia del mio cliente illuminarsi, riempiendosi di odio ed eccitazione, e in quel momento ho avuto la certezza che era colpevole. Provava un immenso piacere nell'ascoltare una diciassettenne che testimoniava in lacrime. Era quasi come se guardarla crollare risvegliasse qualcosa in lui che di solito teneva nascosta. Ma non poteva nasconderla a me. Io ho fatto il mio dovere e lui è uscito, ma poi ho trovato quella stessa ragazzina legata al suo letto. L'aveva picchiata e... be', meglio che tu non sappia cos'altro le aveva fatto. Quando è arrivata la polizia, l'avevo quasi ammazzato. L'ho picchiato così forte che mi sono rotto la mano. Capisci? Io avevo voltato le spalle a quella ragazza, non le dovevo nulla e non era compito mio preoccuparmi per lei. Io dovevo solo distruggerla sul banco dei testimoni. »

David si lasciò cadere le braccia lungo i fianchi e scosse la testa.

« Ho giurato a me stesso che non avrei mai più permesso che succedesse di nuovo, che avrei giocato al gioco della giustizia a modo mio, a qualunque costo. Farti finire in galera per qualcosa che non hai commesso sarebbe come far uscire di prigione quell'uomo. Ai miei occhi, sarebbe ugualmente imperdonabile. »

« Ma non sei tu a decidere cosa succede in un processo », commentò David.

Presi un altro sorso di caffè e riappoggiai la tazza sul tavolo. « Il poeta Robert Frost una volta ha detto che una giuria è fatta di dodici persone scelte per stabilire chi è rappresentato dall'avvocato migliore. Credo che ci sia un fondo di verità. Le prove dell'accusa sono molto forti e non ti assicuro che ti farò uscire, ma ti prometto che ci proverò e che mi batterò più di quanto non farebbe qualunque altro avvocato di questa città. »

« Quante possibilità ci sono che venga prosciolto? »

Fino a quel momento sembrava che la mia retorica stesse funzionando. « Da quando metterai piede in aula, sarà come essere a Las Vegas. Può succedere qualunque cosa, ma io non faccio miracoli. »

« Stai dicendo che mi servirebbe un miracolo per vincere? »

Feci una pausa e notai l'espressione trepidante nei suoi occhi. Aveva la bocca aperta e si era proteso in avanti per ascoltare la mia risposta. « Le prove contro di te sono davvero solide. Oltre all'arma del delitto trovata nella tua auto, è come se tu ti fossi tuffato in una vasca di polvere da sparo. Hai detto ai detective di non aver mai sparato un colpo in vita tua. Come pensi di giustificare il fatto che al momento dell'arresto eri ricoperto di residui di polvere da sparo? E dalle riprese delle telecamere di sicurezza non si vede nessuno che entri o esca dal tuo appartamento all'ora dell'omicidio all'infuori di te. Qui non abbiamo carte da giocarci, David. Cercare di convincere un giudice che non ci sono prove a sufficienza per far arrivare il tuo caso a processo è davvero un'impresa. E, se anche dovessimo riuscire a convincere il giudice, il procuratore distrettuale avrà un'altra possibilità di farti incriminare dal gran giurì. »

Lui incurvò le spalle e il suo sguardo parve sparire nel nulla, come se fosse diventato cieco.

Avevo mentito. Non sarebbe stata un'impresa: a giudicare dalle prove che avevo visto, era impossibile. Tuttavia, non era la prima volta che mi trovavo in una situazione difficile. C'era sempre un'altra prospettiva. Dovevo soltanto trovarla.

«Peccato. Per tutti e due», disse David.

«Come?»

Lui prese la chiavetta e se la mise davanti agli occhi. «Credo a tutto quello che mi hai detto. Sul serio. Ma la posta in gioco è troppo alta. Gli altri mi vedono soltanto per quello che possono ottenere da me. Clara era l'unica a cui non importasse dei soldi. Voglio vedere il suo assassino dietro le sbarre. Ti pagherò per farlo. Posso dirti soltanto che non l'ho uccisa io e che ho bisogno che tu mi difenda.» Mi porse la chiavetta. «Questa chiavetta USB contiene un software. L'FBI può accedere al mainframe di Harland e Sinton e usarlo per rintracciare i soldi.»

Il piccolo dispositivo nero era lungo appena un paio di centimetri. Continuavo a non capacitarmi di come una quantità tale d'informazioni potesse essere immagazzinata in un aggeggino dall'aspetto così insignificante.

«La chiavetta è tua. Dopo che i federali l'avranno inserita nel sistema di Harland e Sinton, per poter cominciare a seguire il denaro dovranno digitare una password, che avranno solo quando le accuse contro di me saranno cadute.»

«Era quello che stavano offrendo i federali, un modo...»

«No, è diverso. Loro vogliono che mi dichiari colpevole dell'omicidio di Clara, ma io non posso farlo. E non lo farò. Tu mi farai scagionare e io ti consegnerò lo studio.»

37

Ecco qual era il piano d'azione di David. Ci stava riflettendo da un po'.

«Vendilo all'FBI. Pretendo che tutte le accuse vengano ritirate e che il mio nome ne esca pulito. Fine della storia. Non mi dichiarerei colpevole nemmeno se mi proponessero di non farmi passare un solo giorno in carcere. Confessare non è una possibilità. Io non ho fatto niente. Se mi dichiarassi colpevole, perderei Reeler. Nella mia stanzetta del dormitorio all'università passavo quaranta, cinquanta ore filate davanti al computer a sognare che un giorno avrei sfondato. A sedici anni ho avuto un ictus. Lo sapevi? Una maratona di settantatré ore a scrivere codici per il lancio di Reeler. Un attimo prima sto lavorando a manetta sul mio portatile e un attimo dopo mi sveglio all'ospedale e non mi sento la gamba destra. Quando l'ambulanza è venuta a prendermi, avevo tutti i miei risparmi in tasca: ventitré dollari e settantotto centesimi, più un prestito bancario da quarantamila dollari che non potevo ripagare. Tre giorni dopo, ho lanciato Reeler dal mio letto d'ospedale, poi mi sono ristabilito del tutto e mi hanno dimesso. Nel giro di un paio di settimane, Reeler aveva novecentomila utenti ed era il social network in più rapida crescita di tutta la storia. Ho rischiato tutto, la mia salute, i miei soldi, la mia sanità mentale. E ne è valsa la pena. Io... non posso perdere tutto quanto.» Si tolse gli occhiali e li appoggiò sul tavolo. Tirò fuori un panno di seta da una custodia che teneva in tasca e cominciò a pulire le lenti con gesti rapidi, quasi frenetici.

«Il problema è che, stando alle prove, sei stato tu a uccidere Clara», dissi. «Se avessi tempo, potrei lavorarci su, ma mia moglie di tempo non ne ha, David. Aiutami e ti do la mia parola che io aiuterò te.»

«Se si va a processo, la mia reputazione sarà comunque rovinata. Ho bisogno che questa storia finisca adesso. Proponi l'accordo.»

«Credimi, voglio seppellire questo caso tanto quanto te. Ma se non ci riesco? E quanto all'accordo, lo sai che non possono lasciare a piede libero gli assassini, nemmeno se stanno aiutando l'FBI a smascherare la più grande operazione di riciclaggio nella storia degli Stati Uniti. Ti ritengono colpevole e hanno in mano le prove per dimostrarlo. Non posso ottenere un accordo per farti uscire.»

«Allora dimostra che sono innocente all'udienza preliminare.»

Feci un lungo sospiro e mi massaggiai le tempie. «L'udienza preliminare comincia tra due ore. La pubblica accusa deve solo dimostrare di avere in mano qualcosa di fondato contro di te. Per fare quello che dici tu, dovremmo provare in maniera quasi inconfutabile che sei innocente. E non c'è nessuna giuria, la decisione spetta soltanto al giudice.»

David piegò il panno, lo sistemò con cura dentro la custodia degli occhiali e chiuse di scatto il coperchio. «Nulla è impossibile. Sono innocente, dobbiamo soltanto dimostrarlo.»

«Non è così facile», risposi. Il dolore dietro gli occhi si propagò, avvolgendomi la testa e tuffandosi nei muscoli del collo.

«Invece sì.»

Sembrava che per David fosse tutto bianco o nero, pulito o sporco, colpevole o innocente. Non percepiva le sfumature. Aveva un processo mentale letterale inciso nella roccia, oppure nelle felpe verdi, pantaloni grigi e Nike rosse.

«Non credi che sia innocente, vero?»

Sempre la domanda più facile per un avvocato. La risposta è che non importa ciò che crede l'avvocato. Il nostro lavoro non è credere a qualcuno: tutto quello che dobbiamo fare è rappresentare il cliente e far sì che la giuria gli creda. David aveva bisogno di una risposta preconfezionata – aveva bisogno di fidarsi di me – perciò gli dissi quello che voleva sentirsi dire. « Non penso che tu sia un assassino, David. » La pancia mi diceva che era innocente. La mia mente però faceva fatica a ignorare le prove.

Lui parve confuso. « Se non mi reputi un assassino, allora dimostralo in aula. Hai detto che ci restano soltanto due ore prima che questa faccenda inizi. Non dovresti essere impegnato a fare ricerche tra i precedenti giuridici o cose del genere? » Non aveva ascoltato una sola parola di quello che avevo detto. Eppure lo ammiravo. Vederlo così fermamente convinto della propria innocenza mi aiutava a tenere la mente aperta.

« No, non ho bisogno di fare nessuna ricerca. Devo soltanto rileggere tutto, guardare i DVD e trovare un modo. »

« Un modo per fare cosa? » chiese.

« Per dimostrare che sei stato incastrato. »

38

Holly infilò il primo DVD nel lettore. Io mi alzai, Lizard si mise in ginocchio e David si sedette sulla poltrona. Chinato in avanti, con le mani a cono sopra la bocca, rimase a osservare l'immagine di un disco che girava in attesa che il video si caricasse.

Sullo schermo apparve la hall di Central Park Eleven, dove vivevano più milionari di Manhattan che in qualunque altro posto. Enormi piante in vaso e piccoli alberelli erano disposti lungo il perimetro della hall di marmo color pesca. La telecamera doveva essere stata montata sopra il bancone della reception. In un angolo dello schermo compariva la scritta TELECAMERA 1, ma non si vedevano né la data né l'ora.

Un ragazzo magro con addosso una felpa verde con il cappuccio, pantaloni grigi dal cavallo basso e scarpe da ginnastica rosse era appena entrato nella hall. Era David, la testa scoperta, mano nella mano con una ragazza bionda che indossava un paio di jeans e una giacca corta blu scuro sopra una camicia bianca. Clara. Distolsi lo sguardo dal televisore e gettai un'occhiata a David, che si stava sporgendo così tanto in avanti da essere praticamente appollaiato sul bordo della poltrona. La luce tremolante che giungeva dallo schermo al plasma illuminò una lacrima sulla sua guancia. Stavamo vedendo le ultime immagini di Clara prima che venisse uccisa.

La coppia era passata rapidamente davanti alla reception, poi ci fu un cambio di inquadratura. Adesso stavamo guardando le riprese di una telecamera collocata nell'ascensore. Le porte si erano aperte, e Clara e David erano saliti. Lui aveva tirato fuori dalla tasca della felpa una chiave elettronica e l'aveva passata sul pannello dell'ascensore, poi aveva selezionato un piano, si era girato e aveva abbracciato Clara.

Quando mi voltai verso Holly, la vidi guardare per terra per poi coprirsi la bocca con la mano nell'attimo in cui tornò a posare gli occhi sullo schermo.

Mi concentrai di nuovo sulla tv. Clara Reece era nell'angolo dell'ascensore con gli occhi bassi. David si era avvicinato a lei, ma la ragazza aveva alzato una mano. Lui si era fermato. Clara sembrava impacciata e triste. Persino un po' spaventata, forse. Quando le porte si erano aperte, si era precipitata fuori.

Notai che su quella ripresa comparivano data e ora: 14 marzo, 19.45.

L'inquadratura cambiò di nuovo. Adesso stavamo guardando le riprese della telecamera 53, che mostrava un pianerottolo con due porte a una quindicina di metri di distanza l'una dall'altra. Clara era scesa dall'ascensore per prima, seguita da David, che adesso aveva la testa coperta dal cappuccio. Lui l'aveva abbracciata e, insieme, si erano diretti verso il suo appartamento. Accanto a ogni porta c'erano uno specchio da terra, un portaombrelli e un tavolino. David aveva passato di nuovo la chiave elettronica davanti alla porta sulla destra e poi con le chiavi l'aveva aperta.

Misi il video in pausa e mandai indietro. Un attimo prima si stavano abbracciando e un attimo dopo lei non voleva nemmeno che David le si avvicinasse. «Cos'è successo, David? Clara sembrava piuttosto a disagio in ascensore. Avevate litigato?»

«Santo cielo, no. Clara soffriva di claustrofobia e faceva fatica a stare in ascensore con altre persone, persino con me. Si stava sforzando di superare la sua paura.» Cominciò a singhiozzare in maniera incontrollata, con la testa tra le mani. Andò in cucina e si bagnò la faccia.

Il procuratore distrettuale avrebbe presentato il filmato dell'ascensore come una lite tra David e Clara, e in effetti era proprio quello che sembrava. L'accusa avrebbe avuto il suo movente.

Lo schermo diventò nero, l'immagine si fece indistinta e poi tornò la stessa inquadratura del pianerottolo, stavolta vuoto. Con il cappuccio alzato e una borsa da palestra sulla spalla, David era uscito dall'appartamento e aveva chiuso la porta. Aveva esitato per un secondo, girandosi di nuovo verso casa. Sembrava quasi che avesse dimenticato qualcosa. Poi si era frugato nella tasca della felpa, aveva tirato fuori un iPod o un telefono da cui penzolavano degli auricolari, se li era infilati nelle orecchie e aveva chiamato l'ascensore. Erano passati tra i sedici e i diciassette minuti da quando lui e Clara erano entrati nell'appartamento: l'orologio sulla telecamera segnava le 20.02. David era rimasto ad aspettare per un po', poi era salito in ascensore. Non c'erano filmati della discesa. L'ultima immagine era di David che, ancora con il cappuccio in testa, scendeva dall'ascensore nella hall e usciva dall'edificio. Il DVD si concludeva con un numero di serie della polizia e un riferimento all'elenco dei reperti: RM #1 – RM #5.

L'agente che aveva messo insieme le riprese aveva detto di aver guardato le immagini della telecamera fuori dall'appartamento di David. Dopo che lui se n'era andato, non era entrato né uscito nessun altro. Il successivo essere vivente che era entrato in casa era stato l'agente della sicurezza che aveva trovato Clara Reece morta sul pavimento della cucina, mentre il resto dell'appartamento era vuoto. Era semplice: se l'agente aveva ragione e nessuno si era avvicinato a casa di David dopo che lui se n'era andato, allora il ragazzo era l'unica persona che poteva aver ucciso Clara.

Avevamo cominciato male.

Il DVD uscì con un ronzio. Diedi a Holly il successivo e lei lo mise su. David era ancora in cucina, appoggiato al piano di lavoro.

«David, questo devi guardarlo», dissi.

Aveva ancora la faccia bagnata di lacrime e stava tirando su con il naso, asciugandoselo con una salviettina umidificata. Si girò verso la tv.

Guardai di nuovo lo schermo e vidi un incrocio trafficato di Manhattan. La telecamera stradale del dipartimento dei Trasporti di New York segnava le 20.18. Erano trascorsi circa dodici minuti dal momento in cui David era stato ripreso mentre usciva dall'edificio.

« Ripetimi che macchina hai », dissi a David.

« Una Bugatti Veyron », rispose lui.

Vidi l'inconfondibile auto da 1,3 milioni di dollari rallentare ai semafori. La Bugatti era proprio davanti alla telecamera. Alcune auto si erano spostate verso la svolta per Central Park, muovendosi da sinistra a destra sullo schermo, poi si erano fermate e alcuni pedoni avevano attraversato la strada davanti all'auto di David. Quando l'ultimo pedone fu arrivato dal lato opposto, passarono dieci secondi prima che vedessi partire l'auto di David. Avanzava in fretta: su quella supercar da mille cavalli bastava sfiorare il pedale del gas. La Bugatti aveva acquistato velocità e, per qualche ragione, un pick-up Ford che andava nella direzione opposta aveva sterzato all'ultimo, finendo sulla traiettoria della Bugatti. La violenza dell'impatto era stata tale che le sospensioni posteriori del Ford si erano sollevate da terra, gli pneumatici posteriori erano volati per aria e il telaio si era deformato. Dal radiatore del pick-up aveva cominciato quasi istantaneamente a uscire una nuvola di fumo. Entrambi i veicoli erano rimasti fermi. Il conducente del pick-up era sceso per primo. Il rapporto della polizia diceva che quell'uomo, John Woodrow, era stato in seguito accusato di guida pericolosa e in stato di ebbrezza. Sembrava piuttosto instabile. Indossava una camicia bianca mezza dentro e mezza fuori dai jeans. Vedendolo girare intorno al veicolo, notai che zoppicava parecchio.

No, non parecchio, ma in modo particolare.

La gamba destra gli ricadeva pesantemente in avanti, con il piede che dondolava. Sembrava che le articolazioni del ginocchio e della caviglia fossero tenute insieme da un filo di spago. Poi l'uomo era balzato in avanti sulla gamba sinistra e aveva ripetuto la manovra.

Mi rimasero impresse due cose.

Poteva aver riportato gravi lesioni al ginocchio e alla caviglia destra durante l'incidente. Non era da escludere. In un angolo della mia mente, però, sapevo che quell'uomo zoppicava a causa di qualche vecchia ferita e pensai di aver già visto quell'andatura zoppicante.

La telecamera zoomò mentre l'uomo raggiungeva il finestrino del lato passeggero della Bugatti e si chinava, come per parlare con David, con le mani aperte e vuote appoggiate sul tettuccio della macchina. Dopodiché aveva tirato fuori la testa, con la telecamera che quasi gli faceva un primo piano. Il tizio sfoggiava una fila di enormi denti bianchi e scintillanti.

In quel preciso istante fui certo che David era stato incastrato: l'incidente non era stato casuale. Il conducente del pick-up Ford era un uomo con cui avevo lavorato anni prima. Il suo vero nome non era John Woodrow, e sapevo perché zoppicava in quel modo.

E anche perché si era rifatto i denti.

Dopo il primo piano, l'uomo si era allontanato di scatto dal finestrino, aveva preso un cellulare dalla tasca e chiamato la polizia. Entrambi i veicoli erano rimasti lì fermi per due minuti, fino all'arrivo della volante. Un poliziotto si era avvicinato a David, l'aveva fatto uscire dall'auto e poi si era soffermato a controllare l'interno della Bugatti, come se avesse notato qualcosa. Il poliziotto, che aveva chiaramente le mani vuote, aveva fatto il giro del veicolo e, una volta aperta la portiera del lato passeggero, si era infilato dentro uscendone con una Ruger che gli penzolava dalla mano, il calcio stretto tra pollice e indice. Aveva parlato con Woodrow, poi aveva perquisito e ammanettato il mio cliente. A quel punto era arrivata una seconda volante che aveva portato via il conducente del pick-up. David era stato fatto sedere sul sedile posteriore della prima volante, che poco dopo si era allontanata dal luogo dell'incidente.

Misi il filmato in pausa, riavvolsi e guardai l'uomo alla guida del pick-up e il poliziotto avvicinarsi all'auto di David. L'uomo del pick-up non aveva mai infilato le mani nell'abitacolo della Bugatti e, quanto al poliziotto, non aveva giacca e si vedeva che aveva le mani vuote quando aveva infilato la testa nell'auto dal lato passeggero. Un attimo dopo, ne era uscito con l'arma del delitto.

David anticipò la mia domanda. «Non ho la più pallida idea di come quella pistola sia finita nella mia auto.»

«È possibile che ce l'abbia piazzata qualcuno?»

«Ne dubito. La macchina ha un sistema di sicurezza ultramoderno e, in più, avevo appoggiato la borsa sul sedile del passeggero. Se ci fosse stata una pistola sul tappetino, me ne sarei accorto.»

Annuii. Se avevo ragione, la pistola doveva essere necessariamente finita nell'auto di David per mano di qualcun altro. A quanto pareva, non potevano essere stati né il poliziotto né il conducente del pick-up. Prima di tutto, però, come avevano fatto a portarla dall'appartamento di David all'auto?

«L'incidente è stato una messinscena. L'uomo che era alla guida del pick-up si chiama Perry Lake. È un tamponatore di professione», dissi.

«Un cosa?»

«Inscena incidenti», spiegai.

Secoli prima, avevo lavorato con Perry Lake per alcuni mesi. Una volta correva: era stato un pilota di talento della NASCAR, finché il vizio della coca non l'aveva tagliato fuori e un'accusa per guida sotto l'effetto di stupefacenti aveva dato il colpo di grazia alla sua carriera. Uno con le sue abilità, però, trova sempre lavoro. Visto il suo debole per le droghe, si sarebbe sempre trattato di lavori illegali che gli avrebbero fruttato fior di quattrini. Per un paio d'anni aveva guidato l'auto usata per la fuga da una banda di rapinatori che operava nei dintorni di Atlantic City, poi aveva fatto da autista a un pappone che gestiva un giro di prostitute nell'Upper East Side e da ultimo aveva lavorato per me come tamponatore. Perry inscenava incidenti stradali per truffare le compagnie di assicurazione con finti casi di lesioni fisiche. Faceva anche parecchi soldi. Poi era andato a letto con la donna sbagliata, una di quelle con un marito possessivo e psicopatico, e proprio a lui doveva quell'andatura zoppicante e i numerosi appuntamenti dal dentista.

«Questo è quanto, David: qualcuno ha pagato Perry per scolarsi abbastanza alcol da superare il limite consentito e per schiantarsi contro la tua auto a quell'incrocio, proprio a quell'ora e in quel preciso giorno, in modo che gli agenti trovassero quella pistola.»

David non disse nulla. Rimase a fissare la tv come inebetito, poi spalancò la bocca.

«Questo è quello che penso, anche se non mi sembra molto sensato. Perché inscenare un incidente quando la polizia sarebbe comunque venuta a cercarti non appena fosse stato rinvenuto il corpo di Clara?» dissi.

«Hai ragione. Non ha senso», rispose David.

Mi sfregai il mento, rigirandomi la penna tra le dita. «Holly, posso usare la sua camera da letto? Ho bisogno di stare un po' da solo per riflettere», chiesi.

«Certo», disse lei. «Però non si prenda troppo tempo. Ci resta soltanto un'ora prima di tornare in tribunale.»

Osservai di nuovo l'abbigliamento di David e guardai i sacchetti. «David, ti serve un abito elegante.»

39

Per inscenare un incidente stradale servono parecchia cura, abilità e pianificazione. Quando ero io a gestire gli imbrogli, impiegavo una settimana a trovare l'itinerario per l'incidente. Passavo ore a calcolare i tempi dei semafori, a misurare le distanze tra gli incroci, a monitorare il flusso del traffico a diversi orari. Una volta individuata la mia posizione preferita sul tragitto giornaliero del bersaglio, lo pedinavo per altre due settimane. Mi piaceva tamponare i bersagli di giorno, solitamente lungo il loro percorso quotidiano verso il posto di lavoro. Era il tragitto più prevedibile, quello che aveva meno probabilità di essere modificato e lungo il quale l'incidente avrebbe provocato i disagi maggiori. Poi però c'erano i professionisti, uomini come Perry Lake e Arthur Podolske, che riuscivano semplicemente ad andare a intuito. Uomini del genere erano rari. Se si volesse un autista di professione per inscenare un incidente facendolo sembrare reale, i candidati sarebbero davvero pochi. A New York erano ancora meno, e io li conoscevo tutti.

Perché darsi tanto disturbo? Perché farlo in quel momento, quando la polizia non sapeva nemmeno che la ragazza di David era stata uccisa?

La penna che mi aveva regalato mia figlia, quella con scritto PAPÀ, mi frusciava in mano, mentre me la giravo tra le dita e poi intorno al pollice per poi ricominciare da capo in una sequenza senza fine.

Quel gesto mi aiutava a pensare.

Avevo sparpagliato sul letto tutto il contenuto del fascicolo dell'accusa: dichiarazioni dei testimoni, foto della scena del crimine, il rapporto sui residui di polvere da sparo del dottor Porter, le foto dell'incidente con il Ford sfasciato di

Perry e la Bugatti di David con la gomma anteriore praticamente squarciata e gli airbag che penzolavano flosci dal quadro di comando, come fantasmi dei cartoni animati bucati da un ago. Tirai fuori persino le copie dei registri della sicurezza, l'analisi delle impronte digitali, che aveva dato risultati negativi sull'arma, e il verbale d'arresto di David. Tutte le prove e i documenti, separati uno per uno, erano ordinatamente disposti sulle lenzuola.

Mentre giravo intorno al letto con la penna che mi scivolava tra le dita, sentii di essere vicino a una spiegazione. In quella storia c'era qualcosa che non quadrava. Ce l'avevo proprio sotto il naso, ma non riuscivo a capire di cosa si trattasse.

Senza bussare, Lizard aprì la porta della camera da letto. « Dovremo levare le tende tra cinque minuti se vogliamo arrivare in tribunale », disse. Infilandosi la giacca di pelle, notò che avevo sparpagliato il fascicolo e distribuito i vari documenti in colonne ordinate sul letto. « Trovato qualcosa? »

« Non ancora, ma ci sono quasi. Sarebbe meglio se mi lasciassi solo a pensare. »

Lui ridacchiò e tirò fuori dalla tasca della giacca un paio di guanti da guida in pelle, cominciando a infilarseli. « Fai bene a disporre tutto così. Aiuta a fare ordine in testa. A Lizard piace farlo con le sue armi: smontarle e poi posizionarle pezzo per pezzo come in un disegno esploso. Pulirle, farle brillare. Poi rimettere tutto insieme... Ehi, cosa stai fissando? »

Dovevo avere uno sguardo allucinato. Stavo osservando i guanti di Lizard. Qualcosa di quei guanti, e di quello che aveva appena detto, mi aveva fatto venire un'idea. « David! Vieni subito qui con il tuo portatile! » esclamai.

Trovai quello che stavo cercando alla sesta pagina della mia ricerca su Internet. Un riferimento in una rivista francese sconosciuta di scienza forense. Qualunque fosse il motore di ricerca usato da David, mi offrì una traduzione piuttosto buona della pagina web. Dovetti pagare per avere l'articolo. Nel giro di un minuto l'avevo scaricato e tradotto. Era stato presentato durante una conferenza sulle tecniche d'indagine scientifica organizzata l'anno prima dall'Interpol.

Ecco la risposta. Era possibile.

E geniale.

« David, chi ti ha incastrato è un figlio di puttana davvero in gamba. Non l'avrei mai cercato se Lizard non mi avesse dato l'idea. »

« Lizard ti ha dato un'idea? » chiese Lizard.

Spostai lo sguardo dalla foto della Bugatti sfasciata ai guanti sulle mani di Lizard. « Sai essere molto propositivo, ma adesso devi farmi un piccolo favore. Devi prestarmi i tuoi guanti. »

PARTE SECONDA
LA MESSA IN ATTO

40

27 ore prima dello sparo

Lizard dovette ragionare parecchio e mettere a punto un piano per riportarci in tribunale. Ci dividemmo su due auto. Io ero sul sedile posteriore di un'enorme berlina guidata da Frankie, un altro dei collaboratori di Jimmy «Cappello» che lavorava con Lizard quando c'era bisogno di rinforzi. Il volante rivestito in pelle era quasi invisibile, avvolto dalle enormi mani callose di Frankie: mani che, a suon di botte, facevano sganciare a uomini duri come diamanti i soldi che dovevano a Jimmy.

Passammo davanti all'ingresso del tribunale. Dal marciapiede fino all'entrata, passando per la gradinata di scale, sembrava un raduno di giornalisti. Si poteva benissimo pensare che stesse per arrivare il presidente degli Stati Uniti. C'erano troppi corpi. Sarebbe bastato qualcuno appostato tra la folla con una calibro 38, e David non avrebbe nemmeno messo piede sul primo gradino. In quell'ammasso di gente vidi un gruppetto di persone dagli abiti eleganti che trasudavano ricchezza, al centro del quale l'alta figura di Gerry Sinton stava aspettando il suo cliente per scortarlo oltre la stampa di tutto il mondo.

«Come previsto, è pieno zeppo», commentai.

Girammo intorno al tribunale e ci fermammo un paio di isolati prima. In attesa di veder arrivare il furgone di Lizard alle nostre spalle, pensai ai quaranta metri stipati di gente tra il marciapiede e l'ingresso del tribunale. Quanti uomini armati poteva aver piazzato Sinton in mezzo alla folla? Avevo dato a Lizard le foto della squadra di sicurezza dello studio perché le memorizzasse. Io e David avevamo fatto lo stesso.

Se avessimo visto uno di quegli uomini, ce la saremmo data a gambe. Un Ford Transit azzurro apparve nello specchietto retrovisore e rallentò. Frankie s'immise nel traffico e il Transit ci seguì.

La berlina parcheggiò accanto al marciapiede, appena dietro i furgoni della stampa con le loro antenne satellitari che trasmettevano dal tettuccio. Scesi con i fascicoli dentro una borsa portacomputer che tenevo in spalla. Volevo avere le mani libere, per ogni evenienza.

Gerry Sinton era occupato a tenere alla larga una manciata di giornalisti famelici che l'avevano riconosciuto come l'avvocato di David e lo stavano accerchiando. Lui mi vide e si fece strada giù per i gradini, spintonando le troupe televisive. I reporter più scaltri capirono che c'era in arrivo qualcosa di succulento, così seguirono Sinton giù dalle scale verso il marciapiede.

Lui mi salutò con un cenno del capo.

Il Transit accostò dietro la berlina. Sinton mi venne accanto, giornalisti e telecamere alle calcagna. Si stava sforzando così tanto di tenere a bada la collera che gli tremava la voce. «Dov'è David? Non è mai arrivato all'hotel», disse.

«Prima portiamolo dentro, poi parliamo. Eccolo, sta arrivando», risposi.

Frankie scese dalla berlina e aprì la portiera posteriore dal lato passeggero. Quando Gerry allungò il collo sopra la mia spalla, vide solo un paio di Nike rosse che toccavano il marciapiede e una figura ingobbita coperta da un lenzuolo bianco che praticamente ruzzolò fuori dall'auto e venne di corsa verso di noi.

Gerry afferrò il lenzuolo, mise le mani sui fianchi del suo cliente e lo condusse verso il mare di telecamere, luci e voci che adesso stava esplodendo. Ignorando i giornalisti, controllai le persone che erano rimaste ferme. Non vidi nessuno della squadra di sicurezza dello studio. Alcuni passanti si unirono alla calca dei reporter senza nemmeno sapere cosa stesse succedendo, semplicemente sopraffatti dall'energia che elettrizzava l'aria e curiosi di vedere l'accusato sotto il lenzuolo. Gerry cominciò ad aprirsi un varco tra i giornalisti con la mano destra in avanti come un *linebacker* degli anni settanta, e io riuscii a defilarmi appena prima che la stampa lo circondasse completamente insieme al suo assistito.

Esaminai di nuovo la zona: nessun potenziale tiratore. Feci un cenno a Frankie, che stava osservando la scena appoggiato al cofano dell'auto.

Lo sportello posteriore del Transit di Lizard si aprì e apparve un giovanotto basso con indosso un abito della misura sbagliata. Chiuse lo sportello del furgone e si diresse a passi rapidi verso l'ingresso del tribunale. Feci altrettanto e, dietro di me, vidi Holly che lanciava le chiavi del furgone a Frankie prima di mettersi a correre.

Fu allora che sentii lo sparo.

«Scappa!» gridai, e David si precipitò nella direzione opposta rispetto al fuoco. Holly lo afferrò per il braccio e insieme corsero verso l'ingresso. Sulla loro traiettoria non c'era nessuno.

Mi voltai e vidi gente catapultarsi giù dalla gradinata nel tentativo frenetico di togliersi di torno, di scappare, per non rimanere coinvolta nella sparatoria. Un uomo imponente con un cappotto marrone chiaro che stava ancora parlando nel suo microfono mi scansò con una spallata, e io dovetti superare a spintoni un paio di inviate per riuscire a vedere qualcosa.

Gerry Sinton si era buttato a terra e si stava passando le mani sull'addome, sul petto e sulle gambe per assicurarsi di non essere stato colpito da un proiettile vagante. Quando si levò da sopra la testa il lenzuolo bianco, Lizard si sbarazzò anche del petardo esploso e, senza lasciare a Gerry il tempo di vederlo bene in faccia, si allontanò di corsa. Frankie alzò il pugno e fece un movimento circolare in aria. Avrebbe parcheggiato per poi tornare. I giornalisti ripresero fiato, le telecamere smisero di sussultare e le grida si trasformarono in telecronache.

Quando arrivai in cima alla scala, vidi che David e Holly erano tutti interi oltre i controlli di sicurezza, all'interno del tribunale.

Holly stava tenendo David per mano.

41

Mi scusai mentre mi facevo strada tra i giornalisti che si erano radunati fuori dall'ingresso. Una mano mi afferrò il braccio e mi girai.

Era l'uomo con *L'urlo* tatuato sul collo. Mi aveva bloccato e m'impediva di muovermi non con la sua presa, bensì con i suoi occhi. Le pupille e le iridi non erano marrone scuro, ma nere, completamente nere. Ciascun occhio sembrava una perla di onice perfetta posata su un piattino di latte. E più in basso, disegnato sulla gola, l'uomo pallido che gridava. Quando mi lasciò andare e alzò le mani, aprendo le dita, sentii che puzzava di fumo. La sua pelle era scura, ma i palmi erano candidi. Notai che aveva altre gocce e schizzi di bianco sulle dita e sui polsi. La pelle in quelle zone era liscia: nessuna grinza o piega né sui palmi né sulle dita. Era stata bruciata allo scopo di ripulirla, appiattirla e renderla anonima. Il suo tocco non avrebbe lasciato una sola impronta digitale.

Quell'uomo era così bizzarro che per un momento non mi accorsi che stava nascondendo qualcosa tra il pollice e l'indice.

« Di' al tuo cliente di tenere la bocca chiusa, *cabrón* », disse con un forte accento spagnolo. Indietreggiò e allontanò il pollice destro dall'indice.

Un rumore di vetro sottile che si frantumava. Avanzando a spintoni tra la folla, l'uomo scese le scale con passi pesanti. Sentii un sibilo e guardai giù. Frammenti di vetro, non più di un cucchiaino, e tutt'intorno un liquido ambrato che gorgogliava, corrodendo il cemento.

L'uomo aveva in mano una fialetta di acido. Rabbrividii e scrutai i gradini. Era sparito.

42

Ancora scossi, i giornalisti stavano rapidamente riempiendo l'aula del giudice Knox. Rallentai un po' per assicurarmi che David e Holly fossero dietro di me. Avevo già deciso di non raccontare a David dell'avvertimento, visto che era già un miracolo se stava mantenendo il controllo. Disposi i miei fogli sul tavolo della difesa e mi sedetti sulla destra con lui alla mia sinistra. Al suo arrivo, Gerry avrebbe dovuto accontentarsi del posto nell'angolo.

In fondo all'aula, una trentina di metri dietro di noi, le porte si aprirono. Stava arrivando la pubblica accusa. Dietro lo stuolo di viceprocuratori che trascinavano in aula scatole e faldoni di prove, il procuratore distrettuale Zader stava picchiettando il pollice sul suo iPhone, intento a scrivere qualcosa.

Passandomi di fianco, si chinò. «Ho appena postato questo su Reeler», disse.

Sul profilo Reeler ufficiale dell'ufficio del procuratore distrettuale di New York era comparso un nuovo post:

> LE PROVE CHE STIAMO PER PRESENTARE ALL'UDIENZA PRELIMINARE DEL CASO DAVID CHILD SARANNO UNO SHOCK PER LA NAZIONE. SEGUITE I NOSTRI REEL IN TEMPO REALE DALL'UDIENZA. #GIUSTIZIAPERCLARA

«Faremo scoppiare un casino di dominio pubblico», disse Zader senza riuscire a nascondere l'entusiasmo nella sua voce.

Vidi un box con una R sotto il post del procuratore e, più sotto, un numero che aumentava ogni mezzo secondo – 257, 583, 1009 – e indicava quante volte il messaggio era stato condiviso tramite Reeler, Facebook e Twitter.

« Un casino di dominio pubblico », ripeté lentamente.

Tornò a grandi passi dai suoi assistenti e fece un cenno ad alcuni degli inviati più autorevoli che si erano accaparrati i posti migliori in prima fila nella tribuna del pubblico.

« Può farlo? » chiese David.

« Direi proprio di sì. Non sta rivelando nessun dettaglio sul caso, si sta soltanto mettendo in mostra. Tu sei un pesce piuttosto grosso, e lui vuole sventrarti in pubblico. Questo è il genere di casi che potrebbe dare la giusta spinta alla sua carriera politica. Se punta a diventare sindaco o governatore, deve farsi vedere in televisione. Credo che lo diverta l'idea di usare Reeler per distruggerti, immagino che ci trovi una certa ironia. Dovrai affrontare il fatto di essere la sua gallina dalle uova d'oro. Qui non si tratta di Clara, ma di lui, e questo mi dà la nausea. »

Gerry Sinton si sedette in fondo al tavolo della difesa senza dire una parola. Non l'avevo sentito arrivare; considerata la sua stazza, aveva il passo leggero. Mandare un avvertimento con una fiala di acido poteva benissimo essere da lui. Aveva fatto la sua scalata ai vertici partendo dal basso. Me l'aveva detto Dell. Considerai l'idea di allungare una mano, afferrarlo per la cravatta di seta e sbattergli la testa un paio di volte contro il tavolo di mogano, ma lasciai stare quando il giudice Knox entrò in aula, prese posto sullo scranno e chiamò il caso.

Eccoci al punto di non ritorno. Era finita. Quello che sarebbe successo da lì in avanti avrebbe salvato o condannato David e Christine, oltre a cambiare il corso della mia vita. La pubblica accusa aveva una mezza dozzina di testimoni, tutti pronti a rilasciare deposizioni che avrebbero fatto di David Child il candidato ideale per una condanna garantita. È molto più facile fare a pezzi un testimone quando sta mentendo. Per quanto ne sapevo, tutti i testimoni dell'accusa, con due possibili eccezioni, stavano dicendo una verità che dimostrava la colpevolezza di David. Io dovevo soltanto mettere in luce la distanza tra i fatti e le parole di ognuno di loro in modo da creare la *mia* verità e mostrare a Knox il quadro d'insieme.

Il guaio era che in quel momento non sapevo quale fosse il quadro d'insieme. Non riuscivo ancora a distinguere la verità in quella storia.

Dissi a me stesso che l'avrei scoperto. Dovevo solo avere pazienza.

Il dottor Henry Porter, l'esperto di balistica, era il primo grande passo. Lo vidi seduto quattro file dietro Zader. Era un uomo sulla cinquantina, vestito elegante con un paio di pantaloni grigi, una camicia bianca e un blazer blu, il tutto controbilanciato da una cravatta color giallo chiaro. Per qualche ragione, come la maggior parte degli esperti di balistica suoi coetanei, aveva un paio di baffi brizzolati. *Chissà se li ricevono insieme al certificato di perito forense.*

Lui si accorse che lo stavo fissando e, con pollice e indice, si sistemò gli occhiali, per poi spostare l'attenzione su Zader.

Il procuratore distrettuale si alzò, pronto a presentare la sua arringa d'apertura al giudice Knox, che stava preparando il fascicolo del caso in vista delle deposizioni.

Mi domandai se Zader o Porter avessero il minimo sentore di quello che avevo in serbo per loro. Speravo di no. Il procuratore distrettuale controllò la tribuna, assicurandosi che il suo primo testimone fosse pronto. Si scambiarono un segno di assenso con il pollice. C'era il cinquanta per cento di possibilità che, nel giro di un'ora, Zader fosse lì seduto con il pollice su per il culo a domandarsi cosa fosse andato storto. C'erano però uguali possibilità che, invece, quello che sarebbe rimasto a chiedersi come mai fosse andato tutto a puttane sarei stato io. Era impossibile prevedere come sarebbe finita.

Il giudice Knox fece cenno a Zader che era pronto. Il procuratore si prese il suo tempo. Bevve un sorso d'acqua, poi scrutò rapidamente la tribuna per assicurarsi che tutti fossero in silenzio, che tutti gli sguardi fossero puntati su di lui e il suo pubblico fosse pronto.

Le telecamere cominciarono a registrare. L'udienza sarebbe stata trasmessa in diretta praticamente su tutti i canali di notizie del Paese. Mi riecheggiarono in mente le ultime parole di Zader.

Un casino di dominio pubblico.

Merda, pensai. *Perché non mi sono fatto la barba?*

43

«Vostro onore, procuratore distrettuale Michael Zader per l'accusa. Julie Lopez è il secondo avvocato. L'avvocato Flynn e l'avvocato Sinton per l'imputato.» Girò intorno al tavolo dell'accusa, mettendosi al centro della scena, nel cosiddetto «pozzo» dell'aula. Immaginavo che avesse studiato in anticipo dove piazzarsi per offrire alle telecamere il suo profilo migliore. «La mia arringa di apertura sarà breve, vostro onore», disse Zader allacciandosi la giacca.

Sapendo che il giudice Knox non gradiva arringhe di apertura prolisse ma preferiva andare dritto alle deposizioni, Zader aveva messo le mani avanti, assicurandosi che Knox gli concedesse un po' di tempo per stare davanti alle telecamere senza interromperlo. Una delle prime cose che impara un avvocato è quanto sia importante conoscere le preferenze di ciascun giudice. Ad alcuni piacciono le arringhe lunghe, altri preferiscono rigorose argomentazioni giuridiche con pochi riferimenti ai fatti, ad altri ancora piace che finisca tutto nel modo meno complicato e più rapido possibile, indipendentemente dalla correttezza della procedura. Il giudice Knox rientrava in quell'ultima categoria. Il procuratore aveva fatto i compiti.

«Presenteremo alla corte alcuni testimoni, le cui deposizioni dimostreranno che al momento dell'omicidio l'imputato era l'unica persona presente nel suo appartamento oltre alla vittima, Clara Reece. Abbiamo le riprese delle telecamere che mostrano chiaramente l'imputato e la vittima entrare nell'appartamento. Pochi minuti dopo il signor Gershbaum, un vicino dell'imputato, ha sentito i primi spari, è andato sul balcone per controllare e ha visto un proiettile rompere la finestra dell'appartamento dell'imputato. Un proiettile sparato dall'interno. Poi dalle riprese della sicurezza si vede l'imputato che esce dall'appartamento. Richard Forest, la guardia incaricata della sicurezza dell'edificio, contattato dal signor Gershbaum, dichiarerà di essere intervenuto insieme ad altre guardie e di aver scoperto il cadavere di Clara Reece nell'appartamento vuoto dell'imputato. Come affermerà nella sua deposizione, in quegli importanti e concitati minuti intercorsi tra la chiamata del signor Gershbaum alla sicurezza e il rinvenimento del corpo nell'appartamento dell'imputato, dalle riprese delle telecamere di sicurezza si vede inequivocabilmente che l'imputato è stata l'unica persona a uscire dall'appartamento. Più semplice di così non si può: due persone entrano in un appartamento vuoto e una soltanto ne esce viva. Sappiamo che all'interno non c'era nessun altro e che nessun altro è entrato. David Child esce da casa sua e, dopo pochi minuti, viene ritrovato il cadavere della sua fidanzata. Per farla breve, è l'unico che potrebbe averla uccisa.» Fece una pausa e annuì tra sé, mentre il giudice finiva di prendere nota. «Il rapporto del medico legale fornisce informazioni sulle modalità dell'omicidio. Questa, vostro onore, è la parte più sconvolgente del caso.» Un'altra pausa per creare tensione in aula. Zader ci sapeva fare. «La vittima, Clara Reece, è stata colpita alla nuca da dodici proiettili sparati da una pistola piccola e facile da nascondere, una Ruger. Dodici spari. Era palesemente morta già dopo il primo colpo alla testa, ma il suo assassino, l'imputato, ha svuotato il caricatore contro la testa della ragazza, ha rimosso il caricatore vuoto, ha ricaricato, ha puntato l'arma e le ha sparato altri sette colpi, tutti alla nuca. L'accanimento nei confronti della vittima indica, senza ombra di dubbio, che l'assassino ha agito in preda a un raptus omicida. Questa non è opera di un sicario. È un omicidio caratterizzato da violenza brutale e desiderio di vendetta, evidentemente commesso da un amante respinto e molto disturbato: l'amante della vittima, ovvero l'imputato, David Child. In conclusione, la violenza con cui è stato perpetrato questo efferato crimine, combinata a un colpo di sfortuna, ha inevitabilmente portato all'identificazione dell'imputato come il colpevole. A meno di un chilometro da casa sua, poco dopo essere uscito, l'imputato è rimasto coinvolto in un incidente stradale con un altro veicolo. Il conducente dell'altro mezzo era un uomo di nome John Woodrow. Il signor Woodrow, che aveva assunto una quantità di alcol di gran lunga superiore al limite consentito dalla legge, ammette di essere stato lui a provocare il frontale con l'auto sportiva dell'imputato. Subito dopo lo scontro, quando il signor Woodrow si è avvicinato all'auto dell'imputato, ha notato una pistola in bella vista all'interno del veicolo. Ha chiesto l'intervento della polizia e l'agente Phil Jones si è presentato sul luogo dell'incidente. È stato lui a rinvenire una pistola Ruger nel veicolo dell'imputato. L'arma è stata analizzata da una parte autonoma, il dottor Porter, perito forense esperto in residui di polvere da sparo. L'analisi scientifica indipendente condotta dal dottor Porter sui campioni prelevati all'imputato ha rilevato e confermato che il signor Child era letteralmente ricoperto di residui di polvere da sparo. Nell'interrogatorio con l'agente incaricato delle indagini, il detective Morgan, l'imputato ha sostenuto di non aver mai posseduto una pistola, di non averne mai toccato una e nemmeno di essere mai stato nella stessa stanza con qualcuno che aveva sparato. Alla luce delle prove scientifiche, è evidente che l'imputato ha mentito.» Per sottolineare la palese discrepanza tra le dichiarazioni di Child e le incontrovertibili prove scientifiche, Zader alzò le mani, chiuse gli occhi e fece una smorfia come per dire: *lo so, questo ragazzo ci sta rifilando una valanga di balle.* «Quindi, ricapitolando, non solo ci sono indizi di colpevolezza, ma l'imputato è anche l'unica persona che può aver commesso questo reato. In secondo luogo, considerate le prove scientifiche, l'imputato ha mentito alla polizia. Proprio così: sosteniamo che ha mentito perché, francamente, le prove scientifiche non possono mentire. Questa è una breve panoramica delle prove in possesso dell'accusa», concluse. Guardò le telecamere, anche se non avrebbe dovuto. Immaginai che non fosse riuscito a trattenersi.

« Avvocato Flynn, anche lei ha una breve arringa d'apertura? »

L'opinione che avevo del giudice Knox si ammorbidì. Sapeva che Zader stava recitando per le telecamere e voleva almeno concedermi la possibilità di una veloce replica.

« No, vostro onore, grazie. Possiamo cominciare. »

« Molto bene. Il suo primo testimone, avvocato Zader? »

« Chiamiamo il dottor Henry Porter al... »

« Un momento. Il dottor Porter non è un perito? In tal caso, non è necessario chiamarlo a deporre durante l'udienza preliminare. Posso semplicemente leggere il suo rapporto. »

« Vostro onore, riteniamo che sarebbe utile per tutti ascoltare ciò che ha da dire il dottor Porter. Potrà illustrare alla corte le sue conclusioni e sono certo che sarà in grado di rispondere a qualunque domanda dell'avvocato Flynn. »

Ancora una volta, tutto per le telecamere. Il giudice aveva capito che Zader stava chiamando Porter per far sì che la stampa potesse subito mettere le grinfie su quella prova inoppugnabile. Inquadrare per dieci minuti il giudice Knox che leggeva il rapporto non sarebbe stato televisivamente efficace. « Se proprio deve, lo chiami pure a deporre », disse il giudice.

Il teste era già in piedi e si stava dirigendo verso il banco con il rapporto sotto il braccio destro. Quando mi passò accanto, sentii odore di olio per armi e dopobarba economico. Sembrava sicuro di sé, per nulla intimorito. In quella fase iniziale del procedimento non c'era tempo sufficiente perché la difesa potesse chiamare un proprio perito a confutare le dichiarazioni dei testimoni dell'accusa. È quello che i periti temono di più: che un altro esperto con credenziali migliori delle sue dica che hanno torto. In loro assenza, però, hanno davvero poco di cui preoccuparsi. E Porter aveva un ottimo curriculum come testimone: nessuno era mai riuscito a screditarlo.

Mi dissi che c'era sempre una prima volta.

Porter prestò giuramento e si sedette.

«Dottor Porter, può descrivere brevemente qual è il suo ambito di competenza?» chiese Zader.

«Certo. Sono uno specialista qualificato in balistica e analisi dei residui di arma da fuoco a fini investigativi. In passato ho lavorato per l'unità scientifica dello Stato e ho preso parte a migliaia di valutazioni degli elementi probatori. Ho testimoniato in duecentotré dibattimenti.»

Sembrava rilassato, a proprio agio. Dopotutto, fare il testimone professionista era il suo lavoro. E lui era bravo, molto bravo. Ero sicuro che avesse citato il numero esatto delle sue testimonianze in aula per dare subito l'impressione di essere chiaro, preciso ed esperto. Al tempo stesso, ero pressoché sicuro che avesse citato quel numero per intimidirmi: in tutte quelle cause era comparso come testimone dell'accusa e tutte si erano concluse con una condanna.

«Dottor Porter, cosa sono i residui di polvere da sparo?» chiese Zader.

«Quando si preme il grilletto di un'arma da fuoco carica, il percussore viene spinto contro l'innesco, che infiamma il propellente all'interno della cartuccia, creando così un'enorme quantità di gas in tempi molto rapidi. Questo gas fa uscire il proiettile dalla canna a una velocità di circa trecento metri al secondo. L'esplosione all'interno dell'innesco e il propellente rilasciano gas e frammenti di materiale nell'atmosfera, alcuni dei quali si fondono tra loro. Questi frammenti sono combinazioni di minuscole particelle provenienti dal percussore, dal propellente, dall'innesco e dal proiettile. Tutto questo materiale si deposita rapidamente nell'ambiente in cui si è creato. Per questo motivo i residui di polvere da sparo vengono normalmente rinvenuti sulla pelle e sugli indumenti di chi ha sparato.»

«Dottore, lei ha eseguito dei test sui campioni prelevati dalla pelle e dagli indumenti dell'imputato, giusto?»

«Sì. Gli agenti del dipartimento di polizia di New York hanno raccolto campioni dalle mani, dalla felpa e dal viso dell'imputato. Io li ho analizzati per verificare se contenessero le sostanze caratteristiche dei residui di polvere da sparo.»

«E cos'ha trovato?»

«Depositi molto concentrati di bario e antimonio in tutti i campioni. Alcune di queste sostanze erano fuse insieme, soprattutto il bario. È scientificamente dimostrato e comunemente accettato che questa combinazione di sostanze costituisca il residuo di polvere da sparo.»

«Cosa intende con 'depositi molto concentrati'?» chiese Zader.

«Be', nel caso di un solo colpo sparato da un'arma, sulla pelle o sugli indumenti di chi ha premuto il grilletto troverò sostanze corrispondenti ai residui di polvere da sparo. Se vengono sparati più colpi, ci saranno anche più esplosioni, dunque il volume e la densità delle sostanze rinvenute saranno maggiori.»

«In questo caso, dottor Porter, qual è stata la sua conclusione in merito all'elevata concentrazione di residui di polvere da sparo rinvenuti sull'imputato?»

«Date la vasta diffusione e la concentrazione dei residui di polvere da sparo, posso concludere con un considerevole grado di certezza che il signor Child si è trovato nelle immediate vicinanze di un'arma da fuoco che ha sparato numerose volte e che è stato esposto a queste sostanze poche ore prima che i campioni fossero prelevati.»

«Vostro onore, potrebbe concedermi soltanto un momento per controllare i miei appunti?» chiese Zader.

«Certo», rispose Knox.

Zader tornò al suo classico blocco giallo da avvocato e sfogliò qualche pagina. In realtà la sua era soltanto una pausa a effetto con cui voleva lasciar attecchire l'ultima risposta nella mente del giudice e in quella degli spettatori a casa. Si raddrizzò e rivolse di nuovo la propria attenzione al teste. «Grazie, vostro onore. Ora, dottor Porter, stando ai miei appunti, l'imputato avrebbe detto alla polizia di non aver mai fatto fuoco con una pistola e di non essere nemmeno stato in una stanza nella quale qualcuno aveva sparato. Alla luce dei risultati che ha ottenuto, lo definirebbe possibile?»

«No.»

«Mi perdoni, ma tutti abbiamo sentito parlare di casi in cui tracce come i residui di polvere da sparo si trasferiscono da un posto all'altro, da una persona all'altra. Non potrebbe essere successo anche in questa circostanza?»

«Il trasferimento di residui di polvere da sparo può verificarsi. Le particelle possono trasferirsi dagli indumenti o dalla pelle di una persona ad altre aree. Ma in questo caso non è andata così. La quantità di residui che ho rinvenuto, in tutti i campioni delle mani, degli indumenti e del viso dell'imputato, esclude l'ipotesi di un trasferimento.»

«E per quale ragione?»

«Perché l'imputato avrebbe dovuto essersi rotolato nei residui di polvere da sparo. Per la mia esperienza, i residui rinvenuti sull'imputato non possono essere attribuibili a un trasferimento secondario per via della loro quantità e della loro elevata concentrazione. Non può succedere. Le prove concrete in questo caso dimostrano che l'imputato si è trovato nelle immediate vicinanze di un'arma che ha fatto fuoco diverse volte.»

Zader fece un'altra pausa in attesa che le risposte venissero assimilate di là dalle telecamere. Non avrebbe fatto altre domande. Aveva messo bene in chiaro qual era la sua tesi e bloccato la via d'attacco più probabile.

«Accendi il cellulare ma mettilo in modalità silenziosa», sussurrai a David. Mentre lui obbediva, tenendo le mani sotto il tavolo in modo che il giudice non vedesse, scribacchiai un biglietto e lo porsi al mio assistito.

Lui mi guardò con espressione trepidante.

«Non ancora. Aspetta il mio segnale», dissi.

«Il teste è tutto suo», disse Zader quasi come a sfidarmi: *fai del tuo peggio, reggerò il colpo*.

Porter non sembrava minimamente preoccupato. Per quanto ne sapeva, erano domande di routine, in un caso di routine, con risultati di routine. Aveva abbastanza esperienza da conoscere le classiche tattiche degli avvocati difensori e le loro solite argomentazioni. Normalmente la linea d'attacco standard a quel tipo di prove consisteva proprio nel trovare falle nella catena. Porter lavorava in un laboratorio. Non recuperava personalmente le prove e non sapeva quali campioni fossero autentici e quali no, quali fossero stati contaminati e quali invece preservati con cura. Quando la difesa non poteva contestare i risultati ottenuti dalla scienza, sosteneva che erano irrilevanti poiché il perito aveva analizzato materiale contaminato.

Porter incrociò le braccia. Erano cose che aveva già sentito un mucchio di volte. Era pronto a tutto.

Ma non a quello che sarebbe venuto.

«Non tempestarlo di domande alla cieca nella speranza di trovare qualcosa», disse Sinton. «Porter è pericoloso. Aspettiamo il nostro perito. Tienilo per il processo.»

Per la prima volta, Sinton era nervoso. Aveva un velo di sudore sulle labbra e la penna gli tremava in mano. Non desiderava altro che andarsene da lì trascinandosi dietro David. Lo studio non poteva ucciderlo in tribunale. Se voleva eliminarlo, doveva portarlo fuori da quell'edificio sicuro, in strada, dove sarebbe stato vulnerabile.

Ignorai Gerry e mi alzai senza prendere niente in mano, scrutando il giudice Knox. Sembrava infastidito. Si aspettava una lunga e noiosa discussione tra me e il testimone che non avrebbe portato a nulla.

Io, però, avevo una destinazione ben chiara in mente. «Dottor Porter, lei ha aperto la sua deposizione affermando di aver testimoniato in poco più di duecento dibattimenti, è corretto?»

«Duecentoquattro con questo.»

«La ringrazio per avermelo ricordato. E in quante occasioni, su queste duecentoquattro, è apparso come perito per la difesa?»

Qualunque altro perito indipendente probabilmente avrebbe provato un leggero imbarazzo, ma non Porter. Lui fece come se niente fosse.

«Nessuna», rispose.

«Nessuna?»

«Esatto.»

«Scusi, forse non capisco. Lei ha appena affermato, nella sua deposizione, di essere un perito *indipendente*», dissi.

«Lo sono. Posso essere ingaggiato sia dalla difesa che dall'accusa. Il mio compito è fornire un'opinione sincera alla corte. Non importa quale sia la parte che mette la firma sull'assegno per il pagamento del mio compenso.»

Aveva aperto uno spiraglio. Quel tanto che bastava per farmi aprire la porta. «Quindi, nel formulare la sua opinione esperta e sincera, deve ignorare il nome sull'assegno e basarsi esclusivamente sulle prove, è corretto?»

«Sì.»

«Dunque, per fare solo un esempio, se l'accusa le chiedesse di esprimere un'opinione non basata sui fatti o sui risultati probatori da lei ottenuti, cosa farebbe?»

«Dubito che un avvocato dell'accusa chiederebbe mai a un perito professionista di farlo, ma giusto per la cronaca, non esprimerei mai opinioni ufficiali senza avere prove per sostenerle.»

«Dunque la sua opinione scaturisce soltanto dai fatti e dalle prove?»

«Certo.»

«Quindi non può formulare un'opinione sulla base di ipotesi, quando i fatti noti le dicono che le cose stanno diversamente, giusto?»

«Giusto», rispose lui con un sospiro.

Sentii Zader sussurrare ai suoi assistenti che non stavo andando da nessuna parte.

Presi il rapporto del perito e andai alle ultime pagine, dov'era riportata una suddivisione delle particelle e delle sostanze ritrovate sui campioni prelevati dal viso, dalle mani e dagli indumenti di David. Erano i dati scientifici grezzi su cui si basava la deposizione di Porter. «Dottore, nei risultati delle sue analisi ha individuato molte particelle diverse?»

«Sì. Quando si verifica l'esplosione, le sostanze microscopiche rilasciate dallo sparo nell'atmosfera si mescolano con altre particelle prima di depositarsi sulla pelle, quindi a volte raccolgono anche altri residui, per esempio particelle di polvere.»

«E i tre principali indicatori dei residui di polvere da sparo sono il piombo, il bario e l'antimonio?»

«Esatto.»

«Le particelle di bario e antimonio si originano in genere quando l'innesco e il propellente si infiammano, è corretto?»

«Generalmente sì.»

«È vero che le particelle di piombo provengono di solito dal proiettile oppure dall'incamiciatura stessa?»

«Sì.»

«E lei non ha trovato tracce di piombo nei suoi risultati?»

«Non è certo una novità. I proiettili di alcuni produttori sono semplicemente più duri e resistenti rispetto ad altri. Le elevate concentrazioni di bario e antimonio sono ampiamente riconosciute a livello scientifico come caratteristiche distintive dei residui di polvere da sparo.»

«Oltre alle elevate concentrazioni di bario e antimonio, i suoi risultati rilevano anche una dose massiccia di nylon?»

«Sì. È possibile che chi ha sparato indossasse dei guanti fatti di questo materiale. Il calore delle sostanze che compongono i residui di polvere da sparo potrebbe essere tale da far sì che, depositandosi sui guanti, bruci il nylon arrivando alla pelle», disse Porter, abbassando la voce verso la fine della frase. Non si sentiva sicuro su quel punto, e io immaginavo che, quando aveva stilato il rapporto, l'accusa dovesse averlo spinto a spiegare come mai c'erano nylon e gomma nei suoi campioni. In quel modo per il procuratore distrettuale sarebbe stato facile controbattere nel caso in cui la difesa avesse fatto notare che non erano state rinvenute impronte digitali sull'arma. Zader avrebbe semplicemente potuto basarsi sull'ipotesi di Porter secondo cui era plausibile che l'assassino indossasse dei guanti.

Feci una pausa, fingendomi disorientato, poi guardai il giudice. David mi porse i guanti di Lizard, che avevo riposto sotto il tavolo della difesa. Appoggiai il rapporto di Porter e li sollevai. «Sono un tantino confuso. Questi non sono guanti di nylon, ma sicuramente se chi ha sparato avesse indossato un paio di guanti come questi, che coprono tutta la mano, lei non avrebbe trovato una quantità così elevata di residui di polvere da sparo nei campioni prelevati dalle mani, è corretto?»

«Capisco dove vuole arrivare, ma è possibile che le sostanze siano state rilasciate nell'aria per depositarsi sulle mani solo dopo che l'assassino si è tolto i guanti.»

«Lei è un bugiardo, dottor Porter?»

Il giudice Knox alzò la testa dai suoi appunti per consentire all'avvocato della difesa di registrare il suo sguardo preoccupato. Quell'occhiata mi disse che stavo camminando sul filo del rasoio e che mi conveniva avere argomenti a sostegno della mia affermazione.

«Sono sotto giuramento, avvocato Flynn», fu la risposta di Porter.

«Lo so. Ma, vede, nella sua testimonianza diretta lei ha espressamente escluso che il materiale possa essersi depositato sugli indumenti e sulle mani dell'imputato tramite trasferimento secondario, o mi sbaglio?»

Lui fece un cenno al giudice per dirgli che andava tutto bene. «Ecco, immagino che, per essere precisi, il fatto che le sostanze si siano depositate sulle mani dell'imputato dopo la rimozione dei guanti sarebbe classificabile come trasferimento secondario, ma alcuni potrebbero sostenere che è comunque primario, poiché le sostanze si sono semplicemente spostate intorno alla fonte originaria.»

«L'agente incaricato delle indagini è il detective Morgan. Lei lo definisce un bugiardo, dottor Porter?»

«Certo che no.»

«È solo che il detective Morgan ha visionato una serie di riprese provenienti da telecamere di sicurezza private e stradali che seguono David Child da quando esce dal suo appartamento a quando rimane coinvolto nell'incidente. Nel rapporto del detective Morgan non compare alcun riferimento al fatto che l'imputato si sia disfatto di un paio di guanti. Non sono stati trovati né nella sua auto né nel suo appartamento né sulla sua persona, ed è evidente che non li ha buttati perché altrimenti l'avremmo visto dai filmati. Quindi, se lei afferma che l'assassino avrebbe potuto indossare dei guanti, che fine hanno fatto?»

«È una domanda alla quale non so rispondere.»

Alzai il rapporto scritto da Porter. «Nei risultati delle sue analisi, insieme a bario, antimonio e nylon, lei ha anche rinvenuto gomma, cuoio e plastica fusi, esatto?»

«Sì.»

«In realtà c'era un'elevata concentrazione di nylon, gomma, cuoio e plastica in tutti i campioni prelevati dalla pelle e dagli indumenti dell'imputato, dico bene?»

«Sì.»

«Si era mai imbattuto in risultati simili?»

«No, non posso dire che mi fosse già capitato, ma ogni ambiente nel quale viene scaricata un'arma è diverso. Non si può sempre prevedere quali sostanze si troveranno.»

«Dal momento che lei basa le sue conclusioni soltanto sulle prove e considerando che la polizia non ha trovato nessun paio di guanti, da dove ipotizza che provengano tutti quei depositi di nylon, gomma, cuoio e plastica?»

«Temo di non poter avanzare un'ipotesi al riguardo.»

«Perché non è in possesso di prove che indichino dove l'imputato possa essere entrato in contatto con questo materiale?»

Lui fece una pausa per riflettere e si passò le dita sottili sul mento. La mia domanda lo insospettiva.

«Esatto. Non ho prove che potrebbero portarmi a identificare esattamente da dove provenga quel materiale.»

Porter aveva tutto il diritto di essere sospettoso. In quel momento, tutta la sua deposizione era appesa a un filo.

« Dottor Porter, la prego di dare un'occhiata a queste fotografie. » Gli porsi dei fermoimmagine dalla telecamera stradale che aveva ripreso lo scontro tra la Bugatti di David e il pick-up Ford. « Può dirci se ha mai visto queste fotografie prima d'ora? »

Lui guardò il giudice. « Vostro onore, non ho mai visto queste fotografie prima d'ora », rispose.

« L'accusa e la difesa concordano sul fatto che questa sia l'auto del signor Child, la Bugatti. Riesce a vederla in queste fotografie? » domandai.

« Sì. »

« Noterà che la parte anteriore del veicolo ha riportato danni considerevoli provocati da un violento scontro frontale, è esatto? »

« Non sono un esperto di autoveicoli, ma concordo. »

« Ora che ha visto queste fotografie, desidera ritrattare la sua deposizione? »

« Come, scusi? Non la seguo », disse Porter.

Il procuratore distrettuale aveva capito che mi stavo preparando per sferrare un colpo a tradimento, ma non sapeva a cosa avrei mirato. Lo sentii parlottare sottovoce con Lopez: nemmeno lei sapeva dove stavo andando a parare. Se anche l'avessero capito, non sarebbe cambiato nulla. La cosa più importante era che, in quel momento, Porter non se l'aspettava.

« Lei sa, dottor Porter, che un perito ha il dovere di presentare un'opinione esperta e imparziale », dissi.

« So quali sono i miei obblighi, ma non capisco quale parte della mia deposizione mi stia chiedendo di ritrattare. »

« La parte in cui ha dichiarato che David Child è risultato

positivo al test per i residui di polvere da sparo e che, di conseguenza, deve aver sparato diversi colpi di pistola oppure essere stato nelle immediate vicinanze di una pistola che ha sparato diversi colpi. Le concedo un'ultima possibilità di ritrattare la sua deposizione, dottore.»

«No, non vedo nessun motivo per cui dovrei ritrattare la mia deposizione.»

Rimasi in silenzio, annuii e guardai il giudice. «Osservi bene la fotografia numero tre, dottor Porter.»

Lui sfogliò le fotografie finché non la trovò. Un primo piano della Bugatti sfasciata. L'aveva esaminata soltanto alcuni istanti prima, ma vi gettò un'altra occhiata e poi aspettò la domanda.

«Un momento fa non era in grado di spiegare i depositi di particelle di nylon, plastica, cuoio e gomma rinvenuti sulle mani, sulle braccia, sugli indumenti e sul viso del signor Child. Adesso è in grado di farlo?»

Un altro sguardo alla fotografia. «No.»

Sospirai come se mi stesse costringendo a estorcergli quell'ammissione quando in realtà ero io a non fornirgli abbastanza informazioni per rispondere alla domanda. «Dottor Porter, abbiamo già appurato il violento impatto subito dal veicolo, visibile in primo piano nella fotografia numero tre. Come può vedere dall'interno, non meno di tre...»

Lui scivolò leggermente sulla sedia e chiuse gli occhi. L'avevo messo con le spalle al muro. Avevo scolpito la sua deposizione sulla pietra e, se lui se ne fosse discostato anche solo di un centimetro, tutta la sua testimonianza sarebbe crollata. Ne era consapevole. Eppure non aveva scelta.

L'aveva visto.

L'illuminazione mi era venuta quando Lizard aveva parlato dell'abitudine di smontare le sue armi per poi disporre i vari componenti come in un disegno esploso. Mi era venuto in mente che i residui di polvere da sparo sono le sostanze rimaste dopo un'esplosione, e sapevo per certo che quel giorno David era effettivamente rimasto coinvolto in un'esplosione. Piccola, certo, ma comunque più violenta di quella di un proiettile sparato da un'arma.

« Gli airbag », disse Porter.

Dietro di me, sentii Zader sussurrare in maniera concitata. Mi voltai e vidi un viceprocuratore uscire dall'aula, con il cellulare in mano. Era giovane, sulla ventina, con un abito grigio, scarpe di pelle marrone, barba scura e capelli castani.

Spostai di nuovo l'attenzione su Porter. « Esatto, gli airbag. Quando un incidente li fa scattare, questi esplodono, uscendo dal cruscotto, e si gonfiano nel giro di pochi microsecondi, giusto? » chiesi.

« Sì », rispose Porter.

« Quella forza esplosiva è provocata da un piccolo innesco che potrebbe lasciare tracce di bario e antimonio. È così? »

« Non sono certo dell'esatta composizione... »

Stavo già avvicinandomi a lui. Avevo in mano una copia della rivista francese di scienza forense sulle affinità tra i residui di polvere da sparo e le tracce di materiale presenti in un veicolo in seguito all'apertura degli airbag. « Dottor Porter, questo è un articolo scientifico pubblicato l'anno scorso in cui vengono illustrate nel dettaglio le analisi di laboratorio dei residui lasciati dall'apertura degli airbag e le loro analogie con i residui di polvere da sparo. Per favore, vada a pagina quattro e potrà leggere i risultati da sé. »

L'impiegata del tribunale prese una copia del documento per il giudice. Ne lasciai una anche sul tavolo di Zader, ma lui non la prese e si limitò a fissarmi.

Porter cominciò a leggere, mordendosi il labbro. Gli lasciai tre minuti pieni per arrivare alla fine dell'articolo. Il mio stomaco ebbe un piccolo fremito quando vidi che anche il giudice Knox stava leggendo. Avevo catturato la sua attenzione e dovevo continuare a tenerla viva.

« Sì, vedo che i risultati ottenuti in laboratorio identificano le caratteristiche standard delle particelle che compongono il residuo lasciato dall'apertura degli airbag. Questo però non significa che i miei risultati non rivelino la presenza di residui di polvere da sparo », disse Porter. Si stava aggrappando alla sua opinione, per rispondere al mio attacco. Esattamente quello che mi aspettavo da un perito che non era mai stato smentito nelle sue precedenti duecentotré testimonianze in tribunale.

«Ne è sicuro?»

«Sono certo dei miei risultati.»

«Nell'esplosione che provoca lo sfondamento della copertura del volante e del cruscotto per consentire l'apertura degli airbag non ci sono elevate probabilità che le piccole particelle dello stesso airbag di nylon, insieme alla gomma, al cuoio e alla plastica del cruscotto, si fondano per via del calore e vengano rilasciate per poi depositarsi sulla pelle proprio come dimostrato da questo studio?»

«Forse.»

«Forse? Significa che è molto probabile, esatto?»

«Sì», rispose lui con un filo di voce.

«Questo articolo forense sui residui dell'apertura degli airbag afferma che materiali molto simili sono stati riscontrati in quasi tutte le analisi effettuate. Accetta questa affermazione?»

«Non ho altra scelta.»

«Ammette che le sostanze residue tipicamente rinvenute dopo l'apertura degli airbag, identificate in questo articolo, sono quasi identiche a quelle riscontrate nella sua analisi dei campioni prelevati dall'imputato?»

Porter aveva già cominciato a scuotere la testa ancora prima che finissi la domanda. Non si sarebbe arreso senza combattere. «Sono quasi identiche, e alcuni depositi come quelli di nylon e gomma potrebbero effettivamente provenire dall'esplosione dell'airbag, ma questo non cambia nulla. Il bario e l'antimonio trovati addosso all'imputato sono sostanze caratteristiche dei residui di polvere da sparo. Rimango dell'opinione che quelli rilevati nei campioni siano residui di polvere da sparo.»

Si guardò intorno, scrutando l'aula, quasi sollevato. Mentre beveva un sorso d'acqua, rigirandosela in bocca prima di deglutire, sembrava un pugile che si era appena beccato il colpo migliore del suo avversario ed era pronto a ripagarlo con la stessa moneta. Non lo sapeva ancora, ma di lì a poco sarebbe finito al tappeto.

«Dottor Porter, avevamo stabilito che la santa trinità dei residui di polvere da sparo è composta da piombo, bario e antimonio, ricorda?»

«Sì.»

«Lei ha dichiarato che i proiettili di alcuni produttori sono più duri rispetto ad altri e che quindi potrebbero non lasciare tracce di piombo nei residui di polvere da sparo. È ancora di questo avviso?»

«Sì.»

«Lei ha analizzato i campioni prelevati dall'imputato, ma ha anche analizzato quelli prelevati dalla pistola, giusto?»

Porter chiuse lentamente gli occhi. Già presagiva il seguito. Era molto più avanti e, senza riaprire gli occhi, annuì.

«È un sì?» lo incalzai.

«Sì», rispose a bassa voce, ancora con gli occhi chiusi per non vedere il treno che lo stava per travolgere.

«Dottore, la sua analisi dell'arma recuperata dall'auto dell'imputato ha rilevato tracce di bario, antimonio *e* piombo.»

A quel punto, aprì gli occhi. «Sì», disse.

«Niente nylon?»

«No.»

«Niente gomma?»

«No.»

«Niente cuoio?»

«No.»

«I risultati delle sue analisi delle sostanze rinvenute sulla pistola e di quelle rilevate sull'imputato sono molto differenti?»

«Sì, ci sono alcune differenze.»

«Per essere corretti nei suoi confronti, dottor Porter, l'ufficio del procuratore distrettuale non le aveva detto che, immediatamente prima del suo arresto, l'imputato aveva avuto un incidente stradale nel quale si erano aperti gli airbag, è esatto?»

Porter sapeva che gli stavo offrendo un appiglio e vi si aggrappò con tutte le sue forze. « È esatto, avvocato Flynn. Non posso eseguire test comparativi accurati se non dispongo dei dati ambientali essenziali da inserire nella mia analisi. »

« Dunque, se l'accusa le avesse fornito queste informazioni essenziali, la sua opinione sarebbe stata diversa? »

Ancora prima che Porter spingesse Zader nella fossa dei leoni per salvarsi la faccia, avvertii lo sguardo del procuratore distrettuale sulla mia nuca. Era chiaro che si sentiva oltraggiato.

« La mia opinione sarebbe stata molto diversa », dichiarò Porter.

« Non è possibile trovare residui di piombo provenienti da una pistola solo sull'arma senza trovarne traccia anche sulle mani o sugli indumenti di chi ha sparato, dico bene? »

Non riuscii a trattenermi dal guardare il procuratore distrettuale e lo vidi pregare che il dottor Porter riuscisse a inventarsi qualcosa, a tirare fuori qualche asso scientifico dalla manica, un'avemaria per salvare la sua deposizione.

Il perito non disse nulla per un po'. Guardò Zader quasi come a volersi scusare. Giuro che lo vidi fare spallucce. « Alla luce di quello che so adesso, direi che è altamente improbabile. »

« Date le sue analisi e le informazioni di cui dispone ora riguardo gli airbag e considerate le significative differenze tra i suoi risultati sui campioni, affermerebbe che il materiale rinvenuto sulla pistola possa essere residuo di polvere da sparo e che quello rinvenuto addosso all'imputato possa provenire dall'airbag? »

Porter stava affogando e io gli stavo legando sacchi di cemento alle gambe. Si grattò la testa e rimase in silenzio per un po'.

« Dottore, posso ricordarle la risposta che ha dato prima? » dissi piano, quasi con dolcezza. « Ha dichiarato a questa corte che la sua opinione deriva dai fatti e dalle prove che ha a disposizione. La prego di tenerlo a mente. Glielo chiederò di nuovo: basandosi sui fatti e sulle prove di cui ora è al corrente, affermerebbe che è probabile che le sostanze rinvenute addosso all'imputato siano residui lasciati dall'esplosione dell'airbag e non residui di polvere da sparo?»

«Sì, ora che ho a disposizione il quadro completo, concorderei con questa affermazione.»

«Dottore, prima ha dichiarato sotto giuramento che l'imputato aveva sparato numerosi colpi con una pistola. Ora invece non può avere la certezza che abbia sparato nemmeno un colpo. È esatto?»

Silenzio. Non si sentiva volare una mosca. Erano tutti in attesa della risposta.

«No, ora non posso averne la certezza», disse Porter a denti stretti.

Mi girai in direzione di Child. «Invialo», dissi a bassa voce.

Sotto il tavolo della difesa, David prese a muovere le dita sul suo smartphone. L'unico rumore in aula era quello dei miei tacchi sul pavimento, poi si sentì la sedia di Zader stridere sulle piastrelle mentre lui si alzava e diceva: «Non ho domande, vostro onore».

«Altri testimoni per oggi, avvocato Zader?» chiese il giudice Knox.

«Mi conceda un minuto, vostro onore», rispose Zader, sedendosi e sfogliando il suo fascicolo. Stava cercando di guadagnare tempo.

David tirò fuori il telefono per farmi vedere lo schermo. Per essere uno con un'accusa di omicidio di primo grado sulla testa, sembrava molto soddisfatto di sé. Gli presi il cellulare di mano e mi avvicinai al tavolo dell'accusa. Il giudice stava studiando i suoi appunti a testa china. Non dissi nulla e mi limitai ad allungare il telefono in modo che Zader potesse vedere.

Era l'account Reeler di David. Un nuovo post era stato pubblicato e condiviso attraverso tutti gli altri social media. Il numero di visualizzazioni in fondo allo schermo si aggiornava in tempo reale, aumentando di migliaio in migliaio. Quando Zader lesse il post, le visualizzazioni erano già ventunomila. Quel semplice post era stato scritto personalmente da David per i suoi follower:

SONO INNOCENTE. IL PERITO DI PARTE È APPENA STATO DISTRUTTO.
LA TESI DELL'ACCUSA STA CROLLANDO.
È IMBARAZZANTE PER IL PROCURATORE.
È UN CASINO DI DOMINIO PUBBLICO.

46

Il viceprocuratore che Zader aveva mandato a sbrigare qualche faccenda tornò in aula. Mentre percorreva la corsia centrale, fece un okay con il pollice al suo capo.

Il volto di Zader tornò a indurirsi. La mandibola s'irrigidì e negli occhi si accese una luce, senza dubbio per via della mossa che stava architettando insieme all'assistente appena rientrato.

Non riusciva a resistere all'impulso di gongolare.

« Patteggiamento a vent'anni? » disse.

« Faccia cadere le accuse e lo lasci uscire. »

« Speravo che lo dicesse. Ha fatto un bel lavoro con Porter: peccato che non sia servito a nulla », disse Zader, che poi fece un bel respiro e si rivolse al giudice. « Vostro onore, è emersa una questione di cui vorremmo discutere con lei in privato, nel suo ufficio. »

« Avvocato Zader, ho già perso la mia partita a golf e rischio di fare tardi a una cena questa sera, quindi sarà meglio che si sbrighi », disse Knox, rilassandosi sulla sedia.

Zader e il viceprocuratore che era tornato in aula con il documento erano dietro la sedia destra di fronte alla scrivania di Knox. Io e Sinton dietro la sinistra. Non c'era speranza che Zader si sedesse facendo la figura del coglione. Conosceva i suoi giudici.

Il procuratore prese un foglio dal suo assistente e lo porse a Knox. Quando gli parlò, il suo tono era solenne e rispettoso. « Vostro onore, devo informarla che abbiamo intenzione di presentare un'istanza per chiedere la sua ricusazione. Siamo in possesso di prove di parzialità giudiziaria, pertanto lei non potrà più presiedere questa udienza.»

Un lampo di rabbia passò sulle labbra di Knox, che le tese come in un ringhio prima di chiudere la bocca, reprimendo l'impulso di strappargli a morsi un pezzo di carne. Mentre leggeva, sgranò gli occhi e il sangue gli affluì alle guance, tanto che la tonalità assunta dalla sua pelle poteva essere descritta soltanto come «incazzatura color tramonto». «Come ha avuto questa informazione?» disse il giudice, girando il foglio a faccia in giù sulla scrivania.

Dopo aver guardato il suo assistente, Zader alzò le mani con aria innocente. «È per il suo bene, vostro onore. È meglio che lei si faccia da parte e lasci che un altro giudice presieda questa udienza preliminare. Nessuno sta dicendo che lei fosse al corrente di questa informazione prima dell'inizio del dibattimento. Anzi, noi stessi l'abbiamo scoperta soltanto ora. Forse le risparmieremo un po' d'imbarazzo se si ritira adesso, di sua spontanea volontà.»

Il giudice scosse la testa con la bocca spalancata, incredulo. Alla fine si girò verso di me. «Qual è la sua opinione al riguardo, avvocato Flynn?»

«Non ho idea di cosa stia succedendo. Sono sorpreso quanto lei, signor giudice. Potrei vedere il docu...»

«No», rispose Knox, sbattendo la mano sopra il foglio. «Non è necessario che lei lo veda, ma le dirò qual è il contenuto. Si tratta di una dichiarazione del mio agente di investimento. Ho titoli e azioni in diversi portafogli, ed è mia moglie a tenere i contatti con l'agente e a gestire questo genere di cose. È il suo campo. Io mi limito a compilare gli assegni. A quanto pare, ho un piccolo investimento nella società madre di Reeler, l'azienda del suo cliente. Non ne sapevo nulla prima che la causa iniziasse, ve lo assicuro.»

Figlio di puttana.

Il procuratore distrettuale sapeva che la demolizione di Porter avrebbe fatto vacillare la tesi dell'accusa, anzi la scagliava dritto contro un muro, e voleva eliminare le prove. Se il giudice Knox si fosse ritirato, avremmo dovuto ricominciare tutto da capo. E stavolta Porter sarebbe stato ben preparato sulla mia linea di interrogatorio oppure, più probabilmente, Zader non l'avrebbe nemmeno chiamato a deporre e avrebbe costruito la sua tesi intorno al resto delle prove. Un nuovo inizio per Zader, stavolta senza errori.

«Ecco, vostro onore, se lei non ne sapeva niente, allora non vedo come potesse essere influenzato...» dissi.

«Oh, io invece sì», rispose il giudice Knox, fulminando Zader con un'occhiata che esprimeva ogni singola briciola del disprezzo che provava nei suoi confronti. Se la deposizione fosse andata a favore dell'accusa, Zader non avrebbe certo richiesto la ricusazione del giudice. Avevo il sospetto che fosse al corrente dell'investimento del giudice ancora prima dell'inizio della causa, ma che avesse taciuto per avere a disposizione un'istanza per ricusare il giudice Knox in caso di emergenza, così da fare tabula rasa e ricominciare da capo. Quella di mandare il viceprocuratore a recuperare l'elenco degli investimenti di Knox era stata soltanto una messinscena. Zader era già in possesso di quell'informazione prima che l'udienza preliminare cominciasse.

«Con il dovuto rispetto, vostro onore, la difesa non ha obiezioni al fatto che lei continui a presiedere l'udienza.»

«Be', certo che no», disse Zader. «La difesa non ha obiezioni perché le quotazioni di Reeler sono sempre più in ribasso ogni secondo che passa e, se il giudice chiamato a dichiararsi sull'imputato ha un interesse economico nel far cadere le accuse per salvare il prezzo del titolo e il proprio rendimento, be', chi non vorrebbe un giudice del genere? Il fatto è, vostro onore, che se lei andasse avanti e la stampa venisse a conoscenza della cosa, l'udienza preliminare si trasformerebbe in una farsa e la sua carriera sarebbe gravemente compromessa.»

«Come osa farmi la predica sulla mia carriera e sul mio giudizio professionale? E poi non mi minacci con la stampa, avvocato Zader. Le manca tanto così per vedere com'è fatta da dentro una cella. La verità è che, nonostante la benevola risposta dell'avvocato Flynn, non ho altra scelta se non quella di ritirarmi. Mi dispiace, signori. Contatterò il giudice della corte superiore e farò trasferire il caso a un nuovo giudice domattina. Temo che l'udienza preliminare dovrà ricominciare da capo.»

Era la decisione giusta, per tutti i motivi giusti, ma mi lasciò comunque con l'amaro in bocca. Avevo creduto che, smentendo le dichiarazioni di Porter, si sarebbe creata un'atmosfera comprensiva nei confronti di David. Avrebbe dovuto essere la prima di una serie di assi nella manica volti a distruggere la tesi dell'accusa. Porter e l'airbag erano l'unico asso che avevo trovato fino a quel momento, e adesso non avrei più potuto usarlo a mio vantaggio. Non importava che la stampa ne fosse al corrente. Il nuovo giudice non l'avrebbe considerato, a meno che Zader non avesse richiamato Porter a testimoniare, cosa che di sicuro non avrebbe fatto.

Nessuno parlò. Uscimmo dall'ufficio di Knox in fila indiana e Zader mi aspettò in corridoio.

«Vede, Flynn, è impossibile sconfiggermi», esordì. «Lei non può sconfiggermi. Domani la annienterò e non c'è assolutamente niente che lei possa fare per evitarlo. Se necessario, continuerò a fare fuori ogni maledetto giudice da questo caso finché non ne avrò uno che mi andrà bene. Mi sono anche procurato un po' di rinforzi. Domani pomeriggio convocheremo un gran giurì: quindi se anche domani dovesse riuscire a vincere l'udienza preliminare, potrò comunque sottoporre il caso ai giurati, che incrimineranno Child. Lei non ha nulla. Venga da me quando sarà disposto a fare un accordo.»

Lasciai che Zader se ne andasse, con Gerry Sinton al seguito. Sinton, che non voleva starmi neanche lontanamente vicino, appoggiò la sua enorme mano sulla spalla del procuratore e gli porse il suo biglietto da visita, poi i due cominciarono a parlare e si allontanarono insieme finché non furono più a portata d'orecchio. Gerry si stava organizzando per avere la garanzia di essere il primo a sapere se mi fossi rivolto al procuratore per fare un accordo. Probabilmente stava spiegando a Zader che in realtà l'avvocato titolare del caso era lui e che, quindi, qualunque accordo avrebbe dovuto passare da lui. Naturalmente, Sinton non voleva nessun accordo: voleva solo una soffiata dal procuratore distrettuale grazie alla quale avrebbe potuto assicurarsi di uccidere il giovane David prima che firmasse un contratto per consegnare lo studio in cambio della possibilità di pagare un prezzo non troppo alto per l'omicidio di Clara. Io colsi l'occasione per seminare Gerry tra la folla, afferrai David e mi diressi verso l'uscita laterale del tribunale che portava alle celle.

In un angolo della mia mente c'era qualcosa che non voleva saperne di lasciarmi in pace. Come aveva fatto Zader a mettere le mani su quelle informazioni riguardanti il giudice Knox? Anche se ne era già al corrente prima dell'inizio dell'udienza, non doveva essere stato facile procurarsele. Qualcuno lo stava aiutando. Qualcuno con conoscenze molto in alto.

47

Uscire dal tribunale senza essere visti si rivelò molto più facile di quanto non fosse stato entrare. Un agente della sicurezza del tribunale di nome Tommy Biggs ci accompagnò al piano terra sull'ascensore riservato al trasferimento dei detenuti dalle celle all'aula. Mi ero sempre premurato di conoscere il maggior numero possibile di guardie della sicurezza, impiegati, segretarie, personale amministrativo, poliziotti e agenti di custodia. I motivi erano svariati: innanzitutto, perché in genere sono persone piuttosto gradevoli da conoscere quando sei lì a girarti i pollici in attesa che il tuo caso venga chiamato, e poi perché conoscere quelle persone gradevoli ti fa capire come in realtà siano loro a far funzionare il sistema giudiziario. Loro fanno tutto il lavoro: per amministrare la giustizia servono una manciata di giudici perbene selezionati in mezzo a una marmaglia di coglioni e un bel po' di personale di supporto che sappia il fatto suo.

Aspettammo nel corridoio poco illuminato mentre Tommy controllava che l'area veicoli fosse libera. Si girò appena e sbirciò oltre la porta d'acciaio. Mi domandai se gli capitasse spesso di attraversare le porte girandosi di lato. Tommy, che aveva concorso per il titolo di Mister Universo, era un padre single nonché uno degli agenti di custodia più gentili che avessi mai conosciuto. Me l'aveva presentato Barry, un ex agente mio amico che aveva trascorso i suoi ultimi anni a trasportare prigionieri da un furgone a una cella nel vecchio tribunale di Chambers Street.

Tommy ci fece cenno di entrare nell'area di carico, il parcheggio protetto dove venivano effettuate le consegne: generi alimentari, cancelleria e cittadini che erano riusciti, per qualche ragione, a finire dal lato sbagliato del dipartimento di polizia, guadagnandosi un passaggio fino a quell'area nel retro di un furgone blindato. Tommy si diresse verso l'unico accesso pedonale, che era intagliato in un blocco di saracinesche d'acciaio, poi controllò le riprese delle telecamere di sicurezza su una fila di monitor accanto alla porta per assicurarsi che non ci fossero giornalisti in agguato. «Via libera. Andate», disse.

«Grazie, Tommy. Ti devo un favore», risposi.

Lui mi diede una pacca sulla spalla, e io e David uscimmo in strada per infilarci subito in un'altra berlina scura, stavolta di un intenso blu notte. Sarebbe stato troppo rischioso usare la stessa auto di prima. Frankie partì senza nemmeno darmi il tempo di chiudere la portiera.

Eravamo fuori e, per fortuna, sia David che gli altri erano ancora tutti interi. Adesso avevo un po' di tempo per pensare. Tuttavia, invece di riflettere sulle mosse di Zader e concentrarmi sulle prove contro David, continuavo a distrarmi al pensiero di Christine. Ogni millimetro di terreno che avevo perso, cedendolo a Zader, invogliava ancora di più lo studio a far fuori Christine e David. A quel punto, Harland e Sinton dovevano essere disperati e sarebbero stati disposti a correre rischi più grossi per assicurarsi che David tenesse la bocca chiusa.

Avrei voluto abbracciare Christine così forte da sentirmi le braccia doloranti. Amy non avrebbe dovuto trovarsi coinvolta in quella faccenda, ne aveva già passate troppe. Dovevo portarle lontano, in un posto sicuro.

«Cosa possiamo fare contro questa mossa dell'accusa?» domandò David. «Deve esserci un modo per far tornare il caso in mano al giudice.»

«Non credo. Il procuratore distrettuale si è garantito l'opportunità di ricominciare da zero con una nuova udienza e sta radunando il gran giurì come riserva. Quell'uomo fa sul serio.»

«Sei in grado di sconfiggerlo?» chiese David.

«Speriamo di non doverlo scoprire», risposi.

48

Holly doveva aver lasciato il riscaldamento acceso in casa mentre eravamo fuori. Quando aprì la porta, mi sembrò di essere investito dall'esplosione di una di quelle lampade che servono per l'asciugatura delle vernici industriali. Controllai la finestra, mentre Lizard e Frankie si dividevano per ripercorrere più volte a piedi la strada che avevamo fatto e assicurarsi che nessuno ci avesse seguiti. Nei miei ricordi continuavano a riecheggiare la voce tremante di mia moglie e il suo tono spaventato mentre alcune ore prima parlavamo al telefono durante la sua corsa in taxi. E il pianto di Amy. Conoscevo il suo modo di piangere: era uguale al mio. E non c'era niente che potessi fare.

Holly chiuse la porta d'ingresso alle nostre spalle, prese un'altra chiave per la serratura di sicurezza e fece scorrere due catene sulla porta. David si avvicinò all'ingresso e abbassò la maniglia tre volte per essere certo che la porta non si aprisse. Tastò le catene di sicurezza e, una volta soddisfatto, si tolse lo zaino, tirò fuori il portatile e lo posò sul piccolo tavolo da pranzo.

«Siediti, David. Devo saperne di più su questa chiavetta. Tu vuoi che domani faccia un miracolo all'udienza preliminare, ma io non sono ottimista come te. Dev'esserci un altro modo per tirare fuori te e Christine da questa storia. È possibile che riesca a strappare un accordo, se avrò qualcosa in più da offrire in cambio.»

«Te l'ho già detto, il software viola il sistema contabile dello studio, rintraccia i soldi e ne segue il percorso. I federali devono soltanto inserirlo nella rete informatica di Harland e Sinton.»

Il suo volto liscio e vellutato non cambiò minimamente.

Muoveva lo sguardo con naturalezza, senza fissarlo di proposito su qualcosa, ed era anche perfettamente in grado di spostarlo dove voleva, senza che l'intensità dei suoi occhi venisse mai meno. Stava dicendo la verità. Holly gli diede un'altra lattina fresca della sua bibita energetica preferita. Lui la aprì e se ne versò un bicchiere. Holly mi riempì una tazza dalla caffettiera, che adesso aveva trasformato il liquido in un intruglio bollente e amaro. Proprio come piaceva a me. La ringraziai. Lei ricambiò con un sorriso tirato mentre il suo sguardo indugiava su David.

«Hai scritto questo software oggi pomeriggio?» chiesi.

«No, ce l'avevo già. Prima che il sistema di sicurezza dello studio diventasse operativo, dovevamo testare l'algoritmo e assicurarci che funzionasse. Seguendo lo spostamento dei soldi, il software ci ha permesso di sapere che l'algoritmo funzionava davvero. Questo lavoro richiedeva la massima riservatezza a causa delle somme di denaro coinvolte, quindi io ero l'unico autorizzato ad accedere all'algoritmo dopo la sua codifica.»

«Ed è stato Gerry Sinton a chiederti di progettare questo programma?»

«Sì. Voleva un sistema di sicurezza di riserva che potesse recuperare i soldi nel caso in cui il database fosse stato colpito da un attacco hacker. Una volta rilevata una minaccia credibile, il sistema installato dalla mia azienda comincia a eseguire una serie di controlli. Migliaia di calcoli al secondo. Se stabilisce che c'è un rischio, l'algoritmo di sicurezza entra in azione e i soldi viaggiano per settantadue ore prima di tornare in un conto sicuro. Ci sono centinaia di conti dormienti a nome di Ben Harland sparpagliati in cinque banche diverse di Manhattan. L'algoritmo seleziona casualmente uno di quei conti e lo usa come destinazione finale di tutti i soldi.»

«E prima di trovare la strada verso casa, i soldi vengono anche ripuliti», dissi.

«A essere sincero, quando ho creato l'algoritmo non avevo pensato al riciclaggio», rispose Child in tono pacato.

Il termine corretto era «strutturare». Albie, un contabile

che lavorava per il mio amico Jimmy «Cappello», usava un metodo simile in quelle che chiamava «maratone di lavaggio». Consisteva nel suddividere un deposito di contanti in varie somme, tutte inferiori a diecimila dollari, in maniera che la banca non dovesse scrivere nessun rapporto come richiesto dalla normativa antiriciclaggio e non dovesse segnalare nessuna attività sospetta alla task force per la sicurezza finanziaria.

«E soltanto tu hai accesso a questo algoritmo? Fatta eccezione per lo studio, intendo.»

«Sì, lo studio ha insistito. E anch'io. Ho aggiunto qualche piccolo tocco personale così che nessun altro potesse mettere mano agli ingranaggi del programma. Un algoritmo del genere supera qualunque tecnologia di sicurezza standard presente sul mercato, e deve essere protetto, il che significa un solo accesso. Il sistema è progettato per avviarsi in autonomia. Non sono necessari aggiornamenti o manutenzione. Lo studio può usarlo, ma io sono l'unico che può aprire il cofano e accedere al codice che fa girare il programma. Peccato che possa farlo soltanto dal loro ufficio e non di nascosto.»

«E loro lo sanno. Ecco perché sei un bersaglio. Come farebbe l'FBI a procurarsi quelle informazioni senza di te?»

«Non lo so», disse, stringendosi nelle spalle.

«Cosa serve per attivare questo algoritmo?»

«Una minaccia o un comando.»

«Quindi qualcuno nello studio potrebbe premere un tasto per attivarlo?»

«Certo, questa possibilità non può mancare, altrimenti non ci sarebbe modo di fermare una rapina fisica. Vedi, quando si presenta una minaccia, è del tutto legale spostare o congelare beni per evitare che vengano rubati. Se lo studio sta usando questo metodo per riciclare denaro, allora sta usando il mio sistema. Quindi non importa ciò che ha fatto tua moglie: fintantoché non è lei a far funzionare il sistema, non ha colpe.»

«Ma ha sottoscritto come testimone alcuni documenti

che autorizzavano trasferimenti di azioni. E questo serve a coprire il riciclaggio.»

Il mio caffè aveva raggiunto la temperatura perfetta, così ne presi una sorsata e mi appoggiai allo schienale della sedia. All'improvviso David si accorse che la condensa del suo bicchiere aveva bagnato il tavolo. L'asciugò con un fazzoletto che si era tirato fuori dalla tasca e appoggiò la bibita sul fazzoletto.

«Quindi sei in grado di accedere all'algoritmo e di scoprire dove sono diretti i soldi?» chiesi.

«No, non da qui. Bisogna farlo sul loro sistema.»

Non c'era modo di entrare nello studio di Harland e Sinton e di uscire vivi. Troppo rischioso.

Mi ravviai i capelli e intrecciai le dita dietro la nuca. Il mal di testa stava peggiorando di minuto in minuto e la pressione aveva ricominciato a salire da quando avevamo lasciato il tribunale. «Avete un antidolorifico?»

«Certo», rispose Holly, cominciando a rovistare negli armadietti.

«Mi serve questo programma, David. Mia moglie è in pericolo. Oggi lo studio ha cercato di ucciderla soltanto per farmi abbandonare il tuo caso. Non voglio che le venga fatto del male e, di certo, non voglio che finisca in prigione solo perché il suo capo l'ha fregata facendole firmare qualcosa che non avrebbe dovuto.»

«Mi dispiace per tua moglie. Non voglio che le facciano del male, ma se vengo scagionato da queste accuse, lo studio smetterà di preoccuparsi che possa fare un accordo con l'FBI. In quel modo non ci sarà più nessuna minaccia per tua moglie.»

I suoi occhi si muovevano in fretta e io riuscivo quasi a vedere il suo cuore battere a ritmo di techno nella vena del collo. Tirò su con il naso e se lo soffiò con un altro fazzoletto.

Non meritava di essere sacrificato per Christine. Certo, mi sarei fatto sbattere dentro io al posto suo, se avessi potuto. Lei si era fidata del suo capo, finendo per cacciarsi in qualcosa di grosso e pericoloso. Zader non avrebbe mai fatto cadere le accuse contro David, potendo scegliere, ma mi stavo chiedendo se Dell, vedendosi sventolare davanti il percorso completo dei soldi, non sarebbe riuscito a ottenere qualcosa dal procuratore e magari a comprare l'immunità per Christine. Dovevo crederci. In quel momento non vedevo altra via d'uscita. « Dammi i dati, David. Mi assicurerò che le accuse spariscano nel nulla. Le lascerà cadere l'FBI, oppure ci penserò io in aula. In entrambi i casi, ti garantisco che non verrai condannato per questo omicidio. »

Non sapevo come avrei fatto a tener fede a quella promessa. In quel momento non riuscivo nemmeno a concepire un piano d'attacco contro le prove dell'accusa.

David si abbandonò contro lo schienale della sedia, guardò Holly, poi lo schermo e poi me. « Potrei anche starci, ma ti ho già detto che non posso inserirmi nel sistema da qui. Bisogna farlo dal server di Harland e Sinton, al quale posso accedere soltanto dal loro edificio e con la password del loro Wi-Fi. Il punto di accesso al mainframe si trova nella sala riunioni. Tutti i loro computer, compreso quello, utilizzano una connessione Wi-Fi protetta. Se potessi violare da remoto quel computer attraverso il loro Wi-Fi, potrei ottenere i dati. Ma non possiamo entrare nel loro ufficio: non riusciremmo mai a uscirne. »

Lo studio di Harland e Sinton occupava otto piani di uno dei grattacieli più importanti di Manhattan. Se fossimo entrati, probabilmente nessuno ci avrebbe mai più rivisti. A meno di trovare un modo per assicurarsi che la squadra di sicurezza dello studio non alzasse un dito.

« Credo di conoscere qualcuno che può aiutarci », dissi.

Composi il numero, che ricordavo a memoria, e aspettai. Mi rispose una voce femminile simile a seta che svolazzava sopra ciottoli lisci. « Pronto? »

« Sono io. Ho un lavoro. »

« Ehi, ciao anche a te, tesoro. Sono davvero contenta di sentirti, ma pensavo che ti fossi messo in riga. Sai, l'avvocato di grido e compagnia bella. Sei ancora nel giro? »

« Sempre, Boo. Sempre. » Boo era un'ex prostituta nonché

artista della truffa molto attiva, della quale ero amico da numerosi anni. Avevo avuto un'idea su come entrare e uscire dagli uffici di Harland e Sinton.

« Senti un po', sei ancora in buoni rapporti con il tizio che parcheggiava il furgone fuori da casa tua? »

« Rimango sempre in buoni rapporti con quel genere di persone. »

« Ottimo. Ho bisogno di lui, della sua attrezzatura e del suo furgone. E anche di te. »

« Mi piace. Quant'è la mia fetta? »

« Chiamalo un favore, ma farò in modo che tu venga ricompensata. Però devo avvertirti: è pericoloso. »

Per un momento sentii soltanto i suoi respiri rapidi e trepidanti. « Non avrei accettato niente di diverso », disse.

49

25 ore prima dello sparo

Holly guidava una macchina più piccola della mia valigetta. Una microscopica Honda che profumava di trucchi e gomma da masticare. Dietro di noi, David era abbassato sul sedile del passeggero del nuovo Transit nero di Lizard. Ci fermammo al pontile e aspettammo Boo. Le nuvole sciupavano la luna piena. Avevo chiamato Gerry Sinton da una cabina sulla 98th Street per dirgli che avrei portato il fascicolo e il cliente nel loro ufficio alle sette e mezzo per una riunione strategica. Erano ormai le otto passate.

Mentre aspettavamo, rimuginai sulle prove a carico di David e mi domandai come accidenti avrei fatto a confutarle l'indomani mattina. Scacciai quel pensiero e telefonai a Christine. Mi disse che lei ed Amy stavano bene, avevano ordinato delle pizze e non erano uscite dall'hotel. Capii che erano tutte balle. Sentivo il pianto sommesso di mia figlia in sottofondo, anche se il volume della televisione era al massimo per coprirlo. La rabbia che mi montò dentro m'impediva di tenere ferma la mascella.

Alla fine, Christine cedette. «Ovvio che è terrorizzata, Eddie. Lo sono anch'io», disse con voce roca e gonfia di pianto.

«Sistemerò tutto. Farò in modo che la polizia non venga a cercarvi.»

«E lo studio?»

«I federali lo manderanno a gambe all'aria. Io posso aiutarli, ma prima devo avere la certezza che tu sia fuori da tutta questa storia. Mi devi dire una cosa che ci sarà utile. Qual è la password di oggi del Wi-Fi di Harland e Sinton?»

«Perché?»

«Mi serve. Ti ho detto che sistemerò le cose e, per farlo, mi serve quella password.»

«Non farai nulla d'illegale, vero, Eddie?»

«Niente domande di cui non vuoi sapere la risposta. Qual è la password?»

«È chimera87. Probabilmente, però, l'avranno già cambiata.»

Imprecai sottovoce. «Child dice che potrebbe inserirsi nel sistema a condizione di trovarsi entro la portata del segnale. Come ricevete le password? Via email?»

«Mandano un SMS. Senti, non sei tenuto a farlo, Eddie. Sono stata io a ficcarmi in questo guaio. Dovrei semplicemente andare a parlare con l'FBI e consegnarmi.»

«No, non farlo. Posso sistemare tutto...»

«A volte ci sono cose che non puoi sistemare...»

«Come il nostro matrimonio? È questo che intendi?»

Silenzio. «No, mi dispiace. Non era quello che intendevo. Amy sente la tua mancanza. E... anch'io.»

Per un momento, nessuno dei due riuscì a parlare. Restammo semplicemente ad ascoltare i rispettivi respiri.

«Vedi di non farti ammazzare», disse infine Christine. «Se io finisco dentro... Amy avrà bisogno di almeno un genitore.»

«Me la caverò, ma se dovesse succedere qualcosa, non andare dall'FBI. Scappa e porta Amy con te.»

Una coppia di fari si accese dietro di noi. Capii che si trattava di un furgone, così scesi e aspettai Boo Johnson. Era la donna più tosta che avessi mai conosciuto e una di quelle più in gamba. Un'artista dell'imbroglio nata. Non riuscivo a distinguere il logo sul furgone da dove mi trovavo, non al buio, così m'incamminai in quella direzione, incrociandolo a metà della strada che portava al pontile 39.

Il furgone si arrestò piano, la portiera del lato passeggero si aprì e spuntarono due gambe pallide, muscolose e mostruosamente lunghe. Boo chiuse la portiera e, attenta a non prendersi una storta con i tacchi a spillo, venne verso di me.

Quando l'avevo conosciuta, ero anch'io un imbroglione. Boo aveva lavorato qualche volta con me, per lo più roba tranquilla, aiutandomi con gli incidenti stradali che inscenavo. In lei c'era qualcosa, simile a un bagliore, che la faceva sembrare una star del cinema. Indossava una gonna nera attillata e una camicia corta color rosso vigili del fuoco. I capelli biondo platino tagliati corti erano fissati a un'angolatura impossibile grazie a mezzo flacone di lacca. Era ormai buio da parecchio, ma Boo portava sempre gli occhiali da sole. Dietro quelle grandi lenti ovali c'erano due occhi per i quali persino un prete si sarebbe buttato da un grattacielo.

Lei alzò un fianco e disse: « Va bene così? »

Per un attimo non riuscii a capire a cosa si riferisse, poi vidi il pass laminato che aveva in mano. Lo presi e lo esaminai: senza dubbio sembrava autentico. « Niente male per un'ora di lavoro. Chi è l'artista? »

« Un ragazzino del Queens che si fa chiamare Georgie », rispose Boo.

« Digli che mi piace come lavora. Potrei avere bisogno dei suoi servizi un giorno. »

Lizard strinse la mano all'autista del furgone, un uomo robusto in felpa blu, giacca di pelle, jeans strappati e cappellino da baseball. Era davvero affascinante. Boo lo presentò come Roger. Ci salutammo con una stretta di mano e tornammo al suo furgone.

« Io e Roger siamo soltanto amici. Per il momento », disse lei con un sorriso.

« Reggerà? » chiesi.

« Certo. Per quanto lo riguarda, è una serata di lavoro come tutte le altre. Sono più preoccupata per Hänsel e Gretel », disse Boo sbirciando Holly e David.

« Ci penso io », risposi.

Sembravano entrambi molto nervosi. David fissava l'acqua con aria smarrita, mentre Holly picchiettava i piedi per terra con le mani in tasca. Quando mi avvicinai, si voltarono di scatto.

«Holly, non è tenuta a farlo», dissi.

«Ha ragione», confermò David.

«No, sono la sua assistente personale. Se non mi presento, si chiederanno tutti perché non ci sono.» A dispetto della sua ansia evidente, Holly era determinata, e non si trattava soltanto di fedeltà. David era a suo agio davanti a un computer o in una riunione d'affari, ma avevo l'impressione che nel mondo reale avesse bisogno di una guida e che quella guida fosse Holly. Era una gran fortuna per David averla accanto.

«Okay, il piano lo conoscete. Gerry Sinton ha bisogno che tu finisca sottoterra, David, anzi ci ammazzerebbe tutti se avesse anche solo mezza possibilità di farlo. Questo è un inganno. Ci garantirà che stasera non possano fare nessuna mossa contro di noi senza implicare lo studio. È vero che ci vogliono morti, ma è soltanto per proteggersi, quindi non correranno il rischio di ucciderci se pensano che qualcuno potrebbe risalire a loro. L'inganno ci protegge, ma funzionerà soltanto se tutti ci crediamo pienamente. Dovete immedesimarvi. Se vi fate vedere nervosi o sul punto di entrare in un edificio pieno di gente pronta ad ammazzarvi, indovinate un po' che succederà? Sarà la fine. Stiamo andando nell'ufficio del tuo avvocato per discutere della tua difesa, David, niente di più.»

Annuirono. Avevano capito, ma non ero convinto che avrebbero retto.

«Basterà che facciate come Boo. Non parlate con quelli della sicurezza. Lasciate fare a me e a lei. David, quando avrai ciò che ti serve, dovrai dire che sei stanco e che hai bisogno di dormire prima dell'udienza. Quello sarà il segnale. Faremo armi e bagagli e porteremo subito le chiappe via di lì.»

«E se dovessero scoprirci? E se cercassero di uccidermi?» disse lui.

«Non lo faranno», lo rassicurai.

Io, David e Holly salimmo sulla Honda uno dopo l'altro. Boo e Lizard salirono sul furgone guidato da Roger.

Partimmo e ripassai insieme a David alcune parole in codice che gli avrebbero permesso d'informarmi sui suoi progressi, compresa la parola con cui mi avrebbe fatto sapere di essere stato beccato.

50

Il famigerato traffico di Manhattan si era ormai decongestionato quando ci dirigemmo verso il Lightner Building, l'edificio che ospitava lo studio di Harland e Sinton. David era accasciato sul sedile posteriore dell'auto di Holly, mentre io mi sforzavo di non pensare al piano che avevamo architettato. Boo probabilmente era la migliore artista dell'imbroglio che avessi mai conosciuto, dopo mio padre. Quando le nostre strade si erano incrociate per la prima volta, lei faceva la prostituta d'alto bordo e stava cercando un modo di uscirne che pagasse altrettanto bene dei cinquecento dollari l'ora che guadagnava con i suoi servizietti. Così le avevo subito mostrato come sfruttare le sue doti di attrice con un effetto devastante.

In ogni imbroglio era necessario uno zuccherino. Nella maggior parte delle truffe che facevo ai danni delle compagnie assicurative serviva una persona che avesse a che fare con i periti, che per qualche bizzarra ragione erano tutti uomini. Perciò, quando inscenavo un incidente con un finto querelante e un finto infortunio, di solito Boo presidiava la reception del finto studio medico e sfoderava tutto il suo fascino con i periti fino a convincerli della sua sincerità. Lei era davvero il non plus ultra degli zuccherini.

I miei pensieri si spostarono sull'udienza preliminare dell'indomani. Pregai che quella sera andasse tutto bene, così da non dovermi presentare in aula, ma una parte di me sapeva che non avrei ottenuto nessun accordo per David e che dovevo prepararmi al peggio. Non avevo mai vinto un'udienza preliminare e non conoscevo nessuno che l'avesse fatto negli ultimi dieci anni. Lo svolgimento è standard: se l'accusa porta anche solo il frammento di una prova concreta contro l'imputato, ha la vittoria in tasca.

Per vincere l'udienza preliminare, avrei dovuto dimostrare che David era innocente.

«Sto pensando all'udienza di domani», dissi. «Ci serve un altro sospettato.»

«Non conosco nessuno che avrebbe anche solo potuto pensare di fare del male a Clara. Era...»

Guardai nello specchietto della mia aletta parasole e vidi David con il volto rigato di lacrime. «Mi dispiace, non avrei dovuto tirare in ballo l'argomento. Lascia perdere per ora. Me ne preoccupo io. Tu concentrati su quello che stiamo per fare.»

David tirò fuori un pacchetto di salviettine antibatteriche, se ne passò una sulla faccia e si soffiò sonoramente il naso. Come aveva fatto una ragazza della bellezza di Clara a finire con il piccolo David? Ma smisi subito di essere tanto stupido. *Allora, Clara, qual è stata la prima cosa che ti ha colpito del miliardario David Child?*

«Era più grande di te, giusto?» chiesi.

«Sì, ma non importava. Era bellissima e anche intelligente. Aveva un gran cuore, avvocato Flynn. Clara, ah, Clara è la cosa migliore che mi sia mai capitata. I sei mesi che abbiamo passato insieme sono stati i più felici della mia vita.»

Con la coda dell'occhio, vidi Holly stringere di più il volante. «Come vi eravate conosciuti?»

«Reeler. Clara era una mia follower e ci siamo incontrati con un aggancio su Reeler.»

«Non ci ho capito niente», dissi.

«Tu non sei su Reeler?» mi chiese lui.

«No, temo di no, e mia figlia è un po' troppo piccola per i social network. So giusto l'essenziale, niente di più.»

«Funziona così: tu crei un tuo account e pubblichi le tue foto, i tuoi post e tutti i tuoi aggiornamenti nel tuo Reel, che è come la tua pagina personale. Gli algoritmi di Reeler inviano i tuoi aggiornamenti alle persone a cui ritengono possano interessare i tuoi post; in più si collega agli altri social network ai quali sei iscritto, come Twitter e Facebook, in maniera tale che tu possa postare tutto dal tuo account Reeler. E poi c'è il nostro punto forte: Reeler è l'unico social network a incoraggiare l'interazione faccia a faccia tramite quelli che chiamiamo 'agganci'. Se sei in un bar e posti una foto, se sei interessato a un aggancio, Reeler dirà a tutti gli altri utenti della zona dove ti trovi e cosa stai facendo, e li inviterà a venire a fare quattro chiacchiere con te. Ecco perché Reeler ha preso piede così in fretta tra gli studenti universitari; lo sai quante feste spontanee di utenti Reeler ci sono state nel primo mese dal lancio? Tipo ottomila. Reeler è l'unico social network davvero *social.*»

«Okay, ci sono. Quindi come vi siete conosciuti tu e Clara?»

Lui si sfregò le mani e chinò la testa per un momento prima di darmi una risposta. «Io non esco molto. Di solito sto a casa oppure vado a qualche festa a casa di amici. Be', quella sera c'era una megafesta di Reeler al Loft. Hai presente il Loft? È un grande cabaret in città. Nel locale stavano postando quasi tutti su Reeler e c'era così tanta attività che la rete rischiava di andare in tilt. Ci sarebbero stati anche alcuni giornalisti televisivi per fare un servizio, così siamo andati anch'io e un paio di ragazzi del consiglio di amministrazione. Volevamo finire sui notiziari della sera.» Sorrise teneramente al ricordo, ma la consapevolezza che nella nuova realtà Clara era morta s'impresse sui suoi lineamenti, strangolandogli il sorriso. «Una sua amica l'aveva bidonata per cena, così lei era andata alla festa ed era stata intervistata da un inviato. Era talmente carina che non avrebbero potuto non sceglierla, e poi parlava così appassionatamente di Reeler che ho voluto conoscerla di persona per ringraziarla. Quindi ci siamo incontrati, abbiamo parlato e siamo andati a prenderci un caffè. Non mi piace stare in mezzo alla folla. Tutto qui.»

La macchina passò sopra un tombino, ma fu come se fossimo appena andati a sbattere contro un guard rail.

«Parlami di lei», dissi.

«Era originaria della Virginia, aveva studiato lingue e lavorato all'estero per un po' come traduttrice freelance. Non ricordo quante lingue parlasse, forse sette o otto. Dopo aver lavorato in giro per il mondo, si era stancata ed era tornata negli Stati Uniti. I suoi genitori si erano trasferiti in Florida. Non aveva molto senso per lei tornare a casa, così era venuta a New York per cercare lavoro come traduttrice per le Nazioni Unite. Era qui solo da poche settimane quando l'ho conosciuta. Dev'essere stato il destino o qualcosa del genere, perché lei era stata via e non conosceva nessuno a New York, e immagino che in realtà valesse lo stesso anche per me. In un certo senso, ci eravamo trovati.»

«Aveva avuto il lavoro alle Nazioni Unite?»

«No, aveva fatto domanda, ma nel frattempo faceva la cameriera.»

«E non c'erano ex fidanzati in circolazione o qualcuno che le portasse rancore?»

«No. Non mi viene in mente nessuno a cui Clara potesse anche solo non piacere. E poi non conosceva tanta gente.»

Holly s'intromise. «Conosco David dalle scuole medie. Non me ne vorrà se lo dico, ma non aveva molti appuntamenti ai tempi della scuola o del college. Quando Reeler è decollato, David ha cominciato a spassarsela, ma non c'è mai stata nessuna storia seria. Vero?»

David annuì e sorrise.

«L'ho sempre tenuto d'occhio», proseguì lei. «Siamo amici, e lui mi ha dato una mano quando sono stata licenziata. Mi è anche stato vicino dopo la fine di alcune mie storie. Devo dire che Clara era diversa dalla maggior parte delle ragazze che David aveva conosciuto dopo Reeler. Quasi tutte erano interessate a lui solo per la fama e per i soldi, e lui non ha mai fatto sul serio con nessuna di loro. Clara era diversa. Era, non so... genuina. Sia nei suoi sentimenti per David che nel suo disinteresse verso i soldi. Ti ricordi quando le hai comprato quella collana da Tiffany?»

Dall'espressione di David, che prima sorrise e poi strizzò gli occhi, capii che quel ricordo era stato inizialmente piacevole e poi doloroso. Gli aveva fatto tornare in mente la persona che era stata, la sua vita stroncata prima del tempo. Pensai a Dell e, per un attimo, lo capii meglio. Le prove l'avevano convinto che l'assassino fosse David, e voleva fargliela pagare. Quando una vita veniva interrotta in maniera così violenta e improvvisa, era necessario ristabilire un equilibrio.

David non riusciva a parlare, così fu Holly a proseguire, ma a bassa voce, come se le sue parole potessero ferire. « Si frequentavano da un mese, e David le aveva fatto una sorpresa, regalandole una collana di Tiffany da centomila dollari. Clara gli aveva detto di non essere ridicolo e il sabato successivo erano andati a restituire la collana e poi a fare shopping nei negozi di seconda mano a Brooklyn. Lei aveva scelto una collanina che le piaceva e David gliel'aveva regalata. Costava quaranta dollari. »

Quando passammo sopra un altro tombino, la mia schiena cominciò a protestare contro l'auto che si era scelta Holly. Pensai di nuovo a Langhiemer. « Credi che Langhiemer possa averti incastrato da solo? » chiesi. « Insomma, potrà anche essere spietato quando è al sicuro dietro una tastiera, ma sarebbe in grado di premere un grilletto? »

« Non lo so », disse David.

Pensai alle riprese nell'ingresso. Dopo David, nessuno era uscito dall'appartamento, e la polizia l'aveva trovato vuoto. Tutto rimandava a lui. Se a uccidere Clara era stato Langhiemer o anche qualcun altro pagato da lui, era possibile che fosse saltato dalla finestra? Valutai quell'ipotesi mentre ci avvicinavamo al Lightner Building e mi tornò in mente qualcosa che mi aveva detto una volta il mio amico giudice Ford: a volte andiamo a cercare una spiegazione chissà dove senza accorgerci di avere già la soluzione in tasca. Nemmeno le dichiarazioni sui residui di polvere da sparo che ero riuscito a strappare a Porter escludevano la possibilità che David avesse sparato a Clara con indosso un paio di guanti che poi aveva lanciato fuori dalla finestra infranta, trovandosi così sulle mani soltanto il residuo dell'esplosione degli airbag. Porter non ci aveva pensato, ma c'era da scommettere che Zader prima o poi l'avrebbe fatto.

Fui tentato di chiamare il mio mentore, ma il giudice Harry mi avrebbe dato del pazzo e avrebbe detto che, indipendentemente da quello che pensavo, le prove puntavano in una direzione soltanto.

Preferivo evitare quella conversazione. Forse temevo che Harry mi avrebbe convinto che aveva ragione.

Holly accostò davanti al Lightner Building e il mio telefono cominciò a squillare. Un numero anonimo.

«Eddie Flynn», risposi.

«Perché vuole incontrarmi, avvocato Flynn?» Era Bernard Langhiemer. Riconobbi il suo tono da laureato a Harvard che cercava di soffocare le tracce di un accento di campagna.

Scesi dall'auto, ritrovandomi sul marciapiede. «Voglio parlare. È strano, stavo giusto pensando a lei. Cominciavo a domandarmi se mi avrebbe mai richiamato.»

«Non l'avrei mai detto. Credevo che avesse abbastanza cose a cui pensare, viste le difficoltà legali di David. Ma pare che se la stia cavando piuttosto bene. Ho visto i suoi Reel al telegiornale. È stata un'idea sua, Flynn?»

«Perché non ci vediamo? Potremmo parlare di Reeler quanto vuole.»

«Ma stiamo già parlando. Perché vuole vedermi?»

Volevo guardare negli occhi quel figlio di puttana mentre gli chiedevo se era stato lui a incastrare David. Al telefono era troppo difficile capire se una persona diceva la verità o no. «Non le ruberò molto tempo», dissi.

«Se accetto, aiuterò David?»

Soltanto se capisco che stai mentendo, pensai. «Ne dubito, ma non si sa mai.»

«Allora va bene. Stasera?»

«Okay. Da Ted's Diner in Chambers Street. Alle dieci.»

«Ci sarò. Faccia attenzione stasera. Il Lightner Building è pieno di squali.»

La chiamata s'interruppe e io rimasi a fissare il telefono. Langhiemer stava localizzando il mio cellulare. Era evidente che gli piaceva intimorire gli altri e fare giochetti di potere.

Avevo ancora il cellulare che mi aveva dato Dell. Per il momento avrebbe dovuto bastarmi. Spensi il mio, lo lasciai cadere sul marciapiede e alzai la scarpa, pronto a distruggerlo, poi però mi fermai. Lo recuperai da terra e me lo misi in tasca. Se il telefono era spento, Langhiemer non poteva localizzare il segnale. C'erano modi migliori di usarlo.

51

Riuscimmo a entrare tutti nello stesso spicchio della porta girevole automatica del Lightner Building, che ci sospinse lentamente verso la hall. Il grandioso ingresso era una raffinata combinazione di acciaio, granito e marmo, con un'unica reception cinque metri più avanti, sulla destra, tra noi e gli ascensori.

Dietro il banco c'erano quattro persone. A quell'ora della sera, nella maggior parte degli edifici si era fortunati a trovarne una sola. Di certo, quattro erano inutili.

Il primo uomo, alto e ben piantato, indossava un abito nero elegante con un tesserino sul risvolto su cui era scritto SERGEI. Aveva un ammasso di capelli talmente biondi da sembrare bianchi: lo riconobbi dalle foto della squadra di sicurezza. Dietro di lui, una donna di mezz'età dall'aspetto temibile, con i capelli ramati tagliati a scodella, stava bevendo caffè freddo da un bicchierone con una cannuccia. A sinistra del banco, due uomini in giacca nera avevano poco più di trent'anni e capelli corti, e con ogni probabilità erano armati: membri della sicurezza di Harland e Sinton. Riconobbi anche loro dalle foto nel fascicolo di Dell. Lo studio doveva aver fatto scattare la procedura d'emergenza ed ero certo che quegli uomini fossero pronti a ucciderci non appena avessimo messo piede in ascensore.

Feci strada agli altri fino alla reception, seguito da David e Holly, mentre Boo e Roger chiudevano la fila. Lizard era rimasto fuori con il furgone. Ci avrebbe fatto da supporto e avrebbe ascoltato tutto quello che succedeva tramite il mio cellulare. L'avevo chiamato e, senza chiudere la chiamata, avevo messo il vivavoce, inserito il bloccatasti e infilato il telefono nel taschino della mia giacca.

«Eddie Flynn e David Child per Gerry Sinton», dissi a Sergei.

«Questi signori sono addetti alla sicurezza per Harland e Sinton. Vi accompagneranno loro», disse lui.

Gli uomini della sicurezza mi squadrarono con la mascella serrata e le mani strette davanti al busto. Uno dei due portava i capelli scuri tirati all'indietro in una treccia ben tesa e sembrava originario delle isole Samoa. L'altro era bianco e più basso, eppure era quello con l'aria più minacciosa.

«Solo un attimo», dissi e mi rivolsi a Boo. «Signorina Feldstein, non voleva un pezzo introduttivo?» chiesi.

«Grazie, avvocato Flynn», rispose Boo superando me e David. Roger la seguì. Non ebbi bisogno di voltarmi per veder girare a tutta velocità le rotelle nelle testoline degli addetti alla sicurezza, mentre Roger prendeva dalla borsa una grossa videocamera, porgeva un microfono a Boo e premeva un pulsante sulla telecamera illuminando tutta la reception.

Lei si rassettò la camicetta, mormorò qualcosa a Roger e iniziò il suo servizio rivolta verso la telecamera.

«Stasera il miliardario David Child inizierà a consultarsi con i suoi legali in vista dell'udienza di domani. Nel fine settimana, la fidanzata di Child, Clara Reece, è stata brutalmente uccisa a colpi di pistola nell'appartamento dello stesso Child. La polizia di New York ritiene di avere prove molto convincenti contro l'imputato. Noi di *60 Minutes* vi accompagneremo durante l'intero percorso di questo avvincente caso. Abbiamo ottenuto in esclusiva l'accesso alle consultazioni private tra David Child e il suo team di legali, impegnati nel disperato tentativo di costruire una difesa per quello che, secondo molti, sarebbe un caso facilissimo.»

Boo s'interruppe e Roger ne approfittò per assicurarsi di aver inquadrato la squadra di sicurezza prima di spegnere il fascio di luce. «Perfetto, caricato. Buona la prima, cominceranno a montarlo subito. Farai un figurone, Lana», disse.

Lei sorrise.

«Che storia è questa?» chiese il samoano.

« Si chiama televisione », risposi. « CBS. Lei guarda *60 Minutes*? »

« No », disse lui. « Qui non è consentito fare riprese, avvocato Flynn. »

« Davvero? Be', allora non ci resterà che andare nel mio ufficio. Porga i miei saluti a Gerry. » Mi girai e iniziai lentamente a dirigermi verso l'uscita. Holly, Child, Boo e Roger mi seguirono.

« Un momento », disse il samoano mentre componeva un numero sul cellulare.

Ci fermammo e io tenni gli occhi bassi. David era accanto a me, riuscivo quasi a sentire il suo corpo tremare. Gli afferrai un braccio per farlo stare fermo. Holly aveva gli occhi sgranati e continuava a picchiettare con le dita sulla borsa. Schiarendomi la gola per attirare la sua attenzione, le feci segno di rilassare le mani e lei si placò.

Sapevo che il samoano non mi avrebbe staccato gli occhi di dosso. Stava masticando una gomma con la mascella enorme che si ritrovava, e si sentiva il suo respiro da tre metri di distanza. Era molto probabile che fosse finalmente riuscito a conquistarsi la possibilità di eliminare un paio di persone, e invece doveva ripensarci perché queste avevano pensato bene di portarsi dietro una troupe televisiva. Quando dall'altro capo risposero, lo sentii mormorare qualcosa, forse a Gerry Sinton in persona.

« *60 Minutes* », disse e rimase in ascolto. « Perché è stampato sul fianco di quel cazzo di furgone », aggiunse.

Era vero. Roger lavorava da una vita come cameraman per la CBS e poteva prendere il furgone ogni volta che voleva. Per lui il lungo rapporto d'affari con Boo significava riuscire, di tanto in tanto, a mettere le mani per primo su una notizia scottante. Boo, dal canto suo, si dilettava tra le altre cose con i ricatti e lo scambio di quel genere di foto che i politici preferiscono tenere segreto. Lei era una risorsa importante per un cameraman che sognava, un giorno, di finire davanti alle telecamere. I produttori avevano imparato a concedere a Roger sia il furgone sia un po' di libertà d'azione, visto che ne valeva sempre la pena.

Il furgone con il logo della CBS era stato lo zuccherino finale. Una volta mio padre mi aveva detto che il cuore di un imbroglio è negli occhi.

Le persone credono a quello che possono vedere. Se riesci a controllare la loro vista, allora controlli anche la loro mente.

«Potete salire», disse il samoano.

David annuì freneticamente, afferrò la borsa portacomputer e mi seguì. Il sorriso discreto che gli rivolsi parve calmarlo un pochino.

Mentre passavamo davanti alla squadra di sicurezza, il samoano disse: «Prendetevi tutto il tempo che vi serve. Noi aspetteremo qui».

52

Se la hall del Lightner Building mi aveva lasciato a bocca aperta, in confronto agli uffici di Harland e Sinton sembrava la porta di servizio di un locale in cui servono bistecche unte.

Oro.

Quasi ogni cosa era ricoperta di foglia d'oro. Lampade d'oro, scritte d'oro sulle pareti di vetro e penne d'oro gratuite posate in una ciotola sopra un tavolino che pareva talmente fragile che avevo quasi paura a respirarci vicino. Nella reception i mobili erano antichi e riccamente decorati e il tavolino sembrava provenire da un teatro dell'opera di Vienna. Da lì lo sguardo spaziava fino alla sala riunioni. Le pareti divisorie in vetro davano l'impressione di essere in un grande open space. Nello studio si lavorava ancora a pieno regime e gli avvocati correvano su e giù per gli uffici con aria indaffarata, come per far girare il tassametro.

Feci un piccolo cenno a Boo, che infilò una mano in borsa, trovò il cellulare e fece partire un timer da trenta secondi. Il segnale valeva anche per Roger, che accese la telecamera e cominciò a fare panoramiche dell'ufficio.

«David, avvocato Flynn», disse una voce profonda e autoritaria. Era Gerry Sinton. Uscito da un ufficio laterale, venne verso di noi con passo deciso e con la mano tesa, pronto a salutarci.

Tre uomini più giovani in abiti eleganti, che immaginai fossero associati, lo raggiunsero e rimasero alle sue spalle mentre lui stringeva la mano a David.

«Avreste dovuto chiamare per avvisarci dell'arrivo di una troupe televisiva», disse con un sorriso che riusciva a malapena a mascherare il suo disgusto. «Sono sicuro che Flynn ha a cuore i tuoi interessi, ma consentire a una troupe televisiva di assistere alle riunioni riservate con i tuoi avvocati è un tantino incauto.»

«A dire il vero, è stata una mia idea», rispose David con voce tesa, ma riuscendo ad alzare la testa per guardare Gerry in faccia.

«Ed è un'ottima idea, ma nel momento e nel luogo...» attaccò Gerry.

«Dobbiamo giocare d'anticipo con i media», dissi. «La notizia sta già facendo scalpore. È molto meglio se saremo noi a fornire la storia, così potremo controllarla.»

«Abbiamo l'esclusiva, quindi siamo disponibili ad accettare qualche input sul taglio da dare», disse Boo porgendo la mano a Sinton. «Lana Feldstein», si presentò.

«Gerry Sinton. Chiamami pure Gerry. Non mi sembra di averti mai vista a *60 Minutes*, Lana.»

«Signorina Feldstein, prego», rispose Boo, togliendosi gli occhiali e fulminando Sinton con tutta la potenza di quegli incredibili occhi verdi. Le armi segrete di Boo emanavano una specie di elettricità, o forse una luce. Gli uomini erano attratti dai suoi occhi come falene da una lampada: sentivano un bisogno irresistibile di avvicinarsi, ma sapevano che scottava troppo per poterla toccare.

«Certo, signorina Feldstein», rispose lui e le strinse la mano per un paio di secondi più del necessario, senza riuscire a sostenere il suo sguardo per tutto quel tempo. Nessuno ci riusciva.

Il telefono di Boo squillò. Il timer era arrivato a zero, lei spense la suoneria e finse di rispondere a una chiamata. «Scott, hai ricevuto le riprese?»

«Scott Pelley, il produttore», spiegai. «Il nostro Roger può inviare i video alla cabina di montaggio via wireless. Stanno giusto discutendo con il tecnico del montaggio in studio delle riprese fatte nella hall.»

Sinton annuì e fece una smorfia come se stesse cercando di liberarsi di un sapore sgradevole. Si voltò a guardare un uomo robusto nel corridoio che conduceva agli uffici interni. Qualunque fosse il messaggio trasmesso dal suo sguardo, l'uomo si mosse e tornò a immergersi nel dedalo di uffici oltre la sala riunioni. Ormai non avrebbero potuto fare nessuna mossa, non con quei filmati su cui non avevano nessun controllo e che collocavano me e Child nei loro uffici.

«Hai il fascicolo completo?» mi chiese Gerry.

Gli porsi il fascicolo dell'accusa e lui lo diede a un associato che corse a fotocopiarlo. Seguimmo Sinton lungo un corridoio con le pareti di vetro.

Eravamo al sicuro, almeno finché non fosse giunto il momento di andarcene. A ogni modo non volevo sfidare troppo la fortuna, quindi avevo detto a David che non saremmo rimasti nell'ufficio per più di un'ora. Se non fosse riuscito ad accedere all'algoritmo in quel lasso di tempo, in qualsiasi caso, avremmo rinunciato e saremmo andati via.

53

Gerry Sinton ci accompagnò in una sala riunioni dominata da un lungo tavolo scuro di ardesia, con qualche tocco di verde brillante qua e là. Scostammo le sedie e ci sedemmo all'angolo del tavolo più vicino a un grande televisore appeso alla parete. Mi ero assicurato che David sapesse come avremmo dovuto disporci. Lui avrebbe aspettato che Sinton prendesse posto e poi si sarebbe seduto di fronte a lui, se possibile dando le spalle a una parete o a una finestra.

Roger fece una panoramica della stanza e Boo presentò velocemente tutti i presenti. Spiegò che, sebbene David Child intendesse dare l'accesso completo agli spettatori, la CBS non avrebbe fatto nulla che potesse compromettere il processo, pertanto durante l'incontro riservato l'audio non sarebbe stato registrato.

«Grazie», disse Sinton.

David prese dalla borsa di pelle un elegante portatile argentato, lo accese, si aprì una lattina della sua solita bibita energetica e si appoggiò al tavolo, protendendosi verso Boo. Quando lei lo raggiunse, i due cominciarono a sussurrare mentre lei leggeva quello che era apparso sullo schermo di David.

«La signorina Feldstein mi sta dando una mano con una dichiarazione personale che rilasceremo domani alla stampa», disse David in risposta allo sguardo indagatore di Sinton.

«Pensavo di lavorarci mentre voi leggete i fascicoli dell'accusa e studiate il da farsi.»

«Certo», rispose Sinton.

David batteva rapidamente le dita sul portatile con la schiena rivolta a una grande finestra affacciata su Manhattan. Sinton e i suoi amichetti erano seduti al lato opposto del tavolo, così lui poteva lavorare senza che nessuno vedesse lo schermo del suo portatile. Io mi girai sulla sedia per ammirare il panorama. Alle spalle di David si vedeva il Corbin Building, uno dei vecchi palazzi di uffici della città che faticava a trovare affittuari da quando Harland e Sinton avevano comprato il Lightner. Cartelli con scritto AFFITTASI erano attaccati ad almeno una finestra di ogni piano dell'edificio. Erano tempi duri, persino per i proprietari di immobili.

L'associato tornò con il mio fascicolo originale e cinque copie. Ne consegnò una a Gerry e una a David, poi distribuì le restanti tra gli altri colleghi seduti accanto a Sinton.

Quest'ultimo disse: «Mi prendo giusto qualche minuto per leggerlo».

Io lo imitai. Roger continuò a riprendere la stanza, e Boo e David a bisbigliare, interrotti sporadicamente da qualche intervento di Holly.

«È difficile sapere cosa dire quando qualcuno ti accusa di un reato che non hai commesso.»

Era il segnale: la password di accesso alla rete che ci aveva dato Christine non funzionava più. David avrebbe dovuto provare a violare il sistema.

Gerry fece con calma, esaminando accuratamente ogni pagina. Le sue dita tozze toccavano la carta con delicatezza, quasi con reverenza. Gli associati sfogliarono il fascicolo molto più in fretta, prendendo rapidi appunti su bloc-notes gialli intestati allo studio.

Io non avevo bisogno di rileggere il fascicolo. Avevo memorizzato tutto la prima volta, a bordo del taxi.

Dieci minuti dopo, Sinton girò l'ultima pagina. «Possiamo visionare i DVD?» disse.

«Certo», risposi porgendogli il primo. Lui lo inserì sul lato del televisore e prese un sottile telecomando. Mentre la tv si accendeva, le luci si abbassarono in automatico.

«Avrei dovuto far scrivere una bozza di questa roba a un'agenzia di PR», disse David in tono frustrato. Il secondo segnale: stava avendo difficoltà a inserirsi nel sistema e, probabilmente, l'ora prestabilita gli sarebbe servita tutta.

Sullo schermo apparve la hall di Central Park Eleven. Osservammo David e Clara che entravano nell'ascensore mano nella mano, lui che passava la chiave elettronica sul pannello e selezionava il piano, la reazione spaventata di Clara in ascensore, che David aveva attribuito alla claustrofobia. Cambio d'inquadratura sul pianerottolo che portava ai lussuosi appartamenti di David e del suo vicino Gershbaum. Quando la porta dell'appartamento si era chiusa alle spalle di David e Clara, la telecamera segnava le 19.46. Passando alle 20.02, vedemmo David uscire di casa con la borsa da palestra.

Mentre guardava le riprese, Sinton aveva preso appunti, segnandosi orari e numeri identificativi delle telecamere.

Io sfogliai il fascicolo fino ai registri della sicurezza dell'edificio di David. Alle 20.02 la chiamata d'emergenza di Gershbaum era arrivata alla sicurezza, che quindi doveva aver mancato David solo per un soffio mentre lui scendeva in ascensore. Gli addetti alla sicurezza si erano messi in contatto con la sala di controllo nel momento in cui erano arrivati alla porta d'ingresso di Gershbaum, alle 20.06.

Sedici minuti erano parecchi per uccidere la sua ragazza.

Mentre controllava gli appunti presi, Sinton mandò indietro il filmato per guardare David mentre usciva dal suo appartamento. Riavvolse e riguardò il video, stavolta ignorando i suoi appunti.

Gettò una fugace occhiata a David per poi tornare all'immagine del suo cliente che aspettava l'ascensore come se niente fosse. Naturalmente sapevo che Gerry si stava facendo la stessa domanda che la maggior parte degli avvocati si poneva quando si trovava a rappresentare qualcuno accusato di omicidio: *l'ha fatto davvero?*

Forse Sinton pensava che David sembrava troppo tranquillo mentre usciva dal suo appartamento. Non si frugava nelle tasche, non saltellava per la fretta di andarsene. Non c'erano segni di ansia né di nervosismo. Sinton si stava chiedendo se David fosse in grado di uccidere la sua fidanzata e di nasconderlo così bene. Per me, non era possibile. Per me, David era tipo da agitarsi anche a dover ordinare un caffellatte. Se davvero aveva appena ucciso qualcuno a sangue freddo, avrebbe praticamente sfondato la porta per uscire e, se l'ascensore non fosse stato al piano, si sarebbe precipitato giù dalle scale o buttato dalla finestra. E invece le riprese mostravano David che, con il cappuccio in testa, si chiudeva la porta alle spalle, si fermava, si girava e tornava indietro di un passo, come se avesse dimenticato qualcosa, e poi si allontanava, si metteva gli auricolari, si voltava con nonchalance e premeva il tasto per chiamare l'ascensore. Era la seconda volta che guardavo quel filmato e volevo sapere come mai David avesse esitato e si fosse girato verso l'appartamento per poi cambiare idea e prendere l'ascensore.

David non stava guardando il video, era concentrato sul suo portatile.

Dovevo chiederglielo.

«David, quando sei uscito di casa hai sentito qualcosa in corridoio mentre aspettavi l'ascensore? Magari uno sparo?»

«No, me ne ricorderei», disse.

Gerry si stava picchiettando una stilografica sulle labbra, poi l'appoggiò sul tavolo, assicurandosi di posizionarla dritta accanto al suo blocco, e mise le dita a cono. Stava riflettendo su David, soppesava la situazione. Poteva averla uccisa?

Il fatto che Sinton fosse curioso riguardo alla colpevolezza o all'innocenza di David fece accendere una lampadina nella mia testa: lo studio non aveva niente a che vedere con l'omicidio di Clara Reece o, se era coinvolto, Sinton non ne sapeva nulla. L'omicidio e l'arresto di David Child equivalevano a gettare lo studio in una pentola a pressione: no, Harland e Sinton non si sarebbero tuffati consapevolmente in qualcosa di così scottante.

«Pensavo che potremmo esaminare il fascicolo», disse infine Sinton.

«Okay», risposi. «A te sta bene, David?»

«Cominciate a parlarne voi. Lasciatemi finire questa cosa e poi potremo discutere di quello che volete.»

Un altro segnale: non era ancora riuscito ad accedere al sistema.

54

«Secondo me, oltre alle riprese delle telecamere di sicurezza che identificano David come l'ultima persona presente nell'appartamento, il problema più grosso è la pistola sulla sua auto», disse Sinton.

«Sono d'accordo», risposi.

«Quindi cosa speriamo di ottenere domani? Con questa prova, l'udienza preliminare è un vicolo cieco. Io dico di rinunciare all'udienza e prepararci al processo.»

«No.»

Sinton impiegò un secondo a elaborare il fatto che l'avevo contraddetto. Si appoggiò allo schienale della sedia, con le braccia incrociate, e sbuffò. «Non c'è niente da guadagnare domani, Flynn, e non possiamo sostenere la tesi dell'insufficienza di prove, quando in realtà ce ne sono abbastanza per condannarlo.»

«David vuole che domani le accuse vengano fatte cadere», spiegai.

«Non ne dubito che lo voglia, ma noi due sappiamo che non succederà.»

David alzò la testa per un momento e mi fissò.

Io feci un cenno del capo. «Ho già spiegato a David che sarà molto difficile, ma questi sono i suoi ordini: battersi fin dall'inizio.»

Sinton scoppiò a ridere e scosse la testa. «Andiamo. Se anche, per miracolo, dovessi riuscire a vincere l'udienza preliminare, il procuratore distrettuale può comunque andare dal gran giurì. Stiamo sprecando tempo, quando invece dovremmo prepararci per il processo.»

«Domani voglio vincere», disse David.

Quelle parole posero fine alla discussione. Alzando le mani, Sinton annuì. «Certo e, se vuoi lottare, lotteremo, ma non c'è molto su cui lavorare.»

Controllai l'orologio: ci restavano meno di venti minuti.

Gerry fece partire il video dell'incidente, ma io non avevo bisogno di rivederlo, quindi studiai lui e i suoi associati e fui piuttosto certo che non avessero riconosciuto Perry Lake, il pilota professionista che ero sicuro fosse stato pagato per scontrarsi con David e dichiarare un nome falso alla polizia. Secondo il dipartimento, Perry era John Woodrow. Logico: Perry Lake aveva una sfilza di precedenti per guida pericolosa, mentre ero piuttosto certo che John Woodrow fosse incensurato.

«Ancora un momento e ho finito», disse David.

Mi picchiettai l'indice destro sul dorso della mano sinistra. David voleva altro tempo e io gli avevo segnalato che aveva cinque minuti.

Restammo in silenzio per quelli che parvero dieci minuti, ma che in realtà dovettero essere una trentina di secondi.

Sinton non poteva semplicemente starsene tranquillo: no, voleva dare al caso la propria impronta autoritaria. «David, lo so che sei innocente. E so che Flynn è abile e appassionato, ma è anche – scusa se mi permetto – un avvocatuccio disposto a tutto pur di mettere le mani su un grosso processo come questo. Senza offesa», aggiunse, ma dallo sguardo che mi rivolse capii che era sua piena intenzione screditarmi completamente.

«Ci mancherebbe», risposi.

«La pistola, che credo sia con ogni probabilità l'arma del delitto, è stata trovata nella tua auto.»

«Come ho già detto, non l'ho mai vista prima...»

«David, andiamo, è stata trovata accanto a te», disse Sinton.

«Tu non mi credi», replicò David.

«Non è questione di cosa credo io, David, ma di prove. Dobbiamo...» Sinton s'interruppe.

Impiegai alcuni secondi per capire che non si era fermato a cercare le parole giuste per calmare il suo cliente, ma stava fissando David, immobile. Mi alzai e, girando intorno al tavolo, presi il telecomando, premetti EJECT e aspettai che il disco uscisse, ma in realtà volevo vedere cosa stava guardando Sinton.

I suoi occhi erano puntati su David che, a testa china, batteva furiosamente le dita sul portatile, ignorando tutti.

Poi capii.

Gerry Sinton non stava guardando David, bensì alle spalle di David: il riflesso dello schermo del portatile sulla finestra.

Pur essendo più distante di Sinton e a un'angolatura peggiore, persino io riuscivo a vedere nel riflesso capovolto cosa stava succedendo sul computer di David.

Sullo schermo diviso a metà c'erano due pagine. Da un lato si vedeva la schermata di login di Harland e Sinton, con un grosso riquadro bianco sotto il logo che chiedeva una password. Dall'altro c'erano quelli che sembravano dei codici. Simboli e numeri di un verde luminoso che David creava a velocità supersonica prima di evidenziare la sequenza e poi fare copia e incolla nel riquadro della password sull'altra metà dello schermo. Sulla pagina di Harland e Sinton comparve la scritta ACCESSO NON RIUSCITO, e David ricominciò a scrivere un'altra sequenza.

Un brivido mi percorse la schiena.

Il DVD cadde sulla moquette di un bordeaux intenso. Mi avvicinai a David e gli chiusi di scatto il portatile, rischiando di schiacciargli le dita.

« Basta con le pubbliche relazioni, David. Gerry ha ragione. Se non ti facciamo scagionare, allora tutto questo non servirà a un cazzo », dissi indicando Boo e Roger.

Il mio scoppio di rabbia improvviso e il rumore del computer che si chiudeva fecero calare il silenzio sulla stanza, come se tutti avessero smesso di respirare in attesa che gli echi tornassero da dov'erano partiti.

Sinton cominciò a picchiettare le dita sul ripiano del tavolo, sbattendo ripetutamente l'anello che portava al mignolo. Sembrava guardare lontano, verso il Corbin Building dall'altra parte della strada, sopra i tetti e oltre gli alberi di Central Park. Poi girò la testa e puntò lo sguardo gelido su di me.

La sua voce era cambiata. La parlata lenta e cupa non era più aggressiva, ma carica di freddezza e distacco. « Oggi pomeriggio tua moglie è venuta in tribunale per parlare con te e poi non è tornata al lavoro. » Prese un cellulare dalla giacca, mandò un messaggio e tornò a fissarmi. « Se è malata, avrebbe dovuto avvisare. Almeno una telefonata. Ti dispiacerebbe dirmi dove si trova? »

55

«L'ho vista solo per poco oggi pomeriggio, mi ha detto di avere un impegno da qualche parte. Non stiamo più insieme, quindi non so dove sia andata. A proposito, dov'è il tuo socio? Pensavo che ci sarebbe stato anche Ben Harland», dissi.

«Ben è in vacanza. Sono più preoccupato per tua moglie. Magari è malata. Oppure le hai detto qualcosa che l'ha fatta arrabbiare.»

«Non credo. Abbiamo preso un caffè insieme. Eravamo tranquilli. Anzi, David, andiamo a berci un caffè, così poi potrai lasciarmi a casa», dissi.

Il segnale di fuga.

Roger accese la telecamera e Boo si frugò nella borsa. Non sapevo cosa avesse lì dentro, forse una pistola, oppure un coltello. Lei sapeva cavarsela e poteva essere letale con quasi qualunque cosa fosse più grande di un rossetto.

Holly si alzò, un po' troppo in fretta, ma non era più un problema. Ormai ci avevano beccati.

Passi in corridoio. Rapidi e pesanti. Almeno due uomini.

La porta della sala riunioni si aprì e apparve Gill sulla soglia. Indossava ancora la camicia a scacchi, ma si era sbarazzato del piumino verde. Stava parlando al cellulare. Accanto a lui c'era Sergei, il biondo.

«Di' a Brond e Fiso di salire. Non rispondono alle mie chiamate», disse Gill.

Immaginavo che stesse parlando con la reception, visto che non riusciva a mettersi in contatto con il samoano e il suo amico nella hall.

Gli associati sembravano confusi. Non avevano la più pallida idea di cosa stesse succedendo.

«Tutti i filmati sono stati inviati allo studio», disse Roger.

Gill e Sergei si scambiarono un'occhiata, esitanti.

«Lui è il signor Gill», disse Sinton mentre il riflesso dello schermo del televisore gli faceva brillare il sudore sulla fronte. «Il signor Gill e i suoi uomini si occupano della sicurezza dello studio. Sono certo che non ti dispiacerà se ti accompagnano al tuo hotel, David. La prudenza non è mai troppa.»

Mi accorsi che mi stavo piantando le unghie nei palmi. Avevo le gambe divaricate e, se Gill avesse alzato anche solo un dito, ero pronto a staccargli la testa dalle spalle. Se pensavano che David avesse violato il loro sistema, nessuno di noi sarebbe uscito vivo dall'edificio. Gerry Sinton sembrava disperato. Le regole erano cambiate.

Un lieve ronzio elettrico si levò dal condizionatore.

David si strinse il portatile al petto come uno scudo, ma così facendo attirò soltanto l'attenzione sul panico che si era impossessato di lui. Sembrava che stesse usando il petto come una pompa per gonfiare quel maledetto affare. Era sull'orlo di un altro attacco di panico.

Io non mi mossi. Stavo aspettando che Gill si mettesse una mano dietro la schiena per estrarre la pistola.

«Gill, sarebbe così gentile da portarmi quella telecamera? Vorrei controllarla», disse Sinton.

Gill rimase immobile e fece un cenno all'uomo alle sue spalle. Aveva una buona visuale di tutta la stanza, la schiena contro la parete, e ogni potenziale bersaglio o minaccia davanti a sé. Non avrebbe certo compromesso quella posizione. Il biondo della hall, Sergei, venne avanti, passò dietro Sinton e si diresse verso Roger e la telecamera. Prima di raggiungerlo, doveva passare davanti a Boo.

Con il suo metro e novanta d'altezza e i cento chili di peso che mettevano a durissima prova la giacca XXXL del suo abito, Sergei puntò lo sguardo su Roger. Mentre gli si avvicinava, tese la mano destra con il palmo aperto per scostare Boo nel caso in cui avesse cercato d'intervenire. Lei era grande la metà di Sergei, che non la stava nemmeno guardando.

Quasi mi dispiaceva per lui.

Boo alzò il ginocchio destro con nonchalance e gli conficcò il tacco a spillo nel piede sinistro come una pressa idraulica. Almeno cinque centimetri di tacco sparirono nella carne molle, nel punto in cui il piede incontrava la caviglia. Lui non gridò. Non ne ebbe il tempo: spalancò la bocca, roteò gli occhi e, quando toccò terra, era già svenuto.

Gill non si schiodò da dov'era.

Tuttavia, piegò il braccio destro, sollevò prima la mano e poi il gomito dietro di sé. Stava per prendere la pistola.

La porta della sala riunioni si spalancò. Gill si bloccò e tutte le teste si voltarono verso il fondo della stanza, dove un'alta figura scura stringeva in mano una Glock.

56

«Lizard deve porgere una piccola scusa», disse Lizard.

«E questo chi è?» chiese Sinton ergendosi in tutta la sua statura.

«Lizard, un mio amico. Gestisce la mia sicurezza personale», spiegai.

«I due tizi nella hall non volevano farmi salire. Abbiamo parlato, ma loro non mi hanno ascoltato. Stanno arrivando gli sbirri. Li ha chiamati la receptionist insieme ai soccorsi. Quello grosso, il samoano, non era messo tanto bene. Domani potrebbe svegliarsi un po' più basso di oggi.»

Barcollando, Sinton indietreggiò e fece cadere la sedia. Gill gli mise una mano sulla spalla senza staccare gli occhi di dosso da Lizard, che sosteneva il suo sguardo. Non era la prima volta che assistevo a una scena simile. Non so come funzioni ma, in qualunque stanza si trovino, i due uomini più letali riescono sempre a riconoscersi, capiscono istintivamente chi rappresenta la minaccia più grande e non cedono finché uno dei due non è al tappeto.

Non avevo bisogno di controllare l'orologio per sapere che eravamo nell'edificio da settanta minuti. Avevo detto a Lizard di venire a prenderci se non fossimo usciti dopo un'ora.

Nessuno si mosse.

Sentii l'inconfondibile ululato di una sirena della polizia. Era debole e distante, ma tradiva urgenza.

«È il caso di andare, Eddie. Hai quell'impegno», disse Lizard.

«Giusto. Ho un impegno. Credo di parlare a nome di David se dico che sei licenziato, Sinton.»

Quando Sinton rispose, la sua raffinatezza a lungo esercitata fu spazzata via dalla collera. «Non c'è problema. E comunque noi non rappresentiamo i doppiogiochisti. È inutile, perché di solito si fanno ammazzare.»

«Perché non prendiamo le scale? Ho dovuto aspettare parecchio in macchina», disse Lizard.

Uscimmo in fretta: Boo e Roger davanti, poi Holly e David, infine io. Lizard guardò Gill per un altro secondo, poi gli mandò un bacio, lasciandolo interdetto a sbattere le palpebre.

Scendemmo tre rampe di scale due gradini per volta.

«Qui», disse Lizard.

Lo seguimmo attraverso le porte girevoli fino alla reception buia di alcuni uffici, illuminata dalla luce che proveniva da un ascensore le cui porte erano tenute aperte da un coltello.

Mentre l'ascensore scendeva al piano terra, nessuno riuscì a proferire parola: stavamo tutti cercando di riprendere fiato e controllare l'adrenalina, a eccezione di Boo e Lizard, che non erano minimamente affannati e guardavano il numero dei piani diminuire sul display digitale. Quando arrivammo nella hall, la receptionist ci vide, individuò Lizard e gridò, quindi si nascose dietro il banco.

Uscendo, notai vicino alla porta i due uomini della sicurezza che erano a terra, disarmati, le pistole automatiche che giacevano inutili davanti a loro. Una delle guardie era immobile con la faccia in giù. Il samoano se ne stava seduto per terra, con la schiena appoggiata contro il muro, a massaggiarsi cautamente il polpaccio. I suoi respiri erano rapidi e spasmodici, e aumentavano di intensità via via che le mani si avvicinavano alla caviglia. Sembrava che avesse il piede girato nella direzione sbagliata. Quando le porte girevoli cominciarono a muoversi per portarci in strada, le grida del samoano coprirono il suono ancora distante delle sirene della polizia.

Mi misi al volante dell'auto di Holly e avviai il motore.

«Aspetta», disse David.

Mi girai a guardarlo e notai che aveva il portatile aperto davanti alla faccia.

La schermata con i codici era sparita, lasciando spazio solo a quella dello studio. Sotto il logo di Harland e Sinton c'era scritto: LOGIN EFFETTUATO.

57

«Aspetta, aspetta... se parti perdo il segnale.»

Le volanti della polizia dovevano essere a cinque isolati di distanza, e le sirene bitonali si facevano via via più acute e aggressive.

Tenni il motore acceso, premendo delicatamente l'acceleratore quando i giri si abbassavano. Se l'avessi mandata troppo su di giri, il motore si sarebbe ingolfato, mentre a me serviva che l'auto fosse calda e pronta a scattare.

«Cristo, stanno arrivando», disse Holly e affondò la testa nel sedile, lasciandosi scivolare finché i suoi occhi non arrivarono sotto il finestrino del passeggero.

Gill e altri due uomini erano nella hall, chini sopra il samoano.

Neanche Lizard era partito. Stava aspettando di seguirmi. Si sporse dal finestrino del furgone e mi fece un cenno con il pollice. Al volante c'era Roger, e anche lui stava dando gas.

«David», dissi.

Il ticchettio cupo delle dita sui tasti aumentò d'intensità. «Sto scaricando. Trenta per cento... Quarantuno per cento... Un attimo.»

«David, dobbiamo andarcene da qui.»

Niente.

Ormai le sirene erano vicine.

Gill era dentro la porta girevole, la mano destra dietro la schiena. Dopo aver fatto un cenno a Lizard, schiacciai a tavoletta il pedale della Honda. Il rumore sordo e gutturale del motore a otto cilindri del furgone risuonava dietro di me. Misi la freccia, svoltai l'angolo e mi addentrai nella città il più velocemente possibile.

«No, ho quasi finito. Aspetta!» gridava David.

«Ce l'hai?» dissi, guardando nello specchietto retrovisore.

«Sì», rispose lui mentre toglieva la chiavetta USB dal portatile.

Imboccammo Jersey Street e girammo intorno alla zona residenziale seguendo percorsi assurdi. Dopo mezz'ora, fermai l'auto e aspettai Lizard, Boo e Roger.

«Pensi che il procuratore distrettuale mi lascerà uscire in cambio di questa?» disse David mostrando la chiavetta.

«Insisterò perché lo faccia. Stasera hai rischiato la vita, David. Non me ne dimenticherò. I federali faranno pressioni a Zader per ottenere questi dati. È tutto quello che abbiamo. Spero solo che ci tengano davvero a metterci sopra le mani.»

Rimanemmo ad ascoltare il ronzio del motore mentre quel pensiero aleggiava nell'abitacolo.

«Credi che riusciranno a convincerlo?» disse David.

«Non lo so, ma spero proprio di sì.»

Avevo mentito. Lo sapevo eccome. Qualunque genere di conoscenza potesse avere a New York, Dell non sarebbe mai riuscito a convincere il procuratore distrettuale a ritirare le accuse contro David. Era impossibile. Zader avrebbe preteso una piena confessione e una condanna, non si sarebbe accontentato di nient'altro. Non volevo dirlo a David o, forse, non ci riuscivo. Quale che fosse la ragione, non aggiunsi altro. Avevamo fatto la nostra mossa. L'imbroglio aveva fatto saltare la farsa con lo studio. Ormai era guerra aperta. Avevo già spiegato a Lizard dell'uomo con *L'urlo* tatuato sul collo e l'avevo avvertito di tenere gli occhi aperti. Quando Roger, al volante del furgone della CBS, apparve nel mio specchietto retrovisore, lasciai che mi superasse e lo seguii.

Mentre m'insinuavo in una via dopo l'altra, tenendo sempre il furgone entro la portata dei miei fari, pensai a Christine. Mancava poco perché la tirassi fuori da quella storia. Lei ed Amy avrebbero soltanto dovuto resistere un altro po'.

Si era fatto buio e il cielo era rischiarato da una luna piena e luminosa striata di rosso. Immaginavo che, quando gli agenti fossero arrivati allo studio, Gerry Sinton avrebbe minimizzato, magari dicendo che il samoano era caduto dalle scale. Di sicuro non voleva che la polizia si mettesse a indagare su di lui o sulla sua squadra di sicurezza, quindi non avrebbe protestato per il fatto che Lizard aveva messo al tappeto i suoi uomini.

Sinton avrebbe gestito la cosa a modo suo. Ormai sapeva che eravamo al corrente della sua operazione di riciclaggio e si sarebbe impegnato al massimo per farci ammazzare. Doveva stare attento. Nulla avrebbe dovuto ricondurre a lui o allo studio. Tuttavia, la pressione era forte.

«Dove andranno a finire i soldi?» chiesi.

«Alla Chase Manhattan alle 4.05 di domani. Ho il numero di conto.»

Mi chiesi cosa avrebbe fatto Gerry quando i soldi fossero arrivati sul conto. Al posto suo, io sapevo cosa avrei fatto. Se fosse stato furbo, avrebbe lasciato i soldi dov'erano, avrebbe preso tutti i contanti che si era già preparato da qualche parte e si sarebbe procurato un passaggio a bordo di un aereo privato per qualche Paese senza estradizione.

Per inchiodare lo studio prima che i soldi diventassero disponibili, Dell aveva bisogno dei dettagli del conto e delle prove. La sua più grande speranza era di bloccare i fondi illegali. La vera gloria era rappresentata dalla somma di denaro che avrebbe recuperato.

«Quanti soldi ci sono?»

«Abbastanza da far venire le palpitazioni a Donald Trump: più o meno otto», disse David.

«Otto milioni?» chiese Holly.

«No, otto miliardi», precisò David.

58

La nostra meta dopo la visita a Harland e Sinton era già stata concordata. Lizard avrebbe recuperato il suo furgone a casa di Roger, che insieme a Boo avrebbe rimesso in garage quello della CBS. Quindi io, Holly, David e Lizard ci saremmo trovati tutti a casa di Lizard, che secondo lui sarebbe stata il posto più sicuro. Avremmo poi scoperto che non lo era poi molto, ma per motivi legati non tanto allo studio quanto alla fauna che ospitava.

Parcheggiai davanti a un edificio in un'area residenziale del Queens, e Lizard posteggiò il furgone dietro di me. Non appena ci fermammo, chiamai Frankie, il socio di Lizard, i cui uomini stavano sorvegliando l'hotel dove si erano rintanate Christine ed Amy. Stavano bene e non c'erano attività sospette. E nemmeno uomini con tatuaggi sul collo.

La casa di Lizard assomigliava più a un rettilario che a una tranquilla villetta familiare del Queens.

« Non andate mai in cortile. E non aprite nemmeno la porta », disse lentamente Lizard a ciascuno di noi mentre entravamo l'uno dietro l'altro dalla porta d'ingresso. Ricordavo che sul retro lui teneva i suoi beni più preziosi, che erano anche parecchio illegali: una coppia di draghi di Komodo di nome Bert ed Ernie. Oltre a occuparsi di sicurezza personale, omicidi e consegne scottanti, Lizard era al servizio della mafia italiana principalmente nel ruolo di interrogatore. Se avevano bisogno di far parlare qualcuno, lo portavano da lui. Di solito un'occhiata a Bert ed Ernie era sufficiente. Per lo più nessuno di loro capiva che l'animale più pericoloso della casa era Lizard stesso.

Holly mangiò poco e andò a letto nella stanza degli ospiti, mentre il padrone di casa rimase in cucina a tagliare dieci chili di pancetta e costolette di maiale in fette lunghe trenta centimetri. Quando ebbe finito, uscì in cortile e chiuse a chiave la porta dall'esterno.

Ora della pappa.

David non toccò nemmeno il cibo che aveva davanti. Aveva messo il portatile sul tavolo della cucina, ma non l'aveva ancora aperto. Sorseggiò l'ennesima bibita energetica fissando una teca piena di tarantole che Lizard teneva accanto al tostapane. D'un tratto avvertii i morsi della fame allo stomaco e al tempo stesso sentii una lieve nausea. Lizard mi aveva lasciato un panino superimbottito, che scartai e tagliai in due mettendo ogni metà in un piatto diverso.

«Stasera mi hai salvato la vita un'altra volta», disse David.

Scossi la testa. «Sono stati Boo e Lizard a salvarci tutti. Spero che ne sia valsa la pena.»

David picchiettò tre volte le dita sul tavolo, poi sistemò il piatto di sandwich e cetrioli che Lizard gli aveva preparato, girandolo di quarantacinque gradi. Con calma, si assicurò che fosse equidistante dal portatile e dal bordo del tavolo. Quando fu soddisfatto, esaminò un cetriolo, poi lo spostò in fretta e prese le salviettine disinfettanti. «Mi fiderò di te», disse, porgendomi la chiavetta USB. «Prendila e prova a ottenere l'accordo. So che è un'impresa, ma non c'è motivo per cui tua moglie debba essere in pericolo. Tu non puoi cambiare quello che è successo, io sì. Domani non puoi vincere, ma sono sicuro che ci proverai. Adesso lo capisco. Sinceramente però non vedo perché tua moglie debba soffrire. Forza, prendila.» Scrisse una password su una salvietta.

Io la usai per avvolgere la chiavetta, poi mi alzai e gli misi una mano sulla spalla. Lui parve leggermente infastidito, così gli lasciai il suo spazio. Non mi offesi. «Grazie, ma la consegnerò ai federali soltanto quando tu e Christine sarete liberi.»

David annuì. «Eddie, so che farai del tuo meglio. Oggi ho rischiato di morire due volte e, se sono ancora qui, è solo grazie a te. Non me ne dimenticherò.»

Composi il numero di Dell sul cellulare che mi aveva dato. «Ho quello che ti serve», dissi.

«Una dichiarazione di colpevolezza?»

«No, l'alternativa migliore. Ho la traccia dell'algoritmo per seguire il percorso del denaro e il numero di conto per il deposito finale. I soldi arriveranno domani poco dopo le quattro e io so esattamente dove. Era quello che volevi, giusto?»

«Vediamoci al St Regis Hotel tra mezz'ora.»

«No.»

Silenzio. «Cos'è questo, Eddie? Un ricatto?» disse poi.

«Chiamalo un po' come ti pare. Io ho in mano qualcosa di cui tu hai un disperato bisogno. Voglio qualcosa in cambio.»

«Soldi?»

«Voglio quattro cose: un aereo privato con il serbatoio pieno e pronto a partire all'aeroporto di Teterboro, un pilota, centomila dollari in banconote non consecutive e non contrassegnate, e poi convincerai il procuratore distrettuale a ritirare tutte le accuse contro David Child e a concedere l'immunità a mia moglie. Io ti darò la chiavetta in cambio dei soldi e, dopo che mia moglie e mia figlia saranno partite e una chiamata mi dirà che l'aereo è atterrato, ti consegnerò anche la password per la traccia dell'algoritmo.»

Dell aveva coperto il microfono, ma capii che stava riferendo le informazioni a qualcuno che era lì con lui. «Mi serviranno due ore, però affare fatto», disse.

Riagganciai e mi girai verso David. «Ci siamo. Ho giusto il tempo di vedere Langhiemer prima di andare all'aeroporto.»

«Mi stupisce che abbia accettato di incontrarti.»

«Di sicuro è un fatto interessante. O non ha nulla a che fare con la morte di Clara e vuole soltanto gongolare, oppure è coinvolto e vuole scoprire cosa sappiamo della montatura. In un caso o nell'altro, quando lo vedrò, lo scoprirò.»

59

Alle 22.03 passai in auto davanti al Ted's Diner. Era il mio locale preferito per la colazione, piuttosto piccolo, con la vetrina affacciata sulla strada che lo rendeva perfetto per guardare gli avventori prima di entrare. C'erano un paio di uomini con giubbotti catarifrangenti, addetti ai lavori stradali che dovevano aver fatto tardi ed erano venuti a mangiare un boccone; poi c'erano una signora anziana con una pelliccia finta che era cliente fissa e un ragazzo con una felpa con il cappuccio nero che lavorava a un MacBook aperto sul tavolo. Era il più giovane, seduto vicino alla porta, e corrispondeva alla descrizione che David mi aveva dato. Era Langhiemer. Ci avrei scommesso.

Feci il giro dell'isolato e parcheggiai in fondo alla strada su cui si trovava il locale. C'era ancora parecchia gente in giro a quell'ora. Accesi il telefono, chiusi l'auto di Holly e cercai di fermare un taxi. Mentre aspettavo sul marciapiede, selezionai il servizio di inoltro chiamata sul mio telefono e inserii il numero del cellulare che mi aveva dato Dell. La tavola calda sarà stata a un centinaio di metri di distanza. Vedevo la luce illuminare il marciapiede, ma dall'interno del locale nessuno poteva vedermi. Un taxi accostò e salii sul sedile posteriore.

« Dove andiamo, amico? »

« Scusa, ho dimenticato il portafoglio. Devo tornare in casa », dissi scendendo dall'auto.

Il tassista scosse la testa. Chiusa la portiera, osservai il taxi che si allontanava dal locale, diretto verso il fiume, con il mio cellulare nascosto dietro il sedile.

Tornai sulla Honda e aspettai.

Nei pochi rapporti avuti con Langhiemer fino a quel momento, lui mi aveva sempre imposto le sue condizioni. Aveva informazioni su di me e mi teneva in pugno. Dovevo ribaltare la situazione.

Avevo stimato un tempo di cinque minuti. Ero sicuro che, non appena avessi acceso il cellulare, qualche programma di Langhiemer lo avrebbe avvisato. Probabilmente lui se ne stava seduto da Ted's a fissare lo schermo e a chiedersi come mai stessi andando nella direzione opposta rispetto alla tavola calda.

Dopo quattro minuti, il cellulare squillò. Inoltro di chiamata. Sul taxi il mio telefono, che era in modalità silenziosa, deviò la telefonata su quello che avevo in mano. Risposi.

« Sto aspettando... » disse Langhiemer.

« Mi dispiace. C'è stato un imprevisto. Non riesco a esserci. Possiamo vederci un'altra volta? »

« Non penso proprio », rispose lui e riattaccò.

Avviai l'auto. Langhiemer uscì dal locale con una borsa portacomputer in spalla, attraversò le strisce pedonali e, arrivato dal mio lato della strada, alzò una mano per fermare un taxi. Poco dopo, un taxi giallo lo prese a bordo. Io aspettai qualche secondo, poi lo seguii.

Il taxi lo lasciò sulla 5th Avenue. Parcheggiai e scesi in fretta mentre lui pagava il tassista. Una volta sceso, si diresse verso un edificio che dava sul parco. Ero forse a cinque metri di distanza, lo vidi entrare e rimasi indietro. Lasciai passare qualche minuto, quindi entrai anch'io. All'ingresso, un portiere agghindato con tutti i paramenti del caso, e che probabilmente preferiva farsi chiamare « concierge degli spazi di vita », mi squadrò.

« Salve. Sono di Manhattan Cars, ho appena accompagnato qui il signor Langhiemer. Il fatto è che ho trovato un cellulare sul sedile posteriore della mia auto. L'avevo pulita prima di cominciare il turno e non c'era niente, perciò credo sia suo. Le dispiacerebbe farmi salire in modo che possa mostrarglielo? »

Per quanto pensassi di essere stato convincente, non mi

aspettavo che mi avrebbe fatto passare. Tenevo il cellulare in mano con aria stanca e annoiata.

«Lo chiamo e glielo chiedo. Aspetti qui», disse il portiere.

C'erano due divani in pelle marrone dall'aspetto ultracomodo posizionati di fianco al bancone della sicurezza. Scelsi quello di fronte agli ascensori, da dove non riuscivo a sentire la conversazione con Langhiemer.

Se era intelligente la metà di quel che credevo, avrebbe mangiato la foglia.

«Il signor Langhiemer scenderà per parlare direttamente con lei», disse il portiere.

Com'era prevedibile, prima che potessi rilassarmi troppo le porte dell'ascensore si aprirono e vidi lo stesso uomo che aveva lasciato il Ted's Diner. Un velo di barba, occhiaie scure. Magro, vestito completamente di nero.

Il leggero tremolio delle labbra, insieme agli occhi fissi e sgranati, tradiva la rabbia e l'agitazione.

Si proiettò fuori dall'ascensore con la mano tesa. Gliela strinsi mentre mi alzavo e sentii che mi trascinava verso la porta. Lo lasciai fare. Ero stato sbattuto fuori da parecchi locali e il suo gesto sembrava stranamente simile.

«Parliamo fuori», disse.

«Tutto bene, signor Langhiemer?» chiese il portiere.

«Sì», rispose lui.

Fuori dall'edificio, sul marciapiede, mi lasciò la mano. «Non sarebbe dovuto venire qui. Stavo aspettando nella tavola calda come richiesto. Bella mossa con il portiere. Il mio telefono ce l'ho e lei lo sapeva bene. Suppongo che sia il suo cellulare quello che si sta facendo un giro per Manhattan sul sedile posteriore di qualche taxi. Astuto.»

«Immaginavo che il mio messaggio al portiere potesse darle un indizio. Lei però non è molto ospitale. Non vedevo l'ora di godermi la vista dal suo appartamento.»

«Che cosa vuole?»

Era proprio per quello che ero lì. Volevo farlo agitare, per poi sparare la domanda fatidica. Ricordavo la voce femminile in sottofondo che gli diceva di riattaccare la prima volta che mi aveva chiamato. Le parole che aveva usato erano strane: « Riattacca. Niente chiamate ».

« Sicuro che non le serva il permesso della sua fidanzata per parlarmi? »

« Cosa? »

« Quando stamattina è saltato fuori dal nulla con la sua telefonata mentre ero nella tavola calda, ho sentito una voce femminile che le diceva di riagganciare. Niente chiamate. È utile sapere chi porta i pantaloni in casa sua », dissi.

Avevo scelto un modo meschino per irritarlo: far leva sulla sua rabbia. Mi aspettavo che esplodesse, che gli si sciogliesse la lingua e che magari potesse tradire qualcosa che non avrebbe rivelato se fosse stato tranquillo.

Langhiemer non esplose, né diede in escandescenze. Tutt'altro.

Indietreggiò incespicando e scosse la testa. Dalla sua espressione capii che era spaventato.

Non era la reazione che avevo sperato, ma decisi di sfruttarla. « Dove si trovava sabato sera intorno alle otto? »

Dalle sue labbra non uscì una sola parola. Rimase semplicemente a studiarmi per un momento, dando al veleno il tempo di tornare a scorrere dentro di lui. « Stavo uccidendo la ragazza di David. È questo che vuole farmi dire? » Il suo sopracciglio destro prese a guizzare, dopodiché Langhiemer si infilò le mani in tasca.

« Dove si trovava? » chiesi ancora.

« Ero a casa. Da solo. Adesso porti il suo culo schifoso lontano da me, altrimenti chiamo il mio avvocato. »

Non si mosse. Io nemmeno.

Poi, sostenendo il mio sguardo, arretrò. « Tengo molto alla mia privacy, signor Flynn. Ora se ne vada. »

« Peccato che lei non la pensi allo stesso modo sulla privacy altrui », dissi tirando fuori il cellulare per scattargli una foto.

Lui pensò di strapparmi il telefono di mano, ma cambiò idea e tornò dentro, puntando il dito contro il portiere, che si beccò anche una sfuriata.

Langhiemer stava nascondendo qualcosa. Lo sapevo. Se avesse a che vedere con la morte di Clara, oppure con David, questo non avrei saputo dirlo. In ogni caso, aveva sicuramente a che fare con la voce della donna che avevo sentito al telefono: il fatto che ne fossi a conoscenza l'aveva spaventato. E non avevo la più pallida idea del perché.

Mi voltai in fretta, sapendo di dover arrivare in aeroporto per mezzanotte. In quel frangente, però, notai qualcosa con la coda dell'occhio: una persona immobile dall'altra parte della strada, davanti al parco. L'uomo con *L'urlo* tatuato. Con i suoi occhi puntati addosso, mi bloccai e cominciai a fare calcoli. L'auto di Holly era parcheggiata a una decina di metri di distanza. L'uomo doveva essere a una ventina di metri e a quasi altrettanti dall'auto, ma dal lato opposto della strada. Con il traffico costante che c'era, avrebbe dovuto barcamenarsi tra le macchine che passavano e insinuarsi in mezzo per raggiungermi.

Pensavo che, sì, sarei anche potuto arrivare alla macchina e filarmela, ma avrei avuto l'acqua alla gola. Se l'uomo si fosse avvicinato troppo prima che raggiungessi l'auto, avrei dovuto aprire il bagagliaio e sperare che Holly vi tenesse un cric.

Le chiavi della macchina mi tintinnavano in mano, l'ondata di paura dentro il petto mi strozzava il respiro e le gambe erano impazienti di correre.

Poco prima che partissi, l'uomo sorrise, si accese una sigaretta e mi voltò le spalle, allontanandosi lentamente nel parco.

Non aspettai che potesse cambiare idea e sfrecciai via il più in fretta possibile, facendo girare le gomme sull'asfalto a tutta velocità.

60

Il vento che si levava dalla pista dell'aeroporto di Teterboro scuoteva la piccola Honda mentre guidavo verso nord lungo Industrial Avenue, diretto all'hangar della Sicurezza nazionale di cui si servivano l'FBI e altre agenzie federali ogni volta che avevano bisogno di un passaggio. Teterboro era una quindicina di chilometri a nordest di Manhattan, nella contea di Bergen, in New Jersey. Ospitava un gruppetto di compagnie charter private che trasportavano merci e persone. Una volta avevo frequentato una ragazza di Moonachie, una cittadina nelle vicinanze, e insieme percorrevamo Industrial Avenue per poi sederci sul cofano della mia Chevrolet Tahoe sgangherata e dividerci una confezione di birre da sei mentre gli aerei ci rombavano sopra la testa.

Lungo la strada, mi sforzai di tenere Christine fuori dai miei pensieri. Nella mia mente continuavo a riascoltare la conversazione con Langhiemer. Di certo non provava affetto nei confronti di David, anzi probabilmente lo odiava, ma era sufficiente a fargli uccidere Clara e incastrare lui per omicidio? Dentro di me sapevo che David non aveva ucciso Clara, ma poteva darsi che mi stesse ingannando o che fossi io ad autoingannarmi, convincendomi della sua innocenza.

In un modo o nell'altro, dovevo fermare tutto prima che l'uomo tatuato rovesciasse una scodella di acido addosso a Christine, a David o a me.

La Honda passò a tutta velocità sopra un dosso che non avevo visto. Picchiai la testa contro il tettuccio e imprecai.

Non appena mi rilassai un momento e smisi di rimuginare su David e Langhiemer, i miei pensieri corsero subito a Christine e alla nostra telefonata di appena mezz'ora prima.

Mia moglie mi aveva detto di non voler lasciare New

York. Voleva restare, tenere duro. In effetti era una donna tosta, ma nel modo tipico di molti avvocati: conduceva crociate che aveva ben poche speranze di vincere e si faceva carico di tutto il rischio. Quella situazione, però, era diversa. Le avevo detto che non era al sicuro e che, se non fosse salita volontariamente su quel maledetto aereo insieme a Amy, ce l'avrei trascinata, legandola al sedile.

Colpa.

Era colpa di Ben Harland e Gerry Sinton, della loro avidità, della viltà che avevano dimostrato usando gli associati più giovani dello studio come capro espiatorio per la loro truffa.

Ed era anche colpa mia.

Quando era nata Amy, Christine aveva detto di non voler lavorare finché la piccola non avesse avuto almeno dieci anni. Immaginavo che una decisione del genere dipendesse dal modo in cui era stata cresciuta lei. Sua madre lavorava sempre fino a tardi, tanto che Christine aveva trascorso gran parte della sua infanzia in compagnia di tate e baby-sitter, ed era raro che passasse del tempo insieme ai genitori, persino nei fine settimana.

Colpa.

L'unico motivo per cui Christine aveva accettato il lavoro da Harland e Sinton era che io non guadagnavo abbastanza da arrivare a fine mese. Dopo aver superato l'esame da avvocato, lei aveva lavorato presso studi prestigiosi, perciò aveva un curriculum che le apriva parecchie porte. Appena prima di Natale, aveva accettato il lavoro da Harland e Sinton, inizialmente part-time, ma poi aveva aumentato il numero di ore. Prima della fine di gennaio di quell'anno, lavorava sessanta ore a settimana. Lei non lo voleva quel lavoro, avrebbe voluto soltanto passare del tempo con Amy. Tempo che io, non portando soldi a casa, avevo negato a entrambe.

Aveva cominciato a cadere una pioggerella leggera e, nel sottilissimo fascio di luce dei fari, non riuscivo a vedere molto più avanti. Dopo aver guidato per dieci minuti con il naso incollato al parabrezza, stando attento ai dossi, scorsi le luci di coda di un piccolo velivolo davanti a me sulla destra e la luce di un faro proveniente da un hangar poco oltre l'aereo. Svoltai verso l'hangar.

Notai che l'auto di Dell era parcheggiata fuori dalle porte aperte dell'hangar.

Christine, sua sorella ed Amy sarebbero arrivate a momenti.

Parcheggiai la Honda, mi strinsi intorno al collo il bavero della giacca e corsi fino all'ingresso. Quando entrai, ero bagnato fradicio. Il bagliore giallo-arancione delle luci sul soffitto dava una falsa impressione di calore. L'hangar sembrava una cella frigorifera. Accanto al piccolo aereo, vidi Dell, Kennedy e qualche altro agente in giacca e cravatta, tra cui Ferrar e Weinstein, che si stringeva ancora delicatamente le dita bendate.

Mentre mi avvicinavo, Dell alzò una mano e Kennedy si zittì. Entrambi indossavano cappotti lunghi e guanti.

«Sapevo di poter contare su di te, Eddie», disse Dell annuendo, con un sorriso.

«Kennedy sa che mantengo sempre la parola», dissi.

«Grazie al cielo», rispose Kennedy e dal suo tono capii che era contrario a tutto quel teatrino sin dall'inizio. Io e lui non saremmo mai stati grandi amici, ma avevo il sospetto che lui non apprezzasse i metodi di Dell. Anche Kennedy aveva una famiglia.

Un tecnico aprì un portatile sul cofano di un SUV nero e Dell allungò una mano aperta perché gli consegnassi la chiavetta. In fondo all'hangar c'era un altro SUV nero, ma non ci feci caso.

«Vogliamo essere sicuri che non ci stai fregando, Eddie. Se non ti dispiace, vorremmo dare un'occhiata ai dati su quella chiavetta», disse Dell.

«Non potrete leggerli senza la password», spiegai porgendogli la chiavetta.

Il tecnico la inserì nel portatile, che si mise a ronzare, facendo girare controlli e sistemi di segnalazione mentre accedeva al dispositivo.

Un pollice alzato.

«Ci sono parecchi dati qui», disse Dell.

«Esatto. Fammi vedere i soldi», risposi.

Un agente tirò fuori una grossa borsa sportiva e la aprì. Banconote da cento dollari, venticinque per mazzo. Rovesciai i soldi sulla colata di cemento che faceva da pavimento e lanciai via la borsa. Un mucchietto dopo l'altro, passai in rassegna le banconote per assicurarmi che non ci fossero dispositivi come GPS o bombe a inchiostro, e che ciascuna banconota avesse un ritratto di Benjamin Franklin. Impilai ordinatamente accanto a me ogni mazzo che controllavo, cominciando a costruire una piccola torre di contanti. Sembravano tutti uguali, alla vista e al tatto, e avevano all'incirca lo stesso peso.

«Se trovo dello spray tracciante su queste banconote...»

«Sono pulite», disse Dell.

Soddisfatto, mi alzai. La pioggia batteva più forte sul tetto di alluminio dell'hangar. Anche al di sopra di quel martellio, sentii un'auto avvicinarsi e vidi i fari riflettersi nella coltre di pioggia grossa e impetuosa. L'auto si fermò fuori dall'hangar: era la Lexus di Carmel con a bordo Christine ed Amy.

«I tuoi passeggeri?» chiese Dell.

«Sì.»

«Allora ci siamo tutti. La password, per favore, Eddie.»

«Prima l'accordo.»

Facendo un passo avanti, Kennedy estrasse due buste, ne appoggiò una sul cofano del furgone e porse l'altra a Dell.

La prima busta conteneva un accordo d'immunità per Christine, firmato sia da Kennedy che dal procuratore distrettuale Zader, in cui si confermava che non sarebbero state presentate accuse di nessun tipo contro Christine Flynn per reati statali o federali derivanti dal suo lavoro presso Harland e Sinton.

Tuttavia, c'era una condizione.

C'è sempre una condizione.

Avrebbe ottenuto l'immunità soltanto se avesse testimoniato contro Benjamin K. Harland e Gerald Sinton nei processi che sarebbero seguiti.

Piegai il documento, rimettendolo nella busta e infilandomelo nella giacca. Dell mi imitò e si mise la seconda busta nel cappotto.

« Devo vedere l'accordo per David », dissi allungando la mano.

« Non sappiamo cosa c'è realmente su quella chiavetta: se è quello che vogliamo, David avrà ciò che merita », disse Dell dirigendosi verso le porte aperte e facendomi segno di seguirlo. Ferrar si affiancò a Dell dopo aver preso un ombrello e, quando cercò di aprirlo, sussultò, così se lo spostò nella mano sinistra. Probabilmente il braccio destro, quello che si era beccato il colpo del tirapugni, gli faceva ancora vedere le stelle.

Li raggiunsi sulla soglia dell'hangar, con il vento che ci buttava la pioggia addosso. L'acqua parve lenire il dolore caldo e pesante che sentivo alla nuca. Lasciai che mi scorresse sulla faccia, inspirando a pieni polmoni. « Avevamo un patto », dissi. « Prima gli accordi. »

« Dove porterai il mio aereo? » chiese Dell.

« Non serve che tu lo sappia. »

« Tua moglie dovrà dirlo almeno al pilota, che dovrà comunicare la destinazione via radio, quindi tanto vale che tu me lo dica adesso. »

« Quando l'aereo sarà decollato te lo farò sapere », dissi.

« Immagino che non abbia molta importanza », rispose lui annusando l'aria e lasciando correre lo sguardo nel cielo buio. « C'è un temporale in arrivo. »

61

Una scaletta integrata nel portello aperto dell'aereo m'invitava a salire, ma io non sarei andato da nessuna parte. Dovevo restare lì per concludere l'accordo e assicurarmi che l'indomani mattina venisse pronunciata una sentenza di non luogo a procedere.

Detestavo i saluti.

I capelli di Christine puzzavano di sigarette. Aveva smesso di fumare prima della nascita di Amy, ma avevo sempre saputo che ogni tanto di nascosto si concedeva una Lucky con un bicchiere di vino. La strinsi. Entrambi abbracciammo Amy e restammo così sotto la pioggia. Quando la lasciai andare, le presi dolcemente il viso tra le mani e la baciai. Le sue labbra erano fredde e dolci, e sentii il sapore del fumo sulla sua lingua. Era la prima volta, dopo mesi, che ci baciavamo. In un certo senso fu come il nostro primo bacio, eccitato e intimorito, ma stavolta anche colmo di amore e rimpianto.

Lei si staccò da me, guardò per terra e s'inginocchiò accanto a Amy. « Dobbiamo andare, tesoro », disse.

Le spille sul giubbotto di jeans di Amy con i loghi di una moltitudine di gruppi rock che io non avevo mai sentito nominare brillavano nella luce dell'hangar. Mi accovacciai e presi in braccio la mia bambina. La sentii tremare. Guardai Carmel, una versione più alta e con qualche anno in più di Christine. Non le ero mai andato a genio.

« Ti voglio bene, ragazzina. Tieni d'occhio tua madre. Andrete in un posto molto lontano, un posto davvero sicuro. Io vi raggiungerò presto. »

Amy mi diede un bacio sulla fronte, stringendomi di nuovo con tutta la sua forza da bambina di dieci anni, poi prese la madre per mano e si diressero insieme verso l'aereo.

Diedi i soldi a Carmel.

« Io invece mi assicurerò che siano al sicuro », disse.

Prima d'infilarsi nell'aereo, Christine si girò e mi guardò ancora. Si asciugò le lacrime che le rigavano il viso e mosse le labbra per dire: « Ti amo ». La sua voce non riusciva a sovrastare il rombo dei motori del velivolo. Forse la consapevolezza che non avrei sentito quelle parole le rese più facile pronunciarle.

Le dissi che l'amavo anch'io. Lei mi salutò con la mano e salì a bordo.

Il portello dell'aereo si chiuse e sentii il motore avviarsi, poi il rombo cambiò tonalità quando l'aereo girò e rullò verso la pista.

« La password », disse Dell.

Non risposi. Volevo che l'aereo decollasse, che portasse Christine ed Amy lontano da lì. Lontano dallo studio, da Dell e da Kennedy.

Lontano da me.

Ferrar si spostò l'ombrello nella mano sinistra con qualche difficoltà e porse una radio al suo capo.

« Aspetta », disse Dell alla radio, poi si rivolse a me. « Il pilota non decollerà senza il mio ordine. La password, Eddie, o quell'aereo non si alzerà mai da terra. »

« Abbiamo un accordo? » chiesi.

Dell annuì.

Con la bile in gola, gli consegnai il tovagliolo con la password scritta in inchiostro blu. Lui lo diede a Ferrar, il quale chiuse l'ombrello e portò la password al tecnico che stava aspettando.

Senza guardare Dell, alzai una mano per fargli segno di non aggiungere una sola parola, e con lo sguardo seguii lentamente l'aereo. Dell mormorò qualcosa al pilota via radio. Ormai scendeva soltanto una lieve pioggerella e vidi le nuvole diradarsi leggermente mentre l'aereo accelerava lungo la pista e s'innalzava nel cielo turbolento.

Restai immobile per alcuni secondi. Erano al sicuro. Nessuno poteva toccarle, almeno per ora. Mentre l'aereo prendeva quota, il dolore acuto che mi attanagliava le scapole si sciolse lasciando soltanto un'eco sorda.

« Destinazione? » chiese Dell al pilota via radio.

« Ti risparmio la fatica », dissi. « Al momento stanno andando nella direzione sbagliata. Christine non dirà al pilota quale sarà il luogo dell'atterraggio ancora per un po'. Quando lo farà, non avrete tempo di organizzare niente. Non appena l'aereo toccherà terra, qualcuno andrà a portare la mia famiglia in un posto sicuro e segreto. Voi non avete fatto altro che dare loro un vantaggio sullo studio. Saranno davvero fuori da questa storia soltanto quando manderete Harland e Sinton dietro le sbarre. »

Dell annuì e tornammo all'hangar. Il tecnico lavorava rapidamente e, nel giro di pochi secondi, un sorriso gli illuminò la faccia. I denti brillavano nel riflesso del cofano lucido della Taurus. Dopo aver fatto un palloncino con la gomma da masticare alla fragola, che gli scoppiò sulle labbra, sussurrò qualcosa a Dell.

« Grazie », rispose lui.

« L'accordo di David. Ne ho bisogno », dissi.

Dell mi allungò la busta e mi bastò prenderla in mano per capire. Il peso, la sensazione al tatto. Kennedy vide la mia espressione cambiare. La rabbia, insieme alla paura che mi ribolliva nello stomaco, doveva avermi fatto sbiancare.

« Cosa c'è che non va, Eddie? » chiese Kennedy.

Gli porsi la busta. Lui la aprì. Era vuota. La stracciò e stava per scagliarsi contro Dell, che subito intervenne. « Se vuoi evitare che David Child venga condannato all'ergastolo, dovrai parlare con lui », disse con un cenno verso la Taurus nera.

La portiera posteriore del lato passeggero si aprì e scese il procuratore distrettuale Zader. Si abbottonò la giacca grigia del completo gessato e si raddrizzò la cravatta. Aveva in mano una busta marrone più grossa contrassegnata dalla scritta PROVE – DAVID CHILD. Me la diede. « Sa, Eddie, sono deluso. Non pensavo di riuscire a imbrogliare un imbroglione », disse sforzandosi di tenere a freno il tono trionfale.

Aprii subito la busta e trovai cinque pagine stampate fitte. Non era un patteggiamento. Diedi una lettura veloce e il senso di nausea si trasformò in un crampo che mi salì dallo stomaco fino a stringermi la gola in una presa stretta e amara.

In quel momento capii due cose.

Primo, avevo permesso alle mie preoccupazioni per Christine di compromettere David e, secondo, non avrei mai dovuto consegnare la password senza prima vedere l'accordo. La mazzata finale fu la consapevolezza che non importava quello che avrei fatto l'indomani all'udienza, o nei mesi futuri durante il processo: il documento che mi aveva consegnato Zader avrebbe garantito che David Child venisse condannato per omicidio.

62

20 ore prima dello sparo

Il documento che mi aveva dato Zader era una perizia balistica. Confermava, senza ombra di dubbio, che i proiettili trovati nel corpo della vittima erano stati sparati dalla stessa pistola rinvenuta nell'auto di David. Certo, immaginavo che quella perizia sarebbe arrivata prima o poi, ma non in quel momento, non così presto. E non potevo contestare una sola parola di quella prova. Il procuratore distrettuale stava collocando l'arma del delitto a bordo dell'auto di David, collegandola all'omicidio della sua ragazza nel suo appartamento. Con questo scenario, eravamo a un punto di non ritorno.

Fine dei giochi.

«Mi avete usato», dissi stringendo i pugni e divaricando le gambe, pronto a fare a botte. Il cuore cominciò a battermi alla stessa velocità dell'adrenalina che m'invadeva il sangue, riversandosi nei muscoli.

«E abbiamo usato anche tua moglie», aggiunse Dell. «Non ci importa più nulla di lei adesso che abbiamo lo studio. È libera, non dovrà affrontare nessuna accusa. Non ci serve più.»

«Non è lui l'assassino, Zader. Avevamo un accordo: la chiavetta in cambio dell'immunità.»

«Lei non aveva nessun accordo con me, Flynn», rispose Zader. «Ha cercato di farne uno con l'agente Dell, che però non ha nessuna autorità sul caso Child. Gliel'ho detto: noi non facciamo patti che lascino assassini a piede libero. Non nel mio distretto. Il meglio che posso offrire sono vent'anni, se Child si dichiara colpevole. Altrimenti ci vediamo in tribunale.»

Mi diede le spalle e si avviò verso il SUV. Io feci per seguirlo, ma poi mi fermai: se l'avessi raggiunto, quasi certamente l'avrei massacrato di botte. Una notte in cella per aggressione a pubblico ufficiale non mi avrebbe aiutato a difendere David.

« È uno scherzo, vero? » intervenne Kennedy.

« Sei un bambino cresciuto ormai, Bill. È ora che cominci a comportarti come tale », rispose Dell.

Kennedy alzò il mento e, a grandi passi, andò verso Dell, che lo accolse con un'occhiata truce.

« Vuoi fare a pugni con me, ragazzino? Prego, accomodati. Ti farò il culo e ti ritirerò il distintivo », lo provocò Dell.

Kennedy scosse la testa e si girò verso di me: « Eddie, io non ne sapevo niente, te lo giuro ». Era sincero. Sembrava ancora più sfatto e arruffato del giorno prima. Aveva i capelli bagnati dalla pioggia e anche la camicia, e sembrava che solo la rabbia lo facesse reggere in piedi. Era un tipo onesto, non poteva sapere che mi stavano fregando. E la cosa gli rodeva.

Dell fece un passo avanti, invitandolo ad attaccare. Kennedy indietreggiò, salì sulla sua berlina nera e si allontanò a tutta velocità.

Nelle mie mani, la perizia balistica si trasformò in una palla di carta, mentre Dell e i suoi uomini salivano sui loro veicoli e lasciavano l'hangar.

Avevo fatto esattamente quello che mi ero ripromesso di non fare: avevo piantato in asso un uomo innocente per salvare mia moglie. Un uomo che aveva rischiato la pelle per aiutare Christine, che aveva pagato un elicottero che andasse a prenderla una volta scesa dall'aereo in Virginia. Un uomo che avevo tradito alla grande.

Chiamai Christine al cellulare, ma doveva averlo spento per il decollo. La pioggia produceva un tamburellio metallico sul tetto. Adesso che ero rimasto solo, l'hangar era diventato una cassa di risonanza per il mio respiro e per il ticchettio della mia scarpa sul cemento.

Pensa, Eddie.

A Dell, ormai, non servivo più. Aveva avuto l'algoritmo, la prova che conduceva ai soci e ai soldi. L'indomani, non appena i soldi fossero arrivati, avrebbe annientato Harland e Sinton. Si sarebbe appostato con una squadra fuori dai loro uffici e avrebbe fatto irruzione nel momento stesso in cui il primo centesimo fosse arrivato sul conto dello studio. Lui ormai non mi sarebbe stato di nessun aiuto.

Il procuratore Zader voleva il suo omicidio di alto profilo. Stava cercando di farsi un nome, nella speranza che questo avrebbe avuto peso quando le sue ambizioni politiche l'avrebbero spinto ben oltre la carica di procuratore distrettuale, fino a quella di sindaco o di governatore.

C'era soltanto una cosa da fare: combattere in tribunale.

Sentii un suono che pareva lontano, come se giungesse da sott'acqua. Quando presi il telefono dalla tasca, la suoneria rimbalzò contro la struttura dell'hangar, diventando quasi assordante. Di sicuro ebbe l'effetto di riscuotermi dai miei pensieri.

«Eddie, sono Bill», disse l'agente Kennedy. Non aveva mai usato il suo nome di battesimo parlando con me prima di allora. «Quello che ha fatto Dell è scorretto e io non voglio immischiarmi. Se non possiamo essere onesti, che speranza c'è? Mi dispiace, Eddie. Volevo solo dirti questo. E volevo anche che sapessi dove sono diretto.»

«Ti ascolto.»

«Federal Plaza. Controllerò ogni singolo fascicolo della polizia e dell'accusa per assicurarmi che tu abbia tutto per domani. Forse non sarà utile al tuo cliente, ma in ogni caso voglio dare una mano.»

«È stato incastrato.»

«So che la pensi così. Porca miseria, potresti anche avere ragione. Ascolta, però, quello che riesco a procurarti tienilo per il processo. Non c'è nessuna possibilità che un giudice chiuda il caso per insufficienza di prove. E se anche dovessi riuscire a fare qualche numero alla Houdini durante l'udienza preliminare, ho sentito che Zader ha convocato un gran giurì per domani pomeriggio e di sicuro farebbe incriminare il tuo cliente, visto che tu non potrai nemmeno parlare con i giurati.»

«Lascia che sia io a preoccuparmi del gran giurì. Un modo per ottenere qualcosa potrebbe esserci, ma non sono ancora sicuro. L'importante è che mi metta subito al lavoro, e ho bisogno che tu faccia qualcos'altro per me, se davvero mi vuoi aiutare, ovviamente.»

«Certo, spara.»

«Devo sapere tutto sulla vittima. Qualunque cosa tu riesca a trovare, la voglio. Oltre a quello che potrebbe essere o meno un litigio in ascensore, l'accusa non ha ancora un movente chiaro per questo omicidio e io non voglio che domani me ne tiri fuori uno a sorpresa. Se ho ragione, Child è stato incastrato.»

«Sicuro, posso procurarti tutte le informazioni sul suo passato. Te le faccio avere il prima possibile. Ti serve altro?»

«Volevo chiederti una cosa: c'è qualcuno che mi sta seguendo, un ispanico con *L'urlo* di Edvard Munch tatuato sul collo. Mi ha minacciato con una boccetta di acido, intimandomi di far tenere la bocca chiusa a David. Immagino che sia uno degli scagnozzi che lavorano per Harland e Sinton in via non ufficiale. Lo conosci?»

«Conosco soltanto la squadra di sicurezza dello studio. Dell mi ha detto che ti aveva già ragguagliato su Gill e i suoi uomini. Intorno allo studio non ho mai visto nessuno che corrisponda alla tua descrizione. Posso indagare. Se lo vedi di nuovo, chiamami.»

«Grazie. Lo farò.»

La voce di Kennedy si appesantì, facendosi più lenta. «Mi dispiace, Eddie. Sono stato io a trascinarti in questa storia. Sono entrato nella task force soltanto il mese scorso. Erano in un vicolo cieco e mi hanno chiamato per esaminare le prove e vedere se ci fosse qualcosa che a loro era sfuggito. Nonostante quello che ti ha appena detto Dell, se non fossimo riusciti a inchiodare Harland e Sinton avevamo intenzione di accusare gli associati. Ed eravamo pronti a farlo. Poi nel weekend è piombato dal cielo Child. Dell voleva che facesse un accordo, ma dovevamo allontanarlo dallo studio e procurargli un nuovo avvocato. Mi ha chiesto se conoscevo qualcuno che potesse gestire la faccenda in cambio di una bella somma. Io ho suggerito te. Lui ha risposto di aver già sentito il tuo nome e ha tirato fuori il fascicolo di Christine. Aveva informazioni dettagliate su tutti gli associati. Tu eri l'uomo perfetto per questo lavoro. Eddie, mi dispiace.»

«So che non volevi fregarmi. Adesso puoi darmi una mano, però. Recupera tutti i fascicoli che riesci e raggiungimi nel mio ufficio tra un'ora. Devo iniziare a pensare cosa diavolo dire all'udienza di domani.»

I miei pensieri si persero. Dall'altro capo del telefono giungeva solo silenzio.

«Sai, potresti sbagliarti», disse poi Kennedy. «So che pensi che Child non sia il tipo, ma le riprese delle telecamere di sicurezza dell'edificio lo identificano come l'ultimo ad aver lasciato quell'appartamento e pochi minuti dopo viene ritrovato il corpo della ragazza. È morta a causa di ferite multiple da arma da fuoco, e la pistola era nella macchina del tuo cliente. I fatti dicono che è lui il colpevole. Sei sicuro di essere dalla parte giusta?»

«Sono un avvocato difensore, Kennedy. Per me non esiste una parte giusta, esiste soltanto un cliente.»

Era quello che Kennedy si aspettava di sentire. Le forze dell'ordine pensano sempre la stessa cosa sugli avvocati: come fanno a dormire sapendo di aver fatto rilasciare il colpevole? *Ma è ancora più difficile dormire quando mandi in prigione un innocente.* Be', io con gli incubi avevo chiuso.

«Non preoccuparti. Ho ragione. Me lo sento. Ci vediamo nel mio ufficio tra un'ora.»

«Okay, ma lascia che vada io per primo a controllare. Mi assicurerò che non ci siano pericoli. Tu cosa farai in questa ora?» chiese Kennedy.

Ci pensai. Non avevo nulla da guadagnare tornando a casa di Lizard. E poi mi era venuta un'idea. «Farò saltare il piano B di Zader», dissi.

«Come? Il gran giurì? Cos'hai in mente?»

«Vado a recuperare l'arma segreta che ci darà un'opportunità di smontare il caso, se mai si dovesse arrivare davanti al gran giurì.»

«E come pensi di riuscirci?»

«Ingaggerò un altro difensore per Child.»

63

Il Finnegan's Pub sulla 56th Street assomigliava più a una topaia per ciechi che a un locale pubblico. Un cartello sulla porta diceva: NON CHIUDIAMO MAI.

Ero al volante della Honda di Holly, fermo davanti al locale, con la luce interna che illuminava la perizia balistica dell'agente della scientifica Noble. I proiettili trovati nel corpo della vittima presentavano segni e striature unici, grazie ai quali Noble era riuscito a confermare che i colpi potevano essere stati sparati soltanto dalla pistola rinvenuta nell'auto di David. Un gioco da ragazzi per l'accusa. Solo una cosa mi disturbava in quella perizia: esaminando l'arma, Noble aveva trovato tracce di terra sull'impugnatura, e un po' di quella terra era finita anche nel minuscolo spazio intorno al caricatore che s'inseriva nel calcio della pistola. Mi ripromisi di pensarci più tardi, dicendomi che con ogni probabilità non significava nulla. Eppure piccoli dettagli come quello non mi davano pace. Scesi dall'auto e mi avvicinai al Finnegan's.

Le finestre del pub erano fissate dall'interno con nastro adesivo e, appena dopo l'ingresso, c'era una seconda porta sempre chiusa e nascosta da spessi tendoni verdi che puzzavano di birra rancida e sigarette. Sembrava quasi che gli avventori del locale fossero vampiri e che quindi, se mai fosse filtrata luce naturale all'interno, avrebbero preso fuoco. Il posto aveva fama d'essere malfrequentato, e il proprietario, Paddy Joe, tollerava ogni tipo di clientela. Dieci anni prima, non sarebbe stato insolito trovare un gruppo di centauri in un angolo, i 58 in un altro angolo, i Bloods che giocavano a biliardo, e mezza squadra omicidi del sedicesimo distretto che beveva shot di tequila al bancone.

«C'è Cooch stasera?» chiesi.

Paddy Joe alzò lo sguardo dal bancone e, per un attimo, non riuscii a vedergli per intero la faccia perché sembrava che avesse la testa grossa come quella di un gorilla. Una barba di lana d'acciaio gli ricadeva sulla maglietta e gli arrivava fino allo stomaco, all'altezza dei miei occhi. Facendo un passo indietro, riuscii a concentrarmi meglio sui suoi bellissimi occhi azzurri e su quella fila di denti incapsulati che assomigliavano a una sfilza di lingotti d'oro dentro una caverna buia.

« È al suo solito posto. Sono contento di vederti, Eddie. Vuoi una Coca o qualcos'altro? »

Quando vivevo attaccato alla bottiglia e frequentavo il locale, Paddy si assicurava sempre che tornassi a casa tutto intero, ma sapeva che ormai con l'alcool avevo chiuso o che, almeno, ci stavo provando.

« No, grazie. Sto bene così. Anch'io sono contento di vederti, amico. »

Paddy alzò uno dei suoi imponenti pugni per salutarmi. Io mi prestai al saluto, sentendomi come un marshmallow che si scontra con una palla da demolizione.

Mi allontanai dal bancone, superai il juke box rotto e salii una piccola rampa di scale fino a un grande séparé nell'angolo sinistro in fondo al locale. Lì, circondato da tre avvocati ubriachi, Cooch stava tenendo banco.

« Lo dico sempre io: mai far testimoniare il cliente. È un suicidio », stava dicendo. « Prendete Gerry Spence, sì, il miglior avvocato difensore che abbia mai visto. Ha esercitato per cinquanta cazzo di anni, non ha mai perso una causa e avrà fatto salire il suo cliente sul banco dei testimoni solo un paio di volte. »

Due degli avvocati al tavolo di Cooch avevano all'incirca la sua stessa età, mentre il terzo era più giovane, biondo, e pendeva dalle sue labbra. Io rimasi in disparte per lasciarlo finire. Cooch era un po' duro d'orecchi e aveva problemi a controllare il volume della voce: gridava così tanto che quasi lo si sentiva dalla strada. Portava anche un apparecchio acustico, su cui picchiettava di tanto in tanto se non sentiva quello che gli stavi dicendo, tipo quando gli ricordavi che quel giro doveva pagarlo lui.

«Spence sosteneva sempre che bisogna raccontare la storia del proprio cliente attraverso il controinterrogatorio. Attaccare le tesi dell'accusa. Attaccare, attaccare, attaccare. Ma le proprie battaglie vanno scelte bene...»

I due avvocati di mezza età avevano già sentito quella storia – era l'argomento preferito di Cooch – e cominciarono a parlare tra loro.

Lui, imperterrito, spostò l'attenzione sul giovane avvocato. «Il diritto penale è guerra, ragazzo. Ma non combattere contro il sistema: combatti contro le prove. E quello... come si chiama... Irving Kanarek. Lui lottava anche per il lancio di una monetina. Hai mai sentito parlare di Irving Kanarek, ragazzo?»

Il giovane scosse la testa.

«Era un avvocato difensore nei pressi di Los Angeles. Ha rappresentato Charles Manson ed era anche quasi riuscito a farlo scagionare. Ma ha esagerato. Faceva obiezioni a tutto. Obiezione, obiezione, obiezione. Faceva obiezioni durante l'esame diretto, durante le arringhe di apertura, in qualsiasi occasione, e il giudice s'incazzava di brutto. Nel processo Manson, Irving si è fatto sbattere in prigione per oltraggio alla corte per ben due volte. Era soltanto un tipo bellicoso. Una volta l'accusa ha chiamato un testimone e gli ha chiesto di dichiarare il suo nome perché venisse messo agli atti. Il vecchio Irving è scattato in piedi all'istante. 'Obiezione, vostro onore. Questa risposta si basa soltanto sul sentito dire. Il testimone conosce il proprio nome soltanto perché gli è stato detto da sua madre!'»

Il giovane avvocato rise per educazione, poi fissò la sua birra.

Spostandomi sotto la luce, feci cenno a Cooch.

«Ehi, ecco un vero talento, ragazzo», disse Cooch. «Questo qui è Eddie Flynn. Quando lo vedi in tribunale, osservalo e impara da lui. È il prossimo Gerry Spence.»

Salutai gli altri avvocati, che strinsero la mano a Cooch, si scusarono e se ne andarono. Il giovane avvocato finì la sua Miller, ringraziò Cooch per i consigli e uscì di scena. Io mi sedetti.

«Un bravo ragazzo, il punteggio più alto all'esame di Stato e il migliore del suo corso alla facoltà di legge. Una vera promessa. Peccato che non abbia la più pallida idea di come si faccia l'avvocato, ma imparerà. Come te, Eddie.»

«Mi hai dato la mia dose di consigli quando avevo la sua età e te ne sono grato: mi sono stati di grande aiuto.»

Lui agitò la mano per sminuire. «Cosa vuoi che ne sappia io?»

«Ascolta, Cooch, ho bisogno di un favore.»

«Cosa? Non ho capito», disse chinandosi verso di me e picchiettando sull'apparecchio acustico.

«Ti darò diecimila biglietttoni per una giornata di lavoro in tribunale domani», sussurrai.

«Diecimila biglietttoni? Domani? Di che caso si tratta?» Quella parte l'aveva sentita senza problemi.

«Omicidio. Domani c'è l'udienza preliminare. Tu sei il secondo avvocato.»

Cooch alzò le mani, guardò le volute di fumo che disegnavano motivi sul soffitto, borbottò qualcosa e poi si concentrò di nuovo su di me, in attesa dei dettagli.

Nonostante i suoi settant'anni, l'avvocato Cooch era ancora più acuto e attento di chiunque avessi mai incontrato. Si interessava davvero ai suoi clienti e s'impegnava per conoscere loro, le loro famiglie, i loro garanti per le cauzioni, i loro figli e i loro animali domestici. Campava grazie a mandati abituali conferitigli da un grosso gruppo di clienti, la maggior parte dei quali era imparentata e specializzata in crimini di basso livello e furti nei magazzini. Era passato quasi un anno dall'ultima volta che l'avevo visto e lo trovavo particolarmente invecchiato. La pelle sul collo era cadente, la camicia sembrava di una taglia di troppo e i capelli erano quasi tutti bianchi. Le ultime tracce di shampoo colorante Just for Men erano un ricordo sbiadito, che stava svanendo in fretta con l'avanzata delle radici color bianco talco.

«Allora? Avanti, devi darmi i dettagli. Come faccio a prepararmi se non mi dici niente del caso? Vuoi che prenda metà dei testimoni? Forza, cosa vuoi che faccia?»

Uno degli avvocati che prima era seduto con Cooch aveva lasciato un dito di scotch nel bicchiere e il cubetto di ghiaccio che si stava sciogliendo l'aveva diluito. Fissai il liquido ambrato per un momento. *Non dovrei*, pensai, mentre ingoiavo quella merda.

«Senti, non preoccuparti», dissi.

«Avanti, Eddie, non è giusto. Dev'esserci un motivo, se mi hai cercato. Cosa vuoi che faccia domani?»

«All'udienza preliminare? Assolutamente nulla.»

«Come?»

«Non dovrai fare nulla durante l'udienza. Mi servi per il gran giurì», dissi senza riuscire a reprimere del tutto un sorriso.

«Un momento. Non posso fare niente davanti a un gran giurì, nessun controinterrogatorio... lo sai. È inutile persino presentarsi. Te lo ricordi cosa ha detto il giudice Sol Wachtler quando era alla corte d'appello?» Era una delle citazioni preferite di Cooch. La sapevo a memoria, ma lo lasciai parlare. «Ha detto: 'La pubblica accusa potrebbe convincere un gran giurì a incriminare un panino al prosciutto'. Il tuo cliente sta sprecando soldi. Non posso fare niente di niente.»

«Non ti ho chiesto di dire qualcosa al gran giurì, devi soltanto presentarti.»

Cooch si appoggiò allo schienale in finta pelle e rimase a bocca aperta a riflettere sulle mie parole. Dopo un po', si mise dritto e mi puntò contro un dito. «Ti serve che mi presenti all'udienza preliminare, ma senza fare niente, giusto? E poi vuoi che me ne salti fuori con una sorpresa davanti al gran giurì?»

«Esatto.»

Lui scosse la testa e rise. «Eddie, sei un genio del male, lo sai?»

Era come se mi stessi riparando dalla tempesta su una macchinina giocattolo. La pioggia rimbalzava sul cofano e inondava il parabrezza. Non avrei potuto chiamare Child, perché il rumore assordante della pioggia mi avrebbe impedito di sentirlo. Mi aveva chiamato lui e non avevo risposto. Non potevo ancora affrontare quella conversazione: non prima di avere una risposta da dargli e di aver trovato una via d'uscita.

Provai di nuovo a chiamare Christine. Segreteria telefonica. Scorsi l'elenco delle chiamate effettuate e selezionai il numero dell'ospedale. A differenza della volta precedente, mi passarono l'infermiera del reparto di Popo in tempi piuttosto rapidi. Il paziente era cosciente, disposto a collaborare e imbottito di morfina al punto che non mi permisero di parlargli. Non lo consentivano neanche alla polizia. Chiesi all'infermiera di riferire a Popo che avevo chiamato e che gli ero riconoscente per quello che aveva fatto per David. L'infermiera mi assicurò che avrebbe riferito. Riagganciai e mi concentrai di nuovo sulla West 46th Street.

Non c'era anima viva in giro: con quella pioggia, i pedoni se ne stavano al chiuso. Avevo parcheggiato lì quasi venti minuti prima e non avevo visto nessuno davanti al mio ufficio. Passarono alcune auto a una velocità che non sembrava, almeno a me, quella di qualcuno che stesse tenendo d'occhio il posto. Io stesso avevo fatto qualche volta su e giù per la via per controllare che non ci fosse nessuno appostato a bordo di qualche macchina in attesa che tornassi in ufficio. La strada pareva tranquilla. Tuttavia, non essendo un esperto di sorveglianza, mi ero rassegnato ad aspettare Kennedy. Per quel che ne sapevo, Gerry Sinton poteva già aver piazzato metà della sua squadra di sicurezza nel buio del mio ufficio, armata di pistole ansiose di sparare e pronta ad aggredirmi non appena fossi rientrato.

Ero in ritardo e Kennedy non si era visto. Stavo per chiamarlo quando una berlina nera mi superò e parcheggiò una cinquantina di metri più avanti, vicino al mio ufficio.

Aspettai e vidi la sagoma longilinea di Bill Kennedy scendere dall'auto con una cartelletta di plastica blu infilata sotto il braccio destro. Il clacson della Honda sembrava il verso di un asino malato, eppure bastò a far girare Kennedy. Gli feci un segnale con i fari accesi, poi scesi dall'auto e la chiusi a chiave. Quando lo raggiunsi, ero bagnato fradicio e i fascicoli che avevo nella giacca non se la stavano passando molto meglio. Pioveva troppo per fermarci a parlare lì, perciò corremmo fino all'ingresso dell'edificio.

Non entravo nel mio ufficio da quella mattina presto quando sarebbe stato inutile mettere in atto le mie solite precauzioni, dato il normale viavai dell'ingresso. In quel momento, quindi, non c'erano moneta e stuzzicadenti a dirmi se qualche ospite inatteso mi stava aspettando di sopra. Entrammo rumorosamente e io, per l'ansia di ripararmi dal temporale, chiusi la porta troppo in fretta. Se di sopra c'era qualcuno, con ogni probabilità ci aveva sentiti.

Ci scrollammo la pioggia dai vestiti e io mi asciugai la faccia, ravviando i capelli che avevano cominciato ad appiccicarsi alla fronte. Il nostro respiro disegnava nuvolette bianche nell'atrio freddo e, intorno ai nostri piedi, si stavano già formando piccole pozze di pioggia. Indicai con lo sguardo il mio ufficio. Kennedy annuì, mi porse la cartelletta, estrasse l'arma di servizio e salì le scale con cautela. Io lo seguii, mantenendomi a una certa distanza.

Nel mio ufficio c'era una luce da lettura accesa.

Con la mano aperta, Kennedy mi fece segno di rimanere in cima alle scale, poi avanzò verso la porta con un balzo leggero e silenzioso, la pistola pronta, impugnata con entrambe le mani. A quel punto mi avvicinai e ci posizionammo ai lati della porta. Lui scosse la testa e, muovendo le labbra senza emettere suono, mi intimò di stare fermo lì. Con un movimento fluido e agile, Kennedy abbassò la maniglia, spalancò completamente la porta con una ginocchiata ed entrò con la pistola tesa davanti a sé.

65

Mi premetti di più contro il muro, la pioggia che mi scorreva lungo la schiena.

Non sentii nulla.

Nemmeno un suono.

« Kennedy? » dissi.

« Via libera », rispose lui.

Espirai ed entrai, accendendo le luci. Dovevo aver lasciato la lampada da tavolo accesa quella mattina. Non era da me. Stavo cercando di stare attento a quelle cose. Se Dell non mi avesse offerto dei soldi per rappresentare Child, avrei dovuto usare la carta di credito per pagare la bolletta della corrente elettrica di quel mese. Ci scrollammo di dosso altra pioggia, poi mi tolsi la giacca e mi sedetti a leggere il contenuto della cartelletta che mi aveva dato Kennedy.

Non vi trovai molto più di quello che avevo già visto. C'era soltanto qualche pagina aggiuntiva in cui erano elencati i reperti, oltre a un ingrandimento più nitido della piantina dell'appartamento di David.

« Pensi ancora che il tuo assistito sia innocente? » chiese Kennedy.

Annuii.

« Non mi va giù il modo in cui si è comportato Dell, quindi farò quello che posso, ma devo sapere perché sei così sicuro della sua innocenza. »

« So come sembra dall'esterno, ma io l'ho guardato negli occhi e non è nella sua natura fare una cosa del genere. Tutto sembra contro di lui perché è così che deve sembrare. Chiunque sia stato a incastrarlo voleva che venisse inchiodato per l'omicidio di Clara. A proposito, non mi hai fatto vedere quello che hai sulla vittima. »

L'agente dell'FBI si mise entrambe le mani in tasca e le tirò fuori, mostrandomi i palmi vuoti.

«Niente?» chiesi.

«Nessuna dichiarazione dei redditi, nessun numero di previdenza sociale, nessuna cartella medica o odontoiatrica in questo Stato. Nessun certificato di nascita, nessun cellulare registrato a suo nome. Le uniche cose che ho trovato sono state la patente, una tessera della biblioteca e un bancomat, tutti emessi circa sei mesi fa a nome di Clara Reece.»

«Ti era mai capitato prima?»

«No. Ora che ci penso, sono sempre riuscito a trovare almeno un riscontro, anche se si trattava solo del certificato di nascita. Come cellulare usava un costoso prepagato. Nella borsa aveva contanti. Niente carta di credito, soltanto il conto corrente. A quanto pare, il dipartimento di polizia ha mandato una volante all'indirizzo di Clara indicato da David. So che era appena andata a vivere da lui, ma l'appartamento era completamente vuoto. Niente mobili o posta, niente televisore. Non c'era nemmeno un pezzo di carta in quel posto. Oh, e l'odore: come se tutta la casa fosse stata pulita a vapore e trattata chimicamente qualche giorno prima dell'omicidio. Clara aveva detto al custode che si sarebbe trasferita da David, ma lui sostiene di non aver pulito l'appartamento. Deve averlo fatto qualcun altro e in maniera molto scrupolosa. Gli agenti non sono riusciti a trovare nemmeno un capello lì dentro.»

«Quasi come se Clara fosse stata cancellata», commentai.

Kennedy annuì. «Devo ammettere di esserci rimasto di stucco. Il procuratore distrettuale l'ha fatto passare come un delitto passionale commesso in un impeto di rabbia. Per qualche ragione, però, a me non sembra così. Ho l'impressione che Clara Reece stesse scappando da qualcosa o da qualcuno, e che abbia fatto bingo quando ha conosciuto il tuo cliente. Questo non dimostra nulla, Eddie, è soltanto una cosa in più da buttare nel calderone. Non so quanti progressi riuscirai a fare con queste informazioni.»

«Se ho ragione, qualcuno ha teso una trappola a David», dissi.

Kennedy soffocò una risata. «Be', se è stato incastrato, questo è il piano migliore che abbia mai visto. Il tuo cliente sostiene di essere uscito da casa sua alle 20.02, subito dopo aver salutato Clara con un bacio. Lei era viva e vegeta quando se n'è andato, stando a quel che dice lui. Eppure Gershbaum sente gli spari, esce sul balcone e vede il proiettile vagante mandare in frantumi la finestra. A quel punto chiama la sicurezza, e la sua chiamata viene registrata alle 20.02. Dalle riprese del circuito interno non risulta che qualcun altro si sia avvicinato all'appartamento fino all'arrivo delle guardie, quattro minuti dopo. L'unica persona nell'appartamento è la vittima. Se c'è un altro assassino, be', dev'essere volato via. È stato Child a spararle, Eddie, perché non vuoi capirlo? Qual è la difesa del tuo cliente? O sta mentendo oppure Clara Reece si è sparata dodici volte alla nuca da sola. Non credo che possa esserci riuscita e nessun altro può averlo fatto, semplicemente perché non c'era nessun altro. Gershbaum non ha visto nessuno scappare sul balcone, e sappiamo che in quel lasso di tempo non è uscito nessuno dal suo appartamento, visto che la telecamera di sicurezza inquadra anche la porta d'ingresso. Come se non bastasse, l'arma del delitto era nell'auto di Child. Guarda in faccia la realtà, Eddie, quell'uomo ha ucciso la sua ragazza. Devi smetterla di vedere solo quello che vuoi vedere, guarda i fatti per quelli che sono.»

Qualcosa nel discorso di Kennedy aveva catturato la mia attenzione, ma non sapevo cosa. Era come se, facendo scorrere un mazzo di carte davanti a me, un mazziere si fosse soffermato su una carta per un microsecondo in più rispetto alle altre, mostrandomi la carta che voleva farmi ricordare. Anzi, quella sarebbe stata l'unica carta che avrei visto, mentre tutte le altre sarebbero state solo una macchia indistinta. Ripetei nella mia mente le parole di Kennedy, in cerca della mia carta.

La trovai.

«Hai detto che sto vedendo solo quello che voglio vedere. E io voglio che Child sia innocente», dissi.

«Non volevo essere così brusco, ma avevi bisogno di sentirtelo dire», rispose lui.

«Ma è così: è questa la chiave.»

Era semplice, la pietra miliare di qualunque imbroglio: le persone credono a quello che possono vedere.

Kennedy si stiracchiò la schiena, facendo cadere per terra la cartelletta che aveva sulle ginocchia. Io mi alzai, mi feci scrocchiare il collo e poi girai intorno alla scrivania per riattivare la circolazione ai piedi.

«Mi serve un altro favore. E anche un passaggio», dissi.

«Per dove?» chiese Kennedy controllando l'orologio.

Era quasi l'una di notte.

«Central Park West. Devo dare un'occhiata alla scena del crimine.»

«Potrebbe essere complicato.»

«L'edificio è sempre aperto. Per entrare ci faremo venire un'idea, non sarà un problema. Se le cose andranno come penso, allora dovrai indagare su un altro sospettato per l'omicidio di Clara. Un tizio di nome Bernard Langhiemer.»

«Mai sentito.»

«Sta nascondendo qualcosa. Tra David e Langhiemer ci sono dei trascorsi. Ho parlato con lui oggi e...» Le parole mi morirono in bocca. Ero davanti alla finestra e stavo guardando la strada in basso attraverso le veneziane. Una Ford blu aveva parcheggiato a una decina di metri dal mio ufficio. Il finestrino del conducente doveva essere aperto perché vedevo sbuffi di fumo che salivano dolcemente sopra il tetto dell'auto. «Abbiamo compagnia.»

«Chi è?» chiese Kennedy.

«Da qui non riesco a vedere», risposi. La luce della mia lampada da tavolo si rifletteva sulla finestra, impedendomi di distinguere la persona al volante della Ford.

Kennedy si alzò per venire a dare un'occhiata. Mi girai e mi accorsi che anche lui aveva notato il riflesso della lampada sul vetro. Fece due passi verso la scrivania e stava per spegnere la lampada perché potessimo vedere meglio.

Qualcosa in un angolo della mia mente cominciò a ingrandirsi. Non era una teoria o un pensiero, ma qualcosa di più profondo: un senso di disagio che stava esplodendo, trasformandosi in panico. « Fermo, aspetta! » esclamai.

Kennedy si bloccò di colpo, la mano sulla mia scrivania.

« Prima che Dell venisse a offrirmi quei soldi ero preoccupato di come avrei fatto a pagare la bolletta della luce. »

Kennedy sembrava perplesso.

« Non capisci? Sono abbastanza sicuro di non essere stato io a lasciare quella lampada accesa. Qualcuno è stato qui. »

66

Lentamente, Kennedy scostò i fogli sparsi sulla scrivania per vedere meglio l'interruttore della lampada. Sollevò il cavo e lo riappoggiò con cautela. Quel gesto fu sufficiente a farmi capire che qualcuno aveva manomesso l'interruttore, da cui adesso partiva un filo rosso che portava a un buco appena fatto nel ripiano della mia scrivania.

Io e Kennedy ci scambiammo un'occhiata. Non osavamo respirare e il sudore cominciò a imperlarci il viso.

Con il cavo appoggiato sulla scrivania e l'interruttore rivolto verso l'alto, il filo era invisibile. Il foro nel ripiano aveva un diametro di appena un paio di millimetri, quel tanto che bastava per il filo. Kennedy spinse da parte la mia poltrona con una mano, s'inginocchiò per terra e tirò fuori dalla tasca una piccola torcia. Voltatosi sulla schiena, si sdraiò sotto la mia scrivania come un meccanico sotto un'auto. «Eddie, vieni un po' a vedere. Per l'amor del cielo, muoviti lentamente e non toccare nulla.»

Pian piano mi sdraiai accanto a lui e guardai sotto la scrivania. C'erano sei bottiglie di plastica da due litri fissate sotto il ripiano con del nastro adesivo. Erano posizionate in modo tale che, se mi fossi seduto sulla poltrona, non le avrei toccate con le ginocchia. Il filo rosso passava attraverso il buco ed era attaccato alla base di ogni bottiglia. Erano tutte piene di un liquido torbido, con la base rivestita da quello che sembrava alluminio.

«Qualunque cosa tu faccia, non toccare la lampada. Adesso ci alziamo molto lentamente, prendiamo i tuoi fascicoli e filiamo via.»

E così facemmo.

Chiusa la porta del mio ufficio, Kennedy espirò e si asciugò il sudore dalla fronte, portandoselo tra i capelli. «È una bomba all'acido. Le bottiglie sono piene di acido cloridrico. È stato aggiunto un meccanismo a scatto all'interruttore della lampada. Se l'avessimo spenta, la corrente sarebbe stata incanalata all'interno del filo rosso e avrebbe scaldato la base di alluminio di ciascuna bottiglia. Dopo cinque o al massimo dieci secondi, la scrivania sarebbe saltata in aria e il tuo ufficio sarebbe stato investito da una pioggia di acido. Hai mai visto cosa succede quando si versa del bicarbonato in una bottiglia di Coca? Il liquido schizza fuori, raggiungendo anche quindici metri di altezza. L'acido nelle bottiglie sarebbe stato surriscaldato e quindi molto più potente.»

«È stato quell'uomo, quello di cui ti ho parlato.»

«Ho capito. Cominciavo a sospettare di lui da quando me ne hai parlato, e questa è la conferma. Dobbiamo toglierlo di mezzo», disse componendo un numero sul cellulare. Mentre aspettava che qualcuno rispondesse alla sua chiamata, aggiunse: «Ufficialmente non dovrei essere qui. Forse posso far venire Ferrar e Weinstein. Accetteranno di correre questo rischio per me. L'uomo su quell'auto sta aspettando che tu spenga la lampada e di sentirti urlare».

Ci sedemmo nell'atrio buio dell'edificio. Kennedy aveva la Glock in una mano e il cellulare nell'altra. Stava aspettando che Ferrar lo chiamasse per dirgli che erano in posizione.

«Chi è l'uomo con il tatuaggio sul collo?» chiesi.

«Ho indagato. Nessuno sa il suo vero nome. Lo chiamano tutti El Grito, cioè 'L'urlo'. Lavora come interrogatore e sicario per il cartello dei Rosa, uno dei più importanti del Messico. Sono in guerra con gli altri cartelli, ma sono riusciti a mantenere il controllo della Linea Bianca, la strada che da Boca del Río attraversa tutto il Paese fino a Tijuana. El Grito è uno degli uomini più temuti del Sudamerica. Nelle guerre della droga messicane, questa gente ha bisogno di una reputazione, così si fa un nome grazie alla brutalità che usa e alla paura che incute. Lui ha una predilezione per l'acido e non imbavaglia mai le sue vittime: gli piace sentirle gridare. La bomba all'acido è il suo *modus operandi.* »

« Questa cosa non mi piace neanche un po', Kennedy. »

« Il cartello dà un sacco di soldi a Harland e Sinton. Immagino che sia qui per aiutare lo studio a risolvere il suo probleminο. »

« Di male in peggio », dissi.

« Eddie, non mi aspettavo che il cartello sarebbe stato coinvolto direttamente. Il fatto che i media si siano tuffati su questa storia avrebbe dovuto tenerlo alla larga, e di molto anche. »

« L'uomo che ha tentato di accoltellare David prima che Popo si mettesse in mezzo era messicano. E l'informatore di Dell, Faruk, non era stato bruciato con l'acido? »

Kennedy guardò il pavimento. « È un argomento debole, ma sta in piedi », disse. « Questo tizio è qui per proteggere lo studio. » Il suo cellulare si mise a ronzare. Lui rispose, ascoltò e disse alla persona all'altro capo di tenersi pronta. « Possiamo andare. Ferrar e Weinstein gli sono passati davanti in macchina. È lui, ma c'è anche qualcun altro accovacciato sul sedile del passeggero. Probabilmente un cecchino. I miei uomini sono nel parcheggio un centinaio di metri più avanti, sulla strada. Quando scapperà, lo bloccheranno. Tu resta qui. »

Kennedy estrasse la Glock, aprì la porta d'ingresso e si precipitò a sinistra, impugnando la pistola e gridando a El Grito di scendere dall'auto.

Sentii subito un motore avviarsi, poi dei colpi d'arma da fuoco. Due scariche diverse. Lo schiocco acuto della Glock di Kennedy e la risposta fragorosa di una doppietta. Sbirciai fuori dalla porta. Kennedy era bloccato dietro la sua auto, mentre El Grito stava partendo, pronto a passargli accanto. Il finestrino dal lato passeggero si abbassò. La macchina di El Grito stava per fermarsi e Kennedy sarebbe stato ammazzato.

Aprii la mia cassetta della posta, presi un tirapugni e mi fiondai in strada. La berlina scura di El Grito arrivò all'altezza dell'auto di Kennedy e scorsi il messicano che puntava un fucile a canne mozze fuori dal finestrino del passeggero. Il fucile era appoggiato sopra la testa di qualcuno nascosto sul sedile. Lanciai il tirapugni con tutta la mia forza. Ero a soli cinque metri di distanza, quindi era un tiro facile. Il tirapugni frantumò il parabrezza, formandovi un cratere.

El Grito pestò il piede sull'acceleratore e l'auto sfrecciò via, lasciandosi alle spalle Kennedy, mentre io ero già sulle scale per tornare indietro fino all'ingresso. M'infilai nell'edificio sbattendo la porta, che però prima di chiudersi scattò all'indietro con un brusco suono metallico, beccandomi in piena fronte e facendomi volare per terra. La lamiera d'acciaio sul retro della porta era piegata e deformata nel punto in cui aveva bloccato il colpo del fucile. Spalancai di nuovo la porta e vidi che Kennedy, in piedi in mezzo alla strada, stava sparando contro il retro della berlina che si allontanava a tutta velocità. Il lunotto posteriore andò in mille pezzi, ma l'auto accelerò puntando dritta verso il SUV guidato da Ferrar. Gli uomini di Kennedy avevano aspettato nel parcheggio riservato ai ristoranti e in quel momento erano dall'altra parte della stradina a senso unico. L'auto salì sul marciapiede, pronta a superarli.

Raggiunsi Kennedy, che come me stava correndo a rotta di collo lungo la strada. «Non ce la farà», disse.

La berlina doveva aver toccato gli ottanta chilometri orari quando s'infilò nello spazio tra il SUV a sinistra e il parapetto nero a destra, staccando il paraurti anteriore del veicolo dei federali. Una pioggia di scintille schizzò in aria dal fianco destro della berlina e la portiera del passeggero cadde sul marciapiede.

Mentre il SUV faceva inversione per inseguire la sua preda, io e Kennedy lo raggiungemmo e saltammo sul sedile posteriore.

«Via, via, via!» tuonò Kennedy.

Ferrar diede gas e Weinstein, impugnando l'arma, si sporse fuori dal finestrino del passeggero davanti a me.

La berlina era quasi arrivata all'incrocio con la 8th Avenue e non accennava a rallentare, anzi accelerava. El Grito si chinò a destra, verso il sedile del passeggero.

Appena prima dell'incrocio, un corpo volò fuori dal lato del passeggero, finì contro un'auto parcheggiata e rimbalzò, rotolando verso il SUV. Quel punto della West 46th Street era stretto e, con le macchine parcheggiate su entrambi i lati, l'unico modo di continuare l'inseguimento era investire la persona che era stata buttata fuori dall'auto di El Grito.

Quando Ferrar inchiodò, sbattei la testa contro il sedile del passeggero davanti a me. Scendemmo tutti dalla macchina e guardammo El Grito allontanarsi. Ferrar prese la radio, ma sapevamo tutti che era inutile. L'avevamo perso.

Il corpo sulla strada si era fermato. Raggiunsi Kennedy, che lo stava guardando. Dalla pesantezza con cui era rotolato sulla strada si capiva che era già morto.

Kennedy era in piedi davanti a quello scempio. Giubbotto imbottito verde. Capelli castano chiaro. Fissai il cadavere dell'uomo insieme all'agente dell'FBI. Era Gill, il capo della sicurezza di Harland e Sinton.

I vestiti erano strappati, probabilmente a causa della caduta dall'auto, ma non era stata quella a ucciderlo. La sua mano destra era scorticata. Si vedevano chiazze bianche di ossa e nervi, ma niente carne. Non aveva più la gola e mancava anche quasi tutta la parte inferiore della mandibola.

Kennedy stava ancora ansimando quando parlò. «È stato torturato e costretto a bere l'acido che gli ha sciolto la mano. Di una cosa possiamo stare certi: qualunque informazione El Grito volesse estorcergli, l'ha ottenuta.» Poi si rivolse a Weinstein: «Chiama la centrale. Ci servono anche gli artificieri per l'ufficio. Io devo dare un passaggio a Eddie, ma dopo torno qui».

67

Kennedy parcheggiò davanti all'edificio in cui viveva David. Aveva telefonato a Dell, raccontandogli di El Grito e di Gill. Aveva omesso il fatto che mi stesse aiutando, limitandosi a dire che era venuto da me quando avevo trovato la bomba sotto la scrivania. Secondo Dell, il cartello dei Rosa era in assoluto il cliente più importante dello studio. Quasi sei degli otto miliardi depositati sui conti appartenevano al cartello, che doveva essere entrato in azione per controllare che fossero al sicuro: il che consisteva nell'avvertire Sinton di quello che sarebbe successo se fossero spariti. I nuovi sviluppi, però, non cambiarono il piano di Dell, che disse semplicemente a Kennedy di stare attento.

Scendemmo dall'auto di Kennedy per entrare nel mondo di David.

La hall di Central Park Eleven sembrava il sogno proibito di un milionario: pavimenti in marmo, arredi antichi, una biblioteca privata con pannelli di quercia a sinistra della reception, piante esotiche che emanavano profumi insoliti, musica classica di sottofondo. Chopin. Probabilmente la receptionist guadagnava con le mance di una settimana più di quanto io non guadagnassi in un anno. Era alta e bionda, con un cordiale viso color lattemiele. Le unghie rosso fuoco facevano pendant con due labbra che sembravano una coppia di Ferrari su una spiaggia di Gold Coast.

A sinistra della reception, gli ascensori erano sorvegliati da quattro agenti. Avevano tutti un'aria familiare, come se li avessi già visti nei filmati della sicurezza. Pesavano tutti almeno un centinaio di chili, eppure il grasso quasi non sapevano cosa fosse. Avevano palloni da basket al posto delle spalle ed erano abbronzati e senza collo. I capelli erano rasati e indossavano divise azzurre stirate alla perfezione. Al fianco, accanto a radio e cellulari, portavano delle Glock. Immaginavo che fossero ex sbirri o ex militari. Di sicuro davano l'impressione di poter stare in piedi tutto il giorno con le mani sui fianchi come monoliti di sicurezza.

Ignorai le occhiate che mi stava lanciando la guardia sulla destra, rivolgendo la mia attenzione alla receptionist. «Salve. Sono qui con l'agente speciale William Kennedy dell'FBI. Dobbiamo dare un'occhiata alla scena del crimine.»

«È molto tardi per un'ispezione. La polizia ci ha ordinato di non far avvicinare nessuno a quel piano. Ha un tesserino e un mandato, agente Kennedy?» chiese la receptionist.

Mi intromisi senza dare a Kennedy il tempo di rispondere. Non volevo svelare che in realtà non stavamo dalla stessa parte del dipartimento di polizia. «Non pensavamo ci servisse un mandato, signorina. L'appartamento è ancora una scena del crimine.»

Lei rifletté per un attimo e poi scosse lentamente la testa.

Un uomo di origine ispanica con abito grigio e camicia dello stesso azzurro dell'uniforme delle guardie di sicurezza uscì dall'ascensore e andò dietro il banco della reception. Era stato avvisato dalla receptionist. «Potremmo vedere i vostri documenti d'identità, signori?» chiese.

Kennedy gli mostrò il tesserino e io mi infilai le mani in tasca.

«Sono Alex Medrano, il capo della sicurezza», proseguì l'uomo mentre studiava il tesserino e il distintivo di Kennedy. «Lei è l'avvocato del signor Child?» mi chiese.

Qualcosa nel modo in cui aveva posto la domanda mi fece pensare che mi avrebbe beccato al volo se gli avessi mentito. «Sì, rappresento il signor Child», risposi.

«Vi accompagnerò di sopra personalmente. Il signor Child è molto stimato qui. Qualunque cosa possiamo fare per dargli una mano, non dovrete far altro che chiedere.»

Il muro di muscoli e dopobarba si aprì, e io e Kennedy seguimmo Medrano fino agli ascensori. Prese un aggeggio di plastica lucido da un portachiavi che teneva in vita e lo agitò davanti al lettore ottico sul pannello di controllo. I comandi s'illuminarono e Medrano poté chiamare l'ascensore. Quando le porte si aprirono, entrammo nella cabina che profumava di limone. Specchi su tutte le pareti, pavimento in piastrelle, quercia lucida sul soffitto. Medrano passò di nuovo la chiave elettronica davanti a un lettore laser e poi selezionò il piano.

«Con una chiave elettronica come quella si può andare a qualunque piano?» chiesi.

«Certo. C'è una bella comunità qui. A noi piace incoraggiare un'atmosfera amichevole, quindi ci sono incontri ai vari piani, gruppi sociali e, ovviamente, la palestra al trentacinquesimo, il centro benessere appena sopra e poi la cantina dei vini nel seminterrato.»

Nella cabina dell'ascensore risuonava la stessa melodia della hall, che immaginavo venisse diffusa in tutto l'edificio.

Quando un gradevole scampanellio ci segnalò che eravamo arrivati al piano di David, controllai la telecamera di sicurezza, nascosta in alto nell'angolo nordest dell'ascensore.

Le porte si aprirono.

La musica continuava.

Ci trovammo su un pianerottolo rettangolare un po' più largo dell'area ascensori, forse una quindicina di metri. La porta nell'angolo nordorientale era quella di Gershbaum, quella nell'angolo nordoccidentale era dell'appartamento di David e poi, a destra dell'ascensore, c'era una porta che senza dubbio conduceva alle scale. Accanto agli ingressi di ciascun appartamento c'era un tavolo antico con sopra una scatola d'argento piena di fazzolettini, un cesto di frutta fresca e una confezione di crema per le mani di un marchio di lusso. Dentro il portaombrelli c'erano ombrelli con il logo di Central Park Eleven e, di fianco a ciascun tavolo, un bellissimo specchio da terra con cornice in mogano. Ebbi l'impressione che i residenti apprezzassero la possibilità di controllare il proprio aspetto ancora una volta prima di lasciare il piano e affrontare il pubblico.

Medrano si diresse verso la porta nell'angolo nordoccidentale, quella con il nastro adesivo blu e bianco che delimitava la scena del crimine, e tirò di nuovo fuori il portachiavi. «Questo è l'appartamento del signor Child», disse mentre cercava la chiave giusta in un mazzo di almeno una cinquantina. Kennedy estrasse alcuni guanti di gomma dalla tasca della sua giacca e ne porse un paio a me e uno a Medrano. Loro riuscirono a infilarsi quei maledetti affari senza il minimo problema, mentre io, che dovevo reggere anche i miei fascicoli, feci una certa fatica.

Alla fine Medrano trovò la chiave giusta, la infilò nella serratura e aprì la porta. L'appartamento era esattamente quello che mi aspettavo dall'élite di Manhattan. Open space, mobili bianchi e beige abbinati a una spessa moquette dal colore neutro. Probabilmente era tutto Dior. Christine l'avrebbe capito al volo. La zona giorno era un'enorme stanza con divani lunghi più di cinque metri che si snodavano sinuosi al centro. L'ambiente era permeato di un persistente odore stantio e metallico, un po' nauseante, quasi a voler ricordare la morte violenta avvenuta tra quelle mura. Nemmeno il vento che entrava dalla finestra rotta riusciva a portarselo via. A un'estremità della zona giorno il pavimento diventava di piastrelle bianche e mi diressi da quella parte. In cucina mi trovai davanti il luogo del delitto. Una piastrella si era rotta e una macchia scura color rosso-cioccolato copriva i frammenti in quella che adesso era una piccola fossa nel pavimento. Gli schizzi provocati dall'impatto si allargavano a ventaglio dal centro della macchia. Sembrava che il sangue s'imprimesse in maniera indelebile su alcune superfici: una traccia che non sarebbe mai stato possibile rimuovere del tutto.

A una cinquantina di centimetri di distanza dalla piastrella rotta, vidi chiaramente la macchia lasciata da un'unica goccia di sangue.

Finché i sigilli non vengono tolti, la scena del crimine non può essere pulita. Di norma rimane sotto sequestro per un periodo che può andare da qualche giorno a qualche settimana, a seconda dei progressi delle indagini della polizia. Quando l'omicidio avviene a casa dell'imputato, in genere la polizia lascia i sigilli per molto più tempo, così che l'imputato non possa chiedere la libertà provvisoria a quell'indirizzo; in questo modo il rilascio su cauzione diventa molto più complicato poiché l'imputato deve non solo pagare un garante, ma anche trovare i soldi per sistemarsi da qualche altra parte se i suoi familiari non vogliono o non possono ospitarlo.

Generalmente questa tattica funziona, e l'imputato non si disturba nemmeno a chiedere di essere rilasciato su cauzione.

M'inginocchiai per guardare più da vicino la macchiolina di sangue. Sembrava avere un diametro compreso tra i due e i tre millimetri, era scura e aveva una forma perfetta. Per quel che potevo dire, nessuno l'aveva calpestata e diffusa né aveva interferito in alcun modo da quando aveva lasciato il corpo di Clara.

Indietreggiai e mi presi del tempo per studiare la scena e assicurarmi che in cucina non ci fossero altre macchie di sangue. Non ce n'erano. Un paio di metri più avanti rispetto al punto in cui era stato rinvenuto il cadavere, il vento soffiava attraverso il pannello mancante della parete di vetro che era stata frantumata dallo sparo. Il vetro era andato in mille pezzi al momento dell'impatto e minuscoli frammenti erano volati dal balcone verso il luogo in cui giaceva il cadavere, fermandosi prima della piastrella rotta e macchiata. La maggior parte, però, era sul balcone. Passai attraverso il buco nel vetro e uscii. Felice d'indossare il cappotto, mi strinsi il bavero intorno al collo. Anche se aveva smesso di piovere a dirotto, il balcone rimaneva scivoloso per via dei vetri rotti e bagnati. Guardai in alto e in basso: non era possibile che qualcuno si fosse arrampicato fin lì o che fosse saltato sul balcone. Il balcone del piano superiore era troppo lontano e i mattoni erano stati rivestiti d'intonaco. Non c'erano appigli né per i piedi né per le mani. Sotto di me, la luce dei lampioni sparpagliati per Central Park filtrava fioca attraverso gli alberi. Il parco era così vicino che si sentiva l'odore dell'erba. Soltanto il viale a doppio senso di marcia separava il parco dall'edificio, tanto che mi sembrava che sarebbe bastato sporgermi per toccare le foglie delle querce. Il balcone era affacciato su un tranquillo prato appena più piccolo di un campo da baseball della Little League, separato dal sentiero da una fila di alte siepi. Intorno alla quercia nell'angolo destro era pieno di lattine di birra vuote: uno sborsa trenta milioni per avere la vista sul parco e poi si becca adolescenti e ubriaconi.

Io e Kennedy ci dividemmo, prendendoci cinque minuti per controllare ogni stanza dell'appartamento in cerca di macchie di sangue. Non ne trovammo.

Presi il referto del medico legale dai fascicoli che mi ero portato dietro e lo sfogliai finché non trovai il disegno del corpo. Sulla maggior parte dei rapporti autoptici c'è una forma standard prestampata, in questo caso femminile. Il medico legale aggiunge poi la posizione delle ferite da arma da fuoco e, sul disegno di profilo, inserisce l'angolo di entrata del proiettile. Oltre ai colpi alla testa, Clara era stata raggiunta da due proiettili alla schiena. Il primo le si era conficcato nella spina dorsale e probabilmente l'aveva paralizzata all'istante. Il secondo foro d'ingresso era vicino alla spina dorsale, ma questo proiettile le aveva trapassato il corpo, uscendo dalla parte inferiore della gabbia toracica. Era stato segnato un foro d'uscita sul lato sinistro del petto.

Porsi il disegno a Kennedy.

Lui studiò di nuovo il referto e guardò la scena. «L'angolo indica una traiettoria leggermente orientata verso il basso», commentò.

Ma io non stavo ascoltando una sola parola: guardavo un progetto architettonico che era appeso, incorniciato, alla parete della cucina. Era disegnato in bianco su sfondo blu e recava una firma nell'angolo inferiore sinistro, tuttavia aveva un'aria familiare. Sfogliai il fascicolo dell'accusa finché non trovai lo schizzo della scena del crimine su cui era indicata la posizione del corpo della vittima nell'appartamento.

Medrano stava ancora aspettando sulla porta d'ingresso. Gli feci cenno di raggiungermi. «È quello che penso che sia?» chiesi.

«Sì, è un Claudio. Questi disegni si trovano in ogni appartamento dell'edificio. I proprietari erano molto amici di Claudio, che ha progettato la ristrutturazione nel 1981. Quando si stabiliscono qui, i residenti ricevono una stampa incorniciata.»

«No, non m'interessa l'architetto. Intendevo dire se è una piantina accurata dell'appartamento.»

«Sì. I residenti non hanno il permesso di apportare modifiche strutturali.»

Chiamai Kennedy. Lui arrivò in cucina e si mise di fianco a noi, ma poi, rendendosi conto di quanta stanchezza avesse accumulato, prese uno sgabello e ci si sedette. Erano le due passate, e lui sembrava davvero sfinito.

«Medrano, se io convincessi Kennedy a far venire qui un agente nelle prossime ore con una fotocamera e un flacone di luminol, lei riuscirebbe ad assicurarsi che abbia accesso a questo appartamento?»

«Io dovrei staccare tra un'ora. Io... sapete che il dipartimento di polizia ci ha dato l'ordine ben preciso di non far salire nessuno qui, vero?»

Kennedy stava per dire qualcosa. Gli tirai la giacca per zittirlo. Volevo far parlare Medrano.

«Credo che potrebbe essere davvero utile per il mio cliente», insistetti. «Ha detto che David aveva una buona reputazione nell'edificio, no?»

«Certo, può dirlo forte. Uno dei miei supervisori, Cory... ecco, circa un anno fa suo figlio di sei anni ha avuto una rara forma di leucemia. L'assicurazione non copriva le cure. L'amministrazione dell'edificio ha permesso a Cory di appendere un cartello per la raccolta fondi nella hall e di mettere una scatola per le offerte. Gli servivano quattrocentomila dollari per curare suo figlio. Dopo una settimana, ne aveva raccolti venticinquemila. I residenti di questo edificio sono molto facoltosi e hanno dato prova di grande generosità. A ogni modo, il signor Child era stato via per lavoro per un po' e ha visto il cartello solo al suo ritorno. Allora ha chiamato l'amministrazione e ha incontrato Cory, chiedendogli quanti soldi gli servissero e di che tipo di cure avesse bisogno suo figlio. Lui gli ha spiegato che le cure avrebbero potuto allungare la vita di suo figlio forse di altri cinque anni, ma niente di più.» Medrano cambiò posizione, asciugandosi la bocca. «Insomma, il signor Child ha fatto una piccola ricerca su Internet e ha trovato un esperto. In un batter d'occhi, ha messo tutta la famiglia di Cory su un aereo per Ginevra, sborsando più di un milione di dollari per una cura sperimentale. Sei settimane fa, il figlio di Cory è stato dichiarato guarito.»

Io e Kennedy ci scambiammo un'occhiata.

«Quello che voglio dire è: questo lo aiuterà?»

«Potrebbe, sì», risposi.

«Va bene, ma che resti tra noi», disse lui.

Sorrisi e mi girai verso Kennedy. «Okay, ecco quello che deve cercare il tuo uomo. Daremo giusto una sbirciata prima di andarcene», dissi staccando dalla parete il Claudio incorniciato.

68

Il sopralluogo non mi aveva ancora dato le risposte che cercavo, ma confidavo nel fatto che lo specialista della scientifica dell'FBI avrebbe dato credito alla mia teoria. In quel momento era tutto quello che avevo: una teoria, ma plausibile.

«Sai che cosa devi chiedere di cercare a quelli della scientifica?» dissi.

«Sì, tranquillo», rispose Kennedy.

«Ottimo. Mi serve un altro favore.»

«Ti stai allargando un po' con questi favori», ribatté lui. Sapevo che stavo calcando la mano, ma me lo doveva. Le borse che Kennedy aveva sotto gli occhi sembravano più profonde e più scure, era sul chi vive e cominciava a dubitare della colpevolezza di Child. Voleva vedere cosa avremmo scoperto.

«Conosci qualcuno nel dipartimento di polizia che potrebbe farti un favore senza andare a spifferarlo a Zader?» chiesi.

«Uno che conosco c'è, ma perché proprio nella polizia?»

Porsi a Kennedy una pagina del fascicolo. «Mi serve il tracciato del GPS di questo veicolo. Voi dell'FBI non avete accesso al sistema, giusto?»

«Giusto. E a pensarci bene non so se il mio uomo al dipartimento ce l'abbia. Posso provare», disse.

«È importante, sto cominciando a unire i tasselli. Conto su di te. L'udienza preliminare comincia tra poco più di sette ore e c'è un'ultima cosa che dobbiamo controllare.»

«Sarebbe?»

«I filmati della sicurezza in cui compaiono gli agenti di polizia che hanno lavorato sulla scena del crimine.»

«Andiamo nel mio ufficio. Potrete guardarli lì», intervenne Medrano.

Uscimmo dall'appartamento di David. Kennedy premette il tasto per chiamare l'ascensore e restò indietro in attesa che Medrano chiudesse. Guardai la telecamera a circuito chiuso appena sopra gli ascensori, indietreggiai leggermente e mi fermai.

«Che stai facendo?» chiese Kennedy.

«Nei filmati si vede David esitare subito dopo aver lasciato l'appartamento. Stava per andarsene e poi ha indugiato qui, girandosi verso la porta.» La osservai, ma con Medrano e la sua stazza davanti non vedevo granché. M'inginocchiai e controllai la moquette: forse a David era caduto qualcosa che era rotolato sotto il tavolo, ma non vidi nulla.

«Cerca qualcosa?» s'informò Medrano.

«In realtà no. David si è fermato e si è girato subito dopo essere uscito di casa. L'ho notato oggi mentre guardavo il filmato. Ho pensato che potesse essergli caduto qualcosa o... non lo so.»

«Se gli è caduto qualcosa, è probabile che l'abbiano preso gli addetti alle pulizie. Possiamo controllare la telecamera», disse Medrano.

«Non si vede dalle riprese. La figura di David copre la visuale», spiegai indicando la telecamera.

«Be', possiamo sempre guardare l'altra telecamera», replicò lui.

«Quale?»

«Quella nascosta che dà sulle scale», rispose Medrano indicando una presa d'aria sulla parete ovest.

69

L'ufficio di Medrano nel seminterrato dell'edificio assomigliava a uno studio televisivo: ben quindici schermi piatti erano schierati su una parete e ognuno mostrava varie riprese in tempo reale del sistema di sicurezza dell'edificio. Oltre a questa stanza c'erano gli spogliatoi delle guardie e, dietro i monitor, una mezza dozzina di scrivanie, ciascuna con un computer e un telefono.

«La chiamata di emergenza effettuata dal vicino di David, il signor Gershbaum, è arrivata a qualcuno che si trovava in questa stanza, giusto?»

«Sì», rispose Medrano.

«E il sistema di sicurezza registra la data e l'orario della telefonata?»

«Sì. L'agente della sicurezza, poi, si occupa di avvisare la polizia», spiegò.

«Sarebbe a dire?» chiese Kennedy.

«Quando riceviamo una chiamata di emergenza da un residente dell'edificio, il nostro sistema invia un messaggio al 911 per avvertire che è arrivata una segnalazione. Se entro cinque minuti il nostro operatore non contatta il 911 per comunicare che va tutto bene, il dipartimento di polizia manda una volante a controllare. È una procedura di sicurezza. In questo edificio vivono una ventina di miliardari di Manhattan. Mettiamo che qualcuno tenti una rapina: per prima cosa disabiliterebbe i controlli di sicurezza, ma se un residente o un membro dello staff riuscisse a raggiungere un telefono di emergenza, anche nel caso in cui i nostri mezzi fossero stati bloccati, qualcuno al 911 saprebbe che c'è un'emergenza. E se nessuno di noi chiamasse per fermarli, gli agenti si precipiterebbero qui.»

«Questo non lo sapevo. Io ho soltanto la chiamata fatta dalla sicurezza al 911 dopo che è stato rinvenuto il cadavere. Kennedy, pensi di potermi procurare una registrazione del messaggio?»

«Farò del mio meglio.»

«Posso vedere tutte le riprese della telecamera da cui la polizia ha tratto il suo filmato? Vorrei essere sicuro che non siano state modificate», dissi.

Medrano diede il cambio alla guardia di sicurezza davanti alla fila di monitor e caricò il filmato dall'hard disk. Qualche istante dopo, lo schermo davanti a noi diventò prima nero e poi mostrò un'immagine delle guardie di sicurezza che bussavano alla porta di Gershbaum prima di entrare.

«Aspetti, mando indietro», disse Medrano.

«No, va bene così. Lo lasci pure», risposi.

Si vide una guardia che usciva dall'appartamento di Child ed effettuava una telefonata. Dal momento che per alcuni minuti non sarebbe successo nulla, Medrano mandò avanti il filmato digitale fino all'arrivo della prima coppia di agenti della polizia. Sullo schermo comparve a quel punto Medrano stesso, che apriva la porta dell'appartamento di Child per far entrare i poliziotti. Mandò di nuovo avanti il filmato e lo osservammo camminare su e giù per il corridoio a passi rapidi fino all'arrivo dei detective, seguiti da una squadra di investigatori della scientifica in tuta bianca venuti per lavorare sulle prove. Prestai attenzione a tutti gli agenti e chiesi a Medrano di rallentare per poterli osservare bene uno per uno. In alcuni momenti sullo schermo non c'era nessuno, e Medrano mandava avanti riducendo un minuto di riprese a meno di tre secondi. Dopo che ebbe mandato avanti il filmato di una ventina di minuti, gridai: «Stop!»

Lui mise immediatamente in pausa e io, in quel momento, capii di avere una carta da giocarmi in tribunale l'indomani mattina.

«Cosa sto guardando?» chiese Kennedy.

«Non sono sicuro, ma lo scoprirò», risposi. «Devo vedere le riprese di tutta la giornata. Posso averne una copia?»

Il capo della sicurezza si sfregò il mento. « Non vedo perché no. Anche la polizia ha le riprese di tutta la giornata. Ah, vuole una copia delle riprese fatte dalla telecamera della presa d'aria? »

« Prima me le faccia vedere », dissi.

« Come mai la polizia non ha preso anche questi filmati? » chiese Kennedy.

Medrano si schiarì la gola e si guardò le scarpe prima di alzare la testa. « Sa, in questo edificio vivono molte persone benestanti e famose. Noi guardiamo tutto e, per certi versi, non vediamo nulla. Capisce cosa intendo? I paparazzi cercano sempre di comprarsi qualcuno in questo edificio che faccia loro una soffiata quando magari una prostituta, uno spacciatore o un'altra celebrità viene a far visita a un appartamento. Noi veniamo pagati profumatamente per il nostro silenzio e per girare la testa dall'altra parte. Fino a un anno fa, lì non c'era nessuna telecamera. Vigeva una specie di regola non scritta per cui le scale dovevano restare fuori dal perimetro delle telecamere. Poi c'è stato un furto. Abbiamo preso il responsabile e la soluzione di compromesso che abbiamo trovato è stata quella d'installare telecamere nascoste a ogni piano. La polizia non ha chiesto di visionare questo filmato e noi non gliel'abbiamo mostrato. Questa è l'unica telecamera che riprende la porta di accesso alle scale. Ci destreggiamo così. Molti potenziali residenti non vogliono vivere sorvegliati da una telecamera di sicurezza, non con lo stile di vita che conducono, quindi noi dobbiamo cercare di farli sentire al sicuro e al tempo stesso protetti dall'anonimato. »

Medrano scorse alcuni menu e inserì una data e un orario nel campo di ricerca: il filmato apparve sullo schermo sopra il pannello di controllo. Era una prospettiva laterale. Osservammo David e Clara entrare nell'appartamento. Medrano accelerò il filmato finché non vedemmo di nuovo David con la borsa in spalla e il cappuccio in testa. Rallentò, mandò indietro e fece ripartire il filmato. A David non era caduto niente per terra. Gli vedevo chiaramente le mani. Con la schiena rivolta verso la porta, era uscito dall'inquadratura, diretto verso l'ascensore.

«Ferma», disse Kennedy. «Hai visto?»

«No», risposi.

Medrano mandò indietro.

«Proprio lì», disse Kennedy.

«Cosa?» chiesi.

«Può zoomare?» domandò Kennedy.

«Certo. Dove?»

Il federale indicò lo specchio in corridoio. In risposta, Medrano si servì di due grosse manopole su ciascun lato della tastiera e si concentrò sullo specchio. L'ingrandimento sgranò l'immagine, che però era molto più visibile.

«Lo faccia ripartire», disse Kennedy.

Quando le immagini ripresero a scorrere, io non riuscii a trattenere un sussulto.

«Cazzo», commentò Medrano.

Rimanemmo tutti e tre in silenzio per un momento, gli occhi incollati sull'immagine che Medrano aveva bloccato sullo schermo.

«È sicuro che la polizia non abbia visto questo filmato?» gli chiesi.

«Sì. Nelle riprese della telecamera principale c'era tutto quello di cui avevano bisogno.»

«Hai intenzione di consegnare questa roba al procuratore distrettuale?» domandò Kennedy.

Ci pensai per un secondo e poi scossi la testa: non volevo dare a Zader un vantaggio su questa prova. Non dimostrava l'innocenza di David, ma se l'avessi gestita nel modo giusto, avrebbe potuto dargli una possibilità. «No. Meglio che venga fuori in aula. Un casino di dominio pubblico», dissi.

70

David doveva avermi sentito mentre cercavo di parcheggiare la Honda nel vialetto d'ingresso della casa di Lizard. Era sulla soglia, con le mani in tasca e la gamba destra che tremava.

«Sono scagionato?» mi chiese mentre scendevo come un contorsionista dal minuscolo sedile dell'auto.

«Non ancora.»

Gli raccontai tutto quello che era successo all'aeroporto davanti a due bibite energetiche per lui e mezza caffettiera per me. Non c'era da stupirsi che David non dormisse. Quelle bibite sapevano di benzina e succo d'arancia. Non gli dissi di El Grito, perché non aveva bisogno di altre pressioni. «Siamo a vent'anni... altrimenti possiamo andare in tribunale e rischiare un ergastolo. Adesso il procuratore distrettuale ha in mano la perizia balistica che identifica la pistola trovata nella tua auto come la stessa arma da cui sono usciti i proiettili che hanno ucciso Clara. Ho letto il rapporto di un certo dottor Peebles, esperto di balistica, ed è piuttosto lineare. L'unica cosa che salta all'occhio è che non è riuscito a trovare il numero di serie sull'arma del delitto. Questo, però, non significa che ci faranno sconti.»

David cercò di parlare. Vidi il panico impadronirsi di lui, tendendogli ogni nervo e ogni vena, strozzandogli il respiro. Chinò la testa e guardò il tavolo.

Poi mi stupì di nuovo.

«Se non altro tua moglie è fuori dai guai», disse. «Per quel che riguarda la legge, intendo. Almeno una cosa buona è venuta fuori da questa storia. L'avevo capito dal modo in cui il procuratore distrettuale si è comportato in tribunale oggi. L'avevo capito e basta. Non mi concederà mai un accordo. L'avevo capito», ripeté battendo i pugni sul tavolo.

Fece un lungo sospiro e tese le dita, poi il suo corpo parve rilassarsi. Sembrava quasi di guardare qualcuno che stesse allentando la pressione su una molla. « Sono solo contento che la tua famiglia sia sana e salva », disse.

Ed era sincero.

« Christine è ancora sotto la minaccia dello studio e le cose non cambieranno finché questa accusa non sarà caduta. Tu hai i mezzi per rovinare Harland e Sinton, che non si fermeranno fino a quando non avranno eliminato per sempre il pericolo che rappresenti. La tua unica possibilità è che domani le accuse vengano respinte, poi dovrai pregare che la task force faccia affondare lo studio prima che arrivi a te. »

« Adesso, però, tua moglie ne è fuori. È al sicuro. Potresti semplicemente andartene e raggiungere la tua famiglia. Io... lo capirei. » Anche di fronte alla prospettiva di un ergastolo, David si stava preoccupando del prossimo.

« No. »

« Perché? »

« Perché tu hai bisogno di aiuto, e ti ho già deluso abbastanza. Credo che dovresti dire al procuratore distrettuale di andare all'inferno. È un pessimo consiglio legale, ma in tutta sincerità non sono poi un grande avvocato. »

« Allora cos'è che sai fare bene? » chiese David.

« L'imbroglione, l'intrallazzatore, il truffatore. È per questo che sono quasi riuscito a capire come hanno fatto a incastrarti, ma dimostrarlo è tutta un'altra cosa. In realtà abbiamo una nuova prova, con un buon potenziale, però devo giocarmela bene. » Gli raccontai del filmato registrato dalla telecamera nascosta nella presa d'aria.

« Io... io... non me ne ricordo. »

« Data l'angolazione, non credo che tu te ne sia accorto. Ma devi aver percepito qualcosa, perché ti sei fermato. »

« Non sapevo di cosa si trattasse. Clara stava cercando di aiutarmi con quell'aspetto della mia personalità: il mio essere compulsivo. Immagino che abbia funzionato, a volte. »

« Quello che ci serve adesso è il resto della storia. Se non possiamo spiegare la trappola che ti hanno teso, non otterremo niente. »

Grazie a quella visita all'edificio di David ero riuscito ad abbozzare una teoria su come fosse stato incastrato, ma c'erano ancora troppe incertezze e domande che attendevano risposta. Non avevo ancora tutto. E non vedevo l'utilità di dire a David come pensavo fossero andate le cose. Tanto per cominciare, il piano era talmente elaborato e rischioso che era un miracolo che avesse funzionato. Fino ad allora avevamo trovato un solo errore, però ero sicuro che ce ne fossero stati altri.

« Hai visto Langhiemer? » chiese.

Gli mostrai la foto che avevo scattato con il cellulare.

« Sembra incazzato », commentò.

« Sì, dev'esserci sotto qualcosa. Ha una fidanzata? »

« Non lo so, è probabile. »

« Non posso escludere un suo coinvolgimento, ma per ora non riesco a vedere quale possa essere il suo ruolo. »

Un dolore improvviso mi trafisse il cranio, accecandomi. Non dormivo da più di ventiquattr'ore e mi sembrava di capire che neanche quella notte sarei riuscito a fare un sonnellino degno di quel nome. Chiusi un occhio per via della fitta, poi bevvi l'ultimo sorso di caffè da una tazza di Lizard con su scritto LIZARD LO FA NUDO. Erano quasi le tre del mattino e nel cielo color fumo stava ormai per schiudersi la promessa del mattino.

« È l'unico che ha i soldi e il potere per farlo », disse David.

« Ma perché? La guerra tra aziende è un conto, l'omicidio è un altro paio di maniche. Credi davvero che sia così spietato? Che ucciderebbe una ragazza innocente per incastrarti? »

David si sfregò il mento, poi cambiò idea, prese tre salviettine umidificate dal pacchetto e cominciò a pulirsi le dita.

Provai a telefonare a Christine per quella che era più o meno la ventesima volta. Ancora niente. Dissi a me stesso che stavano bene, che stavano andando in aperta campagna, in mezzo al nulla, e che quindi era probabile che non ci fosse campo.

«A questo punto, che cosa succederà domani?» chiese David.

Misi via i fascicoli e mi alzai, diretto al divano di Lizard per tentare almeno di dormire un po'. «Domani combatteremo. Al momento non abbiamo ancora abbastanza per vincere. Spero che Kennedy ci aiuterà, anzi sono sicuro che lo farà. L'ho lasciato a casa tua a esaminare le riprese delle telecamere per chiarire alcuni punti. Sta anche cercando di reperire informazioni che potranno esserci utili. Non sarà facile ottenerle, ma lui farà il possibile.»

«Quindi è un tipo determinato.»

«Non la metterei così. È più che altro un testardo figlio di puttana.»

Child mi guardò dall'alto in basso e scosse la testa. «So che farai del tuo meglio, ma prevedo che il giudice si pronuncerà contro di me. Chiunque sia stato a incastrarmi si è certamente assicurato che l'udienza si concluda così.»

Posai i fascicoli sul tavolino, mi misi seduto e mi massaggiai le tempie. «David, c'è sempre una possibilità.»

«Perché sto dicendo la verità?»

«No, perché ti rappresento io e perché credo che tu non abbia ucciso nessuno. Sono sicuro che è così, ma la verità non basta. Qui non conta la verità. Non conta mai in un processo. Conta soltanto quello che si può o non si può dimostrare. È un gioco. E domani noi parteciperemo per vincere.»

David si alzò e mi porse la mano: un gesto coraggioso da parte sua. Gliela strinsi.

Mi misi comodo sul divano di Lizard, ma non riuscii a prendere sonno. Continuavo a rimuginare su tutto quello che era successo e sui vari modi in cui poteva essere stata organizzata la trappola dell'omicidio di Clara. Chiamai Kennedy. «Sei ancora sveglio?»

«Sì, sto aspettando di essere ricontattato. Dovrei riuscire a procurarti quello che ti serve.»

«Fantastico. Ti spiace se ti chiedo un parere?»

«Spara.»

« L'incidente. La macchina di David è stata urtata di proposito. Chiunque abbia orchestrato l'incidente sapeva che i residui lasciati dall'airbag potevano facilmente essere confusi con i residui di polvere da sparo. »

« Sì, è plausibile. »

« Quindi te ne occupi tu? »

« Occuparmi di cosa? »

Sospirai. « Io ho dovuto comprare quell'articolo su Internet direttamente dall'università. Forse chi ha incastrato David ha ottenuto l'informazione dalla stessa fonte. »

« Okay, ci penso io. Mi avevi anche chiesto d'indagare su un'altra persona per l'omicidio. Come si chiamava? »

Gli riferii tutto quello che sapevo su Bernard Langhiemer.

« Non l'ho mai sentito nominare, ma... »

« Cosa? »

« Hai detto che Langhiemer ha tolto di mezzo alcuni blogger che gli avevano dato addosso caricando immagini pedopornografiche sui loro computer? »

« Sì, è un tipo malato », dissi.

« Forse non è nulla, oppure potrebbe essere qualcosa. Ho visto i filmati dei colloqui dell'ultimo anno tra Dell e il suo informatore Faruk. Più che altro parlano dello studio, della sua storia, del fatto che fosse stato Gerry Sinton a traviare Ben Harland, cose di questo genere. A un certo punto, però, Dell ha proposto a Faruk un accordo per testimoniare e lui ha risposto che, se non gli avessero concesso l'immunità, si sarebbe difeso dalle accuse a suo carico in tribunale. »

« Quindi... »

« Quindi Faruk sosteneva di non aver mai visto nessuna di quelle immagini. Affermava di essere stato incastrato. »

« Fammi qualche ricerca su Langhiemer, vedi cos'altro riesci a scoprire », dissi.

Kennedy soffocò uno sbadiglio. « Desidera altro? »

« Non è che mi chiameresti alle sette per svegliarmi? »

PARTE TERZA
LA STORIA DI COPERTURA

71

16 ore prima dello sparo

Il telefono mi svegliò alle 4.05.

Dormivo da meno di un'ora. Sollevata faticosamente la metà superiore del mio corpo dal divano, misi i piedi a terra, rovesciando un bicchiere d'acqua, e riuscii per un pelo a prendere il telefono prima che finisse nella pozza di liquido che si era formata sul pavimento.

«Eddie Flynn.»

Avevano già riattaccato. Era Christine. La richiamai: segreteria telefonica.

Per la mezz'ora successiva premetti RICHIAMA, ma niente. Sapevo che doveva essere in Virginia, in una zona poco popolata a ottanta chilometri dalla città più vicina. Maledicendo me stesso per non essere andato con lei, pensai a mia moglie e mia figlia, strette l'una all'altra. Christine e Carmel avrebbero indossato una maschera di coraggio per Amy, e Christine sarebbe rimasta concentrata su questa priorità.

Nella mia testa iniziarono a rincorrersi una miriade di possibilità che m'impedirono di tornare a dormire. La casa era silenziosa e tranquilla. Davanti a me c'erano un caffè freddo e il fascicolo di David. Misi via il telefono e aprii le carte, cominciando a rileggere tutto da capo.

Poche ore più tardi, eravamo in strada.

«Holly, se dovessimo uscire vivi da questa storia, voglio che lei faccia una cosa per me», dissi.

«Di che si tratta?»

«Voglio che porti questa macchina in discarica e la faccia

distruggere.» Seduto sul sedile del passeggero della Honda, avevo le gambe così rattrappite che pensavo avrebbero dovuto amputarmi i piedi.

Dallo specchietto retrovisore vedevo il furgone di Lizard starci praticamente attaccato. Per essere certi di non avere nessuno alle costole, avevamo girato per un'ora prima di avviarci verso il tribunale. Holly trovò un'autorimessa e salì al piano più alto. Lizard fece altrettanto.

Dopo aver parcheggiato, prendemmo l'ascensore fino al livello della strada. Con l'ampio cappuccio in testa che gli nascondeva bene la faccia, David passava piuttosto inosservato. Sotto gli abiti larghi indossava un completo elegante.

«Quindi come facciamo a entrare in tribunale?» chiese Holly.

«Ve l'ho detto, un amico ci darà un passaggio», risposi.

La forte pioggia che aveva inzuppato la città durante la notte si stava finalmente placando. Il sole minacciava il cielo metallizzato come un fiammifero che incendia lentamente una miccia.

A sei isolati dal tribunale, entrai in un piccolo supermarket. Soltanto quando Lizard disse loro di seguirmi, David e Holly entrarono in quell'ambiente angusto. Il negozio era occupato per metà da un banco di gastronomia. Il proprietario, Lenny Zigler, accatastava accanto alla porta pile di giornali, barrette di cioccolata, panini avvolti in carta stagnola e riviste. Per trent'anni Lenny aveva consegnato i giornali al tribunale locale, ma cinque anni prima, in seguito a un taglio di fondi, era stato scaricato. Poi, però, era stato nominato un nuovo giudice della corte superiore: Harry Ford. Lui aveva un debole per i panini caldi con controfiletto di manzo e jalapeños abbondanti, specie dopo una pesante nottata a base di Jack Daniel's. Le consegne dei giornali allora erano ricominciate, con paga doppia e un panino gratis in aggiunta.

«Che mattinata di merda, vero, Eddie? Come sta il giudice Harry? Non ti ha mandato qui per quella cosa della settimana scorsa? Gliel'ho già detto, se vuole il panino più caldo, deve usare il microonde», disse Lenny.

«Niente del genere. A dire il vero, mi serve un passaggio in tribunale.»

«Ti hanno rotto le gambe? È solo che...» Le parole gli morirono in gola. Lenny guardò la foto di David sulla copertina di tutti i giornali che aveva ai suoi piedi, poi guardò il ragazzo dietro di me che si stava togliendo il cappuccio.

Io e Lizard aiutammo Lenny a caricare il furgone, che era parcheggiato sul retro del negozio. Quando fu tutto pronto, David e Holly salirono a bordo e si sedettero sulle pile di giornali. Io mi misi sul passaruota e Lizard si sedette davanti con Lenny. Il profumo d'inchiostro emanato dai giornali e quello della carne calda dei panini si mescolavano a un odore di sottofondo di benzina e olio.

Non parlammo. David continuava a sfregarsi le mani e tormentarsi le unghie.

«Andrà tutto bene, David», disse infine Holly.

Lui rispose a quell'incoraggiamento con un mezzo sorriso.

Tutta la vicenda mi vorticava in testa mentre cercavo di trovare un senso. Lenny non riuscì a fare molta conversazione con Lizard, che era troppo occupato a scandagliare il traffico e i marciapiedi in cerca di potenziali minacce. Per evitare quel silenzio imbarazzato, Lenny accese la radio. Erano appena passate le otto del mattino e il giornale orario aveva aperto con la storia di David. Lui non avrebbe voluto ascoltare, ma per non essere maleducato con Lenny non disse niente e s'infilò gli auricolari dell'iPod nelle orecchie coprendosi con il cappuccio.

«*E ora la prossima notizia. La polizia portuale ha identificato il corpo dell'uomo recuperato ieri nell'East River. Benjamin Harland, un sessantottenne...*»

«Ehi, Lenny, alza, svelto», dissi mentre un brivido freddo mi percorreva la schiena.

«*... socio del famoso studio legale di Manhattan, Harland e Sinton. Si ritiene che la vittima possa avere avuto un incidente mentre navigava nella baia nel fine settimana. La barca non è stata trovata e non si hanno tracce nemmeno di Samantha Harland, la figlia ventitreenne della vittima.*»

Lizard si girò a guardarmi, in attesa di un mio commento.

Holly riferì a David quello che avevamo appena sentito alla radio.

« E questo cosa significa? Che sta succedendo? » chiese lui.

Io scossi la testa, cercando di trovare una logica. « Dunque, adesso che lo studio Harland e Sinton sta per essere incriminato per la più grossa operazione di riciclaggio nella storia degli Stati Uniti, non penso proprio che Ben Harland abbia avuto un incidente. È opera di El Grito, oppure di Gerry Sinton. Harland era il socio che dava legittimità allo studio. Sicuramente intascava anche lui i soldi riciclati da Gerry, ma l'operazione era gestita da Gerry, che si serviva di Harland. Ora che sta per venire tutto a galla, Gerry se la sta facendo sotto. E sta eliminando i testimoni: sgombera il campo per prepararsi a tagliare la corda con i soldi non appena arriveranno sul conto. È un gioco che non può continuare in eterno. Un'operazione del genere può essere portata avanti soltanto fino a un certo punto. Presto verranno presi tutti. In questo momento, Gerry è disperato. Lo studio sta per crollare e lui vuole sparire dalla circolazione. Sarà ancora più determinato a toglierti di mezzo prima di scappare. Dobbiamo far cadere questi capi d'imputazione, così potrai partire. Più resti in città, più sarai in pericolo. »

72

L'ascensore del tribunale ci portò dal seminterrato all'ottavo piano. Controllai gli elenchi dei casi, scoprendo che quello di David sarebbe stato discusso nell'aula dodici.

Non era un'aula grande, poteva ospitare non più di un centinaio di persone. Quando arrivammo, tutti i posti erano occupati da reporter televisivi, giornalisti o blogger. C'era un gran chiacchiericcio, che s'interruppe al nostro ingresso: fu come se avessi messo il piede su una specie di tasto silenziatore, perché la folla si zittì all'istante e poi, mentre accompagnavo David verso il tavolo della difesa, si scatenò una frenesia di domande. Ne avevamo discusso: David non avrebbe rilasciato nessuna dichiarazione.

Holly e Lizard ci seguirono, sedendosi dietro di noi nei posti riservati agli avvocati difensori. Io posai i miei fascicoli sul tavolo e scrutai l'aula mentre David si metteva comodo. Il tavolo dell'accusa era vuoto: Zader voleva fare un ingresso drammatico. L'impiegata del tribunale, Pattie, era seduta di fronte allo scranno rialzato del giudice. Oltre a lei, alle guardie del tribunale e alla metà dei media di New York, in aula non c'era nessuno.

O almeno così pensavo.

Cooch sbucò da sotto la scrivania di Pattie, si alzò, sistemandosi i pantaloni, e poi indicò il computer dell'impiegata mentre le sussurrava le sue istruzioni. Lei annuì.

Cooch tirò fuori un foglietto dalla giacca, prese gli occhiali da lettura, li inforcò e cominciò a leggere qualunque cosa ci fosse scritta su quel biglietto mentre Pattie digitava.

L'impiegata sorrise e fece un cenno affermativo a Cooch. Lui le strizzò l'occhio, le posò una mano sulla spalla e poi le bisbigliò qualcosa all'orecchio. Lei rise. Quando lui mi vide al tavolo della difesa, girò intorno al lungo tavolo dell'impiegata, superò quello dell'accusa e venne a sedersi alla mia destra.

«Tutto pronto?» chiesi.

Lui alzò il pollice.

«David, vorrei presentarti Cooch. È il nuovo membro della tua squadra di difesa.»

David si alzò e strinse calorosamente la mano a Cooch. Nel farlo, non riuscì a trattenersi dallo squadrare il suo nuovo avvocato dall'alto in basso. La cravatta di Cooch era troppo larga per risalire a un'epoca successiva al 1974 e la camicia si era un po' ingiallita sul colletto, però l'abito gli stava bene ed era stato comprato almeno negli ultimi dieci anni.

«Grazie del suo aiuto», disse David.

«È un piacere», rispose Cooch. «Eddie, possiamo parlare un momento?» mi chiese.

«Certo.»

Ci avvicinammo lentamente al banco dei testimoni, in modo che nessuno potesse sentirci.

«Oggi non vincerai l'udienza preliminare», disse Cooch.

«Non ci conto, infatti. Qualche munizione ce l'ho... ma potrebbe andare sia in un modo che...» Smisi di parlare.

Cooch stava scuotendo la testa. Non si riferiva alle deposizioni.

«Sai chi è il nuovo giudice, vero?» dissi.

Lui annuì.

«Dimmi che non è Rollins.»

Il suo volto si contorse e lui annuì di nuovo con aria dispiaciuta. La sola cosa su cui mi ero concentrato nel mio primo anno di quel mestiere era stata imparare a conoscere il carattere dei giudici. Alcuni infliggono condanne più pesanti per determinati reati. Altri non prendono in considerazione casi di autodifesa. Altri ancora chiedono risarcimenti danni spropositati, mentre alcuni si accontentano di somme più basse. E alcuni non ascoltano una sola parola che esca dalla bocca dell'avvocato della difesa.

Il peggiore di tutti era il giudice Rollins che, fresco di nomina, non aveva ancora rilasciato un imputato su cauzione per una cifra che avesse meno di cinque zeri. Nei due mesi in cui era stato in carica non aveva mai respinto una tesi dell'accusa e nel novanta per cento dei casi aveva inflitto la condanna massima a ogni anima che fosse stata così sfortunata da dover costruire un impianto difensivo davanti a lui.

Si era creato la reputazione di essere temibile e la voce si era diffusa in fretta tra gli avvocati difensori. Il risultato, nelle ultime settimane, era stato esattamente quello che il nuovo giudice mirava a ottenere: i patteggiamenti erano all'ordine del giorno, nessuna accusa contestata, ogni imputato si dichiarava colpevole e l'elenco dei casi del giudice si era accorciato per bene. Data la rapidità con cui sbrigava la sua quota di casi giornalieri, la settimana precedente era riuscito a tornare a casa presto tutti i pomeriggi.

Dovevo trovare un modo di gestire Rollins. Se non ci fossi riuscito, non avremmo fatto in tempo a cominciare che il caso sarebbe già stato chiuso.

« Torno tra un attimo. Cooch, vieni a chiamarmi se arriva il giudice », dissi.

Slacciandomi la giacca, presi il telefono dalla tasca interna e cominciai a chiamare ancora prima di uscire dall'aula.

Avrebbero dovuto essere atterrate da ore. David aveva cercato di mettersi in contatto con la compagnia di noleggio elicotteri incaricata di andare a prendere Christine, Amy e Carmel dopo l'atterraggio, ma il telefono squillava a vuoto. Alzai lo sguardo, scrutando il corridoio. Non mi stava guardando nessuno. Picchiai il pugno contro il muro, imprecando ripetutamente sottovoce. Mi sentivo come se stessi per cadere, come se le budella mi fossero schizzate in gola, e provavo il desiderio impellente di aggrapparmi a qualcosa perché il mondo smettesse di girare. Appoggiai il palmo della mano alla porta per non perdere l'equilibrio, poi cominciai a fare respiri regolari. David aveva bisogno che mantenessi i nervi saldi.

Ripetei a me stesso che stavano bene. L'unica cosa che potevo fare era pregare che ci fosse stato qualche intoppo lungo il percorso. Magari non c'era campo, oppure avevano perso i cellulari. Mi si serrò la gola all'idea e strizzai gli occhi nel tentativo di allontanare quei pensieri.

Qualcuno mi chiamò picchiettandomi la spalla.

Mi voltai, leggermente spaventato.

Lester Dell mi stava porgendo un telefono. « C'è una telefonata per te. Hai un grosso problema, Flynn », disse con un'espressione impassibile.

Scorsi l'ombra di un sorriso negli occhi di Dell.

Presi il telefono.

« Eddie », disse Christine.

La sua voce mi fece sentire come se, dopo essere stato collegato alla rete elettrica per tutta la notte, qualcuno avesse semplicemente staccato la spina, facendo rilassare tutti i muscoli del mio corpo.

Il sollievo durò appena due secondi.

« Cristo, cosa sta succedendo? Sono stata arrestata », aggiunse Christine.

« Cosa? »

« Ci hanno seguite dalla pista di atterraggio a Remo. Due agenti federali ci hanno prelevate qualche ora fa. L'elicottero ci ha portate a Grey's Point. Probabilmente ci stavano tenendo d'occhio. Ci aspettavano in autostrada e per poco non ci hanno mandato a sbattere. È assurdo. Credevo che ci fosse un accordo. »

« Aspetta, tu stai bene? Amy? »

« Lei è piuttosto scossa, e anch'io. Quando mi hanno arrestata, hanno lasciato Amy con Carmel. Adesso sono su un furgone blindato diretto da qualche parte. Non ho idea di dove mi trovo. Non riesco a vedere fuori, ma credo che stiamo andando... » La telefonata s'interruppe.

Voltai le spalle a Dell, spostando il telefono nella mano sinistra. « Dammi un secondo. Resta in linea, Chrissie. Dimmi se... » Mi voltai di scatto e piantai una gomitata in faccia a Dell, lasciando che lo slancio mi facesse fare il giro completo, poi ci aggiunsi un gancio destro che lo stese all'istante. Prima che lui potesse reagire, gli fui sopra e gli bloccai le spalle a terra con le ginocchia, affondandogli le dita in faccia.

Lui cominciò a opporsi e a scalciare, ma io non mi arresi. « Brutto pezzo di merda. Hai fatto arrestare mia moglie. C'era mia figlia su quell'auto, avrebbe potuto rimanere uccisa. Avevamo un... »

Dell mi diede una ginocchiata alla schiena. Mi bloccò il polso, mi mise una gamba sulla spalla e spinse. Mentre mi giravo, cercai di afferrargli la caviglia con le mani che si muovevano rapide, frenetiche. Poi però mi venne in mente qualcosa di meglio che non prenderlo semplicemente per la caviglia.

Lasciai che mi scaraventasse a terra. Considerato che aveva quasi il doppio della mia età, la sua velocità mi stupì: nel giro di un attimo si alzò e mi fu sopra.

Due pugni in rapida successione ai reni, poi sentii una guardia gridare e il peso di Dell sollevarsi dal mio petto.

« Lester Dell, comandante della task force federale », disse prendendo il suo distintivo e porgendo il tesserino alla guardia.

Io alzai la testa e vidi Tommy.

« Quest'uomo ha aggredito un agente federale nello svolgimento del suo lavoro. Lo ha visto. Deve arrestarlo immediatamente », disse Dell sforzandosi di prendere fiato.

Io mi sgranchii la schiena, mi alzai lentamente in piedi e guardai il ventre di Tommy. La sua faccia si trovava parecchi centimetri sopra la mia. Mi girava la testa, così mi abbassai un po' lasciandomi cadere sul pavimento. Restai seduto lì, con le gambe distese, ansimante. Quando allungai il collo, sentii un dolore acuto, bruciante, e vidi Tommy farmi un cenno affermativo.

« Io non ho visto niente », disse Tommy e si allontanò.

Dell rimase a guardarlo, poi imprecò e si sedette sulla panca fuori dall'aula dodici.

« Cosa vuoi? » dissi.

Lui rise, si toccò il labbro e sputò un po' di sangue sul pavimento. La porta dell'aula si aprì e un giornalista fece capolino. Scoccandogli un'occhiata minacciosa, gli feci segno di sparire. Lui chiuse la porta.

«Tua moglie avrà l'immunità soltanto se testimonierà contro Gerry Sinton e Ben Harland durante il processo. Nel caso in cui tu non lo sappia, Ben Harland è morto. È stato ritrovato stamattina nell'East River. Si è comprato il biglietto per l'immunità. Sinton sta facendo pulizia. Il dipartimento di polizia gli ha parlato stamattina: ha un alibi per l'orario in cui sappiamo che Harland ha lasciato il porto. Purtroppo Sinton è solo metà del bottino. I soldi arriveranno oggi pomeriggio alle quattro in una banca di Manhattan su un conto intestato a Ben Harland. Non ho idea di come farà Sinton a mettere le mani su quel denaro, ma a meno che non lo becchiamo mentre lo ruba o lo trasferisce a proprio nome, non abbiamo niente su di lui. Potrebbe anche essere che alla fine non cerchi nemmeno di recuperare i soldi. Forse ne ha già abbastanza nascosti da qualche parte. Potrebbe essere questo il motivo per cui il conto finale è sempre stato a nome di Ben Harland: era a prova d'imprevisti. Se qualcosa fosse andato storto, Sinton avrebbe potuto fare fuori il socio e scaricare tutta la colpa dell'operazione di riciclaggio su un uomo morto. Non abbiamo letteralmente nulla che colleghi i soldi a Gerry Sinton, quindi non abbiamo altra scelta se non usare gli associati incastrati da Ben Harland. Tua moglie è una di loro.» Tossì e sputò un altro po', poi si ricompose e si protese in avanti. «L'accordo d'immunità è morto insieme a Ben Harland, ma darò a Christine un'ultima possibilità. Dipende tutto da te, Eddie. David Child ti ha mentito. È molto più coinvolto di quanto non pensi: lui non ha progettato l'algoritmo per evitare attacchi informatici, ma per nascondere i soldi all'FBI e al dipartimento del Tesoro. Non è una teoria perfetta, ma potrebbe bastare per una condanna. Procurami la confessione. Child si becca dieci anni per omicidio, testimonia che Gerry Sinton gli ha ordinato di progettare il programma per riciclare i soldi, e poi chi lo sa? Magari dopo cinque anni è già fuori. Questa adesso è la tua unica opzione. È l'unica opzione di Christine. Il tuo compito non è far scagionare il ragazzo, ma fare in modo che si dichiari colpevole. Se provi a fottermi, io fotto te.»

«E il telefono che ti ho dato? Possibile che sul cellulare di Gill non riusciate a trovare niente che colleghi il tentato omicidio di Christine a Gerry Sinton?»

«Il telefono è stato completamente svuotato da remoto circa un'ora dopo che me l'hai consegnato. Non sappiamo nemmeno bene come ci siano riusciti. I tecnici dell'FBI sono ancora lì a grattarsi la testa.»

Pensai a Langhiemer. Se era in grado di rintracciare il mio telefono in meno di un minuto, di certo poteva cancellare la memoria di un cellulare. «Qualcuno sta incastrando David e aiutando lo studio. Più ci penso, più mi convinco del coinvolgimento di una persona. Non so quale sia il suo legame con lo studio, ma so che è al centro di tutta questa faccenda. Si chiama Bernard Langhiemer.»

«Chi diavolo è Bernard Langhiemer? Senti, Eddie, sono tutte stronzate. David ha ucciso la sua ragazza e Gerry Sinton gestisce la lavanderia di soldi dello studio, punto. Non distrarti. Questa è la tua ultima possibilità.»

E, alla fine, dopo tutta quella strada, ero davanti a un bivio.

David o Christine?

Non potevo salvarli entrambi. Se non avessi accettato quel patto, con ogni probabilità David e Christine si sarebbero ritrovati a passare il resto della loro vita in prigione. Era un accordo sensato. Dovevo soltanto convincere il mio cliente a dichiararsi colpevole.

Lentamente mi alzai, mi lisciai l'abito e mi sistemai la cravatta. «Niente da fare. Quando sono tornato a esercitare mi sono ripromesso che avrei fatto quello che era giusto. David Child non ha ucciso quella ragazza e io lo dimostrerò.»

«Da quando ti interessa quello che è giusto? Sei un avvocato difensore. Per me non è un problema accusare tua moglie o gli altri associati: io voglio i soci. E non potendo più avere Ben Harland, ho bisogno d'inchiodare Gerry Sinton per tutta l'operazione.»

Il telefono di Dell squillò.

Lui rispose e poi riagganciò. «Gerry Sinton è appena salito in ascensore. Non deve vederci insieme. Rifletti su quello che stai facendo. Pensa a tua moglie.»

I miei occhi si velarono di lacrime. Me li asciugai e mi schiarii la gola. «Non faccio altro, Dell.»

«Assicurati che lo sappia. I miei uomini hanno lasciato Carmel ed Amy dove le abbiamo trovate. Adesso loro sono fuori. Christine sta venendo qui. Un'ora al massimo e poi il furgone blindato la lascerà in custodia. Se per allora non avremo patteggiato, lei sarà accusata di riciclaggio, associazione a delinquere e frode: tutto quello che Ben Harland ha evitato con il suo tuffo nel fiume. Piantala di perdere tempo con le cazzate e procurami quella confessione. Fa' il tuo lavoro e poi occupati di tua moglie», disse prima di alzarsi e tornare in aula.

Tommy era a circa cinque metri da noi. Si assicurò che Dell se ne fosse andato e poi si allontanò. Non c'era nessun altro in corridoio.

Presi dalla tasca della giacca l'arma che Dell portava nascosta nella caviglia, controllai che il primo proiettile fosse in canna, m'infilai la Ruger LCP dietro i pantaloni e seguii Dell in aula.

La porta incorniciava la sagoma alta e massiccia di Gerry Sinton. Dando le spalle allo scranno del giudice ancora vuoto, rimasi nella corsia centrale ad aspettarlo con le mani in tasca.

Fiancheggiato dalla solita squadra di assistenti, Gerry venne verso di me a grandi passi. Un lucido velo di sudore gli copriva la faccia. Sembrava un gladiatore in un abito da mille dollari.

« Spero di rivedere presto Christine. Sono certo che avremo parecchie cose di cui parlare », disse prima di prendere posto nella tribuna per il pubblico. Si sedette e incrociò le braccia.

Io mi voltai e tornai al tavolo della difesa con il sangue che mi rombava nelle orecchie. Avrei voluto rompergli il collo. Invece mi misi seduto anch'io e aprii i fascicoli del caso. « David, Dell mi ha fatto un'offerta. Sostiene che Harland e Sinton ti hanno incaricato di progettare l'algoritmo a uno scopo ben preciso: riciclare i loro soldi facendo passare l'operazione per un protocollo di sicurezza. So che non è andata così. »

« Io non sapevo che quello dello studio fosse denaro sporco. Il progetto partiva dal presupposto che fosse tutto legale. Se i soldi che hanno usato sono sporchi, allora sì, l'algoritmo pensato per proteggerli è anche in grado di ripulirli. Io, però, non lo sapevo. Te lo giuro. Non confesserò di aver creato un programma per riciclare soldi, perché non è quello che ho fatto. »

« Dell ti sta offrendo dieci anni se confesserai di aver commesso l'omicidio e testimonierai che lo studio ti ha chiesto di progettare un sistema digitale per riciclare soldi. Devo dirtelo, qualche mossa che possiamo fare oggi c'è, ma la tesi dell'accusa è davvero solida e noi ci siamo beccati un giudice pessimo.» Tralasciai la parte su Christine. Non volevo condizionare la decisione del ragazzo. Nel complesso, era un'ottima offerta.

«Io non ho ucciso nessuno. E non ho mai progettato niente a scopi criminali», disse David. «Non lo farò.»

Se mi era rimasto ancora qualche dubbio, quella risposta lo spazzò via. Un colpevole non si lascia certo sfuggire l'offerta del secolo, ma l'afferra a piene mani. A volte, per quanto possa essere sbagliato, anche l'innocente accetta un patto. Andare a processo e rischiare quindici anni, oppure dichiararsi colpevole e uscire dopo tre; il gioco della giustizia non è benevolo con gli innocenti. Mi ritrovai ad ammirare David. Comunque la guardassi, non c'erano storie: quel ragazzo aveva fegato.

Dell voleva giustizia per l'assassino di Sophie. Di quello ero certo. Chi vive un trauma del genere non rimane mai la stessa persona di prima: finisce per prendersela con gli altri, oppure, come lui, vuole fare in modo che nessun altro debba sopportare la sua stessa sofferenza. Dell non poteva permettere che un'altra vittima finisse sottoterra, mentre il suo assassino restava impunito. E sapeva anche che Child non avrebbe mai ammesso che la progettazione dell'algoritmo aveva un intento criminale, probabilmente perché era la verità. A Dell non importava. Per quel che lo riguardava, Child era un assassino e aveva dato allo studio i mezzi per mettere in atto l'operazione di riciclaggio. Lui voleva usare David e, per farlo, aveva bisogno di assumere il controllo della sua vita. Con un'ammissione di colpevolezza e un patto avrebbe avuto tutto il controllo necessario per sfruttare David come arma ai danni di Harland e Sinton. E per ottenere la sua arma stava appendendo a un filo la vita di mia moglie.

Dovevo giocare pulito, un caso per volta. Far scagionare David ed escogitare un modo per inchiodare lo studio e salvare Christine.

«Io ti credo, David», dissi.

In fondo all'aula, una trentina di metri dietro di noi, le porte si aprirono. Sentii entrare un altro gruppo di persone.

«C'è un disturbo nella forza», disse Cooch.

Zader stava aspettando dietro lo stuolo di viceprocuratori distrettuali che trascinavano in aula scatoloni e fascicoli di prove. Sembrava determinato. Stavolta non aveva nessun telefono in mano. Per il momento aveva smesso di giocare con i media. Gli serviva un verdetto favorevole, così avrebbe potuto sbandierare quella vittoria su ogni canale, giornale, blog e rivista.

«Non credo che abbia un gran senso dell'umorismo sul tema *Guerre stellari*», commentai.

«Bene», rispose Cooch e si alzò per porgere la mano al procuratore distrettuale. «Mi pare che non ci conosciamo. Piacere, Max Coucheron, ma mi chiami pure Cooch.»

«Michael Zader», rispose il procuratore stringendogli la mano.

«Oh, ma allora so chi è. Solo che non l'avevo riconosciuta senza il casco.»

75

In aula calò il silenzio quando il giudice Rollins, uscito dal suo ufficio, si sistemò la toga e prese posto sullo scranno. Nessuno aveva annunciato che la corte era in seduta. In passato Rollins aveva detto all'impiegata di non volere nessun richiamo al silenzio al suo ingresso perché «la presenza della mia autorità crea già silenzio». Quella storia era finita presto sulla bocca di tutti, e molti dei difensori più anziani continuavano di proposito a parlare ad alta voce quando il giudice Rollins entrava in aula, per il semplice gusto di farlo arrabbiare.

Non che avesse bisogno di essere più arrabbiato del solito.

«Il caso dello Stato contro Child», esordì scrutando l'aula e godendosi l'enorme attenzione dei media. «Procuratore distrettuale Zader, è un piacere averla nella mia aula.» Guardò il tavolo dell'accusa e annuì.

«Sono sempre felice di comparire dalla parte della giustizia», disse Zader.

Alcuni giornalisti simularono conati di vomito prima che una scia di risatine nervose e soffocate si propagasse per l'aula. Rollins la ignorò completamente e si rivolse a me.

Era un uomo vicino ai cinquanta, ma di quelli che avevano perso la battaglia contro il trascorrere del tempo. E mi sembrava che stesse perdendo anche quella contro il girovita. Nonostante il sovrappeso, il volto non si era addolcito e l'espressione sotto i capelli castani era rabbiosa. Aveva la carnagione color tè annacquato e due labbroni secchi. Rollins aveva sempre fatto il tributarista, poi aveva presentato domanda per un incarico giudiziario. Prima che diventasse giudice, il suo incontro più ravvicinato con una corte penale consisteva nel passare in macchina davanti al tribunale sulla strada verso l'ufficio.

«Avvocato... ehm...» disse tenendo l'elenco delle cause davanti a sé come se fosse tossico.

«Flynn», risposi badando bene di alzarmi prima di parlare.

«Flynn? Pensavo che gli avvocati titolari fossero Harland e Sinton.»

«L'avvocato titolare sono io, e c'è stato un cambiamento per quanto riguarda il secondo difensore. Adesso è l'avvocato Coucheron», dissi.

Cooch si alzò e, sorridendo, fece un inchino.

Dall'espressione disgustata di Rollins, capii che aveva già incontrato Cooch in aula. «Bene, prima di cominciare vorrei chiedere se l'imputato è disposto a rinunciare all'udienza. Chiaramente questa è solo una formalità, avvocato Flynn. Il suo cliente deve capire che non sarebbe stato arrestato e accusato dalla polizia se non ci fossero state prove a sufficienza per farlo.»

«Non siamo d'accordo. Per questo siamo qui, vostro onore. E per questo esistono le udienze preliminari: per consentire all'imputato di contestare prove deboli e inconsistenti...»

«Conosco la procedura penale, avvocato Flynn. Non ho bisogno che mi tenga una lezione», ribatté lui. La faccia aveva cambiato diverse sfumature di colore, fino a diventare di un rosso pomodoro maturato al sole. «L'accusa chiamerà il primo testimone.»

Con alcuni fogli in mano, Zader si alzò dal tavolo dell'accusa e porse i documenti all'impiegata. «Vostro onore, mi concederebbe di fare una breve arringa d'apertura per illustrare le prove e chiarire la situazione alla corte?»

«Certamente, avvocato Zader.»

«Grazie, vostro onore. Sarà una breve ma accurata presentazione delle prove raccolte fino a oggi in relazione a questo omicidio. Lo Stato è fermamente convinto che gli elementi a disposizione costituiscano prove solide, indiziarie e scientificamente inattaccabili a carico dell'imputato, il signor David

Child.» Zader parlò lentamente, senza mai staccare lo sguardo dalla penna del giudice che si muoveva sulle pagine del bloc-notes. Rollins scriveva ogni parola meglio che poteva. Zader ne era al corrente e moderò la velocità per assicurarsi che il giudice riuscisse ad annotare tutto. Così facendo, permetteva anche ai giornalisti e a tutti gli assistenti legali del suo dipartimento di prendere nota parola per parola della sua arringa. Teneva i piedi ben divaricati e, mentre parlava, le mani si muovevano delicate e con naturalezza. Zader era un legale navigato e sapeva benissimo come trasmettere sicurezza e autorità in aula. «Vostro onore, chiameremo alcuni testimoni per dimostrare che esistono indizi di colpevolezza in abbondanza. Proveremo che, quando la vittima è stata uccisa, David Child era da solo con lei. Non era presente nessun altro e a perpetrare questo crimine non può essere stato nessun altro all'infuori dell'imputato. Abbiamo due testimoni che lo dimostreranno: il signor Gershbaum, che ha sentito gli spari, e l'addetto alla sicurezza dell'edificio, il signor Richard Forest, che ha scoperto il cadavere. L'investigatore della scientifica Rudy Noble relazionerà sulle cause della morte e mostrerà che la violenza inflitta alla vittima può essere riconducibile soltanto a un reato passionale. Un omicidio commesso da un amante. Poi, in relazione alla cattura dell'imputato, il signor Woodrow testimonierà di aver avuto un incidente stradale, da lui provocato, nel quale il suo veicolo ha urtato la Bugatti Veyron da un milione di dollari di proprietà dell'imputato. A bordo di quell'auto il signor Woodrow ha visto un'arma e ha quindi avvertito la polizia. Dopodiché, l'agente Phil Jones ha recuperato l'arma, una piccola pistola, dal tappetino dell'auto. Vostro onore, abbiamo ricevuto da poco la perizia balistica, che stabilisce l'effettiva corrispondenza tra l'arma trovata nell'auto dell'imputato e quella usata per il delitto. Il signor Peebles, il nostro esperto di balistica, spiega che i segni sui proiettili estratti dalla vittima sono compatibili con l'arma trovata in possesso dell'imputato pochi minuti dopo che il reato era stato commesso. Ci riserviamo il diritto di consegnare questa perizia senza chiamare a testimoniare il signor Peebles.»

Dopo il fiasco con Porter, il procuratore distrettuale aveva imparato la lezione, quindi stavolta avrebbe piazzato la deposizione in mano al giudice senza darmi la possibilità di controinterrogare Peebles. Rollins l'avrebbe accettata testualmente; la pistola sull'auto di David era l'arma del delitto e io non potevo contestare una singola parola. Soltanto una cosa mi tormentava del rapporto di Peebles: non era riuscito a trovare il numero di serie della pistola, nemmeno con la tecnologia di recupero metallurgico. In America ogni pistola riporta il numero di serie del produttore. Gli esperti possono immergere l'arma in un acido che consente loro di rintracciare, a livello microscopico, le cifre che erano state impresse sulla pistola al momento della stampa del numero. Peebles sosteneva di non essere riuscito a recuperarlo neanche con quel metodo. «Infine il detective Morgan deporrà in merito alle riprese dell'appartamento dell'imputato effettuate dalle telecamere a circuito chiuso», proseguì Zader. «Queste confermano, al di là di ogni ragionevole dubbio, che l'assassino è lui. A questo punto, l'accusa chiama il primo...»

Rollins si girò verso di me con un'espressione confusa. «Avvocato Flynn, alla luce dell'arringa d'apertura dell'accusa, le chiederei nuovamente di valutare la possibilità di rinunciare all'udienza. Il tempo di questa corte è prezioso. Il mio tempo è prezioso.»

La gamba di David faceva su e giù sotto il tavolo mentre l'ansia gli scorreva nel sangue come caffeina. Guardai Cooch. Stava leggendo il giornale del mattino e non aveva ascoltato una sola parola di quello che aveva detto il procuratore distrettuale. Zader aveva un'aria trionfante. Mi accorsi che indossavo lo stesso abito, la stessa camicia e la stessa cravatta del giorno prima, che non mi ero rasato, che avevo i nervi a fior di pelle, che avevo dormito vestito e che mia moglie stava per essere accusata di reati federali.

Pensavo a tutte quelle cose, quando dissi: «Vostro onore, procediamo con l'udienza».

Il giudice Rollins sospirò e scosse la testa. Dalla tribuna si levò un'ondata di mormorii e Rollins aspettò che si placassero senza commentare. Sembrava troppo imbestialito con me per accorgersene. «Non m'impressiona, avvocato Flynn. Il caso finirà comunque davanti a una giuria», disse.

Avevo due possibilità: ignorare quello stronzo e continuare imperterrito sulla strada dell'udienza oppure mandare a Rollins un messaggio e rischiare di fare ancora più terra bruciata intorno a David. La scelta più sicura era ignorare quell'osservazione e lasciar salire sul banco il primo teste.

Io però adoravo rischiare. Se fosse andata bene, mi sarei guadagnato un modo per tenere Rollins in scacco. «Vostro onore, posso avvicinarmi al banco?»

«No, non può. Non vedo alcun bisogno di un colloquio privato. Questa è un'udienza pubblica. Se ha qualcosa da dire, la dica.»

Sapevo che non mi avrebbe concesso una conversazione privata. Non gliene fregava niente di quello che avevo da dire. *Meglio così*, pensai.

«Molto bene, vostro onore. La difesa vorrebbe presentare un'istanza per la sua ricusazione.»

A quel punto fu Zader a fare un risolino stupito.

Rollins appoggiò la penna sul tavolo, incrociò le braccia e parve levitare leggermente sulla sedia.

«Per quali motivi richiede la mia ricusazione, avvocato?»

«Parzialità, vostro onore. Lei non può garantire al mio assistito un'udienza imparziale. Ha ascoltato l'avvocato Zader ed è chiaro dalle sue osservazioni che ha già preso una decisione su questo caso. Lei è parziale nei confronti dell'accusa.»

«Nel mio ufficio, subito», disse Rollins.

Mentre mi alzavo, sentii vibrare il telefono. Prima di controllarlo aspettai che Rollins mi desse le spalle. Era un messaggio di Kennedy.

Ho informazioni interessanti. Arrivo tra poco.

«Non sono mai stato insultato in questo modo in vita mia», disse Rollins camminando su e giù dietro la sua scrivania. «Dovrei farla arrestare per oltraggio alla corte.»

Zader scosse la testa. «Posso capire la sua rabbia, vostro onore, ma non sarebbe un po' eccessivo? Così facendo, inoltre, potrebbe gettare benzina sulla tesi dell'avvocato Flynn.»

Tirai fuori le mani dalle tasche e studiai Zader: aveva capito il mio gioco. Dovevo stare molto più attento. Era un avversario pericoloso.

Con il colletto teso intorno alle vene gonfie del collo, Rollins picchiettava l'indice sulla scrivania, sforzandosi di tenere a bada la collera. «Come osa muovere un'accusa del genere nella mia aula? Qui si tratta di rispetto, Flynn...» tuonò omettendo di chiamarmi «avvocato». «Ritirerà immediatamente quest'accusa infamante in aula e si scuserà con me personalmente. Se lo farà, valuterò se presentare un esposto all'ordine degli avvocati oppure no. Mi ha capito?»

«Alla perfezione. Da quale giudice propone di farsi sostituire?»

«Prego?»

«Be', ovviamente se ha intenzione di presentare un esposto nei miei confronti all'ordine degli avvocati, non potrà continuare a giudicare il caso del mio cliente finché non sarà stata presa una decisione in merito all'esposto. Si dovrà procedere con la ricusazione, quindi chi propone come suo sostituto?»

Rollins si morse la lingua appena in tempo. Capii che si era reso conto di avermi sottovalutato. Non era certo il primo, figurarsi. «Non riesco a credere che lei abbia la faccia tosta di starsene lì...»

« Vostro onore, con il dovuto rispetto, mi ha chiesto per ben due volte in una seduta pubblica di fare pressione al mio cliente perché rinunciasse all'udienza preliminare. Ha persino detto che il caso sarebbe ugualmente stato sottoposto a una giuria, e questo senza aver ascoltato una singola parola delle deposizioni ma soltanto l'arringa d'apertura del procuratore distrettuale. A me sembra proprio che abbia già deciso di pronunciarsi a favore dell'accusa. »

« È ovvio che non ho ancora deciso. »

« Tuttavia, capirà perché ho avuto quest'impressione. »

Lui si spostò verso la sua poltrona e, con cautela, si sedette dietro la scrivania. La pappagorgia gli ricadde sul colletto. Incrociò le dita sull'addome e valutò la propria posizione. La rabbia svanì, sostituita dal dubbio. « I miei commenti erano strettamente incidentali, avvocato Flynn. Nient'altro. Stavo solo considerando la possibilità di anticipare questo procedimento. Il suo cliente ha diritto a un processo rapido. »

Invece di rispondere, mi limitai a inclinare la testa e a tenere lo sguardo fisso sul giudice, il quale non riuscì a sostenerlo per più di un secondo.

« Non ha davvero motivo di accusarmi di parzialità », disse Rollins aprendo le mani e allargando le dita. La sua non suonava come un'affermazione, ma come una domanda. Da quando si era tranquillizzato, continuava a pensare alla richiesta di ricusazione, domandandosi se avesse realmente passato il segno.

Io non dissi nulla e lo lasciai preoccupare.

Rollins guardò Zader, invitandolo a intervenire. Il procuratore, però, non voleva farsi coinvolgere per non dare l'impressione di spalleggiare il giudice, che era suo amico. Si mise quindi a sfogliare il fascicolo con le prove per evitare lo sguardo di Rollins.

« Non ho nessun pregiudizio nei confronti del suo cliente, avvocato Flynn. Lo capisce? »

Con le mani sui fianchi, annuii. « Vostro onore, per me la sua parola è sufficiente, ma sono consapevole dei miei obblighi verso il mio assistito. Questa volta non presenterò richiesta di ricusazione, vostro onore, ma mi riservo il diritto di farlo qualora dovesse insorgerne l'esigenza. Sono sicuro che non accadrà.»

Il giudice si alzò, annuì e ci fece cenno di tornare in aula. Dando la schiena a Rollins, mentre uscivamo dall'ufficio, Zader strinse i denti e scosse la testa. Sapeva di non averlo più in pugno.

Ormai ero io ad avere il coltello dalla parte del manico. Essendo un giudice nuovo, Rollins non voleva prendere una decisione in merito alla ricusazione perché temeva che mi sarei appellato alla sua scelta di non ritirarsi. L'ultima cosa di cui un giudice alle prime armi ha bisogno è che arrivi un membro esperto della magistratura a esaminare la sua condotta quando ha cominciato a esercitare da appena cinque minuti. A quel punto Rollins avrebbe badato bene a non darmi motivo di tirare di nuovo fuori la storia dell'imparzialità, concedendomi una certa libertà d'azione e comportandosi in maniera un po' più gentile con la difesa. Anche Zader l'aveva capito.

Non riuscii a resistere all'impulso di punzecchiarlo. «Occhio per occhio, dente per dente», dissi.

In risposta, lui riuscì a offrirmi soltanto un sorrisino finto.

Quando io e Zader tornammo in aula con Rollins al seguito, il vociare della folla si placò. Presi il mio posto al tavolo della difesa e Zader andò di nuovo alla pedana.

«Vostro onore, chiamo il primo teste dell'accusa al banco, il signor Gershbaum», disse.

Cooch mi fece okay con il pollice.

Era il nostro momento.

77

9 ore prima dello sparo

Dopo il giuramento, con un inconfondibile accento di Borough Park, il signor Leopold Maximillian Gershbaum dichiarò il proprio nome completo perché fosse messo a verbale. La voce gli grattava nel petto come un vecchio motore troppo pieno d'olio che sbuffava. Si slacciò la giacca di tweed e si mise seduto. Doveva essere sulla sessantina. Con il parrucchino sale e pepe, la sua chioma era folta come quella di un ventenne. I baffi sul marrone-rossiccio facevano apparire ancora più ridicola quella parrucca della misura sbagliata. A lui, però, sembrava non importare. Con trenta milioni in banca, quattro divorzi alle spalle e la futura ex signora Gershbaum, una donna dai capelli biondo platino che era stata coniglietta di *Playboy*, seduta tra il pubblico a sostenergli il morale, Leo Gershbaum poteva anche permettersi di trascurare l'aspetto fisico.

Sentivo il fruscio delle pagine del fascicolo di Zader, il ticchettio ovattato dei piedi ansiosi di Gershbaum, il ronzio del condizionatore e lo stridore della penna che si muoveva tra le mie dita. Era il momento di quiete prima che il procuratore riempisse la pagina vuota dell'udienza con il racconto dell'accusa.

«Signor Gershbaum, qual è la sua professione?» chiese Zader.

Gershbaum era stato preparato: si girò e rispose rivolgendo tutta la sua attenzione al giudice. «Sono un importante regista cinematografico.»

Il giudice Rollins sgranò gli occhi, mentre un sorriso gli

invadeva la faccia solitamente scontrosa. «Posso aver visto qualcuno dei suoi film?» s'informò.

«Può darsi, vostro onore», rispose Gershbaum, raddrizzandosi leggermente sulla sedia. «Alcuni anni fa ho diretto una pellicola intitolata *Little Creek Scout.*»

Rollins mise giù la penna e si appoggiò allo schienale. «Be', signor Gershbaum, mi permetta di dirle che è uno dei miei film preferiti. Una grande storia americana. Bene, bene. Continui pure, avvocato Zader.»

E con quella scenetta nauseante, il procuratore aveva reso Gershbaum più o meno a prova di proiettile. Se ci fossi andato giù pesante con il regista preferito del giudice, mi avrebbero ridotto in polpette.

Cooch si chinò verso di me. «Vacci piano con Gershbaum. Rollins è un grande patito di cinema e lo adora», sussurrò.

«Non preoccuparti. Me lo conquisterò», dissi.

Le sopracciglia ribelli gli schizzarono fin quasi all'attaccatura dei capelli. Quando si ha un testimone dell'accusa per il quale il giudice o la giuria stravedono, non lo si può attaccare senza danneggiare anche la propria tesi. C'è una sola possibilità: conquistarselo. Quella deposizione che al giudice piace tanto e alla quale crede, be', è sufficiente fare in modo che vada a sostegno della propria tesi anziché di quella dell'accusa. Il trucco consiste nel portare il testimone dalla tua parte senza che l'accusa o il giudice se ne accorgano.

«Grazie, vostro onore», disse Zader. «Ora vorrei discutere gli eventi della sera del 14 marzo. Dove si trovava quella sera, signor Gershbaum?»

«Ero nel mio appartamento in Central Park West a guardare i giornalieri.»

«A quale piano si trova il suo appartamento?»

«Al venticinquesimo. L'edificio è Central Park Eleven. Nella torre ci sono soltanto due appartamenti per ogni piano. Ai piani più bassi ce ne sono tre.»

«E cosa sono i giornalieri?»

«Ah, sì, mi scusi. I giornalieri sono le riprese del giorno

precedente riunite in un unico filmato. Avevamo girato la scena di una sparatoria in un vicolo. Stavo guardando le riprese e prendevo appunti per il tecnico del montaggio.»

«C'era qualcun altro con lei in casa?»

«No, ero solo.»

«A che ora ha cominciato a guardare i giornalieri?»

«Più o meno alle sette e mezzo. Subito dopo cena.»

«Ed è successo qualcosa d'insolito quella sera?»

«Sì. Poco prima delle otto ho sentito una serie di forti scoppi. Sembravano spari. All'inizio non ne ero sicuro. Un po' di rumore proveniva sicuramente dagli spari delle riprese, ma poi ho abbassato il volume della televisione e ho sentito diversi colpi. Erano forti e molto rapidi.»

«Quanti ne ha sentiti?»

«Non ne sono sicuro. È stata una successione rapida. Diciamo cinque? Forse anche di più.»

«Cos'ha fatto dopo aver sentito gli spari?»

«Be', non sapevo per certo di cosa si trattasse. L'appartamento è insonorizzato piuttosto bene, quindi non pensavo potessero provenire dalla strada, però mi sono detto che potevano arrivare soltanto da lì. Così ho aperto la portafinestra del balcone e sono uscito a dare un'occhiata.»

«E che cos'ha visto?»

«Mi sono sporto a guardare giù, forse aspettandomi di vedere del fumo da un'auto che aveva avuto un ritorno di fiamma, o magari qualcuno nel parco con dei fuochi d'artificio. Manca poco a San Patrizio e spesso la gente comincia a festeggiare un po' prima. Sapete come sono gli irlandesi...»

«Ha visto niente di tutto questo?»

«No. Ho controllato bene. E poi c'è stata l'esplosione. Vetro dappertutto. Proveniva dalle finestre dell'appartamento accanto. Le ho guardate mentre rientravo in casa di corsa.»

«Prosegua, per favore.»

«Be', ero piuttosto scosso. Non sapevo cosa fosse successo. Ho pensato che potesse trattarsi di qualcuno che faceva fuoco contro l'edificio con un fucile, oppure sparava nell'appartamento accanto. Ho preso il cellulare e sono scappato nella camera blindata. Ho provato a chiamare il 911, ma non c'era segnale. Non volevo uscire da lì perché avrei potuto essere in pericolo. Così ho usato il telefono della camera per chiamare la sicurezza e spiegare quello che era successo.»

«Si è chiuso nella camera blindata?»

«Non proprio. Soffro di una leggera claustrofobia. Avrei chiuso la porta blindata soltanto se non avessi avuto altra scelta.»

«La prossima domanda è molto importante, signor Gershbaum. Quanto tempo è trascorso tra quando ha visto la finestra andare in frantumi e quando ha chiamato la sicurezza?»

Come tutti i testimoni seri e onesti, si prese qualche istante per pensarci. «Ho chiamato subito la sicurezza. Voglio dire, ero spaventato. Quindi è probabile che fossi al telefono, diciamo, nel giro di dieci secondi.»

Prendendo un documento dal suo fascicolo con un gesto teatrale, Zader si avvicinò al giudice e gliene porse una copia. «Vostro onore, a questo punto vorremmo fare riferimento al reperto dell'accusa denominato TM1. Il detective Morgan ne fornirà una spiegazione ufficiale a tempo debito. Con il permesso dell'imputato, potremmo farvi riferimento adesso?»

«Nessuna obiezione», dissi.

Facendo un cenno d'assenso, Rollins prese la copia del documento e chiese all'impiegata di metterlo agli atti.

Zader riprese. «Signor Gershbaum, questo è un registro di sicurezza del suo edificio in cui viene annotato elettronicamente l'orario delle chiamate d'emergenza effettuate dai residenti. Come può vedere, sul registro appare una telefonata effettuata dal suo appartamento alle 20.02 la sera del 14 marzo. È corretto?»

«Sì.»

«Verso il fondo della pagina vedrà che l'addetto alla sicurezza Richard Forest ha contattato via radio il centro di controllo dopo essere arrivato sulla porta del suo appartamento.

L'orario riportato sul registro è 20.06. Di nuovo, potrebbe corrispondere a quanto ricorda?»

«Credo di sì.»

«Come ha fatto la squadra di sicurezza ad accedere al suo appartamento?»

«Posso aprire la porta tramite il pannello di controllo nella camera blindata. È quello che ho fatto non appena li ho visti sulle immagini della telecamera di sicurezza posizionata fuori dalla mia porta d'ingresso.»

«E poi cos'è successo?»

«Ho detto loro quello che avevo visto. Una guardia è uscita sul balcone e poi immagino che abbiano trovato la vittima.»

«C'è qualche altro modo di uscire da casa sua oltre che dalla porta d'ingresso?»

«No.»

«Sa se è così anche nell'appartamento del signor Child?»

«Penso di sì. Una delle condizioni per avere l'appartamento in affitto è di non apportare modifiche strutturali. Immagino che il signor Child abbia sottoscritto il mio stesso contratto. Credo che sia stata detta la stessa cosa a tutti i residenti. Quindi no, l'unica uscita è la porta d'ingresso.»

«Sarebbe possibile uscire dall'appartamento del signor Child attraverso il suo balcone?» Zader stava chiudendo tutte le questioni in sospeso, collocando inequivocabilmente Child sulla scena del crimine all'orario in cui era stato commesso l'omicidio.

«Soltanto calandosi dalla facciata dell'edificio come Spiderman o qualcosa di simile.»

«Quando è entrato nella sua camera blindata, ha detto di aver lasciato la porta aperta perché soffre di una leggera claustrofobia. Vedeva comunque il balcone?»

«Sì.»

«Quindi nel lasso di tempo intercorso tra quando ha sentito gli spari e l'arrivo della squadra di sicurezza ha visto qualcuno uscire dall'appartamento del signor Child e passare dal suo balcone?»

« No. Stavo tenendo d'occhio il balcone casomai qualcuno avesse scavalcato il divisorio per cercare di entrare in casa mia. A quel punto, avrei chiuso la porta della camera blindata. Non volevo farlo a meno che non fosse strettamente necessario. Non sono a mio agio negli spazi angusti, non dopo sei settimane di riprese notturne in un tunnel nei Pinewood Studios. »

« Non ho altre domande, vostro onore », disse Zader sedendosi.

Io mi alzai, mi abbottonai la giacca e rivolsi un sorriso a Gershbaum.

Avevo una sola domanda da fargli. Una domanda semplice. Stavo per lanciare una palla di neve su per una collina con la speranza che cominciasse a rotolare all'indietro sul pendio, ingrossandosi sempre di più fino ad arrivare in fondo a frantumare la tesi di Zader come una palla da demolizione contro una baita di legno.

Dopo essermi schiarito la gola, ero pronto a parlare, ma le porte dell'aula si aprirono di colpo. Due uomini, agenti federali, fiancheggiavano mia moglie.

Anche a distanza potevo vedere le sue lacrime, le mani tremanti e il luccichio delle manette argentate intorno ai suoi polsi esili.

78

I sedili fissati alla parete in fondo all'aula erano riservati alla sicurezza del tribunale, alle forze dell'ordine e ai garanti per le cauzioni. Un agente lanciò il proprio cappotto sui polsi di Christine e l'accompagnò verso quei sedili. Avevano voluto farmi vedere le manette prima di passare alla discrezione.

Tra la folla individuai il volto sorridente e barbuto di Dell. Mi fece l'occhiolino.

Pressione: per Dell era tutta una questione di pressione. Avrebbe tentato in ogni modo possibile e immaginabile di influenzarmi per avere il suo accordo. Sinton si alzò dalla tribuna e uscì dall'aula. Passando davanti a Christine, le fece un cenno.

Avevo la sensazione che uno spuntone gelido mi si fosse conficcato nella schiena per salirmi fino al collo. Sembrava quasi che la pistola che portavo in vita mi stesse chiamando. Con gli occhi infuocati, pensai di estrarre l'arma, prendere Christine e scappare via. Se fossimo riusciti a lasciare il tribunale, avremmo potuto nasconderci. Ma quella non sarebbe stata vita né per lei né per Amy.

«Avvocato Flynn?» Rollins mi stava chiamando.

Il formicolio freddo alla schiena svanì mentre mi giravo per guardare il testimone, dando le spalle a mia moglie, ai suoi occhi arrossati e imploranti.

C'era soltanto un modo per salvarla. Il suo destino e quello di David Child erano uniti, legati insieme con la stessa forza che legava me a mia moglie. Non mi fidavo di Dell, ma avevo imparato a suon di batoste a fidarmi del mio istinto. In quel momento non capivo perché. Lo sapevo e basta. Dovevo far assolvere quel ragazzo, niente di più, e le cose per Christine si sarebbero sistemate.

« Chiedo scusa, vostro onore. »

Proprio come immaginavo, Rollins alzò gli occhi al cielo. Pensava ancora che quell'udienza fosse una perdita di tempo, ne ero certo.

« Signor Gershbaum, lei ha sentito degli spari ed è uscito sul balcone per controllare, poi ha visto il vetro dell'appartamento vicino andare in frantumi. Quindi non c'è stato nessuno sparo dopo che il proiettile ha trapassato la finestra del signor Child? »

Lui abbassò lo sguardo, sbatté le palpebre e cominciò a scuotere la testa. « No, l'avrei sentito. Dopo che la finestra si è infranta, non ci sono stati altri spari. »

« Non ho ulteriori domande, vostro onore », dissi gettando un'occhiata a Zader.

La sua penna si fermò sulla pagina, poi lui guardò i suoi assistenti con le mani aperte come a dire: « Tutto qui? »

Bene. Zader non aveva capito, ma se il resto del caso fosse andato come speravo, allora Leo Gershbaum sarebbe diventato il principale testimone della difesa.

« Lei ha altre domande per il teste? » chiese Rollins a Zader, che scosse la testa. « Chiami pure il prossimo testimone. Procediamo in fretta, avvocati », proseguì il giudice.

« Lo Stato chiama Richard Forest. » Anche mentre parlava, Zader mi scrutava con aria insospettita. Stava cominciando a domandarsi se si fosse perso qualcosa.

Si udirono passi nella corsia. Non avevo nemmeno sentito le porte aprirsi. Era Kennedy, con un fascio di documenti in mano. Era talmente ansioso di farmi vedere cosa aveva trovato che per poco non andò a sbattere contro il nuovo testimone.

Quattro fogli di carta diversi. Cinque copie di ciascuno. Una per me, una per il giudice, una per l'accusa, una per il testimone e infine l'originale, che doveva essere registrato tra le prove.

Lessi i documenti mentre l'addetto alla sicurezza Forest prestava giuramento.

« Che cosa sono? » chiese David.

« Palle di neve », risposi. « Palle di neve giganti, cazzo. »

79

Kennedy mi disse di aver saputo di Christine da uno dei suoi amici dell'FBI che era nella task force e che l'aveva chiamato per avvisarlo. « Mi dispiace, Eddie. Non è giusto. Il mio amico mi ha detto che Carmel ed Amy stanno bene. Sono ancora a Grey's Point. Se non altro, tua figlia è al sicuro. »

« È troppo piccola per assistere a tutto questo, per guardare sua madre che viene portata via, dopo tutto quello che ha passato... » Serrai i denti e non aggiunsi altro. Qualunque altra cosa fosse successa, Dell avrebbe pagato per quello che aveva fatto passare alla mia famiglia.

A Zader bastarono circa cinque minuti per guidare Forest nella sua deposizione. Parlarono della chiamata di emergenza di Gershbaum, del tempo di risposta, di com'erano entrati nell'appartamento di Gershbaum e di come avevano superato il piccolo spazio tra i balconi. Era un buon testimone, che forniva risposte chiare e, a giudicare dalle domande iniziali, si capiva che in passato era stato un poliziotto. Medrano mi aveva detto che aveva lasciato la polizia per colpa di un sergente rompicoglioni. Forest non andava molto d'accordo con quel genere di autorità, ma aveva trovato un altro posto, con una paga più alta, presso la sicurezza di Central Park Eleven. Alto e magro, con il colletto inamidato e un fazzoletto rosso nel taschino del blazer, Forest sembrava un testimone preciso e coscienzioso.

« Cos'ha visto quando è arrivato sul balcone del signor Child? » chiese Zader.

« Per prima cosa ho visto i vetri a terra. Ho estratto l'arma, mi sono accovacciato e ho sbirciato dentro la stanza. È stato allora che ho visto il corpo di una giovane donna bionda a faccia in giù sul pavimento della cucina. Ho capito che aveva riportato gravi ferite alla testa e che, con ogni probabilità, era già morta.»

«Poi che cos'ha fatto?»

«Sono entrato nella stanza cercando di non calpestare troppo i vetri, poi ho contattato via radio il mio supervisore dicendogli che bisognava subito fare irruzione nell'appartamento del signor Child, che c'era un cadavere e che il responsabile poteva ancora essere lì dentro.»

«Il suo supervisore non era entrato nell'appartamento prima della sua chiamata?»

«No. Di norma, non possiamo accedere all'abitazione di un residente senza permesso. A meno di non avere motivo certo di credere che sia in pericolo la sua sicurezza o quella degli altri. Noi non siamo la polizia. A Central Park Eleven vivono parecchie persone potenti, che hanno molto a cuore la propria privacy.»

«Prego, continui», disse Zader.

«Il mio supervisore ha chiamato il 911 dicendo che saremmo penetrati nell'appartamento per una perquisizione d'emergenza. Ha ricevuto l'autorizzazione dall'operatore ed è entrato dalla porta d'ingresso con la squadra d'intervento. Abbiamo setacciato l'appartamento senza trovare nessuno. Poco dopo la fine della nostra perquisizione, è arrivata finalmente la polizia. A quel punto abbiamo sgomberato la scena e io ho rilasciato una dichiarazione al detective Morgan.»

«Grazie», disse Zader togliendo i suoi fogli dalla pedana.

«Avvocato Flynn, ha domande per il signor Forest?» chiese Rollins.

«Sì, vostro onore. Signor Forest, lei è entrato nell'appartamento e ha trovato il corpo, poi dice che ha chiesto rinforzi via radio e che la sua squadra ha setacciato l'appartamento. È corretto?»

«Sì.»

«Può descrivere la perquisizione dell'appartamento?»

«Abbiamo perquisito la cucina, il soggiorno, la sala tv, il bagno al primo piano... ah, e poi anche le camere da letto, l'altro bagno e lo studio.»

«Altre stanze?»

«No. Be', non ce n'erano altre. L'appartamento era vuoto, fatta eccezione per la vittima.»

L'alito caldo di mio padre mi disse nell'orecchio: *le persone credono a quello che possono vedere.*

La domanda successiva era rischiosa. Non ero certo di quale potesse essere la risposta. Sentivo la salivazione a zero mentre parlavo. «Non avete perquisito la camera blindata?»

Nella sua testa si accesero segnali d'allarme grossi come cartelli stradali e luci rosse lampeggianti che indicavano pericolo. Cercò una risposta. «Quando è arrivata, la squadra di sicurezza era già stata informata che il signor Child aveva lasciato l'appartamento, quindi era inutile perquisire la camera blindata. Lui era l'unico a potervi accedere e se n'era già andato.»

Mi bastava. Era ora di procedere. «Signor Forest, essendo stato un agente di polizia, lei sarà addestrato e avrà una certa esperienza in fatto di armi da fuoco, giusto?»

«Esatto.»

«Considerando il suo addestramento e la sua esperienza, quanto tempo sarebbe necessario per prendere la mira e sparare un intero caricatore da una pistola, ricaricare e svuotare la nuova cartuccia?»

Lui gonfiò le guance e poi disse: «Non lo so, forse mezzo minuto?»

«Mezzo minuto. Si potrebbe fare più in fretta? Magari, diciamo, in quindici o venti secondi?»

«Quindici secondi sarebbero davvero pochi, forse venti.»

«D'accordo, venti secondi. Vedo che lei indossa un orologio, signor Forest.»

Era un pochino spiazzato. Strizzò gli occhi e increspò le labbra. «Sì, me l'ha regalato mia moglie per il nostro anniversario.»

«Ha con sé il suo cellulare?»

«Sì, ma è spento.»

«Con il permesso di vostro onore, vorrei che lo accendesse soltanto per un momento.»

«Obiezione, vostro onore, la richiesta non è pertinente», disse Zader.

«Sarò rapido, vostro onore. La richiesta è pertinente e arriverò al punto a breve.»

«Si sbrighi, avvocato Flynn», disse Rollins.

Aspettammo che Forest accendesse il telefono. Quell'attesa mi diede abbastanza tempo per dubitare della serie successiva di domande, ma decisi che valeva la pena di rischiare. «Mentre aspettiamo che si accenda, può dirmi che ore sono, signor Forest?»

Zader alzò le mani verso il giudice. Rollins annuì e mi guardò. Io lo fissai duramente, la mascella tesa e rigida. Scossi appena la testa mentre spostavo lo sguardo dal giudice al procuratore e viceversa, come in attesa che il primo desse ragione al secondo, perché a quel punto sarei subito intervenuto per accusarlo di parzialità.

«Per il momento concediamo all'avvocato Flynn il beneficio del dubbio, avvocato Zader», dichiarò Rollins.

«Grazie, vostro onore. Signor Forest, che ore sono secondo il suo orologio?»

«Le 11.02.»

«Può leggermi l'ora dall'orologio appeso alla parete proprio dietro di lei?»

Lui si girò e guardò l'orologio. «Le 11.05.»

«E che ore sono stando al suo telefono?»

Premendo un tasto, Forest sospirò e rispose: «Le 10.59».

«Quindi abbiamo tre orari diversi su tre dispositivi diversi soltanto in quest'aula. Signor Forest, il registro di sicurezza di Central Park Eleven utilizza un sistema diverso da quello delle telecamere di sicurezza, dico bene?»

«Sì, utilizzano due distinti software su sistemi diversi.»

«Signor Forest, lei non ha mai controllato, in seguito a questo omicidio, che l'orario del sistema delle telecamere di sicurezza fosse sincronizzato con quello sul vostro registro di sicurezza?»

Lui contrasse le labbra e si raddrizzò sulla sedia. «No.»

Alzai il primo documento dalla pila che mi aveva dato

Kennedy, poi distribuii le copie al giudice, al procuratore e al testimone.

«Signor Forest, questa è una copia del registro di emergenza del 911 di quella sera. Immagino che lei sappia che, quando un residente effettua una telefonata di emergenza, viene contemporaneamente inviato al 911 un messaggio che registra quella chiamata. È corretto?»

«Sì, lo so», rispose lui.

«Guardando questo documento, può leggere l'orario di ricezione del messaggio?»

Lui spalancò gli occhi e lesse: «Le 20.04».

«Grazie», dissi.

Non appena mi sedetti, Zader scattò in piedi.

D'un tratto fui consapevole del puro peso delle prove a carico di David. La difesa invece camminava su un sottile strato di ghiaccio. Dovevo avanzare con attenzione, lentamente, oppure io, David e Christine saremmo finiti nell'abisso gelido e buio.

Zader si accingeva ad aprire un'enorme crepa in quello strato di ghiaccio. «Signor Forest, considerata la discrepanza tra gli orari registrati, è possibile che l'imputato abbia lasciato l'appartamento prima che si verificasse l'omicidio?»

Il giudice Rollins annuì con entusiasmo: stava pensando la stessa cosa.

Il testimone scosse la testa.

«No. No, non è possibile che l'omicidio sia avvenuto dopo che l'imputato aveva lasciato l'appartamento. C'è soltanto un modo per entrare e uscire: la porta d'ingresso. Le riprese della telecamera di sicurezza mostrano il signor Child e la vittima che entrano nell'appartamento e da lì poi esce soltanto il signor Child. Ho parlato personalmente con il signor Gershbaum. Nessuno è entrato nel suo appartamento dal balcone, e stiamo parlando del venticinquesimo piano. Quando l'ho perquisito, l'appartamento era vuoto. Non è possibile, perché la vittima aveva ferite che non poteva essersi procurata da sola e, oltre all'imputato, nessuno ha lasciato l'appartamento. L'unico che può aver ucciso Clara Reece è David Child.»

80

Ogni terminazione nervosa, ogni muscolo, ogni goccia di sangue del mio corpo voleva che mi voltassi a guardare Christine, ma sapevo che così facendo avrei rischiato di andare fuori di testa. Il campo di battaglia era quel dibattimento.

Mi dissi che dovevo restare concentrato.

«Non preoccuparti. Va tutto bene», sussurrai a David, anche se le cose erano piuttosto lontane dall'andare bene.

Ingoiando la paura, David mi diede una pacca sul braccio. Aveva ancora fiducia in me.

Almeno lui.

«Agente Noble», annunciò Zader.

Un uomo magro con occhiali, jeans e camicia a scacchi rossi e blu, abbinata a una cravatta bianca che era un pugno in un occhio, avanzò e prese posto al banco dei testimoni. Indossava un paio di stivali da cowboy che, inspiegabilmente, creavano un effetto d'insieme armonioso.

Dopo aver prestato giuramento, l'agente Noble cominciò a pulirsi gli occhiali con l'estremità della cravatta. Le prime domande del procuratore distrettuale identificarono Noble come l'esperto della scientifica che aveva esaminato la vittima e la scena del crimine documentando fotograficamente la sua indagine.

«Agente Noble, data la sua dettagliata analisi della scena del crimine e i risultati presentati dal medico legale, a quali conclusioni è giunto in merito alle modalità con cui è stato commesso l'omicidio?» chiese Zader.

«Considerate le ferite riportate dalla vittima e i proiettili trovati nel cranio e nel cemento sotto le piastrelle, i colpi alla testa sono stati sparati quando la vittima era a faccia in giù sul pavimento. Questo mi porta a credere che inizialmente il colpevole le abbia sparato da dietro. Ci sono due fori d'ingresso nell'area lombare della vittima: un proiettile si è conficcato nella spina dorsale, mentre l'altro è stato un colpo trapassante. È...»

«Scusi, posso interromperla un momento? Che cos'è un colpo trapassante?» chiese il giudice. I tributaristi non avevano molta dimestichezza con le vittime da arma da fuoco.

«È un termine usato per descrivere un proiettile che entra nel corpo della vittima e lo trapassa completamente.»

«Capisco», disse Rollins. «Prego, prosegua.»

«In base alle prove, ritengo che questo secondo proiettile sia entrato dalla schiena della vittima, lasciandole un grosso foro d'uscita nel petto, e che sia stato questo a proseguire fino a raggiungere la finestra.»

«Com'è arrivato alla conclusione che è stato questo proiettile a mandare in frantumi la finestra?»

«Abbiamo trovato un caricatore vuoto sulla scena del crimine e un altro caricatore vuoto nell'arma del delitto rinvenuta a bordo del veicolo dell'imputato. Quest'arma ha caricatori da sette colpi e, sul pavimento della cucina, sono stati ritrovati quattordici bossoli. I proiettili trovati nel corpo della vittima e sul pavimento sotto la sua testa erano in tutto tredici. Manca all'appello un colpo. È ragionevole concludere che questo proiettile abbia trapassato la vittima e frantumato la finestra e che per questo motivo non ne abbiamo trovato traccia.»

«Cosa c'è oltre la finestra del balcone?»

«La finestra si affaccia su Central Park. Abbiamo perlustrato una porzione del parco, ma senza riuscire a localizzare il proiettile.»

«Nel referto autoptico il medico legale afferma che la vittima è stata sicuramente paralizzata, se non uccisa sul colpo, dal proiettile conficcatosi nella spina dorsale. Data la sua esperienza, come si possono ragionevolmente spiegare i colpi sparati alla testa dopo che la vittima aveva già riportato una ferita quasi letale?»

«Passione. A mio avviso i colpi alla testa sono stati un accanimento. Non è stata opera di un killer professionista: si è trattato di un raptus omicida.»

«Come fa a esserne certo?»

«L'assassino ha ricaricato l'arma e poi l'ha scaricata completamente.»

«Esistono statistiche ufficiali sugli omicidi caratterizzati da questo livello di violenza?»

«Sì. Quando un omicidio è avvenuto all'interno dell'abitazione e la vittima ha riportato gravi danni post mortem, stando alle statistiche nel 94,89 per cento dei casi l'assassino è il coniuge o il compagno.»

E con ciò, Zader si sedette. Il teste era tutto mio.

Mi alzai in silenzio, aspettando che Rollins sollevasse la testa dai suoi appunti per ascoltare la mia domanda. Passarono dieci secondi prima che il giudice si degnasse di prestarmi attenzione, ma a me sembrarono dieci minuti. Noble aveva avuto il tempo di bere un sorso d'acqua, risistemarsi la cravatta e controllarsi gli occhiali. Io avevo avuto il tempo di pensare e di preoccuparmi. Appena prima che il giudice Rollins mi fissasse con uno sguardo sprezzante, Cooch si alzò e mi mise una mano sulla spalla. «Riprenditi, Eddie», sussurrò.

La mia mente si snebbiò e io, lentamente, cominciai. «Agente Noble, presumo che lei abbia analizzato l'arma per rilevare eventuali impronte digitali, è corretto?»

«Esatto, e non ne sono state rinvenute.»

«Sì, ho letto il suo rapporto. Lei sostiene che le uniche impronte ritrovate sono quelle dell'agente Philip Jones, che ha recuperato l'arma dall'auto dell'imputato, è così?»

«Sì.»

«Nel suo rapporto, però, lei fa anche un'altra osservazione: dice che, nel momento in cui ha espulso il caricatore vuoto, ha trovato una piccola quantità di terra.»

«Sì, un po' di terriccio. Era solo un'osservazione. Sono tenuto a registrare tutti gli elementi in cui m'imbatto quando esamino un'arma.»

Era ora di procedere, di cominciare a conquistarmi Gershbaum.

«Agente Noble, poco fa lei era presente in aula e dunque ha ascoltato la deposizione del signor Gershbaum, dico bene?»

«Sì, ho ascoltato la deposizione del signor Gershbaum.»

«Allora perché sostiene che il signor Gershbaum stia mentendo?»

Il giudice Rollins fece una smorfia e sfogliò i suoi appunti, tornando indietro. «Il testimone sta forse definendo il signor Gershbaum un bugiardo, avvocato Flynn? Non è quello che leggo nei miei appunti», disse.

«Vostro onore, questo è ciò che implica la sua deposizione. Mi consenta di sviluppare l'argomento.»

«D'accordo, ma prendo scrupolosamente nota, avvocato Flynn. E la prego di essere più specifico.»

Annuii, presi un respiro, buttai fuori l'aria e ritentai. «Agente Noble, il signor Gershbaum sostiene di aver sentito degli spari, di essere andato sul balcone per controllare la strada e poi di aver visto la finestra dell'appartamento dell'imputato andare in pezzi. Dopodiché, afferma di non aver sentito altri spari. Riconosce che questa è la deposizione rilasciata dal signor Gershbaum?»

«Riconosco che ha detto tutte queste cose, sì. E non lo definisco un bugiardo», rispose Noble con le mani aperte e un ghigno sulle labbra.

«E invece sì, agente Noble. Lei sostiene che le prime due ferite da arma da fuoco sul corpo della vittima siano quelle dell'area lombare – un colpo che è passato da parte a parte e l'altro che l'ha paralizzata e forse uccisa – a cui poi hanno fatto seguito i colpi alla testa. È esatto?»

«Sì.»

«Dal suo rapporto, tuttavia, il proiettile che lei descrive come trapassante e che avrebbe frantumato la finestra è probabilmente il primo o il secondo a essere stato sparato mentre la vittima era in piedi davanti alla finestra, seguito dagli spari alla nuca da una distanza ravvicinata quando la vittima era già a terra. Il signor Gershbaum non ha sentito nessuno sparo dopo che la finestra è andata in pezzi.»

«Non posso parlare per il signor Gershbaum. Posso soltanto valutare le prove.»

«Le prove, esatto. Ed è possibile che l'arma avesse un caricatore pieno da sette colpi e un proiettile aggiuntivo già nella camera di caricamento?»

«Sì, è possibile, ma non abbiamo trovato un quindicesimo bossolo nell'appartamento.»

«Non avete nemmeno trovato il proiettile che ha rotto la finestra, giusto?»

«No, non ancora.»

«Quindi è possibile che l'assassino abbia preso quel bossolo e l'abbia lanciato fuori dalla finestra?» chiesi.

«Non posso dire che sia impossibile.»

«Intende dire: 'Sì, avvocato Flynn, è possibile'?»

Sentii uno sgradevole suono quando il giudice Rollins, contrariato, fece schioccare la lingua. Annotò la risposta scuotendo la testa.

Noble reagì come un bambino di terza elementare che era appena stato messo in punizione. «Sì, avvocato Flynn. È... è... possibile.»

«Ho soltanto qualche altra domanda. Vorrei che mi spiegasse per quale ragione ritiene che il proiettile trapassante abbia frantumato la finestra. La vittima non potrebbe essere stata a terra a faccia in giù quando è stata raggiunta da quel colpo nell'area lombare?»

Ci avevo messo troppo. Zader era già in piedi. Avendo fiutato l'odore di sangue nell'aria, s'imbarcò in un tentativo disperato di limitare i danni. «Vostro onore, questa è un'udienza preliminare, non il processo di Norimberga. L'avvocato Flynn la sta tirando inutilmente per le lunghe.»

«Il mio controinterrogatorio si concluderà a breve, vostro onore. Se mi concederà un altro po' di tempo, sarà sicuramente nell'interesse della giustizia nonché nel rispetto del diritto del mio cliente a un'udienza imparziale.»

«Faccia in fretta», disse Rollins.

«Grazie, vostro onore», risposi prima di riportare l'attenzione su Noble.

Stava sorridendo. Aveva avuto il tempo di pensare a una risposta e io pregai che fosse quella giusta, quella che stavo aspettando. « Sono due i motivi per cui è impossibile che la vittima fosse con la faccia a terra quando quel colpo l'ha trapassata. Primo, perché avremmo trovato una grande quantità di sangue e tessuto sul pavimento, sotto il corpo. Secondo, perché avremmo trovato il proiettile conficcato nel pavimento oppure segni di rimbalzo nel punto in cui il proiettile avrebbe colpito la piastrella. »

Il sangue mi affluì alle guance. Zader se ne accorse e sbiancò. Aveva capito, ancor prima che aprissi bocca, che avevo teso una trappola al suo testimone, il quale ci era cascato in pieno.

« Vostro onore », dissi. « Sono in possesso di prove contrarie che vorrei sottoporle. »

81

Il giudice lesse il documento che gli avevo appena consegnato mentre la folla sussurrava come un'onda che increspasse dolcemente le acque di un lago nel cuore della notte. Il chiacchiericcio era inframmezzato dal battito ritmico del tallone di David sul pavimento, che, ansioso, muoveva il ginocchio su e giù. Holly gli appoggiò una mano sulla spalla e il rumore cessò.

Tenendo le pagine tra pollice e indice come se fossero tossiche, il giudice mi restituì il rapporto con un sospiro. «Molto bene. Si assicuri che anche il signor Zader ne riceva una copia.»

Il documento, che Cooch lanciò verso Zader con un gesto esperto, volò in aria per poi atterrare sul tavolo dell'accusa.

«La prossima volta glielo porti, avvocato Coucheron», disse il giudice Rollins.

Aspettai una quindicina di secondi per consentire a Zader di dare una lettura veloce al rapporto. Quando le sue dita ebbero uno spasmo e strapparono gli angoli delle pagine, capii che era arrivato alla fine.

Consegnai la mia copia al testimone. «Questo è un rapporto scritto da un agente operativo dell'FBI di nome Theo Ferenze. Descrive in maniera dettagliata l'analisi del pavimento della camera blindata situata nell'appartamento di David Child. In fondo vedrà due fotografie che sono state stampate su carta semplice e accluse al rapporto.»

«Le vedo», disse Noble a denti stretti.

«L'annotazione per la fotografia numero uno recita: 'Pavimento della camera blindata, esaminato con il luminol'. Ora, che cos'è il luminol?»

Il giudice Rollins inarcò un sopracciglio. Avevo l'impressione che, nella sua limitata esperienza, le analisi della scena del crimine non avessero esattamente un ruolo di primo piano.

«Il luminol è un agente chimico che viene applicato sulle superfici e, nel momento in cui si va a illuminare l'area con una luce nera, rivela la presenza di macchie di sangue», spiegò Noble.

«Grazie. Voi non avete perlustrato la camera blindata?»

«Io non sapevo che ci fosse una camera blindata.»

Sollevai il Claudio, il disegno architettonico che avevo staccato dal muro di casa di David, su cui si vedeva chiaramente la camera blindata. «Questo era appeso alla parete. Non l'avete notato?»

«No. Non prestiamo attenzione agli oggetti appesi ai muri. Comunque, l'accesso alle camere blindate è riservato ai locatari. La sicurezza dell'edificio ci aveva informati che il locatario, il signor Child, aveva lasciato l'edificio.»

«Torniamo al rapporto dell'FBI, nel quale si afferma che sul pavimento della camera blindata dell'appartamento del signor Child è stata trovata una grossa quantità di sangue fresco, come possiamo vedere dalla macchia violacea per terra, è corretto?»

«Sì.»

«Inoltre, la foto numero due è il primo piano di un'incisione sul pavimento di cemento, al centro o quasi della macchia di sangue. Secondo l'esperto dell'FBI, quell'incisione è compatibile con il rimbalzo di un proiettile sul pavimento, esatto?»

«Sì.»

«Secondo l'agente Ferenze, le fibre sporche di sangue trovate nella parte danneggiata del pavimento sono simili a quelle della maglietta che la vittima indossava quel giorno, è corretto?»

«Stando a questo rapporto, sì, è corretto. Io non ho avuto l'opportunità di...»

«Solo un attimo», disse il giudice Rollins. «Che cosa significa tutto questo, avvocato Flynn?»

«Significa che la vittima è stata raggiunta dai colpi alla schiena quando si trovava nella camera blindata, e probabilmente è morta lì. Significa che in un momento successivo il suo corpo è stato trascinato in cucina, dove sono stati sparati i dodici colpi alla nuca. Non è così, agente Noble?»

Lui serrò la bocca, le labbra tese. «Sembrerebbe probabile», rispose.

«Se è così, considerando l'accuratezza degli altri spari, è possibile che l'assassino abbia sparato di proposito contro la finestra?» chiesi.

«Sì, è possibile.»

«Magari per attirare l'attenzione del signor Gershbaum e fare in modo che chiamasse la sicurezza?»

«Obiezione, vostro onore. Queste sono illazioni», disse Zader.

Dopo un istante, il giudice Rollins rispose: «Accolta».

Ignorai il colpo. Avevo comunque messo la pulce nell'orecchio a Rollins. Un'ultima domanda.

«Lei ha proposto la conclusione che l'aggressore abbia sparato ripetutamente alla testa soltanto perché in preda alla collera, ma c'è un'altra spiegazione. Può essere che le ferite siano state procurate deliberatamente alla vittima per deturparne il volto e renderne impossibile l'identificazione tramite caratteristiche facciali o impronte dentali?»

«Non posso escluderlo», disse Noble spostandosi sulla sedia.

Mi presi un momento per valutare la situazione, chiedendomi se avessi fatto abbastanza. Il giudice sembrava più che altro confuso. Decisi di fermarmi per preservare il vantaggio. Pensavo che avrei fatto meglio a tenere le mie carte migliori per l'ultimo testimone, il detective Andy Morgan.

«Non ho altre domande», dissi.

Zader, dal canto suo, non voleva più saperne di quel testimone.

Uscendo dal banco, Noble per poco non inciampò. Non voleva restare un attimo di più.

«Suggerisco di fare una breve pausa, signori. Chi è il suo

prossimo teste, avvocato Zader? Potrà prepararlo durante la sospensione.»

«Vostro onore, chiameremo a testimoniare l'autista del veicolo coinvolto nell'incidente stradale con l'imputato, il signor John Woodrow.»

No che non lo farai, mi dissi.

Andai a cercare Christine e, mentre gli passavo davanti, Lizard mi diede un cellulare che mi nascosi nel palmo della mano.

Sentii una stretta allo stomaco.

Scrutai l'aula, diretto verso le porte, e accelerai il passo fino a mettermi a correre, girando la testa da una parte e dall'altra mentre cercavo mia moglie con lo sguardo.

Niente.

Era sparita, e gli agenti con lei. L'avevano portata via. Spalancai le porte. Il corridoio era deserto, fatta eccezione per due persone. A destra, Perry Lake, o John Woodrow, secondo il procuratore distrettuale. A sinistra, Dell. Ricordai a me stesso che avevo un lavoro da portare a termine.

Perry Lake era appoggiato al muro e muoveva il pollice sul cellulare. Quando mi vide, restò a bocca aperta.

« Eddie... io... non sapevo che fossi coinvolto. Mi dispiace, amico. »

« Prendi questo telefono, signor Woodrow. Dentro ci sono alcune fotografie. Assicurati di rispondere quando suonerà », dissi porgendogli il cellulare che Lizard mi aveva passato poco prima. Senza aggiungere una sola parola, mi girai per avvicinarmi a Dell.

Seduto a gambe accavallate su una panca appoggiata contro il muro, Dell alzò lo sguardo dal suo telefono. « È colpa tua, Eddie. Io te l'ho detto cosa dovevi fare. Perché non sai ascoltare? »

« Dov'è Christine? Se è in arresto, ha diritto a una telefonata e a un avvocato. »

« Questo vale soltanto se si trova in una stazione di polizia o in una prigione federale. Sei un avvocato, dovresti saperlo. »

« Dovete citarla in giudizio il prima possibile. La state trattenendo illegalmente. »

« Cos'è, vuoi denunciarmi? Ti conviene ripensarci », disse.

Si alzò e, mentre andava verso una delle grandi finestre affacciate sulla piazza, mi fece segno di seguirlo. Restando leggermente indietro, mi invitò con un cenno a guardare fuori. Il mio telefono vibrò. Lo controllai e trovai un messaggio dal numero di Christine.

Terza finestra, vicino alla scala. Dai un'occhiata in strada.

Corsi alla finestra e sentii il cuore fare un volo di dieci piani.

Dieci piani più in basso, sul marciapiede, Christine mi stava fissando. Fu un momento fugace, un terribile istante in cui mi resi conto di quello che stava succedendo, come colpito da una martellata. Uno degli uomini della sicurezza dello studio stava spingendo Christine a bordo di un'elegante auto nera. Picchiai i pugni sul vetro, ignorando gli sguardi torvi e le grida delle persone in corridoio, e serrai i denti guardando Gerry Sinton che aveva un cellulare in mano, probabilmente quello di Christine. Salì in macchina dopo di lei, s'immisero nel traffico a tutta velocità e sparirono dalla vista.

«Non pensarci nemmeno, a tirarmi un pugno. Sono stufo di fare giochini con te. Prova a fare qualsiasi cosa e ti disintegro. La colpa è tua. Non dovevi fare altro che darmi la mia confessione, ma non potevi, vero?» disse Dell.

«Che cos'hai fatto?» chiesi scuotendo la testa.

«Niente. Noi l'abbiamo solo lasciata libera. L'ha presa qualcun altro. Io non c'entro nulla.»

Il sangue mi rimbombava nelle orecchie e mi tremavano le mani. Pensai alle mie mani, immaginai di stringerle intorno alla gola di Dell, di serrare la presa, di sentire la sua trachea cedere, di guardare i capillari nei suoi occhi scoppiare.

Dell controllò l'orologio. «Se l'algoritmo di Child è corretto, i soldi arriveranno su un conto nel centro di Manhattan fra quattro ore. Se per quell'ora non avrò avuto la mia confessione, non potrò più garantire la sicurezza di Christine. In questo momento lo studio vuole scoprire esattamente cosa sa lei di questa storia e con chi ha parlato. La riporteranno nei loro uffici. Vogliono sapere che cos'ha l'FBI su di loro.

Sanno già che dev'esserci qualche accordo perché un federale ti ha passato dei documenti in aula. Sei stato incosciente.»

Aveva ragione. Non avevo pensato all'idea che si sarebbe fatto lo studio se avesse assistito alla scena. Era stata una mossa stupida. Mi girai e sentii Perry rispondere al telefono che gli avevo dato. Dopo pochi secondi, si era lasciato cadere in ginocchio. Potevo capire come si sentiva.

«Per quanto tempo pensi che reggerà Christine? Un'ora? Cinque minuti? Cinque secondi? Io credo che lo studio non farà la sua ultima mossa finché i soldi non saranno arrivati sul conto di Harland. Terremo d'occhio la situazione per assicurarci che con Christine non ci vadano giù troppo pesante. Ti do un'ultima opportunità, Eddie. Non voglio che David Child venga citato in giudizio. Voglio che patteggi, così da poterlo controllare. Non importa quale sia la proposta del procuratore distrettuale: tu accetta e basta. Posso sempre fargli togliere qualche anno, se testimonia come voglio io.»

«Cioè vuoi farlo mentire. Vuoi che menta dicendo di aver ucciso la sua fidanzata e dichiarando che il suo sistema è stato progettato e realizzato per consentire allo studio di riciclare denaro.»

«L'hai capito soltanto adesso? Ti credevo intelligente.»

«Non si riconoscerà mai colpevole di un omicidio che non ha commesso e, quanto al sistema, l'ha progettato in buona fede. Se lo studio l'ha usato illegalmente, la colpa non è sua. Questa menzogna lo rovinerebbe.»

«È già rovinato. Anche se venisse assolto, la gente non sarà mai convinta della sua innocenza. Questo genere di merda ti resta incollata addosso per sempre. Però non è necessario che finisca male anche per Christine. Non appena lui avrà confessato, la porteremo al sicuro. È tutto nelle tue mani. Non preoccuparti di David Child. È come ho detto: la merda ti resta incollata addosso, e lui ci è troppo dentro perché tu possa aiutarlo.» Con una spallata, Dell mi superò e tornò in aula.

Io mi girai e vidi Perry venire verso di me con tutta la velocità che la sua andatura zoppicante gli permetteva. Mi restituì il telefono, con la bocca mimò la parola «scusa» e poi strascicò i piedi fino all'ascensore, rischiando di cadere nella fretta.

Il corridoio si restrinse. Deglutii, nel tentativo di trattenere il vomito, e mi sforzai di mantenere il controllo.

Lizard uscì dall'aula e mi raggiunse. Dovetti appoggiarmi alla sua spalla e fare respiri profondi. Ci mettemmo in un angolo per parlare senza essere sentiti.

« A quanto pare, il tuo vecchio amico Perry non voleva vedere Bert ed Ernie. Ha detto di dover andare via per un po', per fare visita a sua zia a Topeka. »

« Dell ha fatto uscire Christine dal tribunale. Lo studio la stava aspettando. Vuole farmi pressione affinché mandi a monte il caso di David e lo costringa a confessare. Perry ti ha detto chi è stato a pagarlo per andare a sbattere contro l'auto di David? »

« Ha riconosciuto l'uomo dalle foto sul telefono. Ha detto che era quello della foto numero tre. »

« Ne era sicuro? »

« Al cento per cento. Farai patteggiare David? » mi chiese Lizard.

« Non mi fido di Dell. Non ha nessuna remora a mettere in pericolo la vita di Christine, quindi non sono così certo che voglia salvarla. »

Lizard mi fece vedere la foto numero tre sul telefono: era quella che avevo scattato a Langhiemer.

« Cazzo, David aveva ragione », sbottai.

« Hai detto che avevi bisogno di Lizard. »

« Lo studio ha preso Christine. Credo che l'abbiano portata al Lightner Building. Ti ricordi che quando ci siamo conosciuti avevi una scatola di acciaio nel retro del furgone con dentro alcuni giocattoli? »

« Ce l'ho ancora », rispose lui.

« Ecco cosa devi fare... »

Lizard si precipitò giù per le scale, dirigendosi fuori dal tribunale mentre recitava un'avemaria. Probabilmente era l'unico di cui mi fidavo in quella situazione di merda. Passi pesanti dietro di me. Kennedy mi picchiettò le dita sulla spalla.

«È stato Langhiemer», dissi. «Ha pagato lui il conducente del pick-up perché andasse a sbattere contro l'auto di David. Ne ho appena avuto conferma. È stato lui a organizzare tutto questo casino. E non posso usare questa informazione in aula. Dovrai arrestarlo.»

«Lo faremo, ma non abbiamo ancora tutto. Questo cambia le cose», rispose allungandomi il suo cellulare. Sullo schermo c'era un'immagine. «Mi avevi chiesto di controllare chi aveva avuto accesso a quell'articolo francese di balistica che parlava di airbag e residui di polvere da sparo. Ho chiamato l'università e l'unica persona ad averlo ordinato su Internet sei stato tu, ieri. Tengono un registro. A parte quello, l'articolo non è mai stato pubblicato su nessuna rivista. L'unica altra occasione durante la quale alcuni stralci sono stati resi disponibili è stata una conferenza dell'Interpol dell'anno scorso. Ho avuto i nomi dei partecipanti. Nulla che saltasse all'occhio. Così ho chiamato l'Interpol e ho chiesto i tesserini di tutti i delegati che hanno partecipato a quella conferenza. Erano in quattordici. Questa è la persona che stiamo cercando. Sarah Callan.»

Guardai di nuovo la foto sul cellulare di Kennedy. Stavolta capii il nesso. «Mi stai prendendo in giro.»

Lui scosse la testa. «Che diavolo significa, Eddie?»

In quel momento non lo sapevo. «Hai informazioni su questa Sarah Callan?» chiesi.

«Il mio direttore me le sta mandando via email. Gli ho raccontato cosa sta succedendo nella task force ed è incazzato quanto me. Non vuole che questa faccenda ci si ritorca contro.»

Gli spiegai di Christine.

Lui sussultò. «Ho sentito che la task force è diretta al Lightner Building», disse. «La squadra farà uscire gli associati e arresterà Sinton insieme al personale di sicurezza dello studio. Christine se la caverà. Manderò Ferrar e Weinstein per assicurarmi che qualcuno si prenda cura di lei.»

«Vostro onore, pare che abbiamo qualche difficoltà a individuare il nostro prossimo testimone, il signor Woodrow», disse Zader. «Avrebbe dovuto deporre a proposito dell'incidente in seguito al quale ha visto l'arma del delitto nel veicolo dell'imputato. Non possiamo procedere con la sua deposizione, ma è in aula l'agente che ha trovato l'arma nell'auto e che ha effettuato l'arresto. Lo Stato chiama l'agente Philip Jones.»

Venne avanti un poliziotto in uniforme, poco più che quarantenne, con corporatura robusta, capelli scuri e un velo di barba sulle guance sebbene fosse evidente che quella mattina si era rasato.

«Agente, mi sembra di capire che ha da poco lasciato il corpo di polizia, giusto?» chiese Zader.

«Non proprio. Quello in cui ho arrestato l'imputato avrebbe dovuto essere il mio ultimo giorno da agente, ma dal momento che questo caso è diventato così importante, ho accettato di rimanere un altro mese per dare una mano.»

Zader lo ringraziò per la sua dedizione e poi formulò in fretta le domande preliminari: anni di servizio, esperienza, arrivo sul luogo dell'incidente. Domande rapide seguite da risposte rapide. Zader non vedeva l'ora di arrivare al sodo. «Agente, che cos'ha visto sul luogo dell'incidente quando si trovava accanto alla portiera del lato passeggero del veicolo dell'imputato?»

«Una pistola, appoggiata a terra, sul tappetino.»

«È sicuro che si trattasse di una pistola?»

«La vedevo chiaramente. Ho aperto la portiera, ho preso l'arma e poi ho interrogato il sospettato. Lui ha detto di non possedere una pistola e di non aver mai visto quell'arma prima di allora.»

«Grazie, agente. La prego di rimanere sul banco dei testimoni. L'avvocato Flynn potrebbe avere un paio di domande. Anche se non riesco a immaginare quali potrebbero essere», disse Zader.

«Sei sicuro che funzionerà?» mi chiese David a bassa voce.

«Devo provarci», gli risposi e, mentre mi alzavo, gli diedi un colpetto sulla spalla. Stava migliorando nel gestire il contatto fisico: era molto probabile che ne avesse più bisogno di quanto pensasse. «Agente, lei è arrivato sul luogo dell'incidente in tempi molto rapidi. Come ci è riuscito?» chiesi.

«Non sono stato poi così veloce. Ho ricevuto la chiamata dalla centrale ed ero a un paio di isolati da lì, quindi me ne sono occupato io.»

«E dove si trovava quando ha ricevuto la chiamata?»

Inspirò prima di rispondere e poi scosse piano la testa. «Non me lo ricordo di preciso. Ero in zona.»

«Ha detto che si trovava a circa due isolati dal luogo dell'incidente. Dovrà pur avere un'idea.»

«Nei dintorni della 63rd Street, credo.»

«Ne è sicuro?»

«Sì. Sì, ne sono sicuro», rispose lui.

Porsi al testimone il registro della centrale che mi aveva procurato Kennedy, poi ne diedi una copia anche al giudice e una a Zader.

«Hai altri conigli dentro il cilindro?» disse Zader.

«Soltanto qualcuno», gli risposi e proseguii. «Questa è la trascrizione delle comunicazioni radio della sera dell'omicidio. Il signor Woodrow, che era alla guida del pick-up scontratosi con l'auto dell'imputato, dichiara di trovarsi all'incrocio tra la 66th Street e Park Avenue. Può leggere ad alta voce la sua risposta al centralinista?»

Lui si schiarì la voce e, sicuro di sé, addirittura con nonchalance, lesse: «'Qui Charlie Venti, ci penso io. Sono sulla 63rd Street diretto verso Central Park West'». E aggiunse con un sorriso: «Sono della stazione di polizia numero venti e la mia macchina è Charlie. Questo è il mio indicativo ra dio. Visto? Avevo ragione. Mi ricordavo bene. Ero sulla 63rd Street».

«Quindi era sulla 63rd Street quando è arrivata la chiamata. Immagino che fosse di pattuglia a quell'ora, giusto?»

«Esatto, ero in servizio mobile.»

Il giudice scosse la testa.

Dovetti spiegarglielo. «Quando dice che era in servizio mobile, significa che prima di ricevere la chiamata stava perlustrando la zona a bordo della sua auto. È corretto?»

Jones esitò leggermente prima di dire: «Sì, ero di pattuglia dal pomeriggio».

«E dopo aver preso la chiamata si è recato subito sul luogo dell'incidente?»

«Sì. Quando sono arrivato in fondo alla 63rd Street, ho svoltato a sinistra su Central Park West. L'incidente era tre isolati più avanti.»

Annuendo, il giudice Rollins guardò i suoi appunti. Fino a quel momento, l'agente Jones era stato inappuntabile.

«Agente, lei era l'unico poliziotto a bordo della Charlie Venti quel giorno?» chiesi.

«Sì, ormai ho parecchi anni di servizio alle spalle. Non sono sergente, ma dopo tutto questo tempo posso uscire da solo.»

«Quante volte è stato bocciato all'esame per diventare sergente?»

«Obiezione, non è pertinente», intervenne Zader.

«Un po' di tolleranza, vostro onore», dissi.

«Gliela concedo», rispose Rollins.

Jones tossì. «Otto volte.»

«Mi sembra di capire che ha trovato un nuovo lavoro. Sta per lasciare il corpo di polizia?»

«Esatto. Lavorerò per un'agenzia che fornisce servizi di sicurezza privata in Iraq. Sarò membro di una scorta. È un po' più pericoloso rispetto a Manhattan, ma la paga è il triplo del mio stipendio da poliziotto.»

«Molto bene. Quando ha ottenuto questo nuovo lavoro?»

«Mi è stato confermato qualche mese fa.»

«E quanto le hanno versato come bonus di ingaggio?»

«Sono tenuto a rispondere?»

«Questa è la mia ultima domanda sull'argomento, vostro onore.»

Un cenno d'assenso del giudice Rollins e Jones scosse la testa.

Mise le dita a cono, premendole tra loro così forte che le punte gli diventarono bianche. «Duecentomila dollari», rispose.

Io non reagii, ma osservai il giudice Rollins gonfiare le guance.

«Non aveva mai incontrato l'imputato prima di quel giorno?»

«No. Avevo sentito parlare di lui, ovviamente. Ma, no, non l'avevo mai incontrato.»

«Quindi non serba nessun rancore verso di lui?»

«No. Sono un rappresentante delle forze dell'ordine. Noi non portiamo rancore. E, come ho detto, non l'avevo mai incontrato prima.»

«E non ha nessun motivo di mentire al riguardo, giusto?»

«Assolutamente no», rispose lui scuotendo la testa e storcendo le labbra.

«Non sta cercando una promozione. Sta per passare a un lavoro molto meglio retribuito, giusto?»

«Giusto», disse lui incrociando le braccia.

«Allora perché sta mentendo?»

Il giudice Rollins alzò di scatto la testa per guardare prima me e poi il testimone.

«Non sto mentendo su niente, avvocato», disse Jones.

Presi gli ultimi documenti che Kennedy mi aveva procurato e ne diedi una copia al giudice e una all'agente Jones, che la prese con riluttanza, la studiò e poi abbassò la testa.

«Agente, questo è un registro delle posizioni GPS del suo veicolo la sera dell'omicidio. Tutti i mezzi della polizia sono dotati di un localizzatore, è esatto?»

«Sì, ma...»

«Questo è il registro del dipartimento di polizia di New

York in merito agli spostamenti effettuati dal suo veicolo quella sera. Le chiedo di prendersi un momento per guardarlo e di dirmi quando il localizzatore registra la sua posizione sulla 63rd Street.»

Lui non guardò nemmeno il rapporto. Scosse la testa e si limitò a dare un'occhiata alla pagina. Lo sapeva già. Zader e Rollins esaminarono in fretta il documento in cerca della voce di loro interesse.

«Forse posso aiutarla, agente. Il rapporto conferma che il suo veicolo non ha mai imboccato la 63rd Street quel giorno.»

«Magari il satellite non funzionava», disse Jones.

«No. Se andiamo a ritroso, il registro mostra che il suo veicolo è stato fermo tra la 66th Street e Park Avenue per i ventitré minuti nei quali lei si occupava dell'incidente, trovava la pistola e arrestava il signor Child. Prima di allora, il registro mostra che il suo veicolo si è recato sul luogo dell'incidente da Central Park West. Lei ha superato l'incrocio con la 63rd Street mentre si dirigeva verso l'incidente.»

Jones annuì senza rispondere, guardandosi intorno in cerca di aiuto. Nessuno gliene offrì.

«Quindi la dichiarazione che ha rilasciato poco fa, secondo cui avrebbe svoltato a sinistra in fondo alla 63rd Street per imboccare Central Park West, era una menzogna?»

«No, è stato un errore commesso in buona fede.»

«Prima che andasse sul luogo dell'incidente, il registro mostra che il suo veicolo è stato parcheggiato fuori da Central Park Eleven per trentatré minuti. Ha mentito al centralinista?»

«Ho commesso uno sbaglio. Io...»

«Ha alle spalle parecchi anni di servizio come agente. L'ha dichiarato lei stesso. Sta dicendo a questa corte che non conosce la differenza tra Central Park West e 63rd Street?»

«No, ho solo sbagliato», rispose lui.

«Ha sbagliato o ha mentito?»

«Ho sbagliato.»

«Quindi è soltanto una coincidenza che, proprio mentre

Clara Reece veniva assassinata, lei fosse parcheggiato dal lato opposto della strada rispetto all'edificio in cui viveva la vittima? »

« Sì. »

« Ed è sempre una coincidenza che sia stato proprio lei a rispondere alla chiamata del centralino per l'incidente che ha determinato l'arresto dell'imputato e il ritrovamento dell'arma del delitto? »

« Sì. »

« Lei era in aula stamattina quando l'agente Noble ha rilasciato la sua deposizione? »

« Sì. »

« Ha sentito che l'agente Noble ha dichiarato di aver trovato della terra o terriccio nel caricatore dell'arma del delitto quando l'ha espulso? »

« È quello che ha detto. »

« E l'ha sentito affermare che è possibile che l'assassino abbia sparato di proposito contro la finestra dell'appartamento del signor Child, forse per allertare il vicino, il signor Gershbaum? »

« Sì, l'ho sentito. »

« Potrebbe esserci un altro motivo per il quale la finestra si è rotta. L'appartamento del signor Child si trova al venticinquesimo piano di quell'edificio. A quell'altezza non ci vorrebbe una gran forza per lanciare l'arma del delitto dall'altra parte della strada e farla finire in Central Park, giusto? »

Silenzio. Il testimone non si mosse e non fece nemmeno un tentativo di rispondere alla domanda. Il suo sguardo si spostò dietro di me. Dalla porta d'ingresso dell'edificio in cui viveva David, anche un bambino di quinta elementare avrebbe potuto lanciare una palla nel parco. Dal balcone del suo appartamento al venticinquesimo piano, nel parco ci si poteva praticamente sputare.

« Il suo veicolo è rimasto parcheggiato accanto al parco per parecchio tempo », continuai. « Lei aspettava nel parco, di fronte all'edificio, tenendo d'occhio il balcone dell'imputato. È una zona piuttosto isolata del parco e lei era dietro le siepi. Il piano era accuratissimo – e lo sapeva – al punto da stabilire il minuto esatto in cui la pistola sarebbe stata lanciata nel parco dal balcone. Lei ha aspettato di vedere l'arma del delitto volare fuori dall'appartamento, l'ha recuperata dall'erba, l'ha ripulita dalla terra e poi se l'è nascosta nella giacca... »

« Sono tutte caz... »

« Tenga a bada la lingua in quest'aula », intervenne il giudice fissando Jones. Mi parve di vedere un piccolo bagliore in Rollins, una scintilla nei suoi occhi: il seme del dubbio. Dovevo farlo fiorire.

« Quando è tornato alla sua auto, si è tolto l'arma di riserva dalla fondina alla caviglia, l'ha messa nel vano portaoggetti e l'ha rimpiazzata con l'arma del delitto, è così? »

« Queste sono... menzogne. »

« Agente, lei ha perquisito l'imputato, la sua borsa e il suo veicolo, è corretto? »

« Questo è vero, sì. »

« E non ha trovato guanti? »

« No, non ne ho trovato. »

« Quindi, sebbene l'imputato non avesse guanti né altri mezzi per pulire adeguatamente l'arma, le sue impronte digitali non sono state ritrovate su quella pistola? »

« Credo di no. »

« Le uniche impronte su quella pistola erano le sue, agente Jones? »

« Avrei dovuto indossare dei guanti quando ho preso l'arma. »

« Si riferisce a quando l'ha raccolta da terra a Central Park? »

Un attimo di esitazione prima di rispondere: « No ».

« Non è riuscito a togliere tutta la terra dall'arma, vero? Immagino che non avesse molto tempo. Dalla strada nessuno avrebbe visto una pistola volare per aria, ma lei doveva farla sparire in fretta. »

Jones non rispose.

« Il signor Woodrow non è qui per deporre riguardo a

quello che ha visto. C'è soltanto lei. Quando si è chinato per guardare nell'abitacolo dell'auto di David, ha recuperato l'arma del delitto dalla sua fondina e l'ha sollevata in aria verso la telecamera stradale?»

«Certo che no.»

«Central Park Eleven dista soltanto un paio di isolati dalla 63rd Street. Lei immaginava che al centralino non se ne sarebbero mai accorti e nessuno aveva motivo di dubitare della sua posizione, o almeno era quello che lei pensava. Ha mentito riguardo alla sua posizione per non essere collegato alla scena del crimine, così che nessuno potesse fare due più due. Giusto?»

«Insomma, ho mentito al centralino sulla mia posizione. Stavo facendo una pausa. Non ho avuto niente a che vedere con quella pistola finché non l'ho tirata fuori dall'auto del suo cliente. Sto dicendo la verità.»

«Quindi un momento fa ha mentito sotto giuramento, dichiarando il falso, ma adesso sta dicendo la verità. È così?»

«Sì.»

«Quindi lei è un bugiardo onesto?»

Jones si alzò. «Sta sparando un sacco di stronzate!» sbraitò puntandomi contro un dito.

Il giudice non lo ammonì: aveva sentito abbastanza.

«Un'ultima domanda», dissi. «Duecentomila bigliettoni sono la tariffa di mercato per nascondere una pistola nel posto giusto?»

Jones si asciugò la bocca con il dorso della mano. Avrebbe voluto dire di più, molto di più. Era furibondo, ma sembrava che stesse cercando di frenarsi, d'impedire a se stesso di fare ulteriori danni. Tutti gli occhi erano puntati su di lui. Jones si appoggiò allo schienale della sedia, guardò il giudice e disse: «Mi riservo di non rispondere per evitare una possibile incriminazione».

Mi sedetti. Senza guardare Jones, Zader indicò la porta. Voleva che uscisse di lì, ma non sopportava di guardarlo in faccia.

84

2 ore prima dello sparo

«Eddie, mi pare che il giudice stia cominciando a riflettere sulla nostra tesi», disse David.

«Riflettere non è abbastanza. Deve crederci.»

«Lo Stato chiama a deporre il detective Andy Morgan.»

Un poliziotto biondo con un abito marrone sbiadito si sputò la gomma da masticare in mano, chiuse la telefonata sul cellulare e mise gomma e telefono nella stessa tasca. Qualunque cosa stesse succedendo su quel telefono, gli creava una certa preoccupazione. Dal rossore della faccia, immaginavo fosse in ansia al pensiero di quello che gli avrei chiesto. Mi aveva visto inchiodare due agenti di polizia, e adesso toccava a lui. Prestò giuramento e si passò le dita tra i capelli che, come notai, si erano imbiancati soltanto sul davanti, scolorendosi quasi come il suo abito. Sentii vibrare il mio cellulare e controllai i messaggi. Ce n'era uno nuovo da Lizard.

I federali sono appena arrivati. Intervengo?

Da sotto il tavolo digitai la mia risposta.

No, sono venuti per portare via Christine. Stai a guardare e dimmi quando è libera.

Il procuratore distrettuale guidò il detective Morgan nel racconto del suo coinvolgimento: il messaggio con cui il centralino aveva confermato che la polizia aveva identificato il corpo nell'appartamento di David come la vittima di un probabile omicidio, il suo arrivo all'edificio e la sua perquisizione dell'appartamento, le annotazioni delle ferite letali, la chiamata alla scientifica, e tutto il resto fino alla ricerca di prove attraverso le riprese delle telecamere di sicurezza.

«Poi sono stato nell'ufficio della sicurezza e ho parlato con il signor Medrano, il capo della squadra, che è riuscito a individuare i video della sorveglianza che ci interessavano e me ne ha procurato una copia.»

«È questo il DVD a cui si riferisce? Il reperto TM2?» chiese Zader.

«Esatto», rispose Morgan.

«Con il permesso della corte, sarebbe il momento di guardare le riprese.»

«D'accordo», rispose Rollins.

Zader porse il DVD a Morgan, che si alzò e lo inserì nel lettore sistemato sotto uno schermo da settanta pollici a sinistra del giudice.

Morgan diede il telecomando al procuratore e tornò a sedersi.

Il video partì per essere interrotto quando Zader chiese a Morgan di identificare David e Clara. Arrivammo al punto in cui i due entravano nell'appartamento e poi, dopo circa diciassette minuti, David usciva da solo. Quattro minuti più tardi, la squadra di sicurezza guidata da Forest era davanti alla porta di Gershbaum.

«Quali conclusioni si possono trarre da questo filmato?» chiese Zader.

«Sembra esserci una prova incontrovertibile del fatto che l'imputato e la vittima sono entrati nell'appartamento insieme, ma soltanto uno di loro ne esce vivo. Quando l'appartamento viene perquisito, all'interno non c'è nessun altro. Questi sono i fatti. L'imputato è l'unica persona che potrebbe aver sparato alla vittima, uccidendola.»

«Grazie», disse Zader.

Dall'indicatore digitale che appariva in fondo allo schermo vidi che quel DVD con le riprese della telecamera del corridoio fuori dall'appartamento di David proseguiva per altre otto ore. Probabilmente Medrano si era limitato a copiare su un disco il filmato dell'intera giornata. Avrei potuto usare contro Zader il suo stesso reperto.

« La difesa desidera controinterrogare il teste? » chiese il giudice Rollins.

Mi alzai e cominciai con una serie di domande banali che avevano l'obiettivo di far parlare Morgan, farlo aprire e metterlo a proprio agio. Nelle udienze preliminari gli agenti di polizia sono abituati a essere controinterrogati a lungo senza uno scopo ben preciso. Nient'altro che tentativi alla cieca di pescare qualcosa di utile.

Io gettai la mia lenza. « Detective, a che ora ha ricevuto la chiamata dal centralino riguardo a un possibile omicidio a Central Park Eleven? »

Lui controllò i suoi appunti, con permesso, prima di rispondere. « Ho annotato le 20.27. »

« E a che ora è arrivato sulla scena del crimine? »

« Alle 20.38 », rispose con un sospiro, domandandosi per quanto tempo sarebbe rimasto su quella sedia a rispondere a domande insensate.

« Qual è stata la prima cosa che ha fatto una volta arrivato sulla scena del crimine? »

« L'ho isolata. Mi sono assicurato che tutto il personale avesse sgomberato l'appartamento e ho aperto il registro dell'omicidio. »

« Il cosa? » chiese il giudice.

« Il registro, vostro onore. Prendiamo nota dei membri dello staff che entrano ed escono dalla scena, di sviluppi significativi, programmiamo interrogatori, registriamo le decisioni. È la colonna portante della procedura da seguire in caso di omicidio, è la bibbia che registra le nostre indagini, il punto di partenza per la catena di custodia. »

Rollins prese nota.

Presi il telecomando della televisione da Zader e mandai avanti il filmato fino all'arrivo di Morgan.

« Quindi alle 20.51, stando all'orario indicato sulla telecamera di sicurezza, lei e il suo partner, il detective Algin, eravate le uniche persone autorizzate all'interno dell'appartamento? »

Morgan controllò il registro e guardò il fermo immagine. « Esatto. »

« Dopo essere entrato nell'appartamento, cos'ha fatto? »

« Ho dato un'occhiata per assicurarmi che fosse libero, poi ho esaminato il cadavere. Per prima cosa, ho guardato le ferite e stabilito che la vittima era stata raggiunta da colpi d'arma da fuoco multipli alla nuca e da due colpi all'area lombare. »

« Poi cos'ha fatto? »

« Ho visto un leggero rigonfiamento nella tasca sul fianco della vittima. Ho pensato che potesse essere un portamonete o un portafoglio, così l'ho preso e l'ho esaminato. »

« E che cos'era? »

« Un portafoglio rosa di pelle. Conteneva una tessera della biblioteca, una patente, un bancomat associato a un conto corrente e ottantacinque dollari in contanti. »

« Il nome sulle carte? »

« Clara Reece. »

« In quale data la motorizzazione ha rilasciato la patente della vittima? »

Buttò la testa indietro e fece tanto d'occhi, stupito dall'assurdità della domanda. « Ho qui la patente, vostro onore. Posso controllare? » chiese.

Zader alzò le mani verso il giudice, implorandolo: « Vostro onore, la difesa sta cercando di trovare qualcosa di utile facendo domande a casaccio. Deve essere fermata immediatamente ».

« Sono propenso a concordare con il procuratore distrettuale, avvocato Flynn. Le ho concesso una certa libertà di movimento, ma in questo caso non capisco come la domanda possa essere pertinente », disse Rollins.

« È molto pertinente e mi servono soltanto altre tre domande per mettere in luce il perché. Se continuerà a ritenerla non pertinente, passerò oltre. »

Lui rifletté e sospirò. Lasciando cadere le mani per sbattersele sulle cosce, Zader fece del suo meglio per apparire infuriato.

«Molto bene. Tre possibilità, poi è fuori, avvocato Flynn», concluse il giudice.

Rimasi in attesa mentre Morgan recuperava i reperti da un altro agente e tirava fuori la patente, sigillata in una busta trasparente per le prove. La girò senza estrarla dalla busta e la esaminò strizzando gli occhi.

«La data di rilascio è il 30 agosto dell'anno scorso.»

«Grazie», risposi, vedendo nel frattempo che Rollins faceva un segno sulla pagina. Stava tenendo il conto delle mie domande: me ne restavano due.

«Quando è stato aperto il conto corrente della vittima?»

Morgan prese un bloc-notes da una borsa che aveva appoggiato accanto a sé, lo aprì e cominciò a sfogliarlo, leccandosi il pollice prima di girare ogni pagina per far passare il tempo e tirare per le lunghe il mio controinterrogatorio. Dopo circa mezzo minuto, trovò la pagina che cercava.

«Il 30 agosto?» Stavolta non stava dichiarando una data, ma stava mettendo in dubbio il suo appunto.

«E quando è stata emessa la tessera della biblioteca?»

Di nuovo, dovette cercare il reperto, che trovò chiuso in una busta per le prove. Lesse la data e mi guardò, aggrottando le sopracciglia così tanto che gli si unirono al centro della fronte. «Il 30 agosto dell'anno scorso», disse.

«Vostro onore, vorrei avere un altro po' di tempo», dissi.

Il giudice Rollins era intrigato. «Le concedo un po' di margine, avvocato Flynn, ma non troppo.»

«Detective Morgan, è possibile che la vittima in passato avesse perso il portafoglio o qualcosa di simile?»

«Non posso dirlo con certezza», disse Morgan.

«Il conto corrente, la patente e la tessera della biblioteca sono stati tutti creati nello stesso giorno dell'anno scorso. È possibile che questo conto o queste carte esistessero già e che quelle ritrovate da lei fossero semplicemente tessere sostitutive?»

«No.»

«I documenti d'identità di Clara Reece sono stati tutti

creati otto mesi fa, soltanto poche settimane prima che la ragazza conoscesse David Child. È corretto?»

«Credo di sì», rispose lui.

«Quindi lei ha identificato la vittima a partire da queste prove?»

«Non soltanto. Dopo l'esame del medico legale, il corpo della vittima è stato girato, e le ho trovato addosso un cellulare. Sul telefono erano installate le applicazioni dei social network Twitter e Reeler, e l'accesso a entrambi era stato effettuato con un account a nome di Clara. In seguito abbiamo trovato una foto digitale sul telefono che era stata postata sui social. Nello scatto, Clara Reece mostrava una margherita viola che si era appena tatuata sul polso destro. Anche sul corpo ritrovato sulla scena del crimine c'era un tatuaggio recente nella stessa identica posizione. Questi elementi ci hanno detto con certezza chi fosse la ragazza e, insieme alla patente e al bancomat, sono serviti a identificare la vittima. E poi anche la guardia di sicurezza ha riconosciuto Clara Reece nel filmato di sorveglianza che l'ha ripresa mentre entrava nell'edificio.» Si schiarì la gola, raddrizzandosi. Stava partendo all'attacco. «Un'identificazione ufficiale del corpo sarebbe stata impossibile visto che, grazie al suo cliente, Clara Reece era sfigurata.»

Sentii Zader fare un respiro profondo. Si era coperto gli occhi e aveva fatto uno sbuffo disegnando una grossa O con le labbra, come se avesse appena visto Sugar Ray Leonard tirare un pugno a tradimento a una ballerina, facendola finire in ospedale.

Rollins parve sussultare, ma almeno era in condizioni di dire: «Detective Morgan, è evidente che lei è un agente di polizia appassionato e zelante, ma la prego di lasciare da parte le questioni di colpevolezza. Lei è qui per testimoniare come persona informata sui fatti, non per argomentare».

«Le mie scuse, vostro onore.»

Passai oltre, lasciando credere a Zader di essermi appena preso una mazzata. Per i successivi dieci minuti feci illustrare a Morgan l'arrivo del medico legale, di Noble e dei suoi tre colleghi della scientifica, e infine dei due paramedici che avevano portato il corpo all'obitorio. Mentre guardavamo le riprese della telecamera, ogni volta che compariva una di queste persone, gli feci controllare il registro dell'omicidio per verificare gli orari di arrivo di ognuna. « E ha completato il registro mentre era sulla scena? » chiesi.

« Sì. »

« Dove esattamente? »

« Mi sembra di averlo completato stando in piedi nel soggiorno. »

« E, secondo il registro dell'omicidio, a che ora hanno lasciato la scena del crimine l'agente Noble e la sua squadra? »

« Ehm, alle 23.15. »

Trovai il punto esatto del filmato e feci partire il video dell'agente Noble e di altre tre persone in tuta bianca che uscivano dall'appartamento, con la differenza che l'orario indicato sul filmato corrispondeva alle 23.16. La parte interessante, però, non era la discrepanza tra l'orario sul registro e quello della telecamera. « E i paramedici? » chiesi.

Lui girò una pagina del registro e rispose: « Alle 23.09 ».

Nelle riprese della telecamera del corridoio osservammo i paramedici uscire con il cadavere chiuso in una sacca nera sopra una barella intorno a quella stessa ora.

« E il medico legale? »

« Alle 22.45. »

Feci partire di nuovo il filmato del medico legale che se ne andava. « A parte lei e il suo partner, l'agente Noble e la sua squadra sono stati gli ultimi ad andarsene alle 23.15? »

Lui controllò gli appunti in tutta calma. « Sì. »

« E a che ora siete andati via lei e il suo partner? »

« Siamo usciti insieme alle 23.27. Prima di andare via, ho parlato con il capo della sicurezza dell'edificio per mettere bene in chiaro che l'appartamento era sotto sequestro. »

Osservammo Morgan e il suo partner, più basso e più giovane di lui, mentre parlavano con Medrano. La porta era sigillata con il nastro blu della scena del crimine. La telecamera indicava che erano usciti alle 23.28.

«Quindi, prima delle 23.30, tutti i membri della sua squadra se n'erano andati e l'appartamento era vuoto, giusto?»

«Esatto», rispose Morgan reprimendo uno sbadiglio.

Mandai avanti il video fino alle 23.51. Erano le riprese della telecamera fuori dall'appartamento. «Allora le spiacerebbe dirmi chi è che sta uscendo dall'appartamento alle 23.51?»

Vedemmo una persona magra con una tuta protettiva bianca e una borsa che usciva dall'appartamento, passando sotto i sigilli, e si chiudeva la porta alle spalle prima di dirigersi verso le scale.

Morgan controllò il registro.

«Non saprei. Io avevo chiuso la scena del crimine per la notte. Potrebbe essere un agente della scientifica», rispose anche stavolta con indifferenza, convinto che stessi solo perdendo tempo.

«Ma abbiamo appena visto l'agente Noble arrivare con tre colleghi della scientifica e uscire prima che lei e il suo partner sigillaste la scena. È stato lei stesso a registrare il loro orario di uscita.»

Lui scosse la testa, fissando lo schermo.

«Mettiamola diversamente», dissi. «Quando ha lasciato la scena del crimine alle 23.27, aveva registrato l'uscita di tutti gli altri presenti?»

Sfogliando i suoi appunti, Morgan rispose: «Credo di sì».

«Dal filmato che abbiamo appena visto pare che lei abbia effettivamente registrato l'uscita di tutti.»

Lui annuì.

«È un sì?» chiesi.

«Sì.»

«Tra gli agenti della scientifica che abbiamo visto entrare nell'appartamento non c'è nessuno basso o magro come la persona che esce con indosso la tuta protettiva. Non è d'accordo?»

Morgan controllò il suo registro e guardò di nuovo lo

schermo su cui avevo fermato l'immagine. « Non sono sicuro di poter identificare quell'agente. »

« Quindi concorda sul fatto che, a quanto pare, non abbiamo visto quell'agente entrare nell'appartamento dopo l'omicidio? »

Sulla guancia di Morgan apparve un rivolo di sudore. « Potrebbe esserci sfuggito, dato il gran viavai. »

« Nel filmato appena visto non c'è quella persona che entra nell'appartamento, giusto? »

« Giusto. »

Il giudice Rollins appoggiò la penna sul banco. « Dove vuole arrivare, avvocato Flynn? Sta sostenendo che la mancata registrazione di quell'agente determina una violazione dei diritti costituzionali del suo cliente? »

« No, vostro onore. »

« Allora qual è l'utilità di sottolineare i movimenti di quell'agente? »

David era quasi immobile, le mani unite davanti a sé e gli occhi fissi su di me. Cooch gli sussurrò una parola di incoraggiamento.

« Vostro onore, l'uomo che vede nel filmato di sorveglianza non è un vero agente di polizia, né un paramedico né un esperto della scientifica. Non è nemmeno un membro dell'ufficio del medico legale. Nelle riprese della telecamera a circuito chiuso non lo si vede entrare nell'appartamento dopo l'omicidio. »

« E allora chi è? » chiese Rollins.

Prima di rispondere piantai i piedi a terra, raddrizzai la schiena e lasciai che le parole fluttuassero delicate e sicure verso il giudice. « Vostro onore, la difesa ritiene che quella persona sia il vero assassino. Chi ha ucciso Clara Reece. »

85

Presi un altro DVD dalla mia borsa e lo misi nel lettore. Spiegai che la difesa aveva ottenuto quel filmato da Central Park Eleven e che, se necessario, il capo della sicurezza Medrano avrebbe testimoniato in merito alla sua autenticità. Mandai avanti il filmato fino ad arrivare a poco dopo le due di pomeriggio del giorno precedente l'omicidio. Un'inquadratura dell'ascensore. Era pieno di persone: tra loro Clara Reece, che era tranquillissima e non mostrava il minimo segno di claustrofobia.

Non riuscii a non guardare David. Stava vedendo Clara, calma e padrona di sé, sull'ascensore affollato. Capì che gli aveva mentito sulla claustrofobia. Clara scese dall'ascensore con uno scatolone contenente la sua roba, insieme a un'altra ragazza – stessi colori, stessa corporatura e carnagione, stessa acconciatura e lunghezza di capelli di Clara – che le stava dando una mano a trasportare un altro scatolone nell'appartamento di David.

«Questa è Clara Reece che trasloca nell'appartamento dell'imputato, con l'aiuto di un'altra ragazza.» Misi in pausa mentre l'altra ragazza entrava nell'appartamento con l'ultimo scatolone. Mandai avanti di venti minuti e Clara Reece uscì da sola dall'appartamento. «L'altra donna è ancora in casa?» chiesi a Morgan.

«Sì, a quanto risulta da questo filmato», rispose.

«Lei ha già visto questo filmato?»

«No, non siamo andati indietro di così tanto. Ci era stato detto che l'appartamento era vuoto prima che l'imputato e la vittima arrivassero quella sera. La squadra di sicurezza dell'edificio lo ha perquisito così come la polizia e io stesso. Ed era vuoto, fatta eccezione per il cadavere della vittima. Non serviva controllare le riprese risalenti a così tante ore prima. Nei minuti precedenti l'omicidio, la vittima e l'imputato entrano nell'appartamento insieme. Poi l'imputato esce. È stato l'ultima persona a vederla viva. Ha lasciato il suo corpo nell'appartamento vuoto e, non essendoci nessun altro, non serviva che andassimo a guardare le riprese del giorno precedente.»

Le persone credono a quello che possono vedere.

Premetti il pulsante per mandare avanti veloce, saltando dieci minuti di riprese al secondo. Se nessuno passava sul pianerottolo per un'ora, le luci si abbassavano. Un sistema di risparmio energetico. Di conseguenza era facile vedere quando qualcuno scendeva dall'ascensore, perché le luci si riaccendevano. Fermai il filmato alle 19.30, quando David e Clara erano arrivati insieme all'appartamento, poi di nuovo alle 21.15, quando Gershbaum era rincasato. Poi nessun movimento fino al mattino, quando Clara e David erano usciti verso le nove, poco dopo Gershbaum. E di nuovo niente fino alla sera. Quando vedemmo Gershbaum scendere dall'ascensore, misi in pausa, mandai indietro e lasciai andare il video fino al momento in cui lui entrava in casa sua, per poi mandare avanti veloce fino a quando David e Clara scendevano dall'ascensore per la loro ultima visita all'appartamento.

«Detective Morgan, stando a questo filmato, la donna che vediamo entrare nell'appartamento il giorno prima è ancora dentro.»

Prese un respiro profondo per poi buttare fuori l'aria con un sospiro lento, rabbioso. «Sì.»

Il giudice Rollins si protese in avanti, fissando attentamente il filmato, come se gli avessi appena mostrato un numero di magia che lui stava cercando di capire. Tirai fuori il DVD e lo sostituii con un altro.

«Vostro onore, questo è un filmato che l'FBI ha ottenuto ieri sera da Central Park Eleven. L'inquadratura che vede proviene da una piccola telecamera nascosta nella presa d'aria sulla parete orientale e puntata verso le scale.»

Il filmato mostrò David e Clara che entravano in casa, poi

mandai avanti fino alle 20.00, quando la porta d'ingresso si era aperta.

«La prima cosa che noterà è l'orologio», spiegai. «Secondo l'orario indicato su questa telecamera, l'imputato ha lasciato l'appartamento due minuti pieni prima della telefonata del signor Gershbaum alla sicurezza. E nel caso in cui se lo stesse domandando, sì, questo orologio è sincronizzato con quello del registro della sicurezza. Farò partire il filmato, detective Morgan, e voglio che lei lo guardi attentamente.»

Premetti PLAY. In aula regnava il silenzio più assoluto. Riuscivo a sentire il DVD che girava nel lettore, la sedia di Rollins che scricchiolava mentre lui si allungava in avanti, Zader che si picchiettava la penna sulle labbra, il debole ronzio elettrico delle telecamere. Circa duecento persone stavano guardando il filmato senza fiatare.

Tutte tranne una.

In fondo all'aula, Dell stava fissando me.

Sullo schermo si vide David esitare, girarsi verso la porta, poi fermarsi, voltarsi di nuovo con gli auricolari nelle orecchie e infine dirigersi verso l'ascensore, uscendo dall'inquadratura.

«Ha visto?» domandai.

«Visto cosa? Non sono sicuro di capire a cosa si riferisce», disse Morgan.

«Guardiamo di nuovo. Stavolta posso mandare al rallentatore.»

Feci ripartire il filmato. Il cameraman del telegiornale boccheggiò, mentre uno dei viceprocuratori alzò le mani per poi ricordarsi subito dove si trovava e allora incrociò le braccia, senza però riuscire a nascondere l'espressione di stupore.

«Continuo a non essere sicuro di capire a cosa si riferisce», insistette Morgan.

«Anch'io», intervenne il giudice Rollins. Il suo tono non era irritato, ma solo incuriosito. Diedi a entrambi una dritta.

«Detective, vostro onore, non guardate l'imputato: guardate alle sue spalle. Guardate nello specchio.»

Il DVD partì di nuovo, ancora al rallentatore. Questa volta non avrebbero potuto non vederlo.

David aveva chiuso la porta dietro di sé e fatto qualche passo, poi si era fermato, e io mi ero chiesto se stesse resistendo alla tentazione di voltarsi per controllare di aver chiuso la porta. E invece no, si era fermato perché aveva avvertito qualcosa. Prima che lui si girasse, lo specchio da terra posizionato nel corridoio, vicino al tavolino, aveva catturato il riflesso della porta. Ed eccola lì, soltanto per un secondo: la maniglia della porta si era mossa. Prima giù e poi su. Qualcuno in casa si stava assicurando che fosse chiusa.

Mentre gli occhi di tutti erano puntati sullo schermo, mi presi un momento per guardare Zader. Lui sostenne il mio sguardo: sapeva che quella era la fine dei giochi.

« Detective, le maniglie delle porte non si muovono da sole. Qualcuno è vivo e vegeto dentro quell'appartamento. »

Morgan non riuscì a rispondere e si limitò a guardare Zader con un'espressione di scusa, alzando le mani. *Mi dispiace, questo ce l'eravamo perso.*

« Detective Morgan, da questo filmato sappiamo che David Child ha lasciato l'appartamento alle 20.02 in punto, ovvero due minuti pieni prima che il signor Gershbaum udisse gli spari e chiamasse la sicurezza. È così? »

« Se l'orario indicato su questo filmato e quello della chiamata al 911 sono precisi, allora sì. »

« Quindi il colpevole avrebbe avuto un lasso di tempo più che sufficiente per trascinare il corpo della vittima fuori dalla camera blindata dove, come sappiamo ora grazie ai residui di sangue, sono stati sparati i colpi alla schiena, portarlo in cucina e sparare i colpi alla testa? »

« Sì », sibilò Morgan a denti stretti.

« Il colpevole poi ha avuto altro tempo prima che la sicurezza entrasse nell'appartamento – quattro minuti pieni – per sparare alla finestra, lanciare la pistola nel parco e chiudersi nella camera blindata. »

« È una teoria. »

Avevo un ultimo lancio di dadi a disposizione. Un'ultima

prova da buttare nel calderone. «Detective, nel ruolo di agente incaricato delle indagini, lei ha ordinato a un perito indipendente di condurre le analisi dei residui di polvere da sparo sui campioni prelevati dal viso, dagli indumenti e dalle mani dell'imputato. È così?»

Morgan guardò Zader, terrorizzato all'idea di poter dire qualcosa che non avrebbe dovuto. «Sì.»

«E il risultato di quelle analisi è contenuto in questo rapporto del dottor Porter?» chiesi sollevando il documento.

«Sì.»

«L'accusa non ha intenzione di avvalersi di questo rapporto per l'udienza odierna, dico bene?» chiesi.

Morgan aprì la bocca come un pesce improvvisamente saltato fuori dalla boccia per finire nel camino.

Zader si alzò e si rivolse al giudice. «Vostro onore, l'accusa non intende avvalersi di quel rapporto.»

«Vorrei inserire questo rapporto tra i reperti, vostro onore, insieme a questo articolo accademico.»

«Mi faccia capire bene. Lei vuole avvalersi di un rapporto presentato dall'accusa?» chiese Rollins.

Diedi le copie del documento all'impiegata, che appose il timbro e le consegnò al giudice. Ripresi: «Detective Morgan, in precedenza l'accusa aveva manifestato l'intenzione di avvalersi di questo documento probatorio rilasciato dal dottor Porter, in cui si conclude che l'imputato aveva addosso una grossa quantità di residui di polvere da sparo, è corretto?»

«Sì, ma non intendiamo più avvalerci di quel rapporto.»

«Perché no?» volle sapere il giudice.

«Perché il dottor Porter ha ammesso che probabilmente quelli rinvenuti non erano residui di polvere da sparo, ma sostanze depositatesi sul corpo dell'imputato in seguito all'esplosione che ha determinato l'apertura degli airbag sull'auto dell'imputato stesso.»

Ce l'avevo quasi fatta, mancava ancora un pochino. «Inizialmente il dottor Porter riteneva che il materiale fosse residuo di polvere da sparo, giusto?» chiesi al teste.

« Era quello che dichiarava nel suo rapporto, prima che arrivasse lei a contraddirlo. Poi ha cambiato idea », rispose Morgan.

« Detective, se qualcuno volesse dare l'impressione di essere ricoperto di residui di polvere da sparo, rimanere coinvolto in un incidente stradale che provochi l'apertura degli airbag potrebbe essere sufficiente a ingannare un esperto come il dottor Porter? »

« Sì, potrebbe. »

« Per correttezza nei confronti del dottor Porter, possiamo dire che non aveva letto lo studio scientifico sul confronto tra airbag e residui di polvere da sparo scoperto dalla difesa? »

« No, non l'aveva letto. »

« Se qualcuno fosse stato in possesso di quelle informazioni e avesse inscenato un incidente stradale, avrebbe potuto far credere che il conducente del veicolo fosse ricoperto di residui di polvere da sparo? »

« Non lo so. »

Kennedy mi diede le copie dei tesserini dei partecipanti alla conferenza dell'Interpol, che aveva ricevuto via email. Distribuii i documenti e vidi Zader sbiancare. Né Morgan né il giudice avevano ancora capito quale fosse il nesso.

« Questo tesserino arriva dalla conferenza dell'Interpol durante la quale è stato presentato l'articolo scientifico in questione. Questo tesserino è stato mostrato da un delegato che ha preso parte alla conferenza. Riconosce la persona nella fotografia? » chiesi.

« No, non posso dire di riconoscerla », rispose Morgan in tono non del tutto convinto.

« Lasci che la aiuti. Guardi il reperto numero quattordici. »

Rollins individuò il reperto in mezzo al mucchio di fogli. Morgan fece altrettanto.

« Il tesserino appartiene a una certa Sarah Callan. Confronti la foto sul tesserino con quella di Clara Reece del reperto numero quattordici, la foto profilo del suo account Reeler. È chiaramente la stessa donna che nel filmato accompagna l'imputato nel suo appartamento, ed è senza ombra di dubbio la stessa donna della foto sul tesserino di Sarah Callan. Non è così?»

Silenzio.

Fu il giudice a rispondere alla domanda rivolta a Morgan. «È la stessa donna. Clara Reece e Sarah Callan sono la stessa persona», disse Rollins.

Nessun detective esperto che si sia appena fatto fregare sul banco dei testimoni oserebbe mai contraddire il giudice. «Sembrerebbe così, vostro onore», disse Morgan.

«Detective, il fatto che il conto corrente, la tessera della biblioteca e la patente rimandino allo stesso giorno dell'anno scorso potrebbe indicare che qualcuno stava creando un passato per una falsa identità?»

«Non saprei», disse.

«Ma certo, lei è un poliziotto. In effetti il dipartimento di polizia non ha mai creato una falsa identità per un agente sotto copertura, vero?»

A quel punto persino il giudice Rollins sorrise.

«È possibile», rispose Morgan.

«Non avete trovato riscontri del DNA né impronte digitali per il cadavere nell'appartamento, vero?»

«Vero.»

«E il fatto che il volto della vittima fosse stato gravemente deturpato vi ha impedito di identificare il corpo, giusto?»

Lui annuì.

Rollins m'interruppe. «Questo cosa significa, avvocato Flynn?»

Era il momento, la mia occasione. Presi un respiro, appoggiai il documento e misi una mano sulla spalla di David, che stava dondolando avanti e indietro sulla sedia e scuoteva la testa, con gli occhi gonfi di lacrime. Lo feci fermare. «Vostro onore, la difesa ritiene che Sarah Callan abbia assunto una falsa identità allo scopo di incastrare David Child per omicidio. Per il suo stesso omicidio.»

«Cosa?» disse Rollins.

Cambiai il DVD e recuperai l'immagine della figura con la tuta protettiva che lasciava l'appartamento passando sotto il nastro adesivo della scena del crimine. «Vostro onore, la persona ripresa nel filmato è la stessa che ha commesso l'omicidio in quell'appartamento. È la stessa che, con il nome di Sarah Callan, ha partecipato a una conferenza dell'Interpol sulle analogie tra i residui lasciati dall'apertura degli airbag e i residui di polvere da sparo. È la stessa che tre mesi dopo avrebbe assunto la falsa identità di Clara Reece, la stessa che tre settimane dopo avrebbe conosciuto e cominciato a frequentare il miliardario David Child, la stessa che abbiamo visto prima entrare nell'appartamento insieme a una giovane donna che presentava una forte somiglianza con lei e poi uscire da quell'appartamento da sola il giorno prima dell'omicidio. Non conosciamo ancora l'identità della vera vittima, ma credo che Clara Reece – o Sarah Callan – sia ancora viva, perché era l'unica persona che, essendo in possesso di quelle informazioni specialistiche note soltanto a pochi, poteva sapere come produrre un falso positivo convincente per i residui di polvere da sparo, e credo che abbia orchestrato l'incidente automobilistico per fare in modo che quella falsa prova riconducesse all'imputato. La vera vittima è stata uccisa nella camera blindata. Si tratta di una stanza insonorizzata, dove qualcuno avrebbe potuto benissimo nascondersi. Il viso della vera vittima è stato devastato dalle ferite da arma da fuoco in modo da renderne impossibile l'identificazione. Gli orari indicati dalla telecamera della presa d'aria corrispondono a quelli del registro di sicurezza dell'edificio, e questo vuol dire che l'imputato non era nell'appartamento quando i colpi sono stati sparati. E sappiamo che qualcuno era vivo e stava camminando in casa dopo che il signor Child era uscito, dal momento che la maniglia della porta si è mossa. L'abbiamo visto tutti. E poi ecco la donna sullo schermo che lascia la scena del crimine. Si è trattato di un tentativo molto sofisticato, ma in definitiva fallito, d'incastrare il signor Child per omicidio.»

«A quale scopo?» chiese Rollins.

«Vostro onore, il signor Child è uno degli uomini più facoltosi della città.» Non aggiunsi altro, lasciando che Rollins traesse le conclusioni. Lasciando che credesse a quella menzogna. David era stato incastrato, sì, ma non si trattava di un ricatto. Stando al tesserino, Sarah Callan era una funzionaria statale, il che poteva significare qualunque cosa, ma era alquanto improbabile che una bibliotecaria partecipasse alle conferenze dell'Interpol.

Morgan stava fissando il soffitto nel tentativo di digerire il tutto. Di lì a poco, però, quando il giudice lo appellò direttamente, si riscosse da quella disposizione contemplativa.

«Detective, non ho bisogno di sentire altro», disse il giudice. «Avvocato Zader, suppongo che il detective Morgan fosse il suo ultimo testimone, vero?»

Il procuratore distrettuale era in piedi, pronto a imbarcarsi in una missione di salvataggio. Si era reso conto che Rollins si sarebbe pronunciato a suo sfavore. Il filmato della maniglia della porta che si muoveva era stata la goccia che aveva fatto traboccare il vaso. «Sì, signor giudice. Ma questo è semplicemente ridicolo: l'imputato potrebbe aver organizzato questo piano complicato al pari di qualunque presunto...»

«È in possesso di prove al riguardo, avvocato Zader?» chiese Rollins.

«No, vostro onore, non al momento, ma...»

«Allora le suggerisco di andare a indagare. A quanto pare c'erano parecchie prove, presentate dall'avvocato Flynn, che la polizia ha ignorato o che si è semplicemente lasciata sfuggire. E non sono certo colpito dall'agente Jones e dal suo palese tentativo di fuorviare questa corte. Alla luce delle riprese che, al di là di ogni ragionevole dubbio, dimostrano la presenza di qualcuno in grado di camminare in quell'appartamento dopo che il signor Child se n'era andato, e considerando la discrepanza tra gli orari della chiamata al 911 e quelli del registro di sicurezza, e vista la deposizione non contestata di Gershbaum, sono dell'opinione che al momento le prove non siano sufficienti a dimostrare che l'imputato si trovasse nell'appartamento quando si è verificata la sparatoria. Le prove non sono sufficienti a trattenere l'imputato per l'attuale capo d'imputazione, pertanto delibero a favore della difesa. Avvocato Zader, se è sicuro di queste accuse, le resta sempre il gran giurì. Io non sono convinto: il caso è chiuso.»

Il rumore con cui il giudice Rollins spinse indietro la sedia mentre si alzava, chiudendo il blocco e lasciando l'aula, si smarrì nel clamoroso boato della folla. Ciò che prima prometteva di essere un processo per omicidio a una celebrità, che avrebbe permesso ai media di sfornare notizie su notizie per qualche mese, adesso si era trasformato in una cospirazione volta a incastrare per omicidio una celebrità, un mistero che i giornalisti sapevano avrebbe tormentato il Paese per anni, o per dirla tutta sarebbero stati proprio i media a tormentare il pubblico con le loro ipotesi sull'identità del vero assassino.

Quasi non sentii che David era scoppiato a piangere. Holly lo stava abbracciando. Le spalle del ragazzo sussultavano non solo perché era felice di essere stato scagionato, di essere libero, di averla scampata, ma anche per il dolore. Child aveva perso Clara una seconda volta, perché la vita che aveva vissuto con lei era stata una menzogna. Clara Reece non esisteva. Il futuro di David adesso era pieno d'incertezze e lo spaventava, ma almeno avrebbe potuto costruire qualcosa.

«David, non piangere la morte di Clara. La sera dell'omicidio, in ascensore, ti ha detto che stava dando di matto perché soffriva di claustrofobia, ma hai visto il filmato dell'ascensore del giorno prima. Non era vero. Ti stava incastrando: voleva far credere che la stessi spaventando per darti un movente.»

Lui annuì, raddrizzandosi.

Sentii Zader avvicinarsi a me da dietro. «Si prepari per il terzo round», disse.

«Non credo proprio», risposi.

«E invece farà bene a crederci. Ho una giuria pronta. Tra venti minuti guiderò nuovamente la deposizione degli stessi testimoni. Peccato che non abbiamo tempo di aspettare la trascrizione di questa udienza. Il gran giurì non saprà niente di niente dei suoi controinterrogatori. Avrò la mia incriminazione. Non c'è motivo per cui lei debba essere presente: non può fare né domande né arringhe. Lasci fare a me. Provvederò a chiamarla per dirle com'è andata.»

«Il gran giurì non le darà un'incriminazione. Lo so per certo. Ma su una cosa ha ragione: in aula non sarò presente. Ci sarà lui», dissi indicando Cooch.

«Peccato che non possa controinterrogare nessun testimone», disse Zader.

«Non sarà necessario», replicai, e a quel punto Cooch si avvicinò allo scranno del giudice, prese un CD dall'impiegata e si unì alla mia conversazione con Zader. «Il nostro avvocato Coucheron soffre di problemi di udito e porta un apparecchio acustico. Quello che l'apparecchio sente in tempo reale viene registrato digitalmente e reso disponibile all'avvocato Coucheron in qualunque momento. Non potrà interrogare i suoi testimoni o fare arringhe, su questo ha ragione, ma può far ascoltare questa registrazione. Ha validità giudiziaria.» Lanciai il disco in faccia a Zader.

Lui reagì in fretta e lo prese. «Le ho appena dato il CD in un'aula pubblica davanti alle telecamere. Se non lo farà ascoltare, l'avvocato Coucheron me lo dirà. E se verrò a sapere che è andata così, sarò io a farla incriminare per scorrettezza procedurale e abuso di pubblico ufficio. Se vuole ottenere un'incriminazione con quella registrazione, be', buona fortuna.»

«Fanculo», disse Zader e si girò verso il suo entourage. «Bloccate la giuria per un mese.»

Io me ne andai, con Cooch, Holly e David al seguito.

«Non è ancora finita!» sentii Zader gridarmi dietro.

Controllai il cellulare e trovai un SMS da Lizard.

L'FBI ha sgomberato l'edificio. 2 agenti dentro con Christine. Sta bene.

Dovetti sforzarmi con tutte le mie forze per restare padrone di me, continuare a camminare e non crollare per il sollievo. Eppure no, non era ancora finita.

Il massiccio muro di giornalisti non parve spostarsi di un solo millimetro mentre mi avvicinavo. Le telecamere erano accecanti, le raffiche di domande si perdevano in una pioggia di voci, e le mani imploranti che spingevano microfoni e registratori davanti alle bocche altrui si fondevano in un unico ammasso inquieto e avido. In fondo alla ressa, però, stava succedendo qualcosa. Il muro si aprì per lasciar passare due uomini in abito elegante. Uno teneva in mano un paio di manette. Avevo già visto quegli uomini: indossavano entrambi completi scuri, erano atletici e sulla trentina, con un'andatura vagamente autoritaria. Erano gli stessi che avevano portato Christine in tribunale. Uno era latinoamericano e l'altro uno stronzo. Lo stronzo indossava occhiali da aviatore e sembrava che si stesse divertendo. Fui sul punto di allungare le mani per farmi ammanettare, ma i due mi superarono e il latinoamericano le strinse intorno ai polsi di David. A ogni scatto delle manette che si chiudevano, l'intensità dello schiocco e dei flash delle fotocamere si moltiplicava. David si allontanò scuotendo la testa, mentre il suo mondo si sgretolava come un'asse del pavimento marcia risucchiata dalla terra.

«Ehi, quello è il mio cliente e il giudice l'ha appena rilasciato. Che diavolo state facendo?»

«Dominguez, agente del dipartimento del Tesoro degli Stati Uniti. Lo sto arrestando.»

«Per cosa?»

«Furto aggravato», rispose lui per poi informare David dei suoi diritti.

«Cosa? Che stronzata è questa?»

La spiegazione mi arrivò alle spalle. Era Dell che mi sussurrava all'orecchio. «Te l'avevo detto di non farti coinvolgere da questo ragazzo. Hai mandato tutto a puttane. Ti ha imbrogliato, Eddie. Il tuo cliente ha appena rubato 7,9 miliardi di dollari.»

86

Mentre sfrecciavamo attraverso Manhattan nel retro di un SUV nero, ripensai a ogni prova, a ogni mossa fatta da Gerry Sinton e a tutto quello che mi era stato detto nelle ultime quarantott'ore. David si stava mordendo il labbro, arrabbiato e al contempo impaurito. Facevo fatica a non guardarlo. C'era un solo pensiero che mi rimbombava di continuo nella testa.

Mi hanno infinocchiato.

Dati i miei trascorsi da imbroglione, quell'idea era fonte di una notevole vergogna. Era stato un imbroglio crudele, che aveva ucciso delle persone, eppure non riuscivo a non meravigliarmi di quanto fosse ingegnoso. Probabilmente era il migliore in cui mi fossi mai imbattuto.

E la vittima ero io.

Il SUV rallentò e cominciò a spostarsi da una corsia all'altra. Erano iniziati i festeggiamenti per San Patrizio che si celebravano quella sera. I marciapiedi erano stipati di centinaia di persone vestite di verde e bianco. Venditori ambulanti di souvenir irlandesi, carretti degli hot dog e baracchini del caffè si contendevano gli affari dell'ultimo minuto, avanzando faticosamente tra la gente che aveva assistito alla parata mezz'ora prima. Con quel traffico avremmo impiegato almeno mezz'ora per arrivare al Lightner Building. La polizia stava cominciando a riaprire le strade e il SUV accelerò. La città si stava preparando per la Skyfest, lo spettacolo di fuochi d'artificio del giorno di San Patrizio che in origine si teneva a Dublino e poi aveva cominciato a spostarsi da una città all'altra. L'anno prima era toccato a Parigi e adesso era il turno di New York di apporre il proprio timbro su quella tradizione.

Ero seduto accanto a David nel SUV a otto posti. Lui sembrava inebetito, scuoteva la testa e mormorava tra sé. Gli dissi di stare tranquillo. Gli agenti del Tesoro erano sui sedili aggiuntivi dietro di noi. Kennedy aveva preso posto davanti, vicino a Dell, che era al volante.

« È un casino », disse Dell.

« La tua operazione è completamente fuori controllo », replicò Kennedy. « Sono qui per assicurarmi che tu non faccia del male a nessun civile in questa missione folle che ti sei messo in testa di portare avanti. »

Dell gli scoccò un'occhiata. « Puoi stare certo che andrò a parlare con il tuo superiore dopo quello che hai fatto. Dovresti essere il mio braccio destro in questa task force e concentrarti sullo studio, non sul caso Child. »

« Dove stiamo andando? » chiesi per la terza volta. Avevo insistito per accompagnare David per la formalizzazione dell'arresto, ma ero certo che non ci avrebbero portati né in una centrale di polizia né alla sede dell'FBI. Sapevo dove eravamo diretti, volevo soltanto una conferma.

Dell me la diede alla mia quinta domanda. « La traccia dell'algoritmo che ci ha dato il tuo cliente ha permesso al nostro tecnico di seguire i soldi, proprio come avevi detto, peccato che quattordici minuti fa sia andata in crash. Appena prima che si bloccasse, è apparso un messaggio. Diceva che i fondi – in tutto quasi otto miliardi – non erano arrivati sul conto di Ben Harland come pianificato, ma su un conto cliente di Harland e Sinton. Il nome su quel conto cliente è 'David Child'. Quarantatré secondi dopo essere arrivati sul conto, i soldi sono spariti. Adesso stiamo andando da Harland e Sinton per incontrare il resto della squadra, che ha già effettuato gli arresti. Il tuo cliente accederà al sistema dello studio e ci dirà dove ha nascosto i soldi. »

« Io non ho preso quei maledetti soldi! » gridò David. Era sull'orlo di un altro attacco di panico.

Gli parlai sottovoce e gli strinsi forte il braccio. Il dolore riuscì a riportarlo tra noi e a farlo concentrare. « David, dimmi che non l'hai fatto », sussurrai.

Sembrava che stesse annegando. Con gli occhi sbarrati e persi nel vuoto, si limitò a scuotere la testa.

Quella che avevo davanti era la faccia di un uomo accusato ingiustamente per la seconda volta? Oppure la faccia di uno che aveva rubato una caterva di soldi? Non ero in grado di capirlo. Mi ero lasciato coinvolgere troppo.

Eppure mi fidavo del mio istinto. Avevo sostenuto David ed ero piuttosto certo che non fosse un assassino, ma sarebbe stato pronto a intascare otto miliardi di dollari? Non ne avevo la più pallida idea. Ero con lui in qualità di suo difensore, ed eravamo diretti verso l'edificio nel quale stavano trattenendo Christine. In quel momento m'importava soltanto di tirare mia moglie fuori da quella storia.

«Lasciamo che le cose facciano il loro corso», dissi.

Lui si prese la testa tra le mani e capii che non gli avrei cavato di bocca un bel niente. Scrissi un SMS a Lizard.

Sto arrivando. Non fare niente finché non ti do l'ok.

«Tu sei l'unico ad avere accesso a quell'algoritmo, Child», disse Dell. «Hai modificato il codice ieri sera quando sei entrato nel database di Harland e Sinton e hai simulato l'algoritmo, e questo significa che hai rubato i soldi o che quantomeno sai dove si trovano. Perciò noi rimarremo barricati in quell'edificio finché non ci mostrerai esattamente che cos'hai fatto e come possiamo localizzare i soldi.»

Guardai David, che si appoggiò al sedile, si strofinò le mani sui pantaloni e, mugolando, sbuffò due volte.

Impiegammo un'ora per arrivare agli uffici di Harland e Sinton. In lontananza, mentre scendevamo dall'auto, le ultime tracce della luce del giorno cominciavano a sparire dietro il Chrysler Building. Non c'era nessuno ad aspettarci fuori dal Lightner Building. Nessuno alla reception, non un'anima viva vicino all'ascensore.

«In teoria dovrebbero aver bloccato qualunque ingresso e uscita», spiegò Dell, tirando fuori dalla tasca un cellulare. Aspettando l'ascensore, mi parve di sentire un odore familiare.

Sigarette stantie.

*

L'ascensore si aprì e gli agenti del Tesoro si disposero a ventaglio fuori dalle porte. Di là dal vetro divisorio, Christine era seduta nella sala riunioni con due uomini. Dell ci fece strada verso la grande sala dominata da un tavolo centrale.

Ferrar e Weinstein erano seduti a bere caffè. Accanto a loro, Christine aveva i polsi ammanettati. Corsi verso di lei, ma Ferrar mi si parò davanti.

«Non puoi avvicinarti. È sotto custodia federale», disse.

«E se tu non ti levi di torno finirai all'ospedale statale», risposi.

Una mano sulla mia spalla: Kennedy.

«Eddie, calmati. Così non sei d'aiuto», intervenne Christine. Lacrime scure le rigavano il viso. Aveva un'aria stanca, sconfitta, rassegnata all'idea di finire in prigione per colpa dello studio. Mi levai di dosso la mano di Kennedy e mi avvicinai a lei. Ferrar fece per prendere l'arma ma si fermò quando si accorse che il braccio gli faceva ancora un male infernale, così cambiò mano per prenderla con la sinistra. Io nel frattempo lo superai con uno spintone e abbracciai mia moglie.

«Lascialo fare, Ferrar», disse Kennedy.

Christine mi appoggiò le mani sull'addome e io la presi tra le braccia. Sentii che stava tremando. Le baciai la testa e le labbra, poi la tenni stretta a me. «Quando uscirai di qui, non ti fermare e non tornare, qualunque cosa accada. Amy sta bene. È con Carmel», sussurrai.

Lei non disse nulla, ma le gambe le cedettero. La strinsi forte. Se era riuscita a tenere duro, era stato solo grazie alla preoccupazione per Amy. Ora che sapeva che nostra figlia era sana e salva, il suo corpo era pronto ad arrendersi.

Dell si rivolse a Ferrar e Weinstein. «Voi due, che fine ha fatto Schaffler? Dovrebbe essere di sotto a coprire l'entrata.»

«E chi lo sa?» disse Weinstein.

«Avete fatto uscire gli associati?» chiese Dell.

«Sì, tutti. Gerry Sinton è nell'ufficio qui accanto. L'agente Patton ha guidato il blitz e ha effettuato l'arresto. A parte questo, l'edificio è libero», disse Weinstein.

«Bene. Sinton ci servirà.»

Weinstein contattò l'agente Patton via radio e gli disse di portare Gerry Sinton in sala riunioni.

Dell trascinò David per le manette e lo spinse su una sedia in fondo al tavolo. Prese il portatile aperto, glielo piazzò davanti e ordinò a Dominguez di togliergli le manette. «Trovami i soldi», disse. Tirò fuori una chiavetta USB dalla tasca della giacca e la infilò nel portatile. «Questo è il tuo programma, la traccia per l'algoritmo. È la tua unica occasione. Possiamo usare le buone o le cattive maniere. Te lo chiederò una volta sola: dimmi dove hai mandato i soldi.»

Mi misi con la schiena rivolta verso la finestra della sala riunioni e per un attimo incrociai lo sguardo di Kennedy. Christine si strinse di più a me.

«Non ho preso quei soldi», disse David. «Sarebbero dovuti arrivare su un nuovo conto a nome di Ben Harland, quello era il risultato della simulazione. Ho controllato io stesso. Se qualcuno ha modificato il conto finale, non sono stato io. Ecco, vi faccio vedere. Carico la traccia.»

I tasti non opposero la minima resistenza alla pressione delle sue dita che si muovevano rapide. Nessuno fiatò. L'unico suono che sentivo proveniva dal petto di Christine, che tremava a ogni respiro come un uccellino spaventato.

«Che roba è questa?» disse David.

Kennedy si chinò sopra la sua spalla.

«Oh, mio Dio, è un virus!» esclamò David. «Sta mangiando i dati! Sta bruciando tutto, qui e alla banca. Non posso accedere. Non posso fare niente di niente.»

«Hai immesso un virus nel sistema?» tuonò Dell.

David aveva la bocca aperta, le mani spalancate. Era scosso dai brividi, spaventato. Girò il computer. L'immagine era sfocata, distorta, e la schermata era bloccata. Tirando fuori la chiavetta dal portatile, la tenne davanti a Dell. «Il virus era su questa chiavetta. Si è caricato appena l'ho aperta», disse.

«Cazzate. Ci stai fregando fin dall'inizio di questa storia», replicò Dell strappandogli la chiavetta di mano. «Questa è una prova. Era la tua ultima opportunità. Sei fottuto, Child.»

David si alzò, spinto dalla rabbia. «Io non ho fatto niente!»

«Cazzo!» gridò Dell chiudendo di colpo il portatile. «Kennedy, Ferrar, Weinstein, portate la signora White e il signor Child in cella. Accusateli entrambi. Tutte le accuse possibili e immaginabili per White: riciclaggio, associazione a delinquere, il pacchetto completo. Quanto a Child, accusatelo di furto aggravato e di qualunque altra violazione della legge contro il crimine organizzato vi venga in mente. Sta nascondendo i soldi per conto di Gerry Sinton oppure li ha rubati per tenerseli. In ogni caso, parlerà alla prigione federale. Portateceli entrambi. Eddie, tu rimani qui. Devo sapere cosa ti ha detto David sull'algoritmo. Sospetto che anche tu ci stia imbrogliando fin dall'inizio. Se scopro che ne sapevi qualcosa, dividerai la cella con il tuo assistito.»

«Vai», dissi a Christine. «Ti troverò e ti tirerò fuori.»

«È tutto sbagliato», obiettò Kennedy, ma Dell non lo ascoltò. Con riluttanza, Kennedy, Ferrar e Weinstein accompagnarono all'ascensore Christine e David, mentre quest'ultimo proclamava la propria innocenza. Fui grato a Kennedy per la delicatezza con cui scortò Christine. Lei scosse la testa, lo sguardo fisso a terra, asciugandosi le lacrime che avevano ricominciato a scorrere perché non sopportava che qualcuno potesse vederla in quello stato. Mi accorsi che i muscoli della mascella di Kennedy stavano facendo gli straordinari. Aveva lo sguardo puntato su David. Le porte dell'ascensore si aprirono e li inghiottirono tutti.

87

Dominguez prese le scale. Avrebbe presidiato la reception e protetto l'edificio. Il suo collega si sistemò gli occhiali da sole, prese la caffettiera e, dopo essersi versato una tazza di caffè, si accomodò al tavolo della sala riunioni. Dell si girò e batté il pugno contro il divisorio di vetro. I polsi legati da fascette, Gerry Sinton fu portato nella sala da un omone calvo con una maglietta blu che immaginavo fosse l'agente Patton e che, standogli alle spalle, gli premeva una mano sulla nuca per tenergli la testa bassa.

« Non c'è nessun altro nell'edificio? » s'informò Dell.

Quando sentì la voce di Dell, Sinton alzò la testa di scatto e i loro sguardi s'incontrarono.

« È sgombro e sicuro, agente Dell », rispose Patton.

« Lui cosa ci fa qui? » disse Sinton guardando me. Non aveva più la giacca dell'abito. Le fascette ai polsi gli bloccavano la circolazione tanto che aveva le mani paonazze come la faccia.

« Il tuo ex co-difensore potrebbe aiutarmi a chiarire alcuni aspetti di questa faccenda », rispose Dell.

« Perché non parliamo in privato? » replicò l'altro.

Dell scosse la testa. « Prima dobbiamo capire come stanno le cose. Eddie, Sinton sostiene di non avere i soldi. Stava aspettando che arrivassero sul conto del suo socio. L'ha ucciso perché sapeva che i soldi sarebbero finiti su un conto a nome di Harland. Il loro contratto di associazione prevede che, in caso di scomparsa di uno dei due, l'altro ottenga la procura per gestirne le attività finanziarie e societarie. Immagino che il nostro Gerry avesse intenzione d'intascare il malloppo da otto miliardi e far credere che in realtà fosse stato Ben Harland a fregarseli prima di sparire con il suo yacht. Non aveva previsto, però, che ieri il fiume avrebbe restituito il corpo di Ben, creandogli un bel problema. I soldi dovevano spostarsi di nuovo, su un conto diverso che non fosse riconducibile a lui. Quindi devono averli presi Child o Sinton. O forse i due stanno lavorando insieme. In un caso o nell'altro, non ci schioderemo di qui finché qualcuno non mi dirà dove sono andati a finire.»

Di sicuro Sinton era un tipo senza scrupoli e perfettamente in grado di uccidere il suo socio, incastrarlo per tutta l'operazione e scappare con i soldi. Che avesse cambiato piani quando era stato ritrovato il corpo di Harland? Dal modo in cui David aveva parlato dell'algoritmo, avevo avuto l'impressione che non potesse essere alterato, ma bisognava capire se David stava dicendo la verità o meno.

Patton assestò un violento calcio dietro le gambe a Sinton, facendolo cadere in ginocchio.

L'agente con gli occhiali da sole soffocò una risata. «Hai sentito l'agente Dell: sputa il rospo», disse.

«Parliamo in privato», ripeté Sinton implorando Dell con lo sguardo.

Patton gli mollò un altro calcio.

Il mio telefono squillò: Kennedy. «Un momento, Dell. Fammi rispondere.» Accettai la chiamata. «Ehi.»

«Eddie, sono Kennedy. Ascoltami bene: David e Christine sono salvi, ma tu no. Qualunque cosa tu faccia nei prossimi cinque secondi, non reagire a quello che ti sto dicendo.»

« Ti ascolto, Cooch », dissi.

« Bene », rispose Kennedy.

Il cuore mi martellava nel petto. Occhi chiusi. Respiro profondo.

Dell scosse la testa. Non riusciva a credere che avessi avuto la faccia tosta d'interromperlo per rispondere a una telefonata. « Ma vi sembra possibile? » disse indicandomi con la mano.

« Mi ha appena telefonato il vicedirettore dell'FBI. Avevo chiesto informazioni su Sarah Callan, la donna che si era spacciata per Clara Reece. Qui siamo davvero a livelli altissimi. Sarah Callan era un nome falso per Sophie Blanc, un'agente della CIA registrata come morta in azione l'anno scorso a Grand Cayman in seguito a un attacco armato contro il suo convoglio, il cui bersaglio era in realtà un testimone in un'indagine in corso. »

« Cooch, sai cosa significa questo? » dissi.

« Patton, Sinton era armato? » chiese Dell.

Patton estrasse una Glock dalla cintura e la porse a Dell. L'agente del Tesoro con gli occhiali da aviatore finì il suo caffè.

« Le donne morte non partecipano alle conferenze sui residui di polvere da sparo. Dell ci ha mentito. Lui e Sophie hanno organizzato questo piano insieme. Ruberanno i soldi e incastreranno David per omicidio e per il furto degli otto miliardi. »

Non potei fare altro che mordermi il labbro. Dell e la sua compagna avevano incastrato David per omicidio. Volevano che si dichiarasse colpevole per mandarlo in prigione fino alla fine dei suoi giorni. E lui ci sarebbe sicuramente rimasto a vita, dal momento che l'avevano incastrato non solo per omicidio, ma anche per il furto dei soldi. Un piano geniale.

Dell controllò l'arma che Patton gli aveva dato. Estrasse il caricatore e lo reinserì.

«Cos'ha in mano il procuratore distrettuale contro questo tizio?» chiesi.

«Per adesso non molto, ma quel che abbiamo è sufficiente per un arresto. Stiamo arrivando. Assalto tattico completo. Resisti per due minuti.»

«D'accordo, chiamami quando hai notizie dal procuratore», dissi e appoggiai il telefono sul tavolo.

Dell allargò le gambe, si girò e, come se niente fosse, sparò in faccia a Patton. L'altro agente lasciò cadere il caffè e tolse i piedi dal tavolo, ma Dell gli piantò un proiettile in mezzo agli occhiali da aviatore. Poi abbassò la pistola e la puntò contro Sinton. Io ero dal lato opposto del tavolo e, per quanto ne sapeva lui, ero disarmato e non rappresentavo una minaccia.

Avevo due possibilità. Potevo congratularmi, o fare anch'io la mia mossa. La situazione era talmente intricata che non potevo fare affidamento su nessun altro.

Mi abbassai e, dopo mezzo secondo, avevo l'arma di riserva di Dell in mano, la canna puntata sopra il tavolo contro la sua testa. Avendola tenuta dietro la schiena tutto il giorno, la pistola era ancora calda. «Non ti muovere», dissi tenendo Dell sotto tiro.

Avevo la schiena zuppa di sudore e le mani mi tremavano così tanto che, per quanto mi sforzassi di mantenere una presa salda sulla Ruger, il mirino sopra il carrello non voleva saperne di stare fermo. In quel momento vidi qualcosa sulla pistola. O meglio, *non* vidi qualcosa. Sulla Ruger di Dell mancava il numero di serie. Proprio come sull'arma del delitto. L'unico modo per procurarsi una pistola senza numero di serie è dire al produttore che la vuoi così. Il governo degli Stati Uniti poteva farlo, se non voleva che determinate armi fossero riconducibili alle sue attività, per esempio quelle usate nelle operazioni clandestine della CIA.

Dell guardò la pistola che avevo in mano.

« Quella è mia. Ridammela. »

Nessuno si mosse.

« Brutto figlio di puttana doppiogiochista », disse Sinton a Dell.

Dell lo zittì con un pugno in faccia.

« Alza le mani », gli dissi.

Lui indietreggiò, continuando a puntare l'arma contro Sinton, e si girò lentamente per guardarmi. « Hai mai sparato a qualcuno, Eddie? Non è facile come sembra. Non serve che tu uccida qualcuno, così potrai andartene di qui, lo sai. Si può sempre fare un accordo, giusto? Io, però, devo capire quante informazioni hai. E quanto costerebbe farti tenere la bocca chiusa. Adesso pianterò due pallottole in testa a Gerry Sinton. Sai, ha appena ucciso due agenti del Tesoro. Dopodiché me ne andrò di qui per incontrare un amico speciale. Uno che può farti avere cinquanta milioni di dollari. Ti arriveranno entro domani. Lo stesso amico distribuirà alcuni soldi sui conti di Gerry, diciamo settanta o ottanta milioni. E lo stesso vale per David Child, per te, per me e per tua moglie. Saremo liberi e ricchi. Allora, dimmi, quante informazioni hai? Valgono cinquanta milioni? »

« No... » disse Sinton.

Parlai tenendo lo sguardo fisso sulle mani di Dell. Avevo bisogno di tempo. Kennedy stava arrivando. « Quello che so vale molto più di cinquanta milioni, Dell. Mi avevi detto che Grand Cayman era il canale di Panama per il denaro sporco. Io credo che tu fossi al corrente di ogni operazione e che abbia intascato un mucchio di soldi facendo la cresta. Ma è un'attività rischiosa, l'hai detto tu stesso. Meno persone sono coinvolte, meglio è. Penso che Sinton abbia avuto l'idea di usare la tecnologia per spostare i soldi e che, insieme ai money mute, abbia scaricato anche te, che non hai digerito la cosa. Credo che la CIA – cioè tu – stia tenendo in pugno Bernard Langhiemer. Credo che sia lui il tuo amico speciale. L'hai convinto a incastrare Faruk per poterlo ricattare e ottenere qualunque informazione ti servisse per fingere di dare la caccia allo studio. Faruk ti aveva detto dell'algoritmo, della tecnologia che ti avrebbe sostituito, così hai voluto vendicarti di David e dello studio.»

Dell annuì e fece un sorrisino.

«Sarah, o Sophie, o chiunque sia, ha creato Clara Reece per avvicinarsi a David. Ha inscenato la morte di Clara uccidendo qualche altra povera disgraziata e deturpandole la faccia in modo che la polizia non potesse identificare il corpo. Poi si è nascosta nella camera blindata finché non ha avuto via libera ed è uscita dall'appartamento con una tuta protettiva. Langhiemer ti ha aiutato a incastrare David organizzando il finto incidente stradale. Tu hai usato me e Christine. E anche David. Il suo arresto ha mandato in crisi lo studio, spingendolo ad attivare l'algoritmo. Harland e Sinton non volevano che David parlasse con l'FBI. A te serviva che andassero nel panico e premessero il tasto per ripulire i soldi così da tenerti pronto a mettere le mani sul malloppo non appena fosse arrivato e ad accusare David del furto di otto miliardi di dollari. Se avessi voluto informazioni da David, ti sarebbe bastato prenderlo e spaventarlo per convincerlo a darti qualunque cosa ti servisse. E invece no, tu avevi bisogno di un capro espiatorio. Avevi bisogno che David si dichiarasse colpevole dell'omicidio. È questo l'unico motivo per cui mi hai coinvolto. La merda ti resta incollata addosso, giusto? Sei stato tu a dirmelo. Tutti avrebbero creduto che David avesse rubato i soldi dopo che aveva confessato di aver ucciso la sua fidanzata. Non lo stavi incastrando solo per omicidio, ma lo stavi anche preparando a addossarsi la colpa del tuo furto. Si è sempre trattato di soldi. Un piano elaborato e geniale, che poteva tranquillamente valere otto miliardi. Questo è quello che so. E costa molto più di cinquanta milioni.»

«Figlio di puttana che non sei altro!» gridò Sinton.

Dell aveva spostato l'attenzione su Sinton. «Mi hai sempre pagato per ripulire i soldi, ma dopo che Child se n'è venuto fuori con il suo algoritmo non hai più avuto bisogno di me. Non mi piace essere scaricato dalle organizzazioni criminali che mi pagano per i miei servizi: è un cattivo esempio per le altre. Questo è il furto più grandioso di tutti i tempi. Non lo vedi? Ti ho fatto correre come una lepre e tu ci hai messo un attimo a far fuori il tuo vecchio socio. Devo dire che quella mossa mi è piaciuta. Ci ha reso le cose più facili. Come ti senti adesso? Sono tutto orecchi, Gerry.»

La pistola mi tremava in mano. Non avevo mai sparato a nessuno, ma quello mi sembrava un buon momento per cominciare.

«Eddie, adesso premerò il grilletto e per Gerry sarà finita. Tu, però, non sparare. Prima di procedere, devo sapere se abbiamo un accordo. Cento milioni ti sembrano una cifra adeguata?»

«Se è tutta una questione di soldi sporchi, perché concepire questo piano tanto complicato, Dell?» dissi. Dovevo prendere tempo. Non avevo intenzione di piantare in asso David né nessun altro, e sapevo che Dell mi avrebbe fatto fuori nell'attimo in cui ne avesse avuto l'opportunità. Sapevo che non avrei dovuto estrarre la pistola. Avrei dovuto congratularmi. *Forza, Kennedy, dove ti sei cacciato?*

«Oh, non sono preoccupato per i poliziotti», disse. «Sono preoccupato per le organizzazioni che possiedono grosse fette di quel denaro. Il cartello ha già mandato qui il suo uomo a controllare la situazione. L'unica speranza che ho di sopravvivere è far sì che quella gente vada a cercare qualcun altro, qualcuno come David Child.»

L'ascensore trillò e le porte si aprirono. Ringraziai Dio che Kennedy ce l'avesse fatta. Lentamente, Dell si girò, coprendo la pistola. Mi si serrò lo stomaco quando vidi che non era Kennedy. A cinque metri da noi, in piedi davanti all'ascensore, c'erano le ultime due persone sulla faccia della terra che mi sarei aspettato di vedere.

Una figura in nero. L'uomo con il tatuaggio urlante: El Grito. Reggeva una pistola con una mano e con l'altra serrava la gola di Sophie Blanc, che si era tagliata i capelli corti e li aveva tinti di nero. Un livido bluastro sembrava quasi dividerle la faccia a metà. Ma era lei: Sarah, Clara, Sophie, lo sapeva ancora chi era davvero? In quel momento probabilmente non importava. Sapeva di essere già morta.

«Vi stavamo tenendo d'occhio», disse El Grito con un forte accento latinoamericano. «Langhiemer è morto. Non verrà nessuno a tirarti fuori di qui. Ho trovato questa puttanella nell'appartamento di Langhiemer. Getta la pistola e portami dove ci sono i soldi, poi le concederò una morte rapida. È la mia migliore offerta. Lo sai, *puto.*»

Il sicario del cartello mi offrì un piccolo spiraglio. Un solo momento di distrazione era tutto quello che mi serviva. Gettai la Ruger ai miei piedi. Mi portai le braccia sopra la testa e cominciai ad applaudire. La finestra andò in pezzi e fui travolto da un'ondata di frammenti di vetro. Colpi d'arma da fuoco risposero al fragore del vetro che si rompeva. El Grito buttò a terra il suo ostaggio e si mise a sparare. Le porte accanto all'ascensore si aprirono di colpo e Kennedy avanzò, acquattandosi, con Weinstein e Ferrar al seguito.

Io mi abbassai, mi allungai sopra il tavolo, ne afferrai il bordo con entrambe le mani e tirai quel bestione verso di me, fino a farlo appoggiare sul fianco. Pesava una tonnellata quel maledetto affare, tanto che rimediai uno strappo alla schiena, e poi mi sbatté sul lato della testa perciò mollai la presa. Caddi a terra, riparato dal ripiano. Le luci in tutto l'edificio si spensero. Assalto tattico standard dell'FBI.

Ero sordo.

Sentivo le vibrazioni delle armi. Insieme al sangue, nelle orecchie mi rimbombavano esplosioni così forti da spaccare i denti.

Ero cieco.

Vedevo solo la danza viscerale delle bocche delle armi da fuoco che lampeggiavano. Fuori, i fuochi d'artificio della parata facevano sbocciare fiori fosforescenti nel cielo nero di Manhattan. Dentro, a quel balletto fragoroso faceva da contraltare solo l'oscurità brulicante della stanza, che sembrava combattere contro il bagliore degli spari. Il buio voleva regnare su quel posto e stava lottando per conquistarlo. Non avrei saputo dire se a uccidere fossero il buio o gli uomini.

Appiattito contro il pavimento, osservai le scintille provocate dall'esplosione del televisore incendiare la moquette.

E poi il silenzio.

La quiete arrivò prima dell'odore acido del metallo caldo che brucia e lacera la carne, le ossa e la vita. Dalla finestra rotta entrava la brezza di Manhattan, quasi nel vano tentativo di portarselo via.

Il mio corpo non voleva saperne di muoversi. Era come se gli arti mi stessero abbandonando, paralizzandomi, impedendomi di alzarmi e beccarmi un proiettile. Pensai a Christine, a Amy e, in qualche modo, mi mossi.

Non riuscivo ancora a vedere granché. Il fumo che si levava dalla moquette in fiamme mi faceva bruciare gli occhi. Mi misi carponi, ma non trovai la Ruger. Davanti a me, una Glock. La presi e mi alzai.

89

Credevo che fossero tutti morti.

Gli uffici dello studio legale Harland e Sinton sembravano una zona di guerra. Sentivo il sapore del sangue in bocca, probabilmente per via del tavolo che mi era piombato addosso. Quel sapore metallico si mescolava all'odore di acido bruciato dei bossoli che rotolavano rumorosamente sulla moquette. Una grassa luna illuminava spettrali scie di fumo che sembravano levarsi dal pavimento per evaporare non appena le vedevo. Mi sembrava di avere l'orecchio sinistro pieno d'acqua, ma sapevo di essere solo rimasto assordato dagli spari. Nella mano destra avevo una Glock 19, l'arma in dotazione agli organi governativi. Girai intorno al tavolo e, alla luce del fuoco che bruciava la moquette, vidi Sinton che strisciava a terra e si allungava verso una pistola. Senza pensarci due volte, gli puntai contro la Glock e sparai. Il proiettile lo colpì alla coscia, facendolo rotolare su se stesso. Il suo respiro roco e impregnato di sangue si spense. Aveva già il petto crivellato dalle pallottole. La cosa mi confortò. Non ero stato io a ucciderlo: era già morto.

Adesso la Glock era scarica. Le gambe di Sinton erano finite sopra la pancia del cadavere accanto, e solo in quel momento notai che i corpi stesi sul pavimento della sala riunioni erano in una posizione strana e sembravano protendersi gli uni verso gli altri. Non li guardai singolarmente: non avrei sopportato la vista di quelle facce pietrificate dalla morte. Vidi gli agenti del Tesoro: Patton e quello con gli occhiali da sole. Vittime di Dell. Mi guardai intorno in cerca di Kennedy, ma non lo trovai.

Il mio respiro rapido e affannato doveva farsi strada attraverso l'adrenalina che minacciava di schiacciarmi il petto. Il vento gelido che entrava dalla finestra infranta alle mie spalle cominciò ad asciugarmi il sudore sulla nuca. Il divisorio di vetro che fino a pochi momenti prima separava la reception dalla sala riunioni era diventato un tappeto di spessi frammenti luccicanti.

Quando vidi il mio assassino, l'orologio digitale alla parete segnava le 20.00.

Non riuscii a distinguerne né il volto né il corpo: era solo un'ombra in un angolo buio della sala riunioni. Le luci verdi, bianche e dorate dei fuochi d'artificio brillavano a sprazzi sopra Times Square, entrando nella stanza con angolature strane e illuminando per un istante una piccola pistola impugnata da una mano che sembrava non appartenere ad alcun corpo. Era una Ruger LCP in una mano guantata. Sebbene non riuscissi a vedere in faccia l'assassino, l'arma mi disse parecchio. La Ruger conteneva sei proiettili da 9 mm, era abbastanza piccola da stare nel palmo di una mano e pesava meno di una bistecca. Mi vennero in mente tre possibilità.

Tre probabili assassini.

Quella era l'arma di Dell, che forse l'aveva trovata.

Non avevo visto il cadavere di El Grito. Poteva essere stato lui a prendere la pistola, oppure era l'arma che aveva portato con sé.

Una terza possibilità era l'amante di Dell.

Impossibile convincere uno qualunque di loro a gettare la pistola.

Considerando i miei ultimi due giorni in tribunale, tutti e tre avevano una buona ragione per volermi morto. Io un'idea di chi fosse a tenermi sotto tiro me l'ero fatta, ma in quel frangente non sembrava importante.

La canna della Ruger puntò verso il mio petto.

Stranamente pervaso da una sensazione di calma, chiusi gli occhi. Non era così che sarebbe dovuta finire. Per qualche motivo sentivo che c'era qualcosa d'ingiusto in quell'ultimo respiro, come se fossi stato tradito. Tuttavia, lasciai che i polmoni mi si riempissero del fumo e dell'odore metallico che impregnavano ogni cosa dopo una sparatoria.

Non mi accorsi del colpo, sentii soltanto un tonfo sordo che però non poteva essere stato uno sparo. Avevo gli occhi chiusi, quindi non vidi la bocca dell'arma lampeggiare. Sentii soltanto il proiettile squarciarmi la carne. Un colpo fatale che era diventato inevitabile nell'attimo in cui avevo accettato il patto di convincere David a dichiararsi colpevole in cambio dell'immunità di Christine.

Mi sentivo i pantaloni bagnati e caldi. Immaginai che fosse il mio stesso sangue.

Soltanto allora udii lo sparo, che fu come lo schiocco di una frusta.

Mi resi subito conto che quel suono era diverso: non era il boato assordante del proiettile esploso dalla bocca di un'arma e del gas propellente. No, era diverso. Quello era un proiettile che rompeva il muro del suono. Sapevo che non avrei sentito lo sparo perché il tiratore era troppo lontano, appostato nell'edificio dall'altra parte della strada, dietro un cartello con su scritto AFFITTASI, in compagnia di uno dei suoi giocattoli preferiti, un fucile di precisione M2. Aveva osservato Christine dal Corbin Building e, se qualcuno avesse provato anche solo a torcerle un capello, gli avrebbe mozzato la testa con una semplice pressione del grilletto.

Aprii gli occhi. La Ruger non c'era più e nemmeno la mano guantata. Vidi un moncone insanguinato di osso e materia, la mano tranciata di netto dallo sparo di Lizard. A quel punto sentii il grido. Una voce femminile, eppure profonda e agonizzante. Sophie Blanc avanzò sotto la luce della luna e alzò una Glock con l'altra mano.

Credevo che fossero tutti morti.

Mi sbagliavo.

Quattro spari in rapida successione. Il suo corpo si accasciò a terra.

Mi girai e vidi Kennedy sporgersi da dietro un divano.

Il dolore che avevo al petto, prima simile a un taglio infuocato, diventò come uno spuntone di ghiaccio conficcato nella gabbia toracica. Mi costrinsi ad abbassare lo sguardo. Non c'era nessuna ferita da arma da fuoco, ma il carrello della Ruger mi usciva dal petto. La pistola era stata distrutta dal proiettile a punta cava e base rastremata sparato dal fucile di precisione di Lizard. Quel pezzo della pistola doveva essere lungo circa quindici centimetri, la maggior parte dei quali era piantata nel mio petto.

Non ricordo di essere caduto, ma ricordo Kennedy che gridava il mio nome. E poi Weinstein fu nella stanza insieme a Kennedy, la testa incorniciata dal bagliore dei fuochi d'artificio.

«Eddie, resisti. Li abbiamo presi. Li abbiamo presi tutti. Abbiamo sentito tutto quanto tramite la tua chiamata», disse Kennedy.

Invece di chiudere la telefonata con Kennedy, avevo appoggiato il telefono sul tavolo della sala riunioni, facendo parlare Dell.

«Tua moglie è al sicuro. E anche David. Va tutto bene. I soccorsi stanno arrivando...»

La mia testa non voleva saperne di stare su. Continuava a ricadermi a sinistra. Ogni volta che lo faceva, vedevo il corpo di Dell con la parte superiore della testa fracassata. Lizard doveva averlo fatto fuori per primo. Accanto a lui vidi il cadavere di El Grito e i suoi occhi vitrei che mi fissavano.

Kennedy chiamò a gran voce i paramedici.

E lì persi la mia battaglia, piombando nel buio.

ESTRATTO DAL *NEW YORK TIMES*

mercoledì 18 marzo

Il 20° distretto del dipartimento di polizia di New York ha reso noti alcuni nomi degli individui che hanno perso la vita in un sanguinoso scontro a fuoco avvenuto ieri sera nel cuore della Manhattan degli affari. Lester William Dell (54 anni) e Sophie Blanc (31) erano membri delle forze dell'ordine che lavoravano presso il dipartimento del Tesoro. Eli Patton (28), Joel Friend (29) e Sonny Ferrar erano agenti del Federal Bureau of Investigation. Gerald Sinton (49) era uno dei soci a cui doveva il proprio nome Harland e Sinton, uno degli studi legali più rispettati d'America. Il suo socio, Benjamin Harland, aveva perso la vita in un incidente in barca soltanto due giorni prima. Secondo fonti della polizia, non ci sarebbe alcun legame tra i due incidenti. Non è invece stato ancora identificato il cadavere di un uomo che si ritiene essere collegato al cartello dei Rosa. E infine ha perso la vita anche l'avvocato penalista Eddie Flynn (37). L'ufficio del procuratore distrettuale deve ancora fissare una data per un'udienza del gran giurì per l'omicidio di Clara Reece. Non sono state rilasciate dichiarazioni ufficiali sulle cause di questo episodio di violenza.

90

sei settimane dopo lo sparo

«Come ci si sente a essere un uomo morto?» mi chiese Kennedy. Pur avendo avuto il tempo di riposare e riprendersi da quella brutta avventura, il federale sembrava ancora conciato piuttosto male.

«A giudicare da come sei messo tu, direi che sto abbastanza bene. Ma dormi?» chiesi.

«Non molto. Non dopo il funerale di Ferrar. Ti ho visto, ma il resto del Bureau non avrebbe gradito se ci avesse visti parlare. Capisci?»

Annuii.

«Senti, so che abbiamo messo al tappeto la tua attività facendo scrivere al *Times* che sei morto, ma lì per lì non avevamo scelta. Dovevamo far calmare le acque. Il fatto che questi agenti della CIA abbiano fatto il doppio gioco mettendo in piedi una task force congiunta per organizzare il furto più grande mai commesso sul suolo americano ha mandato su tutte le furie il dipartimento di Stato, quello del Tesoro e quello della Giustizia. La CIA, a sua volta, ha dichiarato di aver avviato un'indagine.»

«Sono sicuro che sarà molto accurata. Devono sapere esattamente cos'è successo, per essere sicuri di seppellire tutto per l'eternità.»

Kennedy sorrise. «Potresti avere ragione. Io dico che nulla di tutto questo verrà reso pubblico, è troppo imbarazzante. Finirà nel dimenticatoio. Nel frattempo ho immaginato che potesse essere saggio allentare per un po' la pressione su di te e sulla tua famiglia, facendo credere a tutti che sei due metri sotto terra. Il cartello non andrà a cercare un uomo morto.»

«Avete già trovato i soldi?»

Lui scosse la testa. «Il virus che David ha involontariamente caricato sul sistema ha cancellato tutto. Crediamo che a creare il virus, spostare i soldi sul conto cliente di David e poi farli sparire sia stato Bernard Langhiemer...» Nel nominarlo si rabbuiò.

«L'avete trovato?» chiesi.

«Sì, per la maggior parte», rispose Kennedy. «Sembra che la compagna di Dell, Sophie, si stesse nascondendo nell'appartamento di Langhiemer. El Grito li ha trovati e ha costretto lui e Sophie a parlare. Non è stato piacevole.»

«Quindi credete che il cartello sappia che è stato Dell a derubarlo?»

«Pensiamo di sì, ma ce ne stiamo accertando. Non vogliamo che vadano a cercare i soldi lasciandosi dietro una scia di sangue. Oltre a insabbiare questa storia con la stampa, stiamo facendo sapere alle nostre fonti nel cartello che Dell era un traditore e che abbiamo recuperato i soldi. Così nessuno verrà a chiederli a David o a Christine. Il cartello non ha preso per niente bene il fatto che il suo uomo sia stato riempito di piombo, ma a quanto pare El Grito aveva già detto al suo capo che lo studio si stava sgretolando, visto che Sinton aveva ucciso Ben Harland e sua figlia.»

«Sua figlia?»

«La scorsa settimana abbiamo avuto un riscontro positivo sull'identità del corpo trovato nell'appartamento di David: Samantha Harland. Abbiamo avuto l'impronta genetica dal cadavere di suo padre. Ed è arrivato anche un referto tossicologico. Pare che le sia stato somministrato un forte sedativo. Pensiamo che Sophie l'abbia portata nell'appartamento di David il giorno prima dell'omicidio per poi drogarla e chiuderla nella camera blindata insonorizzata. Il giorno dopo, quando David ha lasciato l'appartamento, Sophie ha sparato alla schiena a Samantha, poi l'ha portata in cucina e le ha scaricato la pistola contro la nuca. Gli stronzi come suo padre non pensano mai che le situazioni in cui vanno a infilarsi potrebbero ritorcersi contro i loro figli.»

Guardai in strada.

« Scusa, non intendevo... »

« Va tutto bene », tagliai corto.

« Credo sia meglio se resti in all'erta per un po'. Poi, quando vorrai tornare a esercitare, faremo pubblicare una smentita sul *Times*. Se il cartello scoprisse che sei uscito vivo di lì, ti ucciderebbe anche solo per principio. Quella gente, però, ha la memoria corta quando si tratta di avvocati bacchettoni. A volte uccidere un normalissimo signor nessuno è molto più difficile che far fuori una figura di spicco. »

« Capisco. »

« Immagino che la tua memoria non sia migliorata, eh? » chiese lui.

« Cosa intendi? »

« Il foro di un fucile di precisione nel vetro del trentottesimo piano? Il fatto che Dell e Sophie Blanc avessero entrambi ferite da arma da fuoco compatibili con un proiettile sparato da un fucile di grosso calibro? Tutto questo continua a non dirti niente? »

« Te l'ho già detto, non ne so nulla. »

Finii la mia montagna di pancake ai mirtilli, vuotai l'ultima goccia del mio caffè e lasciai quaranta bigliettoni sul tavolo per il conto e la mancia.

« David ti ha pagato per l'udienza preliminare? » domandò Kennedy.

« Profumatamente », risposi. Le mie preoccupazioni finanziarie erano un lontano ricordo, almeno per il momento.

Un clacson suonò fuori dal Ted's Diner, così strinsi la mano a Kennedy. « Sono venuti a prendermi. »

« Ah, quasi dimenticavo! » esclamò lui porgendomi una grossa busta gialla.

Controllai il contenuto, gli strinsi di nuovo la mano e infilai la busta nella borsa, accanto ad altre due di dimensioni simili.

Era fine aprile e i fiori rotolavano nelle pozzanghere sul marciapiede. Aprii la portiera posteriore della Range Rover e salii a bordo. « Un bel salto di qualità rispetto a quella Honda», dissi a denti stretti per via del movimento che avevo dovuto fare per salire su un veicolo così alto. La ferita al petto mi faceva ancora un male cane quando meno me lo aspettavo. Sarebbe guarita, ma mi era stato detto di aspettarmi una brutta cicatrice.

Holly s'immise nel traffico e mi guardò dallo specchietto retrovisore. «Lo so. Si potrebbe dire che anche la nostra relazione ha fatto progressi. David voleva comprarmi una Ferrari, ma gli ho detto che era troppo appariscente. Questa non è niente male.»

David si sporse dal sedile anteriore del passeggero e le sussurrò qualcosa. Lei gli accarezzò il ginocchio e i due fecero una risatina. Quando era stato rilasciato il giorno dopo San Patrizio, Holly l'aveva ospitato a casa sua. Con tutto quello che avevano passato in quei due giorni, in qualche modo si erano trovati. Ne ero felice.

«Allora, sei pronto?» chiese David.

La domanda non era rivolta a me, ma al passeggero seduto accanto a me. Lui non rispose, limitandosi a guardare fuori dal finestrino.

Io e David chiacchierammo un po' durante il viaggio, e Holly mi raccontò dei loro piani per un weekend romantico, la loro prima fuga. L'altro passeggero non aprì bocca. Dopo un'ora, quando ci eravamo già addentrati da un pezzo nella parte settentrionale dello Stato di New York e cominciavamo ad avvicinarci alla nostra meta, nell'abitacolo calò il silenzio. Holly e David erano molto innamorati. Era bello vederli, ma al tempo stesso mi faceva soffrire. Al momento Christine ed Amy vivevano a casa dei genitori di lei. Le avevo viste entrambe, per poco tempo, quando ero uscito dall'ospedale. Avevamo concordato d'incontrarci nel parco.

Avevo osservato Amy sull'altalena. Io e Christine ci eravamo seduti sull'erba nel parchetto vicino a casa dei suoi. Dopo un po', avevo volutamente smesso di prestare attenzione a mia moglie e mi ero concentrato a guardare mia figlia. Non volevo sentire quello che Christine stava dicendo. Secondo lei, c'era qualcosa in me che metteva in pericolo le nostre vite e in qualche modo, finché avessi fatto l'avvocato, avrei continuato ad attirare persone malvagie e, anche se io desideravo fare quello che era giusto, sarebbero comunque successe cose brutte.

Christine ed Amy avrebbero vissuto con i genitori di lei negli Hamptons. Amy avrebbe cambiato scuola. Avrei potuto vederla una volta al mese, a casa loro. Niente di più. Almeno per un po'. Almeno finché Christine non fosse stata certa che erano al sicuro. Avevo smesso di nuovo di ascoltare, fissando Amy.

«Allora, che ne pensi?» aveva chiesto Christine.

«Come?»

«Non mi stavi ascoltando, vero? Ho detto che ne pensi se ci riprovassimo tra sei mesi?»

«Intendi io e te?»

«Sì, io e te.»

Il cigolio dell'altalena mi aveva fatto spostare di nuovo lo sguardo su Amy. Stava proprio crescendo. I piedi le strisciavano per terra ogni volta che l'altalena toccava il punto più basso. L'avevo portata in quello stesso parco l'anno prima e all'epoca i piedi penzolavano in aria. Avevo pensato al corpo insanguinato di una diciassettenne nella casa del mio cliente, a meno di due chilometri da lì, avevo pensato a David che non riusciva a respirare nella sala consultazione del tribunale mentre m'implorava di aiutarlo, avevo pensato a Christine, a quel momento da Harland e Sinton prima che riuscissi a salvarla.

«Non posso. Vi amo troppo», avevo risposto.

«Cosa vuoi dire?»

«Dove ci sono io, succedono cose brutte. Forse sono io a farle accadere. Non lo so, Christine. Non posso rischiare che capiti qualcosa a te o a Amy. Non voglio che ci allontaniamo e voglio vedere crescere la mia bambina, ma è più importante che lei non venga privata dell'opportunità di crescere e di stare con te. Qualunque cosa sia successa a me, qualunque cosa sia successa a noi, non posso cambiarla. Posso soltanto assicurarmi di non fare più danni di quanti non abbia già fatto.»

«Eddie, non è per sempre. Voglio riprovarci quando le acque si saranno calmate. Il problema è il tuo lavoro, non tu. Pensavo che potresti ridurre gradualmente i casi più difficili, magari tentare una nuova strada. Ehi, e poi neanch'io sono senza colpa. Non è stata tua la responsabilità di quello che è successo con lo studio.»

«Ti sbagli. Dell mi aveva detto che il bersaglio ero io, non tu. Volevano usarmi per arrivare a David. Tu gli servivi soltanto per farmi pressione, niente di più. Non posso esporre te o Amy a quel rischio. Per come stanno adesso le cose, sono un uomo morto. Questa facciata non durerà a lungo. Posso passare qui i fine settimana, ma poi dovrò tornare.»

«Perché?»

«Perché sì. Non so spiegartelo, ma ne ho bisogno. Ho bisogno di lavorare. Posso aiutare gli altri. David me l'ha ricordato.»

«Esistono altri avvocati...»

«Lo so, ma probabilmente la maggior parte di loro è come ero io prima di tirare fuori Hanna Tublowski da quella casa. Se non ci sono io, chi tirerà fuori la prossima ragazza?»

Christine mi si era lentamente avvicinata e mi aveva appoggiato la testa sulla spalla.

Sarei rimasto solo. Per il bene della mia famiglia. Avevo riflettuto su che razza di uomo fossi e sul fatto che la mia famiglia stesse meglio senza di me: senza l'imbroglione, l'avvocato, il maneggione.

Holly svoltò a sinistra e guidò lungo uno stretto sentiero di ghiaia che conduceva a una grande residenza situata in mezzo a ettari ed ettari di campi verdi.

Parcheggiammo davanti all'edificio, fuori dal quale ci stavano aspettando molti uomini con divise ospedaliere bianche. Scesi dall'auto, feci il giro e aprii l'altra portiera. Il sole basso del mattino illuminava l'abitacolo. Quel posto non era pubblicizzato su Internet né da nessun'altra parte, in realtà. Forse un centinaio di dottori in tutto il Paese erano al corrente della sua esistenza. Per quel che ne sapevo io, non aveva nemmeno un nome. Ci venivano rockstar, stelle del cinema e miliardari per ripulirsi.

Mentre scendeva dalla Range Rover, Popo era in lacrime. Tremava e aveva le labbra tagliate e sanguinanti. Gli dissi di smettere di mordersele. David e Holly ci raggiunsero.

«Resterai qui finché non starai meglio e non sarai disintossicato», disse David. «E a quel punto verrai da me e io ti troverò un lavoro a Reeler.»

«Non so cosa dire», commentò Popo.

«Non devi dire niente. Mi hai salvato la vita. Qualunque cosa io possa fare per salvare la tua, non mi tirerò indietro», disse David.

Sapevo che Popo ce l'avrebbe fatta. Gli era stata data l'opportunità di stravolgere la sua vita, di diventare un'altra versione di se stesso, una versione migliore, più forte, più pura. L'opportunità di tornare a essere la persona che era veramente.

Speravo che un giorno l'avrei avuta anch'io.

Salutammo Popo e tornammo a bordo della Range Rover.

«Okay, adesso passiamo agli affari», dissi. «Potete lasciarmi in Hogan Place?»

91

«Ma tu guarda, un morto che cammina», disse Zader mentre entravo nel suo ufficio al numero uno di Hogan Place, chiudendomi la porta alle spalle.

Mi sedetti e ammirai i titoli dei giornali sparpagliati sulla sua scrivania. La maggior parte avanzava ipotesi sulla prossima mossa del procuratore distrettuale nel caso David Child e su quando il gran giurì avrebbe ascoltato i testimoni.

Zader aveva un'aria stanca, gli occhi appesantiti e il colletto sbottonato. «Allora, pensa che il suo cliente sarà pronto ad affrontare il gran giurì la prossima settimana?» chiese.

Io aprii la borsa, presi le tre buste e le appoggiai sopra i giornali. «Dica un po', potrei avere qualcosa da bere?»

Il suo ghigno si trasformò in un mezzo sorriso, poi premette un pulsante sul telefono della sua scrivania. «Miriam, due caffè, per favore. Ah, no, scusa, come non detto. Un caffè per me, e vedi se riesci a recuperare uno scotch per l'avvocato Flynn. Pare che ne abbia bisogno.»

«Non bevo più», dissi. «Ma questo lei lo sa già.»

«Miriam?» chiamò Zader sull'interfono. «Miriam, ci sei?»

«Magari è andata a ritirarle la biancheria?» suggerii.

Lui si appoggiò allo schienale della poltrona di pelle. «Presenteremo il suo cliente come complice dell'omicidio. Puntavamo al pacchetto completo, ma...» I suoi occhi si concentrarono su qualcosa dietro di me, che lo portò a interrompersi nel bel mezzo della frase.

Miriam era entrata nel suo ufficio con due caffè su un vassoio di plastica. Ne mise uno davanti a me e posò l'altro lì accanto. Si sedette e prese la seconda tazza per sé. «Panna e zucchero?» mi chiese.

«Sì, grazie.»

Zader ci fissò.

« Non ci sarà nessun gran giurì », dissi prendendo la prima busta e lanciandola a Zader.

Lui la aprì, cominciò a leggere il documento di due pagine ed era già pronto a tagliarmi le gambe quando lo bloccai.

« Il dipartimento di Giustizia, quello di Stato e quello del Tesoro vogliono che il caso di David Child si chiuda con discrezione. È troppo incasinato per loro. Non posso spiegarle perché, ma sono sicuro che lei lo sappia, visto che probabilmente ha già avuto questa stessa conversazione con qualcuno dei piani alti. Le risparmierò la fatica di leggere questa roba. È un comunicato stampa che il suo ufficio rilascerà oggi pomeriggio. Conferma che, in seguito alle sue approfondite indagini, David Child risulta innocente rispetto a tutti i capi d'imputazione per l'omicidio di Clara Reece. Non è stato ancora reso noto, ma Clara non è mai esistita. La ragazza morta nell'appartamento di David è Samantha Harland, stessi tatuaggi e stessa corporatura. C'è una richiesta di scuse completa a David Child, che lei leggerà davanti alle telecamere. Si accorgerà che è stata redatta dal dipartimento di Giustizia. Le stanno dicendo chiaramente di mollare il colpo: se manda tutto a puttane, il governo degli Stati Uniti diventerà suo nemico. »

« Sta scherzando se pensa che cederò a certe pressioni... »

« Ma lei fa pressione a imputati innocenti perché si dichiarino colpevoli di crimini che non hanno commesso. Lo fa ogni santo giorno sventolandogli davanti accordi di patteggiamento. 'Confessa e ti becchi cinque anni, oppure portiamo il caso in tribunale e rischi vent'anni di galera.' È così che funziona, la pressione. Apra questa... » dissi porgendogli la seconda busta.

Lui rovesciò sulla scrivania il voluminoso fascicolo contenuto nella busta. Vide fotografie di scontrini della lavanderia, email che ordinavano a Miriam di ridurre il suo carico di casi passando quelli più importanti ai viceprocuratori più giovani, fotogrammi di riprese video in cui Miriam gli portava il caffè, gli puliva l'ufficio, passava l'aspirapolvere sulla moquette, lavava le tazze. In mezzo alle foto e alle email c'erano anche numerose microcassette con le registrazioni delle battute sessiste più significative di Zader.

«Quando era candidato contro Miriam per il ruolo di procuratore distrettuale, ha rilasciato un'intervista in cui dichiarava di ammirare le sue competenze di avvocato, dicendo che sarebbe stato onorato se Miriam avesse accettato di rimanere come procuratore esperto nel caso di una sua vittoria alle elezioni. Tuttavia, abbiamo qui una montagna di prove che dimostrano che l'ha trattata in modo vergognoso. E soltanto perché è donna. Le registrazioni sono davvero interessanti. La mia preferita è una conversazione che ha avuto con Miriam tre settimane fa, durante la quale le ha detto che in tribunale le donne avvocato saranno sempre sconfitte dagli uomini perché gli uomini sono più credibili. Bene. Penso che già solo con un'affermazione del genere la giuria possa tranquillamente farle sborsare centomila bigliettoni.»

Miriam gli sorrise.

«Miriam, questo è assurdo», disse Zader. «Se ti ho trattata male, è stato solo perché eri la mia avversaria. Avrei fatto la stessa cosa se fossi stata un uomo.»

«Ottima difesa», replicai. «Vostro onore, non ho vessato la signora Sullivan perché è una donna. L'ho umiliata soltanto perché sono uno stronzo e avrei fatto lo stesso con un uomo.»

Miriam schioccò la lingua, disgustata.

«In quella pila troverà anche due documenti che le consiglio di leggere, uno dei quali è la copia della mia bozza di denuncia per molestie sessuali che presenterò oggi pomeriggio, per conto della mia assistita, se lei non firma subito l'accordo.»

«Quale accordo?» chiese Zader.

Trovai l'accordo sulla sua scrivania e glielo porsi. «I punti salienti sono che, per prima cosa, lei domattina darà le dimissioni. Può dire che è per motivi personali e che darà pieno supporto a Miriam Sullivan, da lei nominata procuratore distrettuale *ad interim* finché non saranno indette nuove elezioni. Se rifiuta di convocare la conferenza stampa per David, o di firmare questo accordo, le farò causa per conto di

Miriam. Lei perderà e, a quel punto, potrà dire addio alla sua carriera. Altrimenti, potrà uscire di qui senza una sentenza della corte contro di lei.»

Il suo sguardo si spostò avanti e indietro tra le fotografie e l'accordo. Una goccia di sudore cadde sulla scrivania e lui si tamponò la fronte con la cravatta, tirandola sebbene fosse già allentata. «Lotterò sino alla fine. Lei pensa di avere la vittoria in tasca, Flynn, ma si sbaglia. Non mi spavento facilmente.»

Mi girai verso Miriam. «Avevi ragione. È stupido.»

«Te l'avevo detto che ci serviva qualcosa di più», replicò Miriam.

«Già, l'avevi previsto. Lascio a te l'onore.»

Miriam prese due fogli dalla tasca interna della giacca e li porse a Zader senza aggiungere una sola parola. La prima pagina era una dichiarazione giurata del viceprocuratore distrettuale Billy White, secondo cui Zader gli aveva chiesto di contattare un investigatore privato per ottenere informazioni personali e finanziarie riservate ed estremamente sensibili su ogni giudice di New York. Zader era in possesso delle informazioni sulle partecipazioni azionarie del giudice Perry e le aveva usate per sbarazzarsi di lui all'inizio del caso, tirandole fuori soltanto quando era sembrato che Perry stesse per pronunciarsi a favore della difesa. Ciò sarebbe bastato a dare il via a un'indagine per scorrettezza procedurale, ma il fatto che Zader avesse ottenuto illegalmente informazioni personali e creato dossier su ogni giudice avrebbe non solo posto fine alla sua carriera in un lampo, ma probabilmente l'avrebbe anche fatto finire in prigione. La seconda pagina era la bozza di un'email, indirizzata all'FBI e all'attuale governatore, che presentava la dichiarazione di Billy White come unico allegato. Quella bozza equivaleva ad armare il cane di una pistola puntata alla tempia di Zader.

«Non può essere contemporaneamente un criminale e un procuratore distrettuale. Anche sindaco, magari?» dissi.

«Lei è un bastardo. E la sa una cosa?» replicò lui. «Non posso certo convocare una conferenza stampa oggi. Ci vorrebbero...»

«La stampa è già in sala conferenze», disse Miriam. «Mi sono presa la libertà di chiamarla io. Vuoi che mandi quell'e-mail?»

Lui scosse la testa.

Io lo ignorai e aspettai.

Zader guardò l'ultima busta ancora chiusa davanti a me. «Cosa c'è lì dentro?»

«L'opzione B», risposi.

Lui allungò una mano tremante.

Gli diedi la busta, finii il caffè e mi alzai. «È bello riaverti tra noi», dissi a Miriam abbottonandomi la giacca.

Lei sorrise.

Zader aprì la busta proprio mentre la porta del suo ufficio si chiudeva alle mie spalle. Silenzio. Poi sentii la voce severa di Miriam. Prima di lasciare l'open space, aspettai un momento davanti alla macchinetta del caffè. Me n'ero andato perché quella era la vittoria di Miriam, che uscì dall'ufficio di Zader, mi vide e sorrise. Poi, entusiasta, mi fece okay con il pollice. In mano aveva l'accordo firmato e il comunicato stampa. Nella terza busta avevo dato a Zader la stessa opzione che lui aveva dato a David Child: la busta era vuota.

Salii in ascensore, salutai Herb Goldman alla reception e premetti il tasto per il piano terra. Zader arrivò al banco di Herb e, con un'espressione di disprezzo allo stato puro, mi guardò mentre me ne andavo. Sulla pelle lucida sotto le luci danzavano gocce di sudore piene di paura e di odio. Zader sbatté la mano sul banco di Herb e mi lanciò un insulto.

Io non dissi nulla.

Herb guardò entrambi con i suoi occhi svegli, poi ridacchiò tra sé. Non so come, ma aveva già capito che presto avrebbe lavorato per l'ennesima volta alle dipendenze di un nuovo procuratore distrettuale.

Le porte dell'ascensore cominciarono a chiudersi. Prima che lo facessero, sentii Herb dare un ultimo consiglio al procuratore distrettuale uscente. «Sa com'è il detto, signor Zader. Non si può imbrogliare un imbroglione.»

RINGRAZIAMENTI

Devo ringraziare una gran quantità di persone. La prima della lista è mia moglie Tracy, fonte perenne di idee brillanti, consigli, sostegno, ispirazione e tazze di latte allo zenzero. Le devo più di quanto potrò mai esprimere a parole.

Ringrazio il mio agente, Euan Thorneycroft, e tutto lo staff della AM Heat per il supporto, i suggerimenti e l'esperienza con cui mi rappresentano.

Alle mie editor, Jemina Forrester di Orion Books e Christine Kopprasch di Flatiron Books, per la pazienza, la capacità e l'impegno profuso perché questo romanzo uscisse al meglio. Un grande grazie anche a Jon Wood, Angela McMahon, Graeme Williams e a tutto lo staff di Orion Books e Hachette Ireland. Un ringraziamento enorme va a Amy Einhorn e Marlena Bittner di Flatiron, il mio staff oltreoceano.

Alla mia famiglia, ai miei amici, ai miei lettori e a tutti coloro che hanno scritto recensioni dei miei romanzi, soprattutto ai librai che mi hanno sostenuto sin dal primo giorno: devo una birra e un abbraccio a tutti voi.

Steve Cavanagh
Una vita da salvare

È il processo per omicidio del secolo. Gli occhi di tutto il mondo sono puntati sull'uomo che davanti alla corte del tribunale di New York continua a dichiararsi innocente: Bobby Solomon. Attore di grande successo, che con la bellissima moglie ha formato una delle coppie più amate di Hollywood, è accusato dell'omicidio della consorte e del suo capo della sicurezza. Tutte le prove sono contro di lui. E se la difesa vuole avere una seppur remota possibilità di scagionare Solomon, ha bisogno di un uomo dalla propria parte: l'ex truffatore, ora avvocato, Eddie Flynn. Una canaglia redenta che grazie alle frequentazioni dei bassifondi potrebbe aver accesso a notizie che circolano solo in certi ambienti. Perché fin dall'inizio c'è stato qualcosa di molto poco chiaro in questo processo e una serie di strani episodi avvenuti in tribunale accrescono i dubbi di Flynn...
E se l'imputato non fosse il solo attore in aula?
E se il vero assassino non fosse al banco degli imputati?

LONGANESI

Steve Cavanagh
Il difensore

Eddie Flynn era un artista della truffa. Poi è passato dall'altra parte della legge, diventando avvocato. Le cose però non sono andate come sperava a da un anno Eddie si è ripromesso di non entrare mai più in un'aula di tribunale. Ma quando Olek Volchek, il capo della mafia russa newyorkese, lo sceglie come avvocato, Eddie capisce di non avere scampo. E siccome Volchek è riuscito a mettergli addosso una carica esplosiva e ha rapito sua figlia Amy, Eddie non può fare altro che accettare l'incarico. Ma la difesa di un uomo palesemente colpevole non può andare a buon fine. A meno che Eddie non riesca a convincere la giuria dell'impossibile. A meno che Eddie non riesca a ricorrere a tutti i trucchi dei suoi due mestieri...

TEA

Questo libro è stampato col sole

Azienda carbon-free

Finito di stampare nel mese di marzo 2022
per conto della TEA S.r.l.
da Grafica Veneta S.p.A. di Trebaseleghe (PD)
Printed in Italy